Querido primer …

Autores Españoles e Iberoamericanos

Zoé Valdés

Querido primer novio

PLANETA

© Zoé Valdés, 1999

© Editorial Planeta, S. A., 1999
Córcega, 273-279, 08008 Barcelona (España)

Realización de la cubierta: Departamento de Diseño de Editorial Planeta

Ilustración de la cubierta: «Todo lo que usted necesita es amor», de
Flavio Garciandía (1975), Museo Nacional de Bellas Artes, La Habana

Primera edición: octubre de 1999

Depósito Legal: B. 33.904-1999

ISBN 84-08-03319-0

Composición: Foto Informática, S. A.

Impresión: A&M Gràfic, S. L.

Encuadernación: Serveis Gràfics 106, S. L.

Printed in Spain - Impreso en España

A La Milagrosa

A Lázaro, por sus miedos a la escuela al campo

A mis hermanos Mary y Gusty

A Ena, otra vez

A José Triana,
que me hace feliz

¿A quién, novio, podría yo compararte?
A un sarmiento frondoso de vid te comparo.

SAFO

¡Pero deja que goce de la infancia
en la hora fugaz!

JUANA BORRERO

LA HORA FUGAZ

Mientras fregaba la loza manchada y carcomida por el tiempo y el uso, Dánae recreaba en su mente un paisaje invernal. Nieve, mucha nieve era lo que ansiaba. Trozos de hielo en las neuronas, sumergirse en una bañadera desbordante de daiquiri helado, la única concesión que podía hacer era aceptar un cucurucho de maní garapiñado, tal vez mordisquear la punta de una raspadura. Secó sus manos y aprovechó para recoger con una hebilla de carey las dos greñas de pelo que engalanándole los ojos también se los enfermaban, purulentos de legañas. Gustaba de trajinar y continuar embelesada en ridículos pensamientos. Estuvo a punto de cortarse un dedo con el cuchillo del pan, el único que poseía para cortar todo tipo de alimento o materia. La cocina era sumamente pequeña, apenas el espacio para que ella pudiera voltearse y quedar enfrentada al fogón de gas. Estaba enfrascada en hervir la leche, se hechizaba observando cuando la nata subía transformada en esfera espumosa. La nata es el regocijo del ama de casa. De inmediato olió a quemado y otra vez se dejó transportar por el recuerdo del contacto de sus labios con la leche condensada hecha *fanguito*, el dulce de las escuelas al campo. Se veía cansada, incluso desaliñada, desde hacía semanas no deseaba bañarse y mucho menos arreglarse. El pelo fue resbalando de la hebilla y

9

cayó sobre sus hombros en hebras grasientas, los labios resecos, cuarteados y pálidos se asemejaban a golosinas árabes. Profundas ojeras carmelitas redondeaban el contorno de sus ojos. Ojos vidriosos, inapetentes. No comía, preparaba la comida a los demás pero a ella no le apetecía ninguna receta. Cocinaba la cena de la misma manera que hubiera invertido energías en preparar un *performance*, como si elaborara un acto estético. Su mente trabajaba con mayor velocidad que sus manos, no hacía más que pensar, y vuelta a pensar. Y esto la dejaba exhausta y desganada. Fumaba mucho, cigarros o tabaco.

Sin embargo, salvo ella, el resto, cuanto la rodeaba, resplandecía de limpieza. El apartamento tenía las dimensiones apropiadas para una pareja de mínimas entradas económicas con dos hijas, pero allí habitaban además sus suegros; en ese momento andaban de viaje por Cincinnati, donde vivía el hermano de su esposo. Una sala comedor, un baño igual de diminuto como la cocina, dos cuartos, uno para ella, su marido y las niñas y el segundo para los suegros. Los muebles, de raída y descolorida tela floreada de algodón, en cambio no daban la menor muestra de abandono, las patas de madera destellaban luego de ser frotadas con el puño enérgico y con luz brillante. Las losetas del piso, algo corroídas por la falta de pulido y por el salitre, espejeaban debido a los efectivos pases de la bayeta de trapear y el agua ligada con creolina. La creolina es como un flujo emanante del útero materno. El palo de trapear era el arma de combate de Dánae. Una mujer enarbolando un palo de trapear es la estampa de cualquier madre obsesionada con los microbios batallando para que el suelo relampaguee y huela en la profundidad de la memoria infantil. Dos estantes hacían de libreros, volúmenes de arquitectura o de novelas en las colecciones Huracán y Cocuyo, además de algún que otro tomo de grandes dimensiones sobre obras de arte en museos lejanos y desconocidos, el Ermitage, por ejemplo. De las ventanas colgaban unas cortinas de muselina nacarada. Dánae observó que a una de ellas se le había zafado el dobladillo y se dijo que dedicaría esa noche a rehacerlo. En una esquina reinaba una antigua máquina de coser, marca Singer, con un tapete tejido en hilo azul celeste meticulosamente puesto por encima. Su mirada revisó satisfecha el orden doméstico y cuando volvió al jarro de la leche tuvo que apurarse y tomar un paño para no quemar sus muñecas al bajar el recipiente del fuego. Colocó un pedazo de tela de mosquitero en la boca del jarro, cosa de evitar que cayera alguna mosca dentro, y puso la vasija en el canto de la ventana, diciéndose que la brisa refrescaría su contenido. La campanilla sonó de manera insistente. Fue al baño, arrancó un trozo de papel sanitario del rollo de porcelana y mientras acudía a la puerta sopló varias veces su nariz.

—¡Va, ya va! ¡Contra, qué apurillo!

Tiró la improvisada servilleta estrujada y mocosa dentro de un cenicero de lata, ¡cuánto había deseado poseer en lugar de aquel feo cenicero otro de cristal de Murano! Extrajo la llave de una de las gavetas de la máquina de coser y abrió la doble cerradura. Frente a ella apareció Matilde, sudorosa y compungida, pero de los lóbulos de las orejas pendían un par de aretes de exótica fantasía, falso ópalo engarzado en alambre dulce de aquellos que contorneaban la tapa de aluminio de los pomos de yogur. En la época de cuando se estilaba el yogur en pomos.

—¿Qué tal, cómo te lleva el calor, Dánae, te trata bien? La vida, digo. ¿Oye, molesto? ¡Ay, chica, qué olor tan sabroso a leche hervida! —Matilde ya se hallaba en el centro de la sala comedor.

—Acabo de bajarla del fogón. No te brindo porque está que trina de lo caliente. Tómate un buchito de café conmigo. Hace media hora que terminé de recoger y de limpiar.

—¿Y tú sacrificas tu día franco para trabajar en la casa? ¿Por qué no te metes en el cine?

—No me llama la atención ninguna película de las de estreno. ¿Necesitas algún favor? —Suspiró la mujer más joven alisándose los cabellos de la frente.

—Ay, tú, niña, vine a ver si podías guardarme este paquetico, no lo comentes con nadie, pero figúrate, mis sobrinos lo registran todo. Son unas cartas muy importantes de cuando el difunto Jacinto vivía y tuvo aquellos problemas con la justicia. —Dánae tomó el amasijo y lo guardó bajo llave en la gaveta de la máquina de coser—. Gracias, mi amiga, ay, qué sofoco, préstame toneladas de aire, allá abajo hay un calor de hoguera de inquisición, vine a darme un poco de comadrita, mi sobrino le partió un balancín al sillón jugando al Zorro, tuve que dárselo a un carpintero amigo de Hilda, mi hermana. San Apapurcio, ese apartamento mío es un maldito horno, la caldera del diablo. Aquí, como es un tercer piso, pues mira qué brisa corre, cómo se mueven las cortinas, esto es una bendición. ¿Y las niñas? ¿En la escuela?

Dánae asintió con un movimiento afirmativo de la cabeza y un sonido onomatopéyico de anjá, mientras echaba tres cucharadas de café en la cafetera. Antes de que la otra preguntara por su marido comentó:

—Y Andrés en la construcción, poniendo ladrillos, cada vez se levanta más temprano. Está enloquecido por terminar ese edificio tan refeo y tan reinútil.

—Bueno, mi vida, al menos está empecinado en algo que lo mantiene entretenido. —Matilde aceptó la taza humeante de cerámica terracota con unos cuantos dibujos incomprensibles en amarillo y azul que Dánae le extendió, probó un sorbo achicharrándose la punta de la lengua—. ¿Te queda alguna balita por ahí? ¡Caballero, que los cigarros están desaparecido?! ¿Por fin cuándo regresan tus suegros?

—Pronto, más temprano de lo que te imaginas, para más desgracia.

La mujer se dirigió al cuarto arrastrando las gastadas alpargatas de suela tejida con saco de yute descalzadas y convertidas en chancletas. Matilde se fijó en que tenía los calcañales enfangados, el agua churrosa de la limpieza se le había secado y curtido en la piel. Una aureola amarillenta de sudor viejo bordaba las sobaqueras de la camiseta. *Ella andará hecha una zarrapastrosa, pero se puede comer en el suelo de lo pulcro que lo ha puesto,* pensó Matilde mientras intentaba despegar con la uña un moco endurecido en un vello de su nariz, no sin cierto aire maligno y desdeñoso. Dánae desapareció en la penumbra de su cuarto, alzó con una mano una esquina del colchón y la metió debajo rebuscando; por fin encontró la cajetilla de cigarros, de balas, como había dicho Matilde. Regresó con uno entre los labios, extendió el brazo ofreciéndole el paquete a la otra. Matilde encendió el Veguero de ida y vuelta, era el nombre de la marca, por la talla, y exhaló una frase:

—Perdona, pero te noto en franco proceso de putrefacción. No eres la misma de antes. Mírame a mí, así toda sudada como me ves, pero vengo de darme un duchazo, me baño dos veces por día, me unto mi buena colonia, trato de ganarle la batalla al calor. Muchacha, acicálate, cómprate un sombrero, o un pañuelo, como último una redecilla para recogerte esas greñas, ponte medias finas y móntate en unas puyas. Las mujeres sin tacones pierden carácter. No hay que dejarse caer, no hay que admitir que la adversi-

dad gane. Yo sí que no voy a permitir que el sol me mustie...
de eso nada... —Suspiró y el humo salió en dos bocanadas
idénticas por las fosas nasales.

—¡Qué ganas tengo de comerme una torreja chorreando miel! Tchst —frió un huevo en saliva—, debiera huir.
—Dánae se dirigió al refrigerador situado en el cuarto de
las niñas, abrió la puerta y se abanicó con ella—. Es verdad
que hace una clase de calor, infierno puro.

Después se agachó, haló la gaveta de las verduras y sacó
un par de tenis, una blusa y unas bermudas. Matilde observaba ahora parada en la entrada del cuarto, sonriendo in-
crédula.

—¿Todavía enfrías la ropa en la nevera? Ya yo desmayé
ese recurso, al contacto con el cuerpo la coba se vuelve a re-
calentar en un dos por tres. No hay remedio. ¿Huir adónde, si se puede saber?

—A ninguna parte, fue una broma. O sí, lejos de la
ciudad.

Lejos de la ciudad lo que existe es el campo, ella ansiaba hacer el viaje al revés. Es lo normal, o casi normal, que
sea una guacha quien desee trasladarse a la capital. Dánae
no, Dánae añoraba el campo para alejarse de todo aquello
que la amarraba a la edad, a la familia, al trabajo, al dinero.
En el pasillo entre un cuarto y otro la atrabancó una corriente de aire, su rostro y los brazos desnudos se impreg-
naron de minúsculas gotas saladas. Evocó aquel rabo de
nube, en plena recogida de papas. El grupo de muchachas
corriendo a la desbandada. Se acerca, se acerca. Allá viene
el remolino asesino. La Milagrosa tenía razón, no sobrevivi-
rían para hacer el cuento. El peligro, de todas formas, era
más divertido. Ella no temía al peligro, ni ella ni ninguna.
Desaparecer envuelta en una manga de viento hubiera sido
una bella muerte. Volar como Matías Pérez aquel 29 de ju-

nio de 1856 en la plaza de la Fraternidad, colgado de un globo aerostático, o de Cantoya, fue incluso romántico, a su modo de ver. De súbito, el cielo encapotado se preñó de una lava negra y un manto de tierra clausuró la mirada de Dánae. A algunos apenas les dio chance de tirarse al suelo ni de refugiarse debajo de pesados sacos repletos de papas. A ella la engulló el torbellino de fango, voló, voló cual papalote picado, para caer poco después impulsada por una ráfaga de matas de tabaco arrancadas de raíz. Escuchó un estruendo como si el mundo se hubiera caído de lo alto de un pino, y luego el silencio rotundo. Al rato un extraño caminó sobre ella, quiso gritar, advertir que se hallaba debajo, respirando. Una pala de metal se enganchó en su piel, en dirección de una de sus costillas, sin hacerle un daño fatal. Sólo un rasguño, por el que manó un hilillo de sangre tibia como el café con leche de los desayunos maternales. Por suerte, el campesino siguió hurgando hasta que apareció un trozo de tela de su vestimenta. Minutos después se hallaba en la improvisada enfermería atestada de sobrevivientes que no pasaban de los dieciséis años. Pedían en algarabía mercurocromo, gotas nasales, vendajes, curitas, árnica, gotas antiespasmódicas, leche de magnesia, azul de metileno. El azul de metileno es muy eficaz contra los oxiuros, esos parásitos de culos de párvulos, unos gusanos blancos que se alojan entre los pliegues del ano, y cuando los niños se rascan entre las nalgas recogen los huevos con las uñas, y al llevarse los dedos a la boca vuelven a contagiarse. Es sumamente efectivo mojar un palillo de limpiar cerilla de orejas con azul de metileno e introducirlo en el fotingo, así se envenenan los bichos. También pidieron kaoenterín para trancar las cagaleras. Uno que se hacía el fino le dio un codazo al mal educado que dijo semejante palabrota, niño, se dice diarreas, diarreas, oye, mira que uno les ense-

15

ña pero no aprenden. Pronto pasaron borrón y cuenta nueva al rabo de nube. Después vinieron los chistes, las carcajadas, las pesadillas, lo pasajero que ocurre a las personas jóvenes e insolentes cuando, después de haber burlado a la muerte, de inmediato la han menospreciado.

Mintió a Matilde diciendo que debía ir a un turno con el ginecólogo. La engañada no se inquietó por su salud porque intuyó que Dánae deseaba desembarazarse de su presencia, había notado parejo a su desaliño una constante expresión huraña que no concordaba con el carácter tan alegre que antaño había admirado en su vecina. Así y todo acompañó a la joven mujer hasta la esquina y allí se despidió ofreciéndose para lo que fuera necesario, una confesión, un cariño, cualquier asunto podía consultarlo con ella, para algo eran vecinas. Dánae apenas agradeció, disculpándose, pero debía llegar temprano a la consulta. Matilde se alejó chocando sus entremuslos, desesperada por ganar la puerta del inmueble, y anhelando que todavía quedara un puñado de maicena para aliviar la pelazón de su piel.

Dánae esperó a que la otra desapareciera al doblar la esquina, detenida frente al framboyán del barrio quiso ponerse alegre, intentó evocar un recuerdo agradable y sonreír. O sencillamente deseó reírse por gusto, sin motivos, de manera forzada. Trató de inventar un chiste y reír, tirarse en el suelo con las puntas de los pies haciendo blanco en las nubes y vomitar un torrente de carcajadas. Pero no pudo. La risa, la salvación vendrá de la risa, no hay duda, pensó. Dos hombres cruzaron de una acera a la de enfrente, cargando uno por cada punta un espejo inmenso. Ella se vio repetida en el azogue, rota en fragmentos desiguales.

16

Ella se reflejó niña y vieja a la vez, como si hubiera salido a comprar besos. No hay, cortó tajante el primer desconocido. Ya no te tocan, ironizó el segundo. No hay besos, y si hubiera no estarían a tu disposición. Detrás del rompecabezas de su silueta en el espejo vislumbró el ramaje rojizo del framboyán, la copa esparcida semejaba a una nube muy baja, o a la explosión de la bomba atómica en una fotografía. El framboyán era su árbol fetiche, anacrónico en su elegancia, fantasmal en su levedad. Ella se consolaba diciéndose que daba buena suerte, queriendo olvidar la ceiba y la palma real. Se sintió ambigua en medio de tal desolación, protegida cual un personaje de un siglo anterior bajo la sombra del frondoso ramaje. De un hueco en el fango colorado surgió un ejército de hormigas, en fila india, que fueron ascendiendo en ritmo acompasado por sus pantorrillas, para descender veloces y medio locas a causa de no entender ese nuevo terreno que pisaban, de desacostumbrada lisura. Manoteó en sus tobillos para espantar a los bichos, y echó a andar consciente del automatismo. ... *Y echo yo de menos y ansiosa busco,* murmuró citando un verso de Safo.

No tenía idea de adónde podía dirigirse y sólo la indecisión la satisfizo. Caminó y caminó sin hacer caso de los nombres simbólicos de las calles. Y sin pensar en nada, mirándose la punta de los pies, la vista fija en el resplandor soleado del pavimento. A la altura del número ciento sesenta y dos de la calle Trocadero, Dánae detuvo sus pasos frente al edificio pintado de gris azulado cuya entrada lucía dos columnas salomónicas. Era de esos inmuebles tan corrientes que poseen una puerta para el inquilino de los bajos y otra puerta con una escalera para los vecinos de los pisos restantes. Sin darse cuenta había llegado a la casa del poeta, leyó la placa que señalaba la fecha de nacimiento y de muerte del mismo, encima del dintel deletreó un cartel anunciando *Biblioteca del Escritor*. Dánae asomó su rostro a través del enrejado estilo colonial de la ventana, adentro no quedaba ni un mueble, ni un cuadro, ni un adorno, nada perteneciente al escritor gordo. En el interior sólo conservaban estantes construidos con bagazo de caña, pintados de un blanco metálico (ese blanco hiriente de los armarios de hospitales), libros muy puestos, pero sin orden, sobre economía política y temas de tecnología. Dánae intentó entrar y empujó con suavidad la puerta desvencijada; estaba cerrada con llave. Reculó hacia la ventana y llamó:

—¿Hay alguien?

Desde el pasillo que daba al patio contestó una voz fañosa de muchacha autosuficiente y sin pizca de educación:

—¡Estamos cerrados hasta dentro de una semana! —Ni siquiera asomó la cabeza.

Dánae tamborileó con los dedos sobre el marco polvoriento de la ventana.

—¿Puedo hacerle una pregunta?

—¡Serán dos, porque la primera acabas de hacerla! —voceó la invisible e impertinente bibliotecaria desde la penumbra.

—¡Acérquese, por favor! —Dánae hubo de suplicar a gritos pues en ese instante pasó una guagua ensordeciendo con el ronquido de los motores y moteando de humo negro la luz nacarada del día.

—¡Oye, tú, que ni un pedazo de pan duro le dejan comerse a una en paz!

La joven apareció por la puerta que daba al patio, pintada de un azul grisáceo y carcomida de comején. Llevaba un vestido de tela de gasa teñido con té, estaba muy delgada, los cabellos de color castaño oscuro, calzaba unas sandalias tejidas en cordones plateados, las piernas sombreadas por los cañones de gruesos pelos mal depilados.

—¿En qué puedo servirte? —inquirió mientras se introducía el último trozo de pan en la boca y sacudía sus manos y luego el escote del vestido de las migajas baboseadas.

Tenía un ojo entretenido y el otro comiendo mierda. Era más bizca que un choque de trenes en pleno desierto. Ya se sabe que la mayoría de los bizcos son engañosos, hipócritas.

—¿Qué hicieron con las pertenencias del escritor? Pregunto por sus muebles, los libros, los cuadros...

—Decirte quiero para que a equivocarte no vayas que ésta no es una casa-museo, cariño, es una biblioteca. No tengo la menor idea de lo que hicieron con los objetos de su propiedad. Cuando llegué ya habían desvalijado. Se comenta que los traerán de nuevo, y si no son los originales serán copias, p'al caso es lo mismo. ¿Algo más?

Dánae se sintió observada por dos ojos que no coincidían entre sí, un par de pupilas que no tenían nada que ver, sin convergencia, y negó con la cabeza, dio las gracias y se retiró de la ventana. Cruzó la calle, parándose en la acera de enfrente, echó una última ojeada a la casa y quiso alejarse. Volvió sobre sus pasos, la joven aún aguardaba prendida de la balaustrada. Dánae se mordió los labios para en seguida comentar por lo bajo:

—Lo conocí, hace años... fue de casualidad. Él paseaba algunas tardes, con dificultad, por los bajos del balcón de mi casa; una amiguita mía y yo nos burlábamos de su gordura, gritábamos: *¡Ahí va el viejo de las alforjas, ahí va el viejo de los salvavidas!* Por supuesto, en aquel momento ni siquiera sospechábamos que se trataba de un sabio, de un maestro. Lo descubrí, yo sola, abriendo uno de sus libros de poesía en la librería Avellaneda de la calle Reina. No me lo descubrió nadie. También por azar, azar concurrente quizás, tuve la suerte de conocer a su viuda mucho después. Ella se sentaba frente a ese... El imaginario... —Suspiró indicando al centro de la sala, donde antes había estado el sillón en el cual se arrellanaba el poeta para concebir sus versos, desde allí observaba el mundo con ojos de místico pascaliano, enamorado de la palabra *conocimiento*, según declaraciones de la criada y de la viuda.

—Nada del otro mundo, no creerás que eres la única, ¿eh? —afirmó con desdén la bibliotecaria soltando los barrotes para estudiar el esmalte violeta de sus largas uñas limadas en forma cuadrada. Dánae supuso que vería veinte dedos en lugar de diez.

—Yo también fui bibliotecaria durante años... Mi nombre se lo debo a él, caprichos de mi abuela. Abuela fue muy amiga de su criada, de hecho fue Nelly, la criada, quien me impulsó a presentarme a la viuda... ¿Recuerdas aquel verso?... ¿Recuerdas el verso con el que comienza aquel libro?

—¿Cuál, tesoro? —Entonces las pupilas rodaron hasta quedar escondidas detrás de los rabillos de los ojos, las cuencas en blanco.

—*Dánae teje el tiempo dorado por el Nilo...*

—Anjá, claro, simpático verso. Supongo que no resulta fácil cargar con un nombre semejante, tan, tan, con esa especie de algo insólito... Pero... tu cara me recuerda a alguien, ¿no estudiamos juntas en la secundaria? No te acuerdas de mí, tal vez no sepas identificarme porque fui desfigurada en un accidente, un choque de trenes en Santiago, tengo el rostro restaurado. Asunto de estética, me entiendes... Tú eres... ¡Dánae Bemba de Pato! Estuvimos en aquella escuela al campo, en La Fe... —Y las pupilas volvieron a hacer eje en el tabique de la nariz.

20

La casualidad. La voz se le parecía bastante a la de Salomé la Sátrapa, prefirió no confirmarlo.

—Te equivocas, no soy la que buscas.

—¿Buscar? No, si yo no busco a nadie, eres tú la que ha venido hasta aquí.

Ella afirmó y no le quedó más remedio que despedirse con un adiós banal. Bien merecido, pensó, por hacerse ilusiones. Anduvo contando columnas, jugando con las sombras chinescas. De pronto se detuvo; recordó a aquel dramaturgo que había conocido siendo ella muy joven, en la escuela al campo, dijo que se llamaba Ruperto, pero por más que averiguó años después nunca volvió a tener noticias suyas. Ruperto también había sido amigo del poeta, y le pidió que cuando ella tuviera la edad que él tenía en aquel entonces, cuarenta y cinco años, pensara con fuerza en él. Atravesó la calle hacia el paseo del Prado; y ya con una idea más clara en la cabeza del reclamo de sus ansiedades fue directo hacia la entrada del túnel que comunica el centro de la ciudad con el este. Un viaje, necesitaba un viaje. Al llegar frente al muelle de Casablanca sacó el monedero de la mochila, comprobó que poseía la cantidad de dinero suficiente para tomar el tren.

Dentro de poco sería su cumpleaños.

El tren lechero no saldría aquel día ni en los siguientes. Entonces volvió a atravesar la bahía en lancha. Caminó bordeando el muro del malecón, luego la aduana, llegó a la Alameda de Paula, hasta recalar en la terminal de trenes.

Yo, el tiempo de la ciudad, el que narra, me había extendido lo suficiente como para que ella soñara.

Sentada en un travesaño de madera oscura y cochambrosa en la terminal de trenes, mientras esperaba la llegada del antiguo y destartalado vagón precedido de una locomotora de los años treinta que la conduciría al pueblo de La Fe, Dánae imaginaba angustiada las caras que pondrían sus hijas cuando su marido les anunciara que ella se había fugado de la casa. Que, ELLA, su propia madre, las había abandonado de manera cobarde sin motivos, sin explicación, sin despedirse siquiera. Las niñas no llorarían porque no entenderían, o tal vez sí, pero prefería sospechar que no derramarían ni una lágrima. Tal indiferencia provocada por la incredulidad de la inocencia la complació. De seguro, él rompería objetos, invadido por la rabia, cegado por los celos y la impotencia de no poder dominar la situación. En la última discusión había tumbado un librero de un puñetazo convirtiéndolo en una loma de tablas con las puntillas dobladas o partidas. En aquella misma bronca le había roto la nariz y fracturado una costilla de una patada de karate. Una bestialidad que la mantuvo respirando con dolores agudos durante varios meses.

Yo, el que aquí narra, el tiempo de la ciudad, le estaba ofreciendo posibilidades de huir. Ella ya no creía en mí ni en nada, ni en los segundos, ni en los minutos, ni en las horas ganadas o perdidas. Ella me detestaba también como elemento acosador. Y acusador. Las mujeres suelen perder súbitamente la confianza en el tiempo. Su noción bienhechora.

Las gotas de sudor surcaron de su cráneo a las sienes confundiéndose con los trazos de las venas y también dibujaron motas húmedas en la frente, y de ahí mojaron las mejillas; una gota quedó colgando en la punta de la nariz, la limpió con el dorso de la mano; pasó la lengua reseca por encima de los labios y saboreó las lloviznas saladas mezcladas con los casi microscópicos vellos rubios del bozo femenino. Había caminado mucho, tenía los pies hinchados y polvorientos, los sobacos pegajosos de sudor, collares de churre en el cuello. Se sentía perversa, muy mala, una cualquiera que dañaba lo más amado, las niñas, al marido, el hogar; lo convencional, verdadero y valioso, en lo que una mujer transforma la libido inmediatamente después que da el paso del matrimonio. Pero en ese instante el hambre y el cansancio eran más fuertes que el cargo de conciencia. La austeridad de la culpa le resultaba incluso monótona.

Se marchaba a Pinar del Río, consiguió que un negociante que deambulaba con la mercancía mosqueada le revendiera el billete de ida y vuelta, necesitaba volver a contemplar el verdor de los mogotes, aquel Valle de Viñales, el paisaje más bello del mundo según ella creía. Se dijo que, aunque en extremo hermoso, comparándolo con otros paisajes hojeados en libros no era para nada exclusivo. Pensó en su pasado y sonrió irónica, una vidita de nada. Entonces unos cuantos pasajeros posaron los ojos extrañados en ella tomándola por loca. Su vida tenía alguna semejanza con un personaje de cierta novela americana que recordó con cariño; se sintió orgullosa de percatarse de ese detalle. ¿Cómo una existencia tan sencilla podía ser de la misma manera y por causa de esa misma sencillez tan complicada? Bostezó sin disimular el ruido grosero del bostezo, sin taparse la boca. Ansiaba dormir. Desde hacía muchos años, desde que había nacido su primera hija, no dormía a pierna suelta; luego, al despertar, sería agradable comer un pescado fresco y bien blanco al limón acompañado de una gran cantidad de vegetales, habichuelas, zanahorias ralladas, un puré de malanga con ajo y aceite de oliva, tomates, lechuga, col, berro, pepino, en fin, todas las legumbres y ensaladas inimaginables; de buena gana bebería una copa de vino blanco, bien seco. Después, si todo ese sueño hubiese sido posible, le habría encantado leer una novela de amor u hojear revistas de muchas fotos de gente diferente a ella. Gente de lujo.

Un anciano pordiosero fue recorriendo persona a persona intentando vender lo que ocultaba en un saco bastante empercudido y maloliente. Se detuvo frente a Dánae, obstinado, los párpados purulentos sonrieron devorados por una carnosidad entre rojiza y amarillenta, la nariz llena de espinillas negras, las canas grises y amarillentas en la zona de las patillas, los pies descalzos y mugrientos. Extrajo unos cuantos pirulís de fresa envueltos en papel de cartucho.

—A peso cada uno —pronunció casi convencido de que ella no compraría.

Dánae negó con la cabeza pero con remilgo afable. El viejo volvió a hundir su mano costrosa en la jaba. Esta vez fueron reproducciones en cera y barro de santos y vírgenes. Al observar la poca expresividad o el escaso embullo de la mujer por comprar ni siquiera se atrevió a comunicar el precio.

—También vendo melcochas... —Pero no introdujo la mano en el saco.

—¿Melcochas? Yo sí quiero melcochas, venga, venga, ¿cuánto valen? —El viejo se apresuró a complacer, más bien a aplacar la gula que mostraba una gorda retacona como una ballena, con sus tres niños también tan rechonchos cual focas hambrientas—. Hace mil años que no me empato con una melcocha, hasta había olvidado el sabor que tienen.

Un asiento fue desocupado en el salón de espera junto a la *iyawó*, la novia del santo, toda vestida de tules blancos, turbante blanco, zapatos blancos, medias blancas, pulseras de oro, collares de vivos colores. El níveo reverberaba como en las antiguas películas en blanco y negro. La iniciada hizo

24

ademán de brindar el asiento a Dánae, lo guardó colocando una jaba tejida con hilos de pita de pescar. Dánae se dio cuenta de que resultaba raro que ella sólo llevara una mochila en comparación con el excesivo equipaje que cargaban los demás pasajeros. La hija de las Mercedes que con tanto interés y devoción había ofrecido el asiento estaba arrebatada por conversar, por esa razón había reservado el puesto a la mujer, para conseguir que ella le debiera al menos el chance de un palique.

—Gracias, que Dios se lo pague con un hijo macho —fue lo único que pronunció Dánae arrepintiéndose de lo dicho, y la *iyaguoná* aprovechó ese pie forzado para explayarse en una perorata interminable y atropellada sobre la demora de los trenes, la desconsideración de los responsables con respecto a los usuarios. Al instante, las palabras se convirtieron para los oídos de Dánae en ruido acompasado, un tamborileo en letanía que de vez en cuando lucía algunas extravagantes subidas o bajadas de tono apenas imperceptibles.

Y sin aclararse a sí misma que en lugar de sostener una conversación prefería continuar pensando, quedó lela, sus pupilas se aguaron, clavadas en un punto lejano a través de la descascarada ventana, allá en el cementerio de trenes, donde muchos años antes unos cineastas marginales habían filmado una película. La película también en blanco y negro, que ella vio por azar una de esas noches en que había salido a caminar sin rumbo fijo, la dejó en estado catatónico. Fue durante el festival de cine, en el mes de diciembre, entró al Yara sin estudiar la cartelera, ponían esa rara película sobre dos personajes esperando a un tercero, encerrados en un cementerio de trenes, era una variación de aquella obra de teatro, *Esperando a Godot*, de Samuel Beckett. Y ahora ella se encontraba en las locaciones de la pelí-

25

cula, apresada y sin embargo al aire libre, invadida por la sensación de hospital psiquiátrico que caracteriza a las terminales, esperando el tren con dirección a La Fe. De repente desapareció el cansancio, olvidó que se sentía hambrienta y sedienta, y que hubiera dado la vida por un libro o por unas cuantas revistas que la pusieran al corriente de cómo vivían otras personas fuera de allí. La visión del paisaje atrajo a su memoria pinturas descubiertas gracias a diversas lecturas... *Nadie escapó o escapará del amor mientras exista la belleza y haya ojos para verla*. Así escribió Longo de Lesbos. Evocó aquella cita muriéndose de ganas de volver a ser joven y de leer los libros que se leen en la juventud, y de vivir con la misma ingenuidad, todavía virgen del conocimiento. Ahora era sin retroceso. Sin retorno. En seguida dedicó su tiempo, es decir yo, el tiempo de la ciudad que narra, a juguetear con la memoria, a manosear el recuerdo, desordenándolo a propósito en su cronología, así resultaba menos dañino. Así lo percibía menos estrambótico y anacrónico.

¿Dónde se hallaba ella en aquel momento, en la terminal de trenes o en un manicomio? ¿Acababa de hablar con una viajera o con una enfermera? ¿Eran espasmos emocionales o simples electrochoques esos corrientazos recorriendo los invisibles laberintos de su cerebro? ¿En qué zona de la memoria se encontraba anclada?

Querido marido:

Esta carta aún no estoy escribiéndola en un papel, pero sí en la mente, mientras me dirijo a tomar el tren. Cada cierto tiempo presiento la necesidad de un tren, no es asunto que tú desconozcas, siempre te he hablado de mi pasión por los trenes. Imaginar que tomaré un tren hacia un lugar desconocido me provoca un cosquilleo en el estómago nada más pensar en el andén, me impresiona que mi mirada corra a la par del paisaje, a toda velocidad, distraída del destino. Sin embargo muy pocas veces he viajado en tren. Mis viajes se pueden contar con las manos y sobran dedos, y no han sido desplazamientos duraderos. Nunca he tomado un avión. Los aviones no me agradan, pero en cambio los trenes me seducen porque desde ellos se puede admirar el temblor imperceptible de la tierra, además de las vibraciones espirituales de los árboles, la paz de los animales del campo. A veces, de un golpe, surgen los ríos, y el mar. El cielo pareciera derretirse sobre mi cabeza, en dependencia de la perspectiva visual. Tú nunca me has invitado a viajar en tren. Y eso es lo que a la larga te reprocho, sabiendo que podías haberme brindado el mejor regalo de la vida comprando dos, o cuatro billetes de tren contando a las niñas, nunca me diste esa felicidad. Pero a ti jamás se te ocurrió darme ese gusto, ni siquiera siendo un capricho tan común, tan al alcance de la mano. Y es que en nuestra relación he sido yo a quien le ha tocado sacrificarse. Tú crees que lo mereces todo. En tu opinión, yo no tengo derecho a casi nada.

Mira, Andrés, te quiero, tú mejor que nadie sabes cuánto te amo, pero estoy muy cansada. No doy más porque no puedo dar más de lo que he dado. Y nadie da lo que no tiene. Se me parten las manos de estrechar tu silencio. He perdido el deseo de disfrutar los pequeños detalles. Estoy obsesionada contigo, con nuestras hijas, con la tranquilidad de ustedes sin pensar en la mía. Vivo en exclusivo, a tiempo completo, para ustedes. Y no puedo seguir en ese tormento de renunciación de mí misma. Debo reconocerme. Debo vivir bastante más para mí. Mirarme en el espejo como antes, y aunque mi físico haya cambiado sentirme bella en algún lado de mi cuerpo. Le he cogido fobia a los es-

27

pejos. No soporto mi carne, pues ya ha dejado de ser una piel. Estoy envuelta en una vulgar albóndiga harinosa, grasienta, granulada. Mi superficie presenta las irregularidades de las faldas de un volcán. Pero yo estoy apagada. Me siento fea por dentro, eso es lo peor, más insoportable que exhibir mi podredumbre superficial. Es necesario el distanciamiento de ustedes porque presiento que voy destruyéndome en un pestañear. Si continúo más pendiente de sus vidas que de la mía, terminaré diluyéndome en sus personalidades y mi carácter quedará aniquilado. Una heroica variante del suicidio. Sé que estoy dándote la noticia de una manera demasiado abrupta, pero no tengo otra opción. No sabría hacerlo de otra forma y tú impedirías mi partida. Estoy bastante alterada; tan fuera de mí. Desde aquella vez que te perdiste, ya ni sé cuántos días, toda una eternidad. Y no venías, y tú sin volver, y nosotras, las niñas y yo, buscándote en los hospitales, en las estaciones de policía, en casa de los amigos y de los enemigos. No quiero pensar en aquello. Algo extraño, sin embargo, sucede con mis sentimientos, no me alegra sufrir como a otras mujeres que sienten un placer sadomasoquista con el desgarramiento. Aunque experimente físicamente mis angustias, es una prueba de que es probable que logre mi salvación al ser consciente de ellas, al saber que puedo controlarlas y hasta alimentarlas. Por ejemplo, sé que el médico me ha prohibido la manía de tomar cucharadas de azúcar, cada vez que reparo en ello, como una autómata voy al recipiente, meto una cuchara y luego me la llevo a la boca, mastico el azúcar hasta que se diluye en mi saliva, es ahí que puedo dominarme y confirmar que estoy envenenándome. Es raro explicar lo que padezco. Padezco horror y odio de mí al abandonarlos.

Pero al mismo tiempo temo perder el tren.

¿Y las niñas, Dánae, qué hago con ellas?, te preguntarás

28

desesperado, aunque sólo fingirás, como si yo estuviera escuchándote. Las niñas entenderán. ¿No es lo que responden los hombres cuando abandonan los hogares? Ya sé que no ocurre con frecuencia que sea una mujer quien decida partir. Y más así. Sin decir nada. Sin prevenir a nadie. Sin discutir siquiera. Porque quiero que quede claro que no parto por pretextos ajenos a nosotros. No existe nadie más en mi vida que tú y las niñas. Mi amor no sabe de otro cuerpo que no sea el tuyo. No tengo ningún amante, ni siquiera me cito con amistades sin que tú estés presente. Y esto último tampoco es saludable. Me voy porque no aguanto las impertinencias cotidianas de ustedes, y punto. Sería tonto ponerse a explicar cada motivo. Incluso cuando reflexiono en ellas, en esas aparentes sencilleces, resulta idiota marcharse por semejante bobería. Y mejor no pienso más, podría arrepentirme, dar la vuelta y regresar.

Encima, no es que mi decisión de partir sea definitiva. Regresaré en tres meses. Creo que merezco ese lapso de descanso, tal vez pueda vivir con lo mínimo en el campo. Respirar otros aires me hará bien, curará en mí esta zozobra producida en buena parte por la ciudad. La presencia histórica de sus habitantes, el descontrol de nuestras propias vidas y, por el contrario, el control máximo de ellas por factores exteriores, por esta rotura humana que exacerba en mí un malestar inaguantable. Ya sé, ya sé, Andrés, dirás que esto no lo hace ninguna mujer, no es digno, que sólo ocurre en películas que luego se llevan los Óscares, argumentarás que abandonar a la familia no es cosa de mujeres decentes y sensatas. Pero cuántas no estarán descando hacerlo y sin embargo continuarán, hipócritas, aguantando la presión hogareña. Una mujer, igual que un hombre, puede sentirse oprimida por su entorno más próximo. Y no hay por qué estar anudada a la obligación de soportarlo. Una mujer podría ansiar liberarse de las responsabilidades maternas. Nosotras necesitamos vacaciones por una temporada para desconectar de la rutina. ¿Qué derecho tienen ustedes a ser los únicos a los que se les permite regresar, y nosotras en cambio debemos despedirnos sin derecho a perdones?

En cuanto a las niñas, ya les escribiré, y estoy segura de que ellas comprenderán, pero, claro, necesito tu ayuda. Piensa que hubiera podido suceder a la inversa, que hubieras podido ser tú el que partieras una vez más, y entonces tendría que ser yo la encargada de dar explicaciones, de apoyarte, de cuidar tu imagen de padre para que ellas conservasen intacto el cariño hasta tu vuelta, y pudieran entender que los papás, en este caso las mamás, tienen derecho a un poco más de vida independiente. ¡Oh, yo misma no sé explicarlo! Me siento profundamente egoísta, aterrizando en el más bajo y peor de los ambientes. ¡Una madre que huye de sus hijas! Porque nadie reprochará de la misma manera que sea el esposo quien escape. Sí, he leído de ciertos antecedentes similares, una fotógrafa italiana decidió largarse a recorrer el mundo, regresó cuando sus hijas eran ya adultas. Una de ellas nunca se lo perdonó, la otra la venera por su valentía, e incluso hasta se hizo fotógrafa, siguiendo su ejemplo. Es imprevisible.

Tú y yo, Andrés, hemos hablado poco. Nos conocemos desde la adolescencia y creo que si nos hemos dicho veinte frases importantes es mucho. Tú fuiste mi primer novio y mi único marido. Casarse con el primer novio no es bueno, decía mi madre. Nos conocimos en aquella escuela al campo, ¿recuerdas? ¡Cómo no vas a recordarlo! Parece que fue ayer. Nos habíamos tropezado pocas veces en la ciudad; yo acababa de entrar en la secundaria y tú cursabas octavo grado, un año mayor que yo. Iba yo a cumplir trece y tú catorce, éramos unos chiquillos inexpertos. Fuiste mi primer novio, mas no mi primer amor. Yo me enamoré de ti poco a poco. Lo tuyo y lo mío no fue un flechazo. Yo quería tener novio como todas. No, no has sido mi primer amor, es algo que nunca me había atrevido a confesarte, no estaba segura de que estuvieras preparado para entenderlo, todavía no estoy segura de que lo aceptarás cuando te lo explique. Más adelante hablaremos de ello. Si me lleno de coraje. Ahora lo que importa es despedirnos, aunque sea momentáneo.

Nota: Reparo en que nunca has dicho *te amo*. Nunca, jamás.

—*Je t'aime.*

—*Moi non plus.*

Menos mal que siempre habrá una canción que nos perdone la vida. ¿Qué quiso decir Serge Gainsbourg con ese *yo tampoco*?

Cuando te me declaraste, aunque creo que más bien fui yo quien apresuró las cosas, me aburría perder tiempo en boberías, y no te quedó más remedio que confesar que yo te gustaba, dijiste *me gustas, y quiero estar contigo*, fue todo, y a mí me pareció suficiente. Nos gustábamos, pero ni siquiera habíamos probado el deseo. Porque no habíamos tenido tiempo de desear, de sufrir por el deseo, de renunciar y sacrificarse a causa del deseo. Luego, dos o tres veces, en instantes trascendentales, me has dicho que me quieres. Cuando nació Ibis, cuando nació Francis, cuando murió el perro. Nunca has pedido perdón por tus excesos, tampoco puede decirse que te hayas esforzado en un mínimo gesto de disculpa. ¡Y mira que me has herido! Pero no voy a airear los trapos sucios porque no es por culpa de la basura acumulada que he decidido alejarme de la familia. O quizás sea por un cúmulo de humillaciones donde podrás añadir también aquellas faltas de respeto, las tundas de golpe, las cuales no enumeraré, más por ambición de olvido que por derroche de orgullo.

Necesito volver al campo. El asfalto ultraja mi sensibilidad. Y pensar que una de las cosas que más me gusta es ver caer un aguacero sobre el chapapote derretido por el calor, u oler la humedad mezclada con la brisa marítima, escuchar el crepitar de las cloacas, divisar el velo de humo emanando del suelo. Pero me aburre motivarme día a día con lo mismo. De tanto observar el pavimento no logro que mis energías se concentren en mi propio camino. Mis amigos se han percatado de que avanzo mirando al suelo, contando las rayas del piso, como si sólo me importara hundir mi personalidad en el cemento.

No estoy triste, ni siquiera estoy triste. Es que me siento ajena, he perdido confianza en mí. No soy más una persona, me he sustituido por una cosa, una suerte de mueble útil, pero que no debe olvidar cumplir las funciones de adorno. ¡Y yo que esperaba tanto de mis impulsos vitales! Creo que esperaba más de nosotros juntos. De ti, marido. De mí contigo, a tu lado. A lo mejor, o a lo peor, es que no supe ser esposa. Tal vez no sea buena mujer ni tierna madre. Porque una madre no se marcha así como así, por tres meses o más, sin despedirse. Pero yo tengo que ir a encontrar mi yo. A desenterrarlo. Ese yo enlodado.

¿De verdad tú me has querido, Andrés? ¿Por qué nunca he escuchado en tus labios la palabra *amor* mirándome fijo a los ojos?

¿Por qué soy yo la que se levanta y piensa primero en tender la cama, por qué debo ser yo quien escoja la ropa de las niñas? (Es cierto que tú las llevas a la escuela, es tu único deber.) ¿Por qué debo fregar la loza de la cena, preparar los bultos de ropa para la lavadora, limpiar el baño y la casa los fines de semana, cocinar platos y postres deliciosos? Si por ti fuera, cenaríamos pizza día y noche. ¿Por qué tengo que llenar todo el papeleo habido y por haber, despachar la correspondencia, ocuparme del más mínimo de los posibles inmensos y diminutos detalles? Por ejemplo, cuando tenemos visita debo ser yo quien proponga el café, el agua, la cerveza (si es que hay todo eso). Nadie rompe el hielo si yo no animo la conversación. ¿Por qué no te das cuenta al igual que yo que se debe ser amable con los invitados? Tu respuesta siempre será la misma: *No sé hacerlo, Dánae*. ¿Y a mí quién me enseñó? Yo aprendí sola, mirando películas, callejeando, viviendo. Yo aprendí... ¿quizás por tradición, por costumbre, por genes? ¡No jodas!

¿Por qué, marido, tienes tú más derecho que yo? Y para colmo debo trabajar en la calle, porque yo no puedo estar sin trabajar, no va conmigo. No soporto el descanso obligado. Imagino que debes preguntarte muchas cosas con respecto a mí. A mí también las dudas me invaden. ¿Que cómo haré a partir de ahora? Pues el psiquiatra me ha dado una licencia, estoy fatigada, los dolores de cabeza no se me quitan, las piernas me tiemblan, ninguna pastilla alivia mi insomnio, nada más pienso en comer y comer. Ni siquiera sabías que me veía con un psiquiatra, escondí las pruebas. Es estrés, diagnosticó el doctor. *Todo lo que usted necesita es amor*. Ahí mismo pensé que así se titulaba en inglés una canción de los Beatles y en español un cuadro hiperrealista que había visto en el Museo de Bellas Artes.

—Todo lo que usted necesita es amor, señora, por eso está tan mal de la cabeza.

All you need is love, all you need is love, pamparampanpan...

Pero no hacía falta que me lo dijera, yo sabía que el coco me estaba patinando desde hacía rato, todo el mundo se daba cuenta. Todo el mundo menos tú. *All you need is love...* Después estuve todo el santo día con la canción en la cabeza. Hasta las niñas me veían demacrada. Mamá, acuéstate, descansa, ay, por favor, no vayas a desmayarte sin papá aquí. Las pobres, a veces me sacaban de quicio con sus ñoñerías. Las niñas pueden ser muy pesadas; si se lo proponen podrían llegar a ser sumamente crueles. ¿Cuántas veces me han pedido que me vaya y que las deje a solas contigo? *No te metas, mamá, es un asunto entre mi papá y nosotras. Vete, mamá, amamos más a nuestro papi.* Ya sé, ya sé que se expresan así de dientes para afuera, que no han querido lastimarme. No estoy reprochándoles nada. ¿Me ves actuando como una idiota? Ahora me siento idiota.

En todo caso es demasiado trabajo y creo que tú no te has dado cuenta. Cuántas veces no quise matarme, cosa de que quedándote solo con ellas apreciaras el peso y la importancia de mi trabajo al tener que asumirlo en mi lugar. Cuántas veces no he deseado morir sólo para darte una lección. Prefiero partir, tomar el tren y cerrar los ojos. Al abrirlos ya estaré de regreso. Habrá pasado para mí un segundo, una eternidad. Ya he pensado en que probablemente tú no encuentres la paciencia y desees divorciarte acusándome de abandono del hogar. Estás en tu derecho. Es lo único que podrías alegar colocándote en mi posición. Pensarás que así actuaría una mujer y así respondería un hombre.

Haz lo que creas más conveniente. De todas formas, yo volveré a ver a mis hijas, nadie podrá impedírmelo, y si estás dispuesto, a ti también. Juro que las amo. Insisto en ello, en que escribiré a Ibis y a Francis, espero que comprendan lo mejor posible y sepan esperar a su madre sin demasiado rencor. Diez y doce años son edades en que ya puede una empezar a ser bondadosa con sus padres. Aunque yo no lo fui con mi madre. Ibis será pronto señorita, estaré para aconsejarla, supongo que no demoraré tanto, no sé, estoy muy perturbada... Le he dejado una carta explicativa, ya con anterioridad le dediqué algunas horas al tema. Nada la cogerá por sorpresa, sin embargo transformarse en mujer no acontece sin aspavientos de parte de la naturaleza y de una misma. Creo que en ocasiones somos culpables de exagerar nuestra feminidad.

Pero hablemos de nosotros. Nos iniciamos en esta relación muy tiernos, Andrés, y se nos ha agotado la esperanza discutiendo nimiedades. Es hora de que aprendamos a dar importancia a lo que de verdad la tiene, a entregarnos en lo esencial. Debemos hurgar en la esencia de los problemas, en los orígenes, pero también en la potencialidad de los misterios. Tengo la impresión de que he vivido contigo sólo el lado rutinario de las emociones, de que nos hemos desgastado en elucubraciones titiriteras que en nada nos han enriquecido. Sin embargo, yo sí te amo como amante, pero presiento que tú no profesas igual sentimiento hacia mí. Hemos sido fieles el uno para el otro. Al menos yo he sido fiel. ¿Me ves como a una madre, como a una hermana mayor? ¿O es que tu manera de experimentar el amor es más distante, y por tanto más elegante que la mía, siendo menos comprometida? Noviamos desde los catorce años. Vivimos bajo un mismo techo desde que cumplimos yo dieciocho y tú diecinueve. Por la parte económica nos mantuvieron tus padres y mi madre hasta que empezamos a trabajar. Nos casamos después de que la primera niña me pateara las entrañas. Yo acababa de cumplir los veinte. A nuestro alrededor todos nos veían muy enamorados. Creo que sí, que lo estuvimos, de cierta manera. De una manera muy extraña, muy simple. En la distancia veo alejarse los sucesos tan diferentes, ajenos a mis posteriores decisiones, separados de la que yo fui. Sospecho a veces que nunca estuvimos lo suficiente enamorados. Fue una magnífica actuación de adolescentes confundidos. O si ocurrió ese cosquilleo que anuncia el amor, siendo tan jóvenes fuimos muy irresponsables y el amor se nos escurrió de entre los deseos. ¿O es que yo he evolucionado y tú has quedado rezagado? ¿O a la inversa? ¿Es que soy yo más egoísta?

No. Desprecio el egoísmo. De niña regalaba lo que más quería. Me gusta ser generosa. Entregándome a los otros es como he sobrevivido hasta ahora. Por eso quiero probar de otra manera, dándome a mí misma pequeños pero intensos placeres. Dejarme acariciar por el sol a la hora que me dé la real gana, beber agua sucia del abrevadero o de la turbina, bañarme en los regadíos o en la laguna, dormir debajo de los mosquiteros que cubren los campos sembrados de tabaco, o esconderme en las casonas de madera, arrebujada y soñolienta en una canasta para guardar hojas frescas de la preciosa planta. Entregaría todo por observar el nacimiento del sol, acostada encima de las yerbas húmedas de rocío. Sola. Sin ustedes. Estoy harta de observarme trajinando en la caótica imagen multiplicada que me entregan los azulejos de la cocina. Estoy desanimada. Idéntico a como tú lo has estado en tantas y tantas ocasiones. Tú te has ido y yo siempre me he quedado. Es mi turno. Me toca huir a la aventura, o una vez más al aburrimiento. ¿Quién sabe lo que me espera?

Algún día te contaré de aquel amor vivido a la deriva; yo ni siquiera sabía en el momento que ocurría que eso podía ser el amor. Recordaremos juntos aquella obsesión que yo creía sosegada. Lo haremos sólo para divertirnos, no creo que valga la pena que lo tomes en serio. Tú existías de forma vaga. Para que veas, yo he sido fiel a ese primer episodio amoroso sin dejar de amarte. Una puede amar a dos al mismo tiempo. Pero, repito, no temas, con quien únicamente podría vivir es con ustedes, mi familia. Desearía tanto decirte una frase dulce. Nada me impulsa a esa frase cariñosa.

¿Qué fue lo que rompimos? Mejor no pienso más. No debiera perder el tren.

A poco iré enviándote unas cuantas recomendaciones imprescindibles, para que entiendas ciertos recursos a emplear con las niñas. Espero que no hayas olvidado de que es a Ibis a quien no le gusta la leche caliente en el desayuno; sin embargo a Francis es a quien deberás colarle la nata de la leche hervida. En cambio a Ibis le fascina la nata fría con sal, puedes untársela en el pan. No se te ocurra peinarlas igual, odian verse repetidas, cada una tiene su carácter bien definido, y no sabría explicar cuál de las dos es más complicada. No me ciega la pasión, son hijas imperfectas, por suerte. Tú les exiges sin mirarte en un espejo. Yo también. En fin, ¿para qué voy a contabilizar defectos? Cada cual tiene los suyos, pero deberíamos saber dosificarlos. Entonces seríamos aún más tontos.

Francis tose mucho por la madrugada, se le enfría la espalda, dale en seguida la cucharada de benadrilina. Insiste en que Ibis se ponga los espejuelos para leer o para ver la televisión; está acomplejada porque los graciosos de la escuela la apodaron *cuatro ojos* y *fondo de botella*. Yo sé lo que es verse humillada delante de los varones, nunca fui una belleza. Ella, no deberás ignorarlo, es muy presumida. A su hermana no le agrada lavarse la cabeza, tendrás que vigilarla pues te engañará afirmando que sí se la lavó y saldrá con los pelos chorreando agua, pero me apuesto cualquier cosa a que te estará engañando. El caso es que le tiene terror a que el champú irrite sus ojos, dice que soñó que yo estaba restregándome el cabello y que los ojos me resbalaban de las cuencas debido a la espuma, ella intentó atraparlos para que no cayeran al piso, pero falló y mis ojos se estrellaron contra las baldosas. Despertó sollozando, se miraba las manos buscando los añicos. Ibis está más pegada a mí, es más consecuente conmigo, es la más frágil, para ella la separación no será nada fácil. No te descuides ni un segundo, Andrés, me muero de pensar que podría sucederles algo en mi ausencia. ¡Mira quién habla! Si soy yo la que ha querido despegarse de ustedes, deshacerse de ustedes. Me siento una plasta de mierda, pero no puedo echarme atrás. Ahora ¿aceptarás tú mi partida? Por favor, te ruego seas comprensivo, seamos adultos serenos, no puedo seguir sintiéndome menospreciada.

¿Por qué no piensas y actúas tú al mismo nivel y rapidez que yo?

Estoy llegando a la estación de trenes. Los trenes se ven tan hermosos en la lejanía, varados en medio de la maleza, mohosos; algunos pintados de un rojo óxido. Son trenes antiguos, demoran días en llegar al campo, paran en cada pueblo. Todavía por dentro son de madera, fueron de los primeros trenes que se inventaron. He comprado el billete en bolsa negra, nada caro, más de veinte pesos para exponerme al peligro. El revendedor me ha mirado y ha sonreído perplejo, como si estuviera al tanto de mi despreciable comportamiento. Aún no sé si de verdad deseo huir a aquel sitio en donde experimenté mis primeras emociones. Allí donde nos conocimos, Andrés, en la naturaleza. Pero, como te dije antes, esa primera pasión de sentir un cosquilleo perenne en el centro de gravedad, alrededor del ombligo, no fue provocada sólo por tu presencia. Hubo otra persona, aunque tú ya existías. No sé si tenga valor para seguir redactando esta carta cerebral, porque aunque ya estoy acomodada en un asiento forrado en cuero centenario, apestoso a sudor agrio, curtido por las espaldas del pasado, no sé si conseguiré ánimos para extraer mi cuaderno y escribir lo que en este instante me angustia.

El tren ha comenzado a moverse. Deambula mi mente,

vaga sin rumbo fijo entre los recuerdos, y así entro desconsolada en el paisaje, los rostros del andén han desaparecido de mi plano visual. Los rostros de ustedes se desvanecen como el instante más reciente. Soy una inescrupulosa, admito que olvidar tan pronto es absolutamente superficial y asqueroso.

Pero el verdor del campo resplandece ante mis pupilas, aún desconozco los nombres de ciertos árboles o los he olvidado, sin embargo voy distinguiendo otros y esto me produce una alegría incomparable. Escucho las exclamaciones de esos turistas disparatados que han decidido emprender este extenso trayecto en condiciones infrahumanas para sentirse más próximos de lo autóctono. Detesto la palabra *autóctono*, contiene en sí el término exclusión. Indígena, nativo, como si pretendiera significar porquería. El tren hace un ruido infernal chupando carbón y da la sensación de que extrae chorros de sangre en el intento de halar detrás de sí los rieles. Es un gemido fantasmagórico que añade a mi partida un carisma espectacular. Las palmas me emocionan, aunque no tanto como esos árboles gruesos, de troncos cubiertos por raíces colgantes, sauces llorones, no diviso flores, ni sembrados, ni regadíos. De vez en cuando aparece un tumulto de bohíos muy pobres, y un batallón aéreo de mariposas de múltiples colores. Surgen de la espesura vacas esqueléticas pastando en herbazales prominentes. O exterminando la frescura de un campo recién rociado de insecticida. ¡Se envenenarán! Allá ellas, ya sabrán lo que comen. Total, son vacas de adorno, porque ni su leche es nutritiva ni su carne es comestible. Ahí están los caballos, los lomos de crines brillantes espejean como si sudaran cerveza y los rayos del sol dieran valor a los globos formados por la rubia espuma. Las miradas inmóviles de los caballos clavadas en el tren, en mi ventanilla, en mí. Ansiosa por montar en uno de ellos e intrincarme en el monte, sin volver la vista atrás ni un segundo.

De buenas a primeras resurge el sol gigante y rojo de detrás de una loma, parece una pelota de fuego derritiendo trozos de hielo, las nubes. El cielo mismo ha devenido colorado, más bien rosa flamenco. Saco la cabeza a través de la ventanilla, avanzamos a poca velocidad si comparamos este tren con los trenes actuales europeos, pero a mí me satisface pensar que podría salir volando por un golpe de viento brusco hacia el canto supraelectrónico del jilguero, un trino que enrarece la atmósfera, cargándola de sinsabores, de idolatría campesina. Siento un cosquilleo en la garganta, respiro polvo de tierra roja, huele a vómito de perro sarnoso o a tripas de chivo descuerado. Hay una dulce pestilencia a sangre calcinada en los raíles de madera preciosa, a coágulos guindados de los guisasos secos como bolsas conteniendo antiguos tesoros espirituales profanados por los soldados españoles durante la guerra de independencia. La presencia de los mambises se escucha en ese galopar fantasmagórico, almas en pena preconizando amoríos con heroínas anónimas, defendiéndose en las batallas a machetazo limpio por la dignidad, la libertad, y todo eso que hoy ya no tiene sustento en nuestro mundo.

Un revoloteo y un cacareo obligan a que observe a mis compañeros de viaje. El vagón está repleto de mujeres, hombres, ancianos y niños de rostros macilentos; llevan como equipaje bultos sospechosos. Aquí, poseer una maleta siempre ha sido objeto de investigaciones. Abundan las aves, de ahí la bulla y la persistente peste a corral. Los niños sudorosos intentan sonreír a pollos recién nacidos enjaulados en cajones con huecos abiertos a modo de respiradero, en cambio lo que emiten sus labios es una mueca ronca como una caverna. Los pollos están enfermos y los niños aspiran a que el aire del campo les cure el moquillo. Las mujeres a punto del desmayo han sacado abanicos artesanales de cartón malo, los puños fabricados con una pala médica de otorrinolaringólogo. Se nota que los abanicos fueron comprados a un mismo artesano. Una de ellas acaricia sobre su regazo un cocodrilo amaestrado, comenta que piensa cambiárselo a un guajiro por un lechoncito. Los hombres pescan su sueño, cabecean, de súbito despiertan con temor de haberse pasado de estación, mienten alardeando con que van a cortar caña, para nadie es un secreto que en las peleas de gallos se apuestan los últimos desperdicios de las míseras fortunas. Los viejos leen periódicos del siglo pasado.

Allá, en lo último del vagón, una muchacha se ha descuidado, o lo hace adrede, y abre sus entrepiernas, las rodillas son demasiado oscuras, churrosas y con viejas cicatrices de postillas purulentas, de las corvas hacia abajo la piel es un mapa de nacidos, esos granos verdosos por lo enconados, cual cráteres babosos. Descubre que estoy mirándola y creo que me saluda con una mano indecisa, también cundida de ojos de pescado. Además, en sus párpados brilla un tumulto de orzuelos. Sin embargo, el rostro es hermoso, la boca lisa y pulposa, los dientes grandes, la frente ancha y abombada, tiene cara de mosquita muerta, de fingir la inocentona, de no romper un plato. Separa todavía más sus muslos y se encarama en las caderas la falda del vestido color caramelo. No estoy segura de que quiera darme filo a mí, volteo la cabeza y comprendo que el espectáculo no me está dedicado, no es conmigo con quien ha coqueteado antes, ni tampoco a quien intenta seducir enseñando lo más recóndito de su cuerpo empercudido. Es a este mastodonte sentado detrás de mí, mareado de tanto ansiar toquetear con la mirada, un tipo de facciones rudas, de piel de lagarto, por cierto, ¿querrá cachicambiarse por un puerco? Los

41

ojos grises, el pelo trigueño y abrillantinado con esa brillantina mala y apestosa de pote grosero. El tipo apretuja entre sus brazos un gallo de pelea, un gallo fino de cresta rojísima y transparente a la luz, el pico color marfil o perla marina, las espuelas afiladas. La joven continúa calentándolo a todo lo que da el chuchuá, chuchuá del tren.

Intento volver la vista al paisaje, pero ahora es un revoloteo que se escabulle rozándome la oreja y que impide mi forzado embeleso. El gigante ha liberado a sabiendas al gallo, oigo azuzarlo: *¡Ataca,* Solito*! Solito* debe de ser el nombre del gallo. Y *Solito* ha ido directo a acurrucarse entre la saya de la muchacha de rodillas costrosas; ella aprovecha y se esparranca todavía más, el animal ha comenzado a picotear, no exactamente de lo que pica el pollo, que es la mierda, sino ahí, en el triángulo oscuro, justo en la diminuta cabeza de la pepita. A cada picotazo la pepita aumenta de tamaño, y la dueña se arquea en el asiento en presencia de nosotros, los viajeros, quienes nos hacemos de la vista gorda. Ella inicia un concierto de gemidos, el gallo picotea, picotea, y a mis espaldas el hombre respira grueso, calentándome el cuello con resoplidos mojados, oigo un frufrú producido por la mano sobándose la portañuela, eso imagino, no hay que ser cartomántica para adivinarlo. Ella ruge cuando *Solito* embiste queriendo arrancar de un jalón aquella cresta tan encendida como la suya. El guajiro servandoso sigue abstraído en el grumoso espesor de su paja, despertando más y más a ese pasajero venático de tercera clase resentido contra su muslo, a punto de explotar de roña lujuriosa.

La maniobra erotizante dura una media hora, el ambiente se ha puesto denso, sólo ellos dos palpitan ajenos del mundo. Los demás se adormecen debido al traqueteo del tren que invita al cabeceo y nos sumerge en una soñolencia, pero también hastiados de lo que todos consideran un espectáculo demasiado vulgar que no pasará de ahí, de una paja costumbrista, habituados como están a este exhibicionismo, pues por acá no es nada raro que viajando en una guagua alguien coloque sobre tu hombro un pene macizo, semejante a un yunque, y te llene la oreja de esperma y el chorro se escabulla por la ventanilla, doble por tercera, y empape el rostro apergaminado de una anciana que intentaba tomarse un granizado de limón al cruzar la esquina de Neptuno y Belascoaín.

Pero yo no, yo no me duermo, yo deseo ser testigo de la opereta rabolesiana (en lugar de rabelesiana) hasta el goce último, que pertenece más del género zarzuela porno-tradicional. El tipo se ha levantado de su asiento, se apoya en mi nuca, la mano fogosa y cubierta de callos araña mi piel, es una mano de boxeador, mejor dicho, de carretero. Cual un toro que embiste, se dirige trastabillando a causa de los bamboleos del tren hacia el asiento de la endemoniada. Arranca al gallo del totingo enhiesto y retuerce el pescuezo del ave compitiendo con la imagen del marido celoso desquitándose con el amante. En seguida agarra a la sicalíptica por la muñeca y, de un empellón a lo Robert Mitchum a una res en *Hombres errantes,* lanza a la doncella desollada contra la estera mugrienta del pasillo. Y allí la deshonra, que por lo que se ve ella disfruta más que la honra. De una galúa cabillera. La desvirga, en resumen, de un trancazo. El gallo boquea a corta distancia, brincando en el estertor del crimen. Siento un nuevo cosquilleo en la garganta, quizás sea deseos de entonar una melodía fina y elocuente. Aquella que dice:

Sitiera mía, dime qué has hecho de nuestro dulce hogar...

Dejo caer los párpados, amodorrada de vergüenza y de escalofríos en la vagina; al abrirlos ya cada uno ha regresado a su silla. Ella, muy correcta, saborea la fatiga, ladea la cabeza acomodando la nuca en el raído almohadín del respaldar. Él, guacho al fin, no renuncia a la rudeza y se ha ubicado a fumar un tabaco tan descomunal como su propio sexo, puedo comprobarlo volteándome, haciendo como quien busca un objeto perdido por el suelo. En el interior de una canasta de mimbre ha introducido el cadáver de *Solito*, el gallo escultor de corolas de carne salada y apetitosa. Elegguá ha recibido su sacrificio.

Es entonces, querido Andrés, que busco en la mochila el bloc de notas y comienzo a escribir dos cartas, una para ti y otra a las niñas. No sé cuán fiel a estas reflexiones pueda redactarlas. Y aunque en las escuelas al campo me destaqué por ser la escribana del campamento, pues todas mis compañeras de albergue rogaban que redactara poemas en su nombre dirigidos a los novios, sin embargo nunca he quedado satisfecha con mis propias cartas. Aunque a ti nunca te haya escrito una. Es cierto que tú tampoco me has enviado ninguna misiva amorosa. Ni siquiera una frase prendida a un ramo de flores. Menos un recado pinchado con una taza de café, por las mañanas, antes de irte a poner ladrillos. ¿Ves, Andrés, los pequeños detalles ausentes que van debilitando el amor? Creo que debimos habernos esforzado un poco más. Tal vez sea mejor que te llame por teléfono en cualquiera de las próximas paradas.

GEOGRAFÍA DE UNA CARTA DEMORADA
—

El cemento estaba ahí, preparado como lava de volcán vivo, haciendo espuma gorda, plof, plof, plof. Si se entretenía, se pondría a punto de secar, endurecería, tendría que reanudar la mezcla, lo más fastidioso. Un hombre de unos treinta y pico de años, casi cuarenta, ponía un bloque encima del otro, quítate tú pa ponen'me yo, quítate tú pa ponen'me yo, quítate tú... así rezaba la frase que había escogido como entretenimiento de sus neuronas. El cemento amenazaba con transformarse en piedra informe y joderse. Andrés silbó y de inmediato voceó:

—¡Molleja, trae agua, asere, y ven a remover cemento, o si no se calcina!

El Cisne se acercaba empujando una cochambrosa carretilla desbordante de bloques grises. Molleja se le atravesó en el trillo, el balde de agua lo desequilibró, trastabilló. Con la rueda delantera, el Cisne, sin querer, pinchó la punta de la bota del cuarentón de barriga prominente. Le llamaban el Cisne justamente debido a su cuello largo y flaco en contradicción con su cuerpo cubierto de una pelusa canosa, semejante a un plumífero engordado con cerveza de pipa; al principio, por supuesto, no le había gustado para nada este nombrete, pero ya estaba adaptado.

—¡Me cacho en la Pura, consorte, mira por dónde caminas! ¡Ñooo, me has asesinado un dedo!

Molleja había tirado el cubo y, acostado sobre el pedregal, se retorcía de dolor. El Cisne abandonó la carretilla para socorrer a su compañero.

—¡No exageres, compadre, la bota viene siendo dos números más grande que tu llanta!

El Cisne haló el pie del otro, surgió envuelto en un calcetín grueso, en el extremo el color verde se había puesto terracota por la mancha de sangre que iba creciendo.

El Cisne sacó la media de un tirón y con ella largó la uña.

—¡Aaaay, no seas bestia! ¡Me desmayo, coño, traigan un médico!

—¡Manda cohete, tú!

El Cisne brindó su hombro para que Molleja encontrara apoyo. Éste se irguió parándose sobre el pie sano, chorreando sangre del dedo herido. Andrés acudió a ambos a toda velocidad brincando por encima de los escombros, se deshizo de los guantes y, alzando a Molleja por el otro lado, reclamó a grito en cuello:

—¡Una ambulancia, mulato, busquen un taxi, algo, rápido!

Otro tipo con cara y estatura de jefe bonachón asomó por un lateral del edificio en construcción. No se alteró ante el drama, guardó el aplomo jugando con un trozo de raíz de palito vencedor entre los dientes.

—No sean alarmistas, por lo que veo la sangre no llegará al río —comentó impávido.

—¡Le zumba, compay, tiene el dedo hecho picadillo y tú saboreando majarete, pudo haber sido peor, eso ya lo sé! —Andrés se quejó, adelantado y ya en la acera asaltó el medio de la calle.

Al instante logró interponerse entre un *jeep* del ejército y su trayectoria futura. El Cisne y Molleja colaron dentro a la velocidad requerida, Andrés dio un manotazo en el capó del auto al tiempo que ordenaba dirigirse urgente al hospital, el *jeep* Willy arrancó envolviéndolo en una nube de humo renegrido.

—Ponte pa la maldá a ver qué tú inventas con el cemento, los bloques y demás remandingos. Dos de menos, más los cinco ausentes, son siete trabajadores rebajados. Por lo menos resuelve lo de éstos, mete pa pescao porque si seguimos así, entre que nos paran por falta de material y las bajas, este edificio no lo terminaremos ni a mitad del tercer milenio. Con suerte lo seguirán construyendo nuestros herederos y lo vivirán mis tataranietos. Lo que soy yo no estaré vivo para inaugurarlo —protestó el jefe con un deje de monotonía, visiblemente abochornado de mandar.

—Ya, ya va, veré qué soluciono, tengo dos manos na má, cúmbila, no soy un pulpo. —Andrés, respondón, retorció los ojos.

En una enorme plazoleta, frente al mar, se hallaba este descampado bañado en cemento, cal, arena, bloques y maquinarias destoletadas dedicadas a la construcción de edificios. En el centro se levantaba un falo gris de piedra mal lijada de unos quince pisos de altura, huecos cuadrados alardeaban de posibles ventanas, pasillos o laberintos a medio fabricar se suponían desde el exterior; nubes estacionarias de polvo opalino contaminaban la natural luz almibarada. El hombre de cutis cubierto de cicatrices de un antiguo y emperrado acné juvenil y torso semidesnudo semejante a una estatua de bronce se enfundó de nuevo los guantes y cubrió su cráneo rapado con un casco blanco; vestía una camiseta agujereada y demasiado corta, mostrando ombligo y vellos del musculoso vientre; las piernas maci-

47

zas cual columnas de acero se movían elegantes protegidas por un pitusa viejo y roto a la altura de las rodillas y del fondillo. El rostro y bigote maquillados de una capa fina de cal, cada vez que parpadeaba parecía que las pestañas esparcían polvo de estrellas, de los abultados bíceps y tríceps corrían gotas prietas de sudor mezclado con basura. Tosió varias veces, escupió lejos a la manera de los expertos en derribar adelfas con gargajos terrosos. Avanzaba a grandes pasos; una vez ubicado en su puesto de trabajo volvió a mezclar cemento dejando el cubo de agua cercano para poder ablandar el mejunje de vez en cuando; tomó la cuchara de albañil y continuó el muro de bloques.

Lástima que no haya ladrillos, el edificio se vería más bonito, tendría más onda con ladrillos, pensó. Chácata, plon, chácata, plon, chácata, plon, quítate tú pa ponen'me yo, quítate tú pa ponen'me yo, quítate tú pa ponen'me yo, chácata, plon, chácata, plon, chácata, plon... Andrés sintió que un riachuelo de sudor le recorría de la rabadilla a las verijas, de ahí a la entrepierna, después a las corvas, siguiendo a los tobillos, culminando en los calcañales mal abrigados con calcetines agujereados; ardieron las ampollas de los pies; las botas eran demasiado cerreras aunque las había usado con bastante frecuencia, domesticándolas desde hacía dos años. Saboreó, entre asqueado y heroico, la sequedad de la boca. Evocó cerrando los ojos, sin detenerse en el acomodamiento del bloque, una piña cortada en rodajas; la sensación refrescante del jugo de la piña descendió por su garganta, aliviando las amígdalas carrasposas, semejantes al erosionado muro que estaba construyendo. O una limonada bien congelada con trozos de hielo machacados por su mujer dentro de una bolsa improvisada con el paño de cocina. Y pedazos de gollejos, y hasta semillas del limón, macerados, erizándole las encías, atravesán-

48

dole con el frío la angostura de los empastes de las terceras muelas, con las que más se mastica. Tragó en seco e hizo un esfuerzo para desviar su pensamiento de aquella tentación ilusoria.

—¡Oye, estás lento, monina, agila y muévete! —el jefe lo despertó con un berrido más cercano del ejercicio del poder que del entusiasmo.

Con esa cara de chivo, se dijo Andrés, y sonrió sin responder. Es cierto que el mandamás o capataz de obra se había dejado una barba denominada candado por la forma tan parecida a ese tipo de cierre. Cuando los demás constructores lo criticaron argumentó orgulloso que se trataba de la última moda mexicana, una barba puntiaguda de filósofo de finales de siglo. ¡Vaya disparate! Andrés lo trajinó de buena gana, es decir, que lo cogió para el trajín; anda, que te pareces a Trotski, anda, cara de papaya engominada. El tipo bromeó, harías bien en dejarte una como la mía, Andrés, a las mamitas les encantan las bocas peludas que les provocan cosquillas en las mazorcas.

Las manos del constructor se hincharon, producto del excesivo palear cemento. La mente inflada de recuerdos deliró destilando las imágenes habituales de su archivo erótico. Dánae desnuda, su cuerpo escapando de la adolescencia. Blanco de la mitad de sus muslos hacia el cuello, los brazos, las rodillas y las piernas tostados, arañada la piel por culpa del bledo, de la pangola, de la mala yerba. Se habían dado cita aquella tarde en un platanal, al finalizar la jornada de trabajo. ¡El platanal de Bartolo! Rieron rememorando la canción o el dicho. Andrés esperó ansioso, con el nerviosismo de los machos cabríos; estaba empapado pues había pasado antes por el río, asunto de quitarse la peste a grajo y el sudor agrícola. Transcurrió alrededor de una hora, lo supo por el desplazamiento de la sombra con respecto al sol del gajo que había enterrado en la tierra para medir el paso del tiempo.

—Nunca me había sentido tan dependiente del sol —murmuró.

Después de toda esa barbaridad de minutos escuchó pasos sobando la maleza, *Dánae teje el tiempo dorado por el Nilo*, fue la contraseña para reconocerse. Ella surgió con la sonrisa achinándole los ojos. Arrogante en su pudor mal disimulado. Se había desembarazado del pañuelo de koljosiana y llevaba el pelo castaño oscuro partido con una raya en medio de la cabeza, bien alisado y recogido en un moño en la nuca. Vestía una blusa floreada de cuello de puntas de pico, un pantalón de caqui carmelita, ¿o se veía terroso porque estaba entripado de lodo? Llevaba el pantalón remangado hasta unos cinco dedos por encima de las rodillas, los pies descalzos y enfangados, pues Dánae sostenía las botas como sendas carteras rebosantes de guayabas. En el cuello fulguraba un collar de cuentas de falso lapislázuli, donde colgaba la llave de la maleta de madera. Resuelta, se pegó al cuerpo del joven y depositó un beso furtivo en sus labios, a él no le dio tiempo de cerrar los ojos, en seguida ella preguntó ¿ya estás aquí? Como si no lo hubiera visto.

—¡Andy, avisaron del hospital, Molleja no podrá jamás chocar los cinco bailando, con el pie, claro, se le quedaron en cuatro latinos, asere, perdió el dedo, es diabético! —mugió el jefe sacando al obrero de sus ensoñaciones.

Cumbaquín quin quin, cumbacán, cumbaquín, quin, quin, cumbacán, cumbaquín, cumbacán, baquín, bacán. El hombre escuchó a lo lejos una rumba coral, varios jóvenes imitaban con la boca el repiquetear de los tambores en un guaguancó, el sonido venía de la Casa de la Requidia, se comentaba que allí, en aquella antigua casona descascarada de lo que antaño había sido un verde pompeyano, unos inmorales habían filmado una película pornográfica de forma casi artesanal (con una cámara viejísima) y por supuesto clandestina. Requidia era el seudónimo con el que la dueña de la casa firmaba sus poemas románticos. Andrés jamás había visto uno de esos filmes, pero sentía enorme curiosidad por verlos. Sacó un pañuelo estrujado del bolsillo y secó el sudor de su cuello y del pecho. Molleja había perdido un dedo, la semana anterior le había tocado a su socio el Tuerca perder un ojo. Ironías de la vida, precisamente con una tuerca que le saltó a la cara. Intentó continuar sumergido en su labor cuando sintió la presencia del mandamás detrás de él.

—¿Qué te parece lo de Molleja? —preguntó el tipo con la voz entrecortada, quien a la larga era un sentimental de larga tirada, desde Jacomino a Taiwan.

Andrés guardó el pañuelo y al punto cargó en peso un bloque, sin siquiera virarse hacia su interlocutor.

—Yénica, ¿diste guataca a lo que te dije o qué?

—Te oí, claro que te oí. Nada, compay, otro caído en combate.

—Mañana lo mandan a casa de su Pureta. No es tan grave, bueno, eso dijeron. Pero estará su buen tiempo de baja médica y saldrá de la lista de entre los primeros en coger gao.

—Lo de perder el apartamento no es lo peor. Lo malo es que perdió un dedo, ¿no? —Andrés quedó mirando fijo al compañero, con un rictus bravucón, agachado mientras preparaba la mezcla de arcilla, arena y cemento.

—¡Coño, consorte, claro! ¡Eeeeh, no, no, no, conmigo no vengas a encarnarte!... ¿Pasa algo? No te siento en talla.

—No estoy en talla con la vida, asere. Na, de pronto me engorrioné. No es fácil soñar con un gao y que de buenas a primeras te manden a freír tusa, te ordenen un peritaje mé-

51

dico con un mocho de carne como condecoración. —Andrés se incorporó. El viejo le palpó el vientre velludo, guiñó un ojo, y se alejó arrastrando la carretilla del Cisne.

¿Qué estaría haciendo Dánae a estas horas?, se preguntó Andrés, saboreando aún el cosquilleo de la caricia de su colega. Era el día de descanso de su mujer. Volvió a sus pensamientos por donde mismo los había interrumpido. Costó trabajo convencer a la muchacha para aquella cita en el platanal. Sin embargo, Dánae había sido la inventora de la contraseña, aquella frase del encuentro inicial. Es un verso de un gran poeta, enfatizó. La habían bautizado con ese nombre porque su abuela había sido amiga de la criada del escritor. A él qué carajo le importaban los poetas. Cuando posó sus labios en la piel de la muchacha sabía a tamarindo. Tamarindo resbaloso, tamarindo chupado, mi ricotota tamarindo, mi cráneo de tamarindo, ilusión de tamarindo. Entonces ella, actuando la emoción, musitó en su oído que debían apurarse, no fuera a ser que la guía de la brigada reparara en su ausencia. Dánae desapareció detrás del cortinaje de matas de plátano. Cuando él llegó a ella ya estaba desnuda. Su cuerpo marcado por dos colores, como si fuera dos en una... La mujer centaura o una sirena. Una hecha de azúcar prieta quemada y la segunda de natilla de mantecado. De primera vista no le agradaron sus pezones cual dos mamoncillos mordisqueados, demasiado erizados y pequeños contrarrestando con unos senos tan grandes y enhiestos. Dánae engañaba, vestida no daba la impresión de poseer tanto busto. Las caderas eran anchas y huesudas. Su mirada se detuvo poco en el pubis, sin embargo distinguió un pequeño triángulo de vellos mucho más oscuros que el pelo natural de la cabeza. Y no supo o no quiso descubrir más, ella se aproximó a él, fue desnudándolo poco a poco, obligó a que se arrodillaran juntos, uno frente al otro. Profundizando en la escenografía barroca reflejada en sus pupilas empujó con suavidad el cuerpo de Andrés hacia el suelo. Acostados en el surco, sobre una alfombra de inofensivas hormigas y de matojos de todo tipo, lo único que hicieron fue besarse y nada más de pecaminoso para sus respectivas edades. Al ella acariciarle los testículos, él eyaculó sobre su muslo. La joven se incorporó de un salto y arrancando una hoja de plátano se limpió con ella. La mancha bananera duró semanas en su piel. Luego se vistió a la carrera y dramatizó lo más que pudo la escena.

—Fíjate, Andy, es la primera vez que me acuesto con un hombre, necesito que aclares si puedo o no considerarme tu novia.

Él todavía se hallaba tirado sobre la tierra, desmadejado. Asintió con la cabeza, ella a horcajadas encima del pecho de su enamorado le robó un beso, más por maldad que por inocencia. Andrés la atrajo hacia sí.

—Yo tampoco, Dánae, nunca antes...

—Ssssss, cállate —y enmudeció al chico con un segundo chupón fulminante.

Entonces Dánae escapó en una alegre estampida hacia el campo soleado y abierto. Por aquellos tiempos ella era la más alegre de las adolescentes, a un paso de la juventud, a un resbalón. Eso había ocurrido en la tercera semana de escuela al campo, aún faltaban varios días para el regreso a la ciudad.

En la actualidad, ella ya no era la más alegre de las mujeres; cuando no peleaba por cualquier tontería caía en un mutismo desesperanzador que podía durar semanas. No sabía en qué momento sucedió la transformación, poco a poco quizás, él no había conseguido evitarla. Oportunidades de pegarle los tarros él tuvo a puñados, pero Andrés era vago hasta para eso, y además la quería. Existían las niñas, no ambicionaba caer en lugares comunes. Lo de cuernos, separación, divorcio, odio, sufrimiento... no deseaba que la vida se le diluyera en estupideces.

En verdad no era tan exacto en su juicio sobre sí mismo. En una ocasión encontró a otra, tan habituado estaba al olor de tamarindo de Dánae que repelió el perfume de aquélla. Para él todas las mujeres debían exhalar idéntico aroma al de su esposa. La cosa no llegó lejos. La Otra, así la llamaban sus amigos, fue envalentonándose y comenzó a exigirle definiciones.

—Chico, ven acá, tú estás casado o qué, te traes un hué-leme-el-nabo que no entiendo, acaba de meterme mano porque una se cansa de la majomía, ¿no será que tú no estás verificado sexualmente?

Andrés hizo su papel de hombre muy por arribita, to-queteos bobos pero nada de acostarse, a lo más que se atre-vió fue a colocarla horizontal una madrugada en el césped del parque de Paseo.

—Si estás escachado puedo pagar la posada —alentó la Otra—, me devuelves el dinero cuando cobres el salario del mes próximo.

No pudo continuar, y eso que era una tipa suave, no an-daba en nada, o sí, puestísima para él. Encima estaba bue-na, se enorgullecía diciendo que era actriz y bailarina y que algún día viajaría. Era pelirroja auténtica, y él se partía con las pelirrojas. Pero Belinda, así se llamaba, comenzó a intri-gar, a presionar con persecuciones implacables, con llama-das a las tres de la mañana. Había conseguido el número de teléfono inventando un cuento en la oficina de Andrés. Ése fue el error, darle la dirección de la pincha, cuando aquello él trabajaba de contador en el Banco Popular de Ahorros del Focsa. Ella, con el número en su poder, se hizo pasar por una prima lejana de él, aprovechando que era el día franco, mintió alegando que acababa de perder la agenda donde llevaba anotado el teléfono de la casa de su primo, que el del trabajo pudo conseguirlo a través de una amiga, camarera del restaurante El Emperador, el cual se halla situado al lado del banco. El suplente que la atendió se tragó la guayaba y dio todas las señas habidas y por haber. Belinda discó en el pesado aparato de baquelita y menos mal que ese día contestó Andrés, ya que era usual que fuera Dánae quien respondiera.

—Mi *amol*, oye, es una cosa que no puedo *vivil* sin ti —suspiró Belinda.

Andrés tartamudeó un qué tal de ultratumba. A pocos pasos, su mujer planchaba los uniformes escolares de sus hijas.

—¿Eeeeh, y esa frialdad? —volvió Belinda a la carga.

—Es que ando enredado, te llamo dentro de una hora, no, no, no lo hagas tú.

Dánae acomodó la plancha y observó extrañada a su marido. Suerte que en ese mismo instante Matilde pegó un grito desde los bajos para que fuera a tomar café.

—¡Danita, colé café!

Andrés enroscaba y desenroscaba el cable mientras respondía para todo con un ujum, y de nuevo ujum, y ujum y ujum. Dánae tenía tantas ganas de tomar un buche de café bien tinto y de parar un poco el planchado que salió sin despedirse y dando un portazo, porque ya había comenzado a picarle el bichito de la duda. De inmediato rajó un tremendo chaparrón, el olor del mar inundó la sala.

—No me busques más, Belinda, no me compliques la vida, vieja.

—Vieja pelleja será tu tía. Ah, no hace falta que me lo pintes en un papel, ya entendí, eres casado. —Del otro lado se hizo un silencio abrumador—. No hay trauma, pipo, reclámame cuando decidas liberarte un rato de la prisión fecunda.

Lo peor que hizo fue hacerle caso. Se dieron cita en el parque Central.

—Hoy el pitcheo estuvo flojo —escuchó Andrés al paso en la Esquina Caliente, la cual se había mudado de Doce y Veintitrés para allí, donde los fanáticos del béisbol se rajaban a trompadas por sus equipos o jugadores predilectos.

Ella lo esperaba con los brazos en jarra y flexionando casi imperceptiblemente una rodilla a ritmo acompasado, con lo cual daba discretos taconazos desesperados sobre la gravilla de uno de los trillos del parque.

—¿Cómo te lleva la vida, te sonríe o se burla de ti? —preguntó irónica y al punto se le reguindó del brazo—. ¿Hay chamas por el medio?

Él afirmó con gesto trágico.

—Mira, si algo hay fácil en este país es divorciarse y pasar una pensión de diez pesos a los hijos, una tirria —alentó ella.

Andrés negó y sintió como si por dentro su cabeza sonara como una maraca.

—Di algo, chico, no te quedes pasmado haciéndote el cheche, que aquí la única que puede darse ese lujo soy yo.

No volvieron a conversar en toda la noche sobre el asunto, caminaron en vuelta del Torreón de la Flota, por la calle de Obispo, hacia la bahía. Debía de haber sido una de esas noches nostálgicas de invierno, pues era enero. Andrés recuerda que ella llevaba un suéter rojo sin cuello, con unos botones de intenso brillo dorado. Él se lo celebró.

—Ay, cariño, es de la época de la colonia, herencia de mi madrina.

Él detuvo sus pasos y, marcando una mueca trágica con

las comisuras de los labios crispadas hacia abajo, anunció mirando al lado contrario de ella. De cualquier manera le seducía su zoquetería.

—Belinda, mejor no nos vemos más.

—¿Cómo, y eso por qué? Fíjate, no pienses que voy a quedarme tan inofensiva, no permito que jueguen con mi honor y con mi orgullo.

—Adiós, Belinda, te quiero y me quedo corto.

—¿Y si te la cortas para qué te quiero? —bromeó ella y, zafándose de su brazo, se perdió por la calle Mercaderes como quien se dirige al antiguo hotel Cueto, allí donde la calle se convierte en Inquisidor.

Nunca más la vio, pero Belinda se empeñó en molestar a Dánae; telefoneaba en la madrugada.

—Me acosté con tu marido, estoy todavía gozando la leche de tu chinirriqui, mamita. No le dejé ni una gota para ti, lo exprimí.

Dánae aguantó lo máximo que puede soportar una mujer que se precia de sensata.

—Andrés, tú tienes Otra. —Y ese *otra* nunca más cesó de pronunciarse con mayúscula.

—No, no y no, te lo juro por lo que más quiero.

—¿Por las niñas?

Refugiado en el mutismo habitual intentó combinar la duda con una caricia. Ella rechazó arisca.

—Dime la verdad, Andrés, sé sincero, prefiero saber la verdad. No voy a hacer nada, todo quedará igual que antes, pero no puedo vivir en la incertidumbre.

—Nada, no pasó nada.

—¿Y entonces por qué no juras por las niñas?

—Por favor, Dánae, no seas papelasera.

—Si no confiesas, entonces sí que planteo el divorcio.

—Nada, no hubo nada. Es la prima de un maniático del

banco que estuvo persiguiéndome, pero ya yo la planché —mintió y la guayaba dio pie a una mala interpretación.

—Si dices que planchaste el asunto es porque existió su guararey.

—¿Vas a seguir con el mismo julepe?

—Aaaah, ya veo por dónde viene la cosa... ¡Coño, chico, pero yo pensaba que yo vivía con un hombre y no con un furrumalla tapado! ¿Por qué no me lo quieres decir? ¿Era con un hombre? ¿Me engañabas con un maricón?

—¡No insultes, mira que te parto el espinazo...! —Hizo ademán de bajarle un avión, ella esquivó el golpe, pero de todas formas él se contuvo—. Déjame, vas a obligarme a que haga una locura.

—¿Dejarte, yo aquí echando el bofe y tú en el foqui-foqui? En el cuchi-cuchi, viviendo como Carmelina. ¡Hay que tener gandinga! ¡Sí, es lo que debía hacer ahora mismo, cargar con las niñas y largarme a Jatibonico, a casa de la Quimbamba! ¡Ya me habían advertido de que te vigilara, que andabas en pajarerías! Aunque prefiero que me tarrees con un mariquita antes que con una puta.

—¡No, ya está bueno, me vas a volver loco, el que se va soy yo, antes que me dé por meterte un janazo! ¡Mira que yo estoy jurado!

Desapareció durante setenta y tres días. Anduvo vagando sin rumbo, pernoctando en casa de amigos, e inclusive de enemigos. A su regreso ella había enflaquecido bastante y él encontró a las niñas muy malcriadas, caprichosas, lloraban por cualquier estupidez, descontroladas de los nervios. Pero nunca había engañado a Dánae, al menos jamás llegó a consumar el adulterio en una cama. Pero en definitiva, con anterioridad al episodio de Belinda su mujer ya había cambiado.

—Secuelas de los partos —aseguró Jacinto, el padre de Andrés—, el mal genio irá esfumándose con los años.

—Sí, pero ¿cuántos años?

Porque la vida son años. Y él no tenía intenciones de pasarse la existencia en estado de absoluta amargura esperando el milagro que le devolviera a su Dánae intacta, aquella adolescente alegre y despreocupada.

—Hijo, apúntate en una microbrigada, trata de separarte de nosotros, ella ansía vivir sola contigo.

—No le falta razón, viejo, pero también aprovecha que ustedes cuidan a las niñas.

—Bueno, es que nosotros somos los abuelos, ¿no? Y tú quisiste vivir con tu madre y conmigo, ¡bastante que ella insistió en irse a la casa de su madre! Ya sé que había menos espacio que en la nuestra. Sin embargo, ella obedeció tu punto de vista.

Al poco tiempo, Andrés se metió a constructor, Dánae fue trasladada de bibliotecaria a oficinista en el palacio de los Matrimonios de Prado, allí resistió pese a que estuvo muy embullada con la idea de pedir ella también una inscripción en la misma microbrigada de su marido. Fue la última vez que Andrés la sintió entusiasmada con un proyecto. Después de cientos de gestiones y trámites inútiles, Dánae desistió. Andrés tampoco sabía a ciencia cierta cuáles habían sido los orígenes de tanto empeño naufragado en desidia. Si algo alarmaba al hombre, era que no lograba adivinar lo que pasaba por la mente de su esposa, no entendía ni pizca de sus inquietudes o sufrimientos, tampoco deseaba preguntar ni persuadirla de su inocencia. Debía ser normal que ella decidiera confiarle sus secretos. Un marido no tiene por qué suplicar a su mujer que le cuente sus problemas. Estaba dispuesto a esperar paciente, y no movería un dedo hasta que Dánae tomara la iniciativa.

Cumbaquín, quin, quin, cumbacán, cumbaquín, quin, quin, cumbacán, cumbaquín, cumbacán... Los guaracheros habían salido de la Casa de la Requidia y se acercaban a la esquina alborotando a los transeúntes a su paso, arrollando cual bestias furiosas y lujuriosas, bebidos, resoplando ron y cerveza por las narices; uno de ellos cargaba una maleta de pino pintada de marrón. Andrés afinó con la cuchara de albañil el borde de cemento del último bloque de aquella tarde, sacó el reloj de pulsera de uno de los bolsillos delanteros del pantalón y comprobó que era hora de cerrar el negocio.

No había duchas. En el interior de una caseta medio destartalada pasó una toalla churrosa por su sudoroso cuerpo y cambió la ropa de labor por una muda limpia que Dánae le había acomodado esa madrugada en la mochila. Ganas no le faltaron de sumarse al tumulto de comparseros, quienes hicieron escala debajo de los portales, junto a la bodega; abrieron una mesa de madera y tiraron las fichas de dominó.

—¡Gina, enciende el bombillo del balcón que ahorita se hace de noche y no veremos ni truco! —gritó un pardo llevándose las manos a la boca en forma de vocina con el rostro apuntando al primer piso del caserón.

—¡Ya va, pero hoy no quiero dominó hasta las tantas, miren que a Raymundo se le subió la bilirrubina y por nada explota el termómetro de la fiebre! ¿Por qué no se van a hacer bulla a la esquina de Teja? —respondió la mujer desde el interior. Sin embargo, al instante la lámpara pestañeó iluminando en cono, justo encima de la mesa.

—¡Porque la esquina de Teja no tiene el *swing* de este rincón! Esquina de Teja ni esquina de Teja, ¡quién se acuerda de la esquina de Teja!

El grupo exclamó su aprobación. Andrés se dijo que si

no estuviera tan cansado le habría encantado quedarse con ellos para echar una partida de las candentes, de las de bronca y galletazos y piñasera y fiana que cargara con medio barrio para la estación de policía. Cuarenta y ocho horas en cana no le vendrían mal, al menos descansaría. En cambio continuó en dirección a su casa. Se hallaba molido, comería algo, luego pasaría por debajo del chorro de la tubería mohosa que aún ellos llamaban ducha por respeto al pasado, y en seguida, ¡chuculún, para el colchón!

Cuando pisó el último escalón del zaguán del edificio en dirección del interior reventó a llover con un aguacero endemoniado, tal parecía que caían raíles de punta; fue uno de esos temporales que no tienen para cuando acabar. Qué suerte que no me cogió en la calle, caray, pensó. San Isidro, el aguador, quita el agua y pon el sol. Aunque al instante añadió otras frases a su pensamiento: su mujer no le hablaría, evitaría cruzar la mirada con la suya, es más, quizás hasta despreciaría su presencia, yéndose al cuarto cuando él entrara en la cocina y a la inversa, otra vez por culpa de la tardanza. Una vez le había recalcado que hasta le molestaba su modo de caminar. ¿Para qué explicar que había venido caminando, deprimido por el dedo malogrado de un compañero de trabajo? Palabras caídas en el abismo congelado e indiferente de aquel tímpano terco, ella no reaccionaría. Eso sí, las niñas ya habrían sido bañadas, comidas y con buena suerte ya habrían terminado las tareas e inclusive probablemente estarían extasiadas delante de la televisión, hipnotizadas por cualquier estupidez de amores inexistentes de telenovelas. Sería duro convencerlas para que le permitieran ver el juego de pelota. Subió los tres pisos con la espalda encorvada, arrastrando los pies. Apestaba, consiguió diferenciar entre el mal olor ambiental y su propia peste. No sintió la hinchazón de sus manos cubiertas de ampollas y callos al acariciar la pared; se le habían dormido y hasta hormigueaban. Por fin llegó a su piso, la puerta de Beneranda se hallaba abierta de par en par; raro, ella nunca exponía sus intimidades con semejante desfachatez. Dijo buenas noches a una cierta sombra de espaldas que se balanceaba sembrada en el sillón, con una pierna colgando por encima del brazo de madera, frente a la pantalla en blanco y negro, en piyama y camiseta pulcra. Será el marido, o el hijo, seguro, siguió de largo, apresurado, extrañado de no ver luz por el filo del umbral de su apartamento, o a través de los resquicios de la ventana de la sala que daba al pasillo.

—Andrés. —Su nombre en la voz suave de Beneranda hizo que un escalofrío de advertencia recorriera su rabadilla.

—¿Qué pasó, y las niñas, por qué no hay nadie en mi casa? —La materia gris actuó velozmente, los ojos desmesurados leían e intuían tragedia.

—Nada, tus hijas están en mi cuarto, Norberto está viendo el juego de pelota y yo las puse a hacer las tareas, ya comieron. Eso sí, no se han bañado... porque no han podido entrar, no tienen la llave...

—¿Y Dánae?

La mujer puso cara de si tú no sabes, cómo quieres que yo sepa. Eres el marido, ¿no? El mal presentimiento se le hizo más certero.

—Ellas tampoco están al corriente del paradero de tu mujer, estuvieron buen rato ahí sentadas en la escalera; como vi que ustedes no llegaban las invité a pasar, les di comida...

Andrés esperó que las niñas salieran de la habitación, el tiempo de que su vecino le invitara a beber una cerveza bien fría, el juego recién empezaba, toda una tentación. Rechazó el láguer frío, por primera vez se negaba a una invitación similar luego de una jornada tan dura. Sus hijas lo besaron cumpliendo una costumbre rutinaria, luego preguntaron por la madre. ¿Y yo qué coño sé? Quiso responder con rabia pero se contuvo. Ésta ha querido cobrárselas, la muy sinvergüenza anda haciéndose la larga. Coge, macho, ahora vas a saborear lo que es coquito rallado con mortadela, para que veas que yo también puedo llegar a las tantas de la madrugada. No, ella no era así, nada que ver con la vulgar venganza. Condujo a las hijas hasta el departamento. Abrió la puerta, la oscuridad y un impuro olor a ropa guardada con alcanfor, naftalina, a cloro y a salfumán penetró en sus fosas nasales. Encendió la luz y se percató de que, como era habitual, todo estaba en perfecto orden. Extrañado de las ventanas cerradas herméticamente, quiso descubrir huellas antes de forzarlas, tiró de las hojas de una de ellas y el vaho salitroso cubrió su rostro. Francis penetró en el cuarto. Ibis habló desde el baño, marcando la frase de sospecha con un hilo de lentitud:

—No está el cepillo de dientes de mamá, tampoco su peine... Creo que mamá se fue.

El hombre tardó segundos en llegar a la puerta del baño, apoyó su cuerpo en el marco pintado de color salmón. La niña, temerosa, estudiaba el rostro indeciso del padre. Él sonrió fingiendo seguridad, y desapareció con el pretexto de continuar abriendo ventanas. Su otra hija también corrió al baño y los cuchicheos comenzaron a martillar en los sesos del hombre. Ambas hermanas fueron a revisar a la habitación las pertenencias de la madre. Oyó aliviado que comentaban que no faltaba nada más, al menos no descubrieron ninguna otra ausencia material de importancia.

—Debe de haber ido a casa de la abuela, o andará visitando a una amiga, ya aparecerá... —esto murmuró mientras intentaba arreglar una cortina desprendida.

A las niñas resultó raro que él dijera *abuela* y no *su madre* o *la vieja loca esa*, como acostumbraba a llamar a la anciana.

Luego de ducharse por turno se acostaron a dormir. Todavía diluviaba. Andrés aprovechó para descolgar el auricular del viejo teléfono de baquelita y discó el número de su suegra. La mujer afirmó que hacía días no tenía noticias de su hija, intentó averiguar si la pareja había discutido, él negó tratando de calmarla, alegando que si la memoria no le fallaba podría darse la casualidad de que su esposa hubiera ido a renovar la matrícula en el curso nocturno de inglés. La suegra afirmó que Dánae había tocado el tema del idioma en su última llamada, era muy probable que anduviera en el asunto de la reinscripción.

Revisó las cazuelas, descubrió que antes de marcharse ella había cocinado arroz con pollo, más arroz que pollo, ensalada de tomate algo mustia... ¿Por qué había preparado la ensalada con tantas horas de antelación? ¿Por qué no dejó un papel diciendo adónde iba? ¿Por qué no llamaba ahora? Buscó en la agenda los teléfonos de las amigas. Ninguna tenía noticias recientes, éstas se mostraron bastante despreocupadas ante el posible hecho de que Dánae pudiera haber desaparecido. Tampoco él dio a entender que algo semejante hubiera sucedido, fue lo más discreto que sus nervios le permitieron, hasta jaraneó con la supuesta fuga de su mujer.

Estaba muerto de cansancio, tomaría una ducha, luego vería la pelota, ella aparecería, explicaría, pediría disculpas, besaría a las niñas, se juntaría con él en la cama, templarían mejor que nunca. Él se mantendría en sus trece, huidizo, renuente a sus requiebros amorosos, así por unos cuantos días, cosa de escarmentarla, luego olvidaría, en aras de la tranquilidad del hogar y de los convencionalismos del matrimonio. El agua refrescó su piel reseca sacándole el vapor del cuerpo, salió del baño vestido como si fuera a la calle, no se decidía a ponerse definitivamente el piyama. Hubiera querido dar una vuelta a ver si la encontraba, sin embargo encendió la televisión. Sus ojos vagaban por dentro de su cabeza, haciendo abstracción absoluta de la pantalla que tenía enfrente. Contaría hasta diez y la llave entraría en la cerradura, ella regresaría, entonces estaría dispuesto a perdonarla con los ojos cerrados y el corazón esparrancado. Diez, once, doce, trece, catorce, quince... Cien... Ella no apareció.

Sus oídos fueron aguzándose a medida que las horas fueron ganando un espacio material en derredor de su persona; escuchó en el patio interior de abajo los trasteos nocturnos de Matilde colocando trampas y veneno para los guayabitos. No se propuso hacer ruido voceando y llamó por teléfono a la mujer; escuchó impaciente los timbrazos dobles en el otro departamento. La muy imbécil no cogía el teléfono; por fin la escuchó encaminarse al comedor, en dirección a la mesa negra de patas de hierro donde estaba situado el aparato junto a viejas y gruesas guías de la ciudad. Oyó la voz que contestaba al unísono con su propio eco en la oreja. Preguntó por su mujer como si estuviera indagando por un cadáver en Medicina Legal.

—Estuve hoy con ella, aquí hacía tremendo calor y fui a coger fresco en tu casa, me regaló un cigarro... —Andrés pensó que menos mal que la línea los separaba, si la hubiera tenido delante la estrangulaba, ella tardó todo lo que pudo hablando tonterías, dando adrede datos sin importancia—. Ah, sí, ahora que me acuerdo, dijo que tenía turno con el ginecólogo, iba a la consulta...

Mientras Matilde seguía chachareando él halló un papel de hospital entre otros documentos encima de la mesa del teléfono; la consulta había sido ayer, la prueba estaba allí, la firma del doctor, el alta médica. Ahí delante de sus ojos se hallaba la evidencia, no padecía de parásitos ni de nada, estaba sana, ninguna dolencia podía remitirla de nuevo al ginecólogo. Cortó seco la conversación, desde abajo llegaron maldiciones dirigidas a su persona. Matilde, molesta por la interrupción, volvió con mayor esmero de ama de casa a las ratoneras.

Continuó en el reto malévolo de convencerse a sí mismo de que estaba absorto en el juego de pelota. Se sorprendió con los ojos clavados en el patrón de prueba, la programación había terminado, ni siquiera se había enterado si su equipo había ganado o no. Fue al refrigerador, evitó mirar el reloj de la cocina, sirvió leche fría en un vaso; cuando se empinó el contenido, la vista chocó con las agujas. El puntero y el minutero, hasta el secundero... Tres de la mañana. Puso el vaso en el fregadero. Hizo ademán de abrir la pila. Pero, arrepentido, pensó que lo friegue ella a la hora que venga, cuando le dé la real gana de acordarse de que su familia existe.

Debajo del dintel de la cocina lo recorrió una oleada de rabia y estuvo a punto del mareo, se mordió el puño sin compasión, los dientes dañaron su carne, luego dio un puñetazo en la pared, volvió a llevarse el puño a los labios, pero esta vez buscando alivio se lamió. No quería asustar a las niñas, mejor no las despertaba, soportaría. Ella tendría que volver. ¿Por qué el verbo *volver* sonaba de manera tan tenebrosa e imposible? ¿Y si no volvía? Esperaría hasta llevar a las hijas a la escuela, luego acudiría a la policía, denunciaría su desaparición. No, pero ella no podía haberse esfumado así como así. ¡Qué decía! ¿Y si le había sucedido alguna desgracia, un accidente, un auto que la atropelló? No, las tragedias se saben rápido. Por fin se decidió a telefonear a su amigo el Cisne.

—Cisne, viejo, soy yo, Andy...

—Ya me extrañaba que no hubieras llamado. Te podrás imaginar cómo me siento, por mi culpa el Molleja perdió el dedo, asere, me he bajado dos botellas de ron, estoy matao, matao, tirao en el piso... ¡con una clase de gorrión!

—Ya lo sé, no te eches la culpa, es el destino... mira, yo también estoy desesperado, llegué a la casa y encontré a las niñas en casa de Beneranda, la vecina... —Esperó a que el otro hiciera un comentario; como respuesta obtuvo una tropelosa respiración de alcohólico empedernido, flemas sustituyendo suspiros, por fin el amigo preguntó del otro lado de la línea.

—Bueno, ¿y qué?

—¿Cómo que y qué? Que no sé dónde anda Dánae, se llevó el cepillo de dientes y su peine. La hora que es y ni su sombra...

—¿Andará coronándote en una posada, compay? —Puso la mano libre del auricular como si fueran cuernos del toro.

—Ella no tiene ovarios para eso y, si los tuviera, tampoco es tan chapucera. No sé si mandarme a la unidad de policía... Para colmo estoy solo con las chamacas.

La voz del Cisne se aclaró:

—Pídele a Beneranda que te las vigile, vete ahora mismo a la estación, no te acompaño porque con el nivel etílico que tengo en estos momentos, son capaces de guardarme. Oye, si consigues noticias puedes llamar aquí a la hora que sea... Sin lío.

—Yo creo que a Dánae le anda patinando el coco, compadre. De un tiempo a esta parte habla poco, lo mínimo, le tiemblan las manos, no se baña. La ha cogido de mala manera con limpiar la casa, eso sí, muy aseada con el gao, pero lo que es con ella, nada. A veces apesta a mofeta, no se lo digo por pena.

—Tú sabes que mi primo el Tracatrán, el hijo de aquel guajiro bruto de La Fe, currala en Mazorra, es loquero del Psiquiátrico, si quieres lo pongo en onda de tu caso.

—No es para tanto. —Pero quedó dudoso.

Apenas escuchó la última frase del Cisne, se puso la camisa y salió al pasillo, fue a tocar en el apartamento de al lado. Pensó que Beneranda, como buena mujer, no se negaría a cuidar a las niñas. Antes de que su puño rozara la madera surgió el rostro entre alarmado y todavía medio amodorrado de ella.

—Iba ahora a verte. Tu mujer llamó, quería saber de ustedes. Ven, entra...

—¿Dónde está? No, no puedo entrar, dejé la puerta abierta y las niñas dormidas, venía a pedirte que te quedaras con ellas para ir a hacer la denuncia. ¿De dónde llamó?

Beneranda empujó a Andrés unos pasos hacia el interior del apartamento, procurando no ser escuchada. Norberto, en silencio, hervía el agua para un cocimiento de tilo. No le agradaba ni un poquito que su mujer anduviera en esos chismes, ella por el contrario parecía estar encantada, toda trágica, por fin se sentía importante, única, el centro de la situación. Norberto dentro de muy pocas horas tendría que vestirse de mecánico e irse a trabajar.

—¿Ella? Anegada en llanto. Aprovechó que el tren se paró en no sé qué pueblo y que había un teléfono, ¡funcionaba además! Se le notaba el tormento pero embarajó para que yo no me diera cuenta de que estaba llorando, lo adiviné por la voz, en más de un momento se le quebró. Pidió disculpas argumentando que tenía gripe. Dijo que no podía más, que te informara, que tampoco se sentía con valor de telefonearte. Supuso que las niñas estarían aquí, conmigo, como tú siempre llegas tan tarde. Se fue por un tiempo al campo, allá por Pinar del Río, regresará, necesita reflexionar, alejarse...

Los músculos tensos del hombre fueron aflojándose como flanes, tuvo que halar un sillón y sentarse a causa del mareo. Menos mal que se encontraba sana y salva, menos mal que se trataba de una huida, de un arranque histérico, hasta hizo un esfuerzo para evitar esbozar una sonrisa de alivio.

—¿Cuándo viene? —preguntó seguro de obtener una respuesta precisa.

La amable mujer ya tenía en los labios el borde de la taza humeante de tilo que su marido le había entregado, encogió los hombros en gesto de ignorancia. Andrés alargó el brazo y tomó la segunda taza, pero la sostuvo bastante rato antes de beber un sorbo.

—¿Estás segura de que no dio fecha?

Ella asintió, como si los labios se le hubieran pegado para siempre a los bordes achicharrantes de la cerámica.

—¿Por qué se fue?

—No hizo el menor comentario; la noté nerviosa, eso sí, muy nerviosa.

—Anda con un tipo —murmuró roñoso haciendo gesto con el dedo meñique y el índice de que Dánae lo engañaba.

—No, está sola, anda sola. Dale tiempo al tiempo, yo te ayudaré con las niñas, se lo prometí... No desea involucrar a su madre en el asunto. Ahora tómate esta pastillita y ve a acostarte, duerme tranquilo.

Andrés colocó obediente debajo de la lengua el diazepán, bebió de un trago el resto del cocimiento, dio las gracias y se dirigió a su apartamento. No bien entró fue a embestir con su cabeza, como un jabalí acorralado, contra la vitrina destinada a la vajilla. No sólo convirtió en añicos las puertas de vidrio fino, sino que las esquirlas hirieron su frente y sus mejillas, el estruendo despertó a las hijas. Quienes al ver al padre con la cara ensangrentada se pusieron a dar gritos, a clamar por la madre. Ibis era la más descompuesta. De súbito, Francis tuvo la reacción de buscar en el botiquín gasa y mercurocromo para curar los rasguños. No había ninguno de los dos medicamentos, mojó un trapo de cocina en alcohol corriente. Logró calmarlo, sentarlo en el sofá; él bufaba, ella limpió las heridas como pudo. Ibis continuaba rogando para que su madre regresara.

—¡Cállate! ¡Tu madre es una perra! ¡Se fue, una perra, te dejó, a ti y a tu hermana! —Andrés estalló apartando de un manotazo a la niña que lo atendía.

Ibis pateó el suelo, su pecho se henchía y desinflaba, ahogada en llanto, el hipido cada vez más arrítmico. El padre apretaba su cabeza entre las manos. Francis logró incorporarse del golpe, acudió a donde él se encontraba al borde de reventar sus sienes, con gran esfuerzo logró desapartar las manos, desencajárselas del cráneo, pero al momento él repetía el gesto fuera de sus casillas. Francis sollozaba con menor aspaviento, pero igual se paseaba angustiada de un lado a otro de la pequeña sala. El padre consiguió erguirse y con un nuevo impulso más contundente su cuerpo fue a dar contra otro estante; de ahí descubrió la máquina de coser Singer y se dispuso a cargarla en peso con la intención de lanzarla a través de la ventana. Forcejeó y la cerradura de la gaveta saltó, los objetos se desperdigaron en el suelo. Entre ellos, el paquete que Dánae había guardado a Matilde. Herméticamente envuelto en papel de cartucho y forrado en plástico, al instante el paquete presentó características de sospechoso para Andrés, quien tomó una tijera y la encajó en él. La punta de la tijera salió cubierta de un polvo blanco. Andrés olió, probó, no podía creerlo. ¡Cocaína, aquello era cocaína! ¡Pero la muy cabrona se habrá vuelto loca! ¡Loca, es una loca hija de puta! Las niñas consiguieron detenerlo llaveándolo desesperadas. Él recogió el bulto y lo escondió en el horno de la cocina.

Beneranda escuchó los gritos, los trastazos, los estruendos; no tuvo tiempo de calzarse las chancletas, salió corriendo a medio vestir a socorrer a las hijas de su vecina. Tocó con suavidad queriendo parecer delicada, por los ruidos tal parecía que adentro campeaba el diablo por sus respetos, luego arremetió con los puños mientras voceaba:

—¡Abre, Andrés, abran, carajo!

Los apartamentos comenzaron a iluminarse, las gentes a protestar en contra de la bulla. Los curiosos aglomerados en el pasillo, yendo a recalar a casa de Beneranda, interrogaban a Norberto.

—No, a mí no me vengan a meter el dedo, es más, ya tengo que pirarme para la pincha. —Bajó de dos en dos la escalera poniéndose la capa de vinil transparente y dejándolos cariacontecidos, con incontrolables ganas de conocer las razones de tanta sinrazón.

No había parado de llover en toda la noche. Dio un resbalón en la escalera, Norberto maldijo a la madre de los tomates, «por nada me mato por culpa precisamente de la mala madre esa que abandonó el hogar». Y él sin comerla ni beberla por un tilín se parte la columna con el canto de un peldaño, capaz de quedar inválido para toda la vida, inmovilizado para la eternidad en un sillón de ruedas.

—¡Yo te digo a ti que cuando el mal es de cagar no valen guayabas verdes!

Los más osados fueron aproximándose de a poco al lugar de los hechos. Adentro fue amainando la bulla. Francis lograba controlar la situación cubriendo de besos el rostro como un Cristo de su padre, calmándolo con frases esperanzadoras moteadas al oído. Ibis aprovechó ese instante de despiste cariñoso entre su hermana y su progenitor, pudiendo de esta manera abrir la puerta. Beneranda entró rociando a los presentes con agua bendita, una botella que le había alcanzado otro vecino, dispuesta a poner orden. Pronto se hizo el silencio interrumpido por aislados gemidos. Fue cuando Matilde apareció, esquiva, estrujándose las manos; venía a buscar un mandado que había encomendado a Dánae.

—Tal vez hayan visto por casualidad un paquete. Es de este tamaño, forrado en papel de cartucho y nailon.

Andrés vaciló unos instantes.

—No, lárgate, no hemos encontrado nada. ¡Lárgate o te desnuco!

Entonces Matilde se estremeció y giró sobre sus talones como una autómata. Los chismosos regresaron a sus camas o a sus tareas matinales. Beneranda comenzó a recoger los destrozos, Andrés continuaba abrazado a su hija menor. La otra fue a preguntarle a Beneranda por su madre, en un balbuceo tembloroso. Ella colocó el dedo índice sobre los jóvenes y pulposos labios, indicándole que más tarde les explicaría.

Acudió al botiquín de su departamento a buscar remedios caseros, sobre todo yerba amansaguapo. Las heridas no eran graves, apenas unos arañazos. Al volver rogó a Andrés que conversara con las niñas antes de que ella lo hiciera, pues a él le correspondía la primicia. Fue muy escueto el resumen por parte del hombre.

—Ya saben, la madre de ustedes se fue, regresará cuando reflexione, necesita tiempo. Nada más por el momento... Bueno, yo la quiero... Espero que sea pasajero...

Avergonzado, rogó disculpas y se escurrió al baño, necesitaba una segunda ducha. Entonces salió vestido con el piyama, fue directo a su cuarto, a su cama todavía con la huella de la esposa. Cuando enterró la cara en la almohada el perfume a vicaria blanca penetró intrincándose en sus fosas nasales. Deseó exhalar un quejido, pero se sentía tan desconcertado que sólo liberó un suspiro, sustituyó el dolor por un efecto pasajero. En ese instante estaba tan desmadejado que no permitió que su alma abrigara remordimiento ni rencor, cerró los párpados y quedó dormido, como una piedra.

Entre las tres reorganizaron la casa, botaron los muebles derrengados, los adornos rotos, borraron las huellas de furia y desolación. Beneranda preparó el desayuno. Acodada en la mesa, explicó a las niñas, a su aire, las razones de la fuga de la madre. Ellas masticaban el pan, los ojos vacíos, fijos en el mantel de hule donde figuraban unos dibujos floreados mezclados con imitaciones ridículas de frisos egipcios. La mujer hizo todo lo que pudo para tranquilizarlas, comunicándoles además que Dánae había telefoneado esa madrugada, que había prometido escribirles y regresar. Pidió que comprendieran a su madre, ella necesitaba un descanso. Ibis no parpadeaba, los ojos fueron enrojeciendo de pánico y al poco rato las lágrimas gotearon en la taza del desayuno. Su hermana la observó despreciativa y encajándole la punta de la mano, rechinó la dentadura tajante:

—Deja el trauma.

—Pobre mamá...

—¿Pobre de qué? No debió hacernos esto, no es justo, mira cómo ha puesto a papá... —Alzó la voz, era obvio que Francis se ponía de parte del padre.

—Hizo lo que tenía que hacer y basta, no se habla más, ahora vámonos, arriba, pónganse los uniformes, no se piensen que no las mandaré a la escuela —interrumpió Beneranda.

—Tú no eres ni ariente ni pariente para mandar aquí, ¿estás en tus cabales? No voy a dejarlo solo ni un segundo... —Señaló con el rabo del ojo hacia el cuarto.

El teléfono dio un timbrazo, al segundo fue descolgado desde el cuarto donde se hallaba Andrés; en la sala todas quedaron en suspensión.

El primer timbre interrumpió el sueño donde él, siendo adolescente, jugueteaba con un manatí. Se encontraba en un río, bañándose desnudo; de súbito una masa tierna acarició sus piernas; al principio rehuyó, luego decidió sumergirse para observar aquello que con tanta dulzura había rozado sus poros. El manatí y él se miraron frente a frente, el cetáceo murmuró y de su boca emergieron globos de oxígeno:

—Estás enamorado.

—No estoy seguro... —respondió, y también de su boca salieron globos de oxígeno.

El segundo timbre entonces rompió la imagen onírica.

—Oigo. —Tenía la boca pastosa.

—Soy yo.

—Anjá, ¿dónde estás, cuándo piensas venir, por qué tuviste que llamar a casa de Beneranda y no aquí, a tu casa? —Carraspeó y aclaró su voz con un buche de agua vieja que había quedado de la noche anterior en un vaso encima de la mesa de noche.

—¿Y las niñas?

—¿Qué coño te pasa, es que no vas a decirme qué coño pasa?

—Estoy harta, Andrés, quiero apartarme, no sé por

74

cuánto tiempo, no será mucho, te juro que te quiero, que quiero a mis hijas, pero necesito respirar, tú me ahogas, tus padres me ahogan, mi madre me asfixia, ellas también me asfixian...

—Dime una cosa, ¿te empataste con otro hombre? Es lo que no podría soportar.

—Por favor. ¿Eso es lo único que se te podía ocurrir? No estoy con nadie, estoy s-o-l-a, voy a buscar a una amiga a quien no veo desde hace mucho tiempo, hazte la idea de que me fui de vacaciones. Perdona que haya sido tan impulsiva, que no haya avisado antes. No dije nada porque si lo decía no lo hacía. Yo te quiero, Andrés, te quiero.

—Bueno, yo también, pero no entiendo por qué carajo tenías que marcharte de esta manera; tus hijas se han puesto mal, muy mal...

—¿Y tú, cómo estás tú? —Esperó, a ver si por fin declaraba que la amaba.

—Pues, ahora que has llamado, bien, creía que te había ocurrido un accidente, claro que me puse frenético cuando llamaste a Beneranda y no a mí, le caí a cabezazos a tu vitrina favorita, la hice polvo, si te me hubieras puesto delante hubiera arremetido contra ti...

—¿Es todo?

—Sí, ¿qué más?

—Pásame a las niñas.

—Déjate de locuras, no seas energúmena, y ven para acá rápido.

—Pon a Ibis, por favor.

Dánae habló con su hija mayor, intentando calmarla mintió diciendo que tenía un trabajo muy urgente que hacer en el campo, algo muy importante para ella que llevaría días o meses, aún sus superiores no le habían aclarado con exactitud de qué se trataba. Del otro lado del cordón se expandió el silencio, esta mentira piadosa le pareció demasiado tirada por los pelos. Además explicó que entre ella y su padre habían existido algunos problemas de incomprensión, inclusive ellas habían sido testigos de unas cuantas discusiones, la separación se hacía evidente en aras de salvar la relación, no debían inquietarse ni ella ni su hermana, las cosas mejorarían, se arreglarían entre ambos. Ella aprovechaba la oportunidad del nuevo trabajo para alejarse de forma temporal y así facilitar la reflexión de cada una de las partes. Ibis, más calmada, preguntó si deseaba continuar hablando con su marido, su madre negó pidiendo que pusiera a Francis al auricular, ella tendió el teléfono a su hermana, luego de despedirse con un beso dicho y lanzado con cariño. Dánae intentó explicar de igual forma a Francis lo que ya había conversado con Ibis. Francis respondió seca:

—No te atormentes, creo en lo que dices, pero hasta ahora nunca había sabido de una mamá que se hubiera largado de la casa, siempre han sido los papás. No hay lío, esperaremos, yo me ocupo de papi. Chao. —Lívida, colgó.

Dánae tuvo que apresurarse y correr porque el tren pitaba anunciando que emprendía marcha. Subió al vagón con los ojos llenos de lágrimas, sintiéndose muy hija de su madre y muy mala entraña, muy poca madre de sus hijas, pero al mismo tiempo menos inquieta después de haber conversado con su marido y con sus niñas, ¿frutos del amor? Percatándose sin embargo de que aquel marido no cambiaría nunca, ni con esa partida ni con ninguna otra, por temporal o definitiva que fuera.

En la sala, Andrés despidió a Beneranda balbuceando ciento y un mil agradecimientos.

—Las llevaré yo a la escuela, no te preocupes —anunció

circunspecto, aún sin comprender un ápice de los sentimientos que durante la llamada su mujer había deseado transmitir, o arrancarle en confesión.

Cumbaquín, quin, quin, cumbacán, cumbaquín, quin, quin, cumbacán. La música de la ciudad puede ser muy cruel, y si no estamos preparados para la violencia podríamos expirar de un infarto en el intento de vengarnos. La venganza debe ser más rápida que el viento, como las pistolas de Billy el Niño. Yo soy la música que acompañó a Andrés en esos últimos instantes en los que se quedó más solo que un perro callejero. Hubiera preferido envenenarlo, o que él mismo decidiera y se suicidara. Pero se encontraba tan frágil que ni ánimos conservaba como para reflexionar en que su existencia valía menos que un vómito de borracho, menos que un eructo de curda de Piloto. A mí, como música callejera, como rumba de cajón, me encantan los tipos desgraciados, a los que las mujeres los vuelven peor que un gargajo. Esos malditos hijos del infortunio pueden llegar a ponerse tan negativos que serían capaces de asesinar a cualquiera que se les entrometa en su rumbo. Y dan unas letras de guaguancós de morirse, por lo trágicas. Se puede sacar mucha lasca de sus dramas personales.

Cumbaquín, quin, quin, cumbacán, cumbaquín, quin, quin, cumbacán. Andrés sintió una rabia muy honda, y ganas ciegas de vengarse. Si Dánae hubiera aparecido por aquella puerta, no hubiera sabido si besarla o cortarle la yugular de un tajo. Pero estaban las niñas, ah, sus hijas, ¿para qué se tienen esas criaturas, para hacerlas sufrir? Existían Francis e Ibis, a quienes también ahogaría con gusto en una piscina. ¡Las muy cabronas concebidas en el útero de esa maligna! La maligna, sí, pero él la amaba.

Cumbaquín, quin, quin, cumbacán, cumbaquín, quin, quin, cumbacán. El teléfono volvió a despertarlo, ¿quién sería a esas horas de la madrugada? ¿Dánae? No, era el Cisne. Manda cañón. El Cisne le susurró a Andrés que estaba reventado de la pea que había cogido, que siguió tomando porque él es un tomador nato, que empinarle el rabo a la jutía es lo más rico de la vida. Asere, ¿tu mujer recurvó pal gao o qué? Déjame en paz, Cisne, no me resingues la noche, o lo que queda de ella. Dánae me abandonó, nos abandonó. Ya lo sabes, ¿contento? ¿Pero, cómo voy a estar contento con semejante mariconá, mi hermano?

Cumbaquín, quin, quin, cumbacán, cumbaquín, quin, quin, cumbacán. Mátala como a una perra, consortíbiri, no te merece, la muy puta, retuércele el pescuezo como a un pollo. ¡Las mujeres todas son iguales, unas putas, que se sepa, lo grito pa que me oigan, unas PORNOPUUUTAAAS! Cisne, compadre, ¿tú has visto la hora que es? No, no, ¿por qué, mi ambia, no tienes cabeza pa tu socio del alma? Cisne, estoy engorrionao, no me martirices y déjame zurnar, ¿qué, no vas a pinchar mañana? Descansa, anda, métete una ducha fría.

Las mujeres (y ésa en específico) son unas pornográficas, unas pornomadres, unas pornoesposas, unas pornotrabajadorasdeavanzada, unas pornoenfermeras, unas pornopolíticas, unas pornomaestras, unas pornoabogadas, unas pornoamasdecasa, unas pornomúsicas, unas pornopintoras, unas pornocartománticas, unas pornobrujas, unas pornomierdas, unas pornocabronas, unas pornoparacaidistas, unas pornoaviadoras, unas pornocampesinas, unas pornoanalfabetas, unas pornoactrices, unas pornoescritoras, unas pornoabuelas, unas pornotías, unas pornocamareras, unas pornolavanderas, unas pornofarmacéuticas, unas pornoempleadasdebanco, unas pornocontadoras, unas pornomotrices, unas pornomatronas, unas pornofiscales, unas pornobarrenderas, unas pornocamioneras, unas pornotaxistas, unas pornomonjas, unas pornoextranjeras, unas pornoconstructoras, unas pornochancleteras, unas pornotécnicas, unas pornogordas, unas pornoflacas, unas pornoanoréxicas, unas pornoaviadoras, unas pornoconductorasdetrén, unas pornoreposteras, unas pornococineras, unas pornodrogadictas, unas pornoalcohólicas, unas pornoabstemias, unas pornolectoras, unas pornoperiodistas, unas pornofotógrafas, unas pornografistas, unas pornoeditoras, unas pornocabronas, unas pornoescultoras, unas pornocantantes, unas pornohijas, unas pornonietas, unas pornofrígidas, unas pornogambás, unas pornosordas, unas pornodecadentes, unas pornodinosaurias, unas pornomuertas, unas pornociegas, unas pornojodidas, unas pornocientíficas, unas pornoanalistas, unas pornoespías, unas pornochivatas, unas pornovíctimas, unas pornobailarinas, unas pornomecánicas, unas pornodoctoras, unas pornolicenciadas, unas pornorreinas, unas pornopresidentas, unas pornohipocondríacas, unas pornovendedorasambulantes, unas pornovendedorasdeperiódicos, unas pornohoteleras, unas pornolibreras, unas pornobestias, unas pornojusticieras, unas pornoconversadoras, unas pornoperfumadas, unas pornopintarrajeadas, unas pornobalseras, unas pornohuelguistasdehambre, unas pornopresas, unas pornotraicioneras, unas pornoováricas, unas pornocirujanas, unas pornotetonas, unas pornoculonas, unas pornoestrellasdelcarnaval, unas pornomissuniverso, unas pornotopmodels, unas pornocariñosas, unas pornocometrapos, unas pornoexiliadas, unas pornorrefugiadaspolíticas, unas pornocagadas... Y engrosaría la lista si no te escuchara roncar del otro lado de la línea. ¡Andrés, Andy, despierta, no me dejes con la palabra en la boca!

Cumbaquín, quin, quin, cumbacán, cumbaquín, quin, quin, cumbacán.

Yo soy la música, el guaguancó de barrio, y no iba a permitir que mi cúmbila Andrés se quedara dado, no señor. Puñalá trapera, venganza pide mi prenda. Que uno no es guapo por gusto. Y a los abakuás hay que respetarlos. Que aquí los que pronunciamos la última sílaba somos los hombres. Y a tirarse de bruces, arrodillada, a lamerme los apaches blancos. A lavar pañuelos blancos comiendo churre. ¡Vacúnala!

LA MALETA ARBORESCENTE
—

Soy la maleta que escucha a su dueña. Antes de haber sido un trozo de madera que más tarde devino maleta fui un árbol. Los árboles escuchan. La madera nunca pierde sus propiedades poéticas. Yo soy una maleta alegre, y apesadumbrada también, porque padezco sentimientos excesivos, bastante extremistas. Yo soy quien escucha:

A los once años todavía yo no había conocido otro mundo que la ciudad. Nunca me había acercado a la auténtica y pura naturaleza. Mi abuela antes de morir había rogado encarecidamente a mi madre que no permitiera que yo participara en las escuelas al campo. Odié ese lado egoísta de la Milagrosa. Así llamaban en el barrio a esa señora que había parido a Gloriosa Paz y que por carácter transitivo era mi abuela. Aunque lo mejor de mi vida siempre ha sido ella, la Milagrosa, sin embargo... la odié.

La Milagrosa masculló, antes de vomitar su último tormento, aquella bola prieta y peluda, el bocio, creo yo; no dejes que la niña vaya a esa porquería, es peligroso, por ahí la gente cuenta que ocurren cosas terribles, no estará bien cuidada, y tú has luchado mucho por tu hija para que de buenas a primeras te traigan la noticia de una desgracia, para que la recuperes cadáver, no le des permiso para ir. Promételo, por favor. Mi madre me lo explicó, a ver qué yo opinaba, para saber si aun así yo persistía en mi empecinamiento de participar. Aún no me había repuesto de la desaparición de la Milagrosa y ya tenía que *opinar* sobre otro asunto. Aquí no abunda el tiempo para la tristeza. No es que anduviera despepitada por asistir, respondí, si yo no participaba se burlarían de mí. Era obligado, no tenía otra alternativa. Si ella deseaba verme en un futuro en la universidad no podía rajarme. Además, yo quería hacer lo mismo que los demás, cooperar, marcharme del hogar, sentirme independiente de mi madre, Gloriosa Paz, cortar el cordón umbilical. Estas dos últimas razones no se las esgrimí, por supuesto. Odié de forma tan física a la Milagrosa que sentí pavor de mi odio, las costillas se me ablandaron de la tensión y si ella hubiera estado viva yo habría tenido el coraje de cortarle la respiración apretando una almohada contra su rostro, y todo por haber soltado ese discurso en contra de lo que yo creía era mi libertad, en negación de mi porvenir. ¿No estaba agonizando, para qué tenía que inmiscuirse en mi vida? ¿No podía dedicarse un poco más a observar su propia muerte? Los viejos son egoístas y entrometidos, pensé en aquel instante. Hoy no pienso igual. Los viejos tienen miedo, el mismo miedo de los recién nacidos cuando a los nueve meses les toca abandonar el refugio materno, aunque los ancianos saben más, un poco más de equivocaciones. Cuando un anciano y un niño de cinco años se conocen descubren que poseen el mismo alto nivel de sabiduría. Luego del entierro, mi madre no volvió a tocar el tema. Adiviné que me autorizaría a ir a conocer el campo. Yo era una bitonga de mar y de asfalto. Me faltaba la tierra. Nadie nunca me había hablado de los árboles, de sus nombres tan sonoros, de aquellos misterios atrapados en la manigua. Ansiaba respirar diferente e inventar secretos. Excavar, hasta que las uñas sangraran en las entrañas de la naturaleza.

El paso de sexto grado a séptimo fue decisivo. De súbito me transformé en una adolescente gozando a plenitud de los latidos dolorosos de la pubertad. El primer síntoma me hizo reír y olerme por todas partes, mi cuerpo comenzó a exhalar efluvios nada gratos, sobre todo en los sobacos, debía echarme desodorante, novedad divertida. Me salieron pelos largos y ralos en el pubis, en las piernas y también debajo de los brazos, aunque eran vellos suaves, delicados, apenas visibles, y eso me molestaba bastante, pues necesitaba que a los demás no les quedara ninguna duda de mi crecimiento. Yo siempre quise crecer, ganar edades, ahora me arrepiento, es lógico, voy para vieja. En aquel momento era bella y no lo sabía. Los espejos me desilusionaban. Hoy tal vez tenga otra belleza y tampoco sé descubrirla, mañana estaré arrepentida de no haber aceptado mi hermosura actual. Es irremediable, me he adelantado en lo achacosa. Voy sin remedio para la ancianidad. El fin durable y hermoso. Aún me queda tiempo, pero la carencia de ensueños castra la juventud.

Al iniciar el curso de séptimo grado de lo primero que profesores y guías nos informaron fue del período de escuela al campo. Cuarenta y cinco días de cara al sol, trabajando a la par de los campesinos; esto último me emocionaba de veras. Yo estaba fascinada con los guajiros de los periódicos, tan sólo conocía de ellos fotos de caras rústicas, pero amables. Todos unos antiguos señores, porque guajiros llamaban a los señores los indios de Yucatán. El sol me era familiar, al menos el sol de playa, de océano, de ciudad; porque aquí el sol no es lo mismo en todas partes, hay el sol de azotea, el de terraza, el de balcón, el de acera, el de cafetería, el de tienda, el de huye que te coge el guao. Aquí es el sol y sus hijos y parentela, montones de ellos, un batallón de soles, solecitos y solezones. Hasta el sol se cuela en las salas de cine, y no sé cómo hace que logra hervirte en una butaca dando la impresión de que podrías convertirte en un huevo cocido o en una parrillada. Pero yo no sabía, no tenía la experiencia, de ese sol a sol del campo, de una punta a la otra, sin escapatoria, sin elección. Los profesores nos orientaron en el tipo de trabajo que haríamos y nos hicieron creer que seríamos imprescindibles de verdad. Al regresar a casa discutí con Gloriosa Paz, mi madre, quien no compartía la misma opinión.

—Irás al campo porque es un requisito para entrar en la universidad, y punto, no me vengas ahora con teques y charlas; no voy a tragarme el cuento, ni un segundo, de que sin la presencia de ustedes los campos se pudrirán, ¿y los campesinos para qué están, pintados en la pared, desde cuándo es un deshonor ser campesino? Lo que no entiendo es por qué quieren convertir a los citadinos en campesinos y a los campesinos en citadinos, es una auténtica anormalidad; pero, bueno, yo acepto, con punto en boca, ya que se trata de tu futuro.

Un camarero del Polinesio le facilitó la dirección de un carpintero que se dedicaba a construir maletas sólidas, de pino, especiales para escuelas al campo. Antes tuve que pasar por el restaurante a buscar la dirección. Entré, pregunté por Gervasio; anda por la cocina, me contestó el capitán del restaurante, espéralo aquí, chiquita. En las mesas, la gente comía pollos a la barbacoa, olía a salsa china mezclada con mantequilla rancia, así y todo la boca se me hizo agua, no había probado bocado en todo el día. Sin embargo, en aquella época no me gustaba el pollo, le tenía tremenda jiña, ahora me priva. Con los años, los gustos cambian, se vuelven estrictos y conservadores. Gervasio salió de la cocina cargando una bandeja de botellas de cerveza sin etiqueta, me hizo un guiño para que fuera detrás de él. Colocó con suma agilidad los vasos luego de haber servido el líquido espumante en su interior, sin derramar una gota. Tomándome de la mano me condujo a la cocina y de ahí salimos al exterior, a la parte trasera del restaurante.

—La próxima vez vienes por la puerta de atrás, no quiero llamar la atención. Mucho menos que me den pirey del trabajo, no ves que tengo cinco bocas que alimentar. Espérame unos minutos.

Gervasio era mariquita, eso se le veía a la legua, sin embargo estaba casado y con cuatro hijos. Para tapar la letra, comentaba Gloriosa Paz, mi madre. Gervasio era bello, no se merecía trabajar de camarero, en cualquier otro país, pensaba yo, hubiera llegado a actor, o a modelo, o a poeta, porque así imaginaba yo a los poetas, famélicos y atractivos, antes de haber visto un retrato de Verlaine. Sin saber que en todas partes del mundo hay muchachos tan bonitos o mil veces más sabrosones y seductores que Gervasio, quienes también son camareros o hacen cualquier otra cosa con tal de trabajar sin avergonzarse. Gervasio, en efecto, no demoró ni diez minutos.

—Toma, niña, la dirección del carpintero, y de paso un pollo, para que coman como reinas esta noche. —El pollo venía envuelto en la página editorial del periódico, la grasa había comenzado a transparentarse.

Al llegar a casa, Gloriosa Paz, mi madre, saltó de alegría, palmoteando como si le hubieran dado la noticia de que se había ganado un reloj despertador por los méritos del centro de trabajo.

—¡Pollo, por fin pollo! —exclamó como una elegida de los dioses delante de un diamante. Guardó el trozo de papel donde estaba anotada la dirección del carpintero dentro de la copa del ajustador.

Es importante recordar la primera maleta que una tuvo

en la vida. Una maleta es el símbolo positivo del destino. En esa maleta guardarás y llevarás tus pertenencias hacia tu primer sitio distante. Tu primer viaje. Nunca lo olvides. Es el recuerdo de tu primer deseo de libertad. Aún cierro los ojos y puedo evocar cómo olía aquella maleta. Olía, claro, a pino, y muy en un segundo plano exhalaba un aroma a papeles escritos con tinta persa. Yo aún no conocía nada de los persas, ni de su tinta, ni de su poesía. Hubo de transcurrir varios años para que, una tarde de ciclón, el *Fréderic,* así llamaron a aquel huracán, leyendo un poema de Gastón Baquero, me interesara por los persas y por su poesía y por el perfume de la tinta fabricada por ellos. *Un inocente, apenas, inocente de ser inocente, despertando inocente. Yo no sé escribir, no tengo nociones de lengua persa. ¿Y quién que no sepa el persa puede saber nada?* Yo no sólo ignoraba todo sobre Persia y los persas, sino que además jamás había visto de frente a un pez, y a la ciudad, a pesar de habitarla, vine a vislumbrarla definitivamente cuando leí otro poema del mismo poeta. A mí ha sido la poesía quien me ha enseñado todo, ella me ha mostrado el mundo, a ella debo agradecer el amor que siento por la naturaleza, por la tierra, por los árboles, por el mar. Antes de leer poesía yo era lo más parecido a una ciega, también a una muda, pues no sabía ordenar un discurso, las palabras no venían a mis labios. A mí la poesía me enseñó a hablar. Aquella maleta de escuela al campo olía a pino, ése era su olor superficial, u oficial, pero luego, como dije antes, emanaba un aroma a poesía persa. Mi madre pidió al carpintero pintarla del color más próximo a la tierra. Puesto que se va a ensuciar de ella, así ahorramos trabajo y tiempo, expresó. Mi maleta fue pintada de un color tierra que a mí me pareció espantoso, pero desde luego, cuando conocí la tierra no me quedó más remedio que alabar el talento del carpintero que había reproducido de forma inigualable la textura de tal elemento. Era por esa razón que cuando en medio del campo alguien me veía cargando la maleta no podía impedirse gritar:

—¡Eh, tú, esquizofrénica, ¿adónde vas con ese pedrusco de tierra colgado de la mano?! —Hasta que se acostumbraron a que se trataba de una maleta.

La maleta, decía, por dentro era pulida, y a mí me encantaba meter la cabeza y oler, oler, oler. El carpintero había colocado con tachuelas un recorte de saco de harina para que sirviera como bolsillón o compartimento donde pudiera guardar la ropa interior, los calcetines y demás pertenencias. No puedo afirmar que el asa de mi maleta fuera cómoda, la soga gruesa anudada a dos clavijas incrustadas en el reborde cortaba las manos, pero tenía su gracia; ahora mirada en la distancia divierte recordar mis manos ampolladas. La tarde en que Gloriosa Paz, mi madre, se apareció con la maleta fue un regocijo para mí. Ella rezongaba, ¡es un abuso cobrarle veinte pesos a una mujer soltera a cargo de una criatura por un trasto de palo! Cargué la maleta y presentí que me vibraría el alma cuando la estrenara, me recorrió un delicioso corrientazo de los dedos al huesito de la alegría. Llegué al cuarto y la coloqué encima de la cama. Abrí la maleta; por dentro, ya dije antes, era pulida. Fue como si se me hubiera abierto un laberinto o la cueva de Alí Babá. Sentía un placer incomparable al observar su vacío prometedor. Mi maleta era como yo por dentro, hueca, no conocía nada del campo, nada de la naturaleza. Durante semanas, el mayor anhelo consistió en regresar al hogar para contemplar el interior de aquella caja pintada de terracota, color madera en su abismo. Durante semanas imaginé con qué la llenaría, ya que una maleta es para abarrotarla de cosas, de utensilios personales, de secretos. Cuando reflexioné en mi pobreza, ya que ni siquiera poseía imaginación para inventar el contenido de la valija, me deprimí, pues yo no era dueña de nada, ni siquiera de secretos, ni de libros, ni de verdaderos deseos. La maleta se me convirtió en un monstruo, un animal siniestro que exigía víctimas para devorar y llenar su implacable estómago. Me aparté por un tiempo de ella, hasta que conseguí reconciliar mi espíritu con su enigma. Es tan bonita por dentro, mamá, da lástima tener que guardar basuras en su interior, apunté. Niña, no seas boba, ya encontraremos qué meter en ella, sólo vas al campo y no a bailar un vals sobre el tapiz rojo del palacio del príncipe de Cenicienta.

Surtimos la maleta gracias al aporte de vecinos y amigos de mamá. Encontramos unas viejas botas plásticas de hielero, color azul, demasiado grandes para mi talla, unos pantalones pescadores de Gloriosa Paz, mi madre, de los años cincuenta, dos camisetas verde olivo, dos enguatadas blancas, tres pares de medias tejidas con hilo de pita, es decir, hilo de empinar papalote teñido de azul aqua. Conseguimos además *cold cream* Venus, un peine plástico inmenso imitación carey, un jarro sólido de aluminio en el cual mi madre mandó a grabar en letras góticas mi nombre y mis apellidos. Unos catarritos, tipo de sandalias también plásticas, las cuales te hacían sudar mucho los pies y, mezclado el sudor con el fango, armaban una especie de gargajos plantales. También un frasco de colonia Agua de Violetas, una sábana hecha con parches de colores, una funda de igual fabricación, un tubo plateado de dentífrico, otro tubo de desodorante verde, un rollo de papel sanitario, ganchos y ligas para recoger el pelo, un sombrero de guano para guarecerme de las quemaduras del sol, dos pañuelos de cabeza, uno verde de hilos dorados y otro rojo también de hilos pero plateados y de múltiples colores, una muda de ropa de salir para la visita de los domingos y los días de fiesta, la cual estaba compuesta por una camisa de trabajo, tela de caqui, color gris claro brillante, un pantalón carmelita oscuro también de caqui brilloso, unos tenis rojos con la goma blanca, por supuesto amplios de talla. Una camiseta blanca de algodón y una blusa floreada de fondo blanco y cuello con puntas de pico, un pomo de champú marca Fiesta de color verde para cabello graso, unos blúmeres de yersi bordados con mi nombre, pues mi madre había decidido marcar cada prenda de ropa para evitar robos, o por si tenía un accidente que fuera fácil reconocerme. De comer llevaba tres latas de leche condensada, dos gaceñigas, una barra de peter de chocolate, un paquete de rompequijadas sabor café con leche, seis africanas, una para cada día de la primera semana, un nailon de galleticas de María. Mi maleta se repletó en seguida, entonces surgió el segundo problema, hacerse de un candado para impedir que los ladrones se salieran con la suya; insisto en que se regaba que en los campamentos los cacos manigüiteaban a las dos manos. Mi madre halló la solución, quitó el candado de la aldaba del cuarto donde vivíamos y añadió que ya se las arreglaría en adelante con los ladrones del vecindario, que de todas formas todo lo de mayor valor que poseíamos estaba ahora en la maleta. Buscó un cordón azul de zapato, añadió unas cuentas también azules de una piedra imitación lapislázuli y me guindó la llave al cuello. Ése fue mi collar durante los cuarenta y cinco días de mi estreno como trabajadora campesina. De hecho fue mi primer collar.

Nos citaron en el parque de la Fraternidad a las dos de la tarde. Fue un día de tanto sol que apenas podíamos distinguirnos unos a otros. Mi madre no quería que yo cargara la maleta, ella fue casi arrastrándola desde la calle Tejadillo hasta el lugar de la cita, el parque de la Fraternidad con su ceiba, pero en aquel entonces yo no le daba importancia a

89

las ceibas ni a ningún árbol. Apenas podía divisar los ojos llorosos de mima, así yo le decía, enrojecidos como las pupilas del conejo blanco de mi abuela. Estaba nerviosa, deprimida porque nunca antes nos habíamos separado, pero no hizo el menor comentario sobre su estado de ánimo. Yo fingí que adivinaba que se trataba más bien de pasión de ánimo, pensé que, según mi abuela, podíamos morir de esa cosa, de pasión de ánimo. Ella permaneció silenciosa, salvo a la hora de montar la maleta en el camión, pues el equipaje iba aparte, por lo cual tuve que escribir mi nombre en la madera de la maleta con un creyón de cejas negro de su propiedad; en ese momento me recordó que mi abuela, si viviera, estaría muy disgustada con esa remaldición, la del campo. Yo me encogí de hombros dándole a entender que daba igual, además ya la abuela estaba bien muerta y enterrada. Fui muy despótica al responderle con una frase tan poco delicada; al fin y al cabo se trataba de su mamá y de mi abuela. No podía sospechar que mamá iría a envejecer un día. Al rato empezaron a llegar las compañeras de clase; debo señalar que nosotras fuimos muy puntuales, nunca me gustó ser la primera en nada, pero Gloriosa Paz, mi madre, se ponía frenética creyendo que llegaría tarde a cualquier cita. Mis amigas se nos acercaron; excluyendo dos o tres, las demás no venían acompañada; de sus padres, sólo a las mongas las escoltaban los familiares. Sentí vergüenza, supliqué a Gloriosa Paz, mi madre, en un susurro, vete, vete, no te quedes aquí; y ella que no y que no, que no se iría hasta que no viera la guagua partir. Una guagua escolar de beca, bastante destartalada. Vete, vete, no me hagas hacer un papelazo, no quiero que me despidas ni que me beses en la calle. No quiero, no quiero escenas cheas, ridículas, melodramáticas. Y ella que no se largaba, porque hasta que no comprobara que de verdad yo me marchaba a la escuela al campo y no a otro sitio no estaría tranquila. ¿Adónde sospecharía que podía irme, al hotel Kaguama en Varadero?

Por fin, la maestra jefa del grupo hizo un pase de lista; estábamos casi todos presentes, menos dos apáticas que desde ese momento serían consideradas como rajadas y a quienes se les mancharía con insultos los respectivos expedientes. Subí al ómnibus: ya en el interior me fajé por alcanzar una ventanilla. Con los brazos colgando fuera del marco de vencido aluminio divisé a mi madre entre la multitud de curiosos mezclada con los parientes de los estudiantes. Tenía los párpados hinchados, achicados los ojos y debido a la hiriente luz no lograba distinguirme, hice señas con medio cuerpo hacia fuera. Doblando el esfuerzo abrió muy redondas las pupilas, parecía un ahogado flotando a la deriva. Corrió hacia la ventanilla, de un tropezón sacó un boniato metafísico, casi se mata, por fin llegó jadeante y colorada hasta el tubo metálico de la ventanilla e irguiéndose en puntas con gran dificultad me tomó las manos, las suyas estaban gélidas y encharcadas de sudor. Por favor, mi hijita, cuídate, mira que tú eres lo único que yo tengo en la vida, no te pongas a hacer disparates, te ruego que seas cuidadosa, responsable, abrígate bien cuando te levanten de madrugada y cuando te toque trabajar de noche. No andes descalza, ya sabes que puse unas íntimas por si acaso te haces señorita por allá, si te entran dolores de ijares llenas una botella de agua, pides que la calienten al baño de María en la cocina, o si hay agua caliente pues llenas el litro con agua hirviendo y te sobas el bajo vientre con el recipiente, con movimientos ondulantes como si amasaras harina. Todos estos consejos me iba dando mientras el vehículo arrancaba, echaba a andar. Sus manos resbalaron de las mías. Ella quedó hablando sola en medio del tumulto, su boca se movía como en las películas mudas, creyendo que aún yo podía escucharla, pero el motor de la guagua hizo un ruido estrepitoso y mi madre fue convirtiéndose en un punto parlante, allá en la distancia sin mí, empachándome de consejos. Aterrorizada, la moral descuajeringada, dio la espalda y desapareció en una nube polvorienta. Había dicho que yo era lo único que tenía en la vida. Me horrorizaba esa idea de posesión sobre mi persona. Yo era una inconsciente. Siempre he sido muy inconsciente con respecto a mi propia vida. Y a la de los demás. Hasta aquel día no había imaginado la posibilidad de la muerte de Gloriosa Paz, mi madre. Es un terrible sentimiento que invade mi mente y mis pesadillas desde entonces. Sé que el día que ella muera se me borrará la infancia. Sin embargo, a su modo desde que nací yo hago algo en contra de su existencia. Siempre que le duele la cabeza soy yo la culpable; he llegado a la conclusión de que más que su hija he sido su desgracia. Incluso presiento que se arrepiente de haberme parido. Tal vez preferiría que yo no existiera, que no hubiera nacido. Quizás sea injusta y estos pensamientos no pasen de ser pésimas y egoístas elucubraciones. Cuando se es joven no podemos sospechar que incluso cruzando una calle una puede morir.

Monté al autobús como quien sube a horcajadas en una estrella. Una vez en mi asiento también me dieron ganas de llorar, las pupilas se me enchumbaron de lágrimas. El llanto se contagia con gran facilidad. Yo no era la única, a mi lado Irma la Albina se lamentaba a moco tendido, también Renata la Física en el puesto delantero. La llamaban la Física porque estaba más puesta para el buen físico de las personas que para la calidad humana. Ella misma era una hermosa muchacha de cabellera castaña clara veteada de rubio y encaracolada, que le caía a mitad de la espalda, ojos almendrados y verdes, cuello alto luciendo una constelación de lunares pardos, ¡ah, y ya estaba desarrollada! Sus senos eran consistentes y olía a mujer en plenilunio.

La mayoría de las adolescentes jeremiqueaban en silencio. Las menos adoptaron una posición burlona despreciando a las que llorábamos, pero también contenían los pucheros, fingiéndose las duras. Los maquillajes rodaron por las mejillas, algunas de nosotras nos estrenábamos en el maquillaje, el betún de zapato corrió desde las pestañas hasta los labios deformados por las contracciones. Volteé el rostro hacia el final del ómnibus. Desde uno de los asientos traseros vigilaba la profesora guía. Respondía al nombre de Margot y nosotros le habíamos añadido a modo de nombrete el apellido de Titingó; era nuestra engreída maestra de matemáticas. Cuando se armaba un problema en la escuela con algún alumno en seguida citaba a los padres al plantel y, manoteando, agitando su semanario de cobre y poniendo los brazos en jarra, repetía:

—¡Vamos a ver a cómo tocamos, yo sí que no quiero que se me arme ningún titingó! ¡No se vayan a figurar que irán a coger mango bajito conmigo!

Titingó significaba enredo o malentendidos, líos, chismografía, en fin, intolerancia.

De tanto en tanto garabateaba en un cuaderno. Era una gorda ágil, de brazos macizos, mirada aburrida y rictus amargado en la boca; tenía además los ojos inyectados en yema de huevo. Se notaba que no le agradaba para nada compartir con nosotras cuarenta y cinco días en el campo. Explicó que el campamento sería mixto, quería decir que existiría un albergue para las hembras y otro para los varones. Escandalizó en amenazas contra la primera que se atreviera a romper la rígida disciplina, que a partir de ese momento el lema sería: *¡Vivan las tres V: voluntad, vanguar-*

dia y virginidad! Al rato, Brígida la Imperfecta se esforzó en cantar al tiempo que palmeaba embullándonos a que la siguiéramos. Fue justo en el instante en que la ciudad daba paso a otro paisaje, el asfalto fue sustituido por carreteras cubiertas de baches descomunales y las casas fueron perdiendo estatura.

¿Qué le pasa a este chofer que va tan despacito, él lo que quiere es que le den platanito? Coreábamos mientras nos enjugábamos las lágrimas; a todo pecho, más fuerte, pedía Brígida la Imperfecta: *Una cervecita para este chofer, ¿qué es lo que le pasa que no quiere correr?* El chofer sonrió, agradeció que hubiéramos reparado en su anodina presencia dedicándole canciones transmitidas de generación en generación, desde la existencia de las escuelas al campo hasta la fecha. El chofer nos dedicaba una compasiva mirada.

El paisaje fue ganando en perspectiva, las residencias de mármol fueron transformándose en modestas casas de cemento y por último en bajareques de madera en medio de extensos sembradíos o por el contrario en el centro de solares yermos. Los campesinos nos miraban aturdidos, y no menos resentidos nos estudiaban como a bichos raros. *¡Ahí llegan los de la capital!* Era como ver al diablo colorado. Poco a poco fui olvidando a mi madre, olvidé que tenía un hogar, renuncié a la mala conciencia provocada por mi abuela al no estar de acuerdo con ese viaje. Desprecié el más mínimo detalle concerniente a mi familia y a mi pasado. Mi familia, a partir de ese instante, debían ser todas esas muchachas también enfermas de memoria, lloronas y berrenchinas, y el campamento sería mi nueva y única residencia.

Supongo que siempre me he hecho preguntas inoportunas, incluso cuando nadie hubiera pensado en ello yo lo hice en un flachazo, ¿qué sentido tenía ir a trabajar al cam-

94

po, alejarnos de nuestra verdadera familia? De inmediato me respondí: entrar en contacto con la naturaleza, prepararnos, curtirnos para las asperezas de la vida, pagar con esfuerzo y sacrificio nuestros estudios; esto último apenas me atreví a evocarlo, aunque eran las palabras de los maestros. De súbito sentí pánico de morir sin volver a ver a Gloriosa Paz, mi madre. O de que ella desapareciera detrás de una montaña o en las profundidades de un río. Ya he hablado de esta horrible impresión hace unos minutos, ¿o fue hace años? Pensé en la abuela agonizando, ¿y si era mi madre quien moría? Me presentí regresando del campo, abriendo la puerta de la casa y descubriendo su cuerpo ensangrentado, tirado en el suelo, descompuesto, con una hacha cortándole en dos mitades la cabeza. Ha sido una constante en mí padecer visiones de asesinatos. Es un sufrimiento que no consigo evitar. No podría soportar que ella no existiera. Aunque el menor de los indicios parezca evidenciar que yo he sido su mayor desconsuelo. Aunque para ella yo sea una traidora de su cariño. Encerrada dentro del vehículo, acompañada de mis amigas de clase en dirección al campo, a la tierra, no soporté la idea de la muerte de ese ser que me concibió para que yo, entre otras calamidades, manoseara semejantes ideas mediocres, ese ser indefenso que me tuvo para después aborrecerme o para soportar mi aborrecimiento. Pero entonces mi arma para combatir tal dolor fue pensar aún peor de ella y no sentirme deudora de nada, más bien despreciarla con ponzoña por haber deseado tener un hijo, por no haberse decidido a eliminar aquel feto antes de que fuera demasiado tarde. Antes de mi nacimiento.

El verdor de la naturaleza desparramada comenzó a ganar más y más terreno, espacios comparados por mí con una idea demasiado ingenua del infinito. Observando a través de la churrosa ventanilla deseaba perderme en aquellas zonas intrincadas de maleza, de árboles desconocidos, de animales que suponía peligrosos, como si el infinito no dependiera del más allá sino de mí, de mis ansiedades. El camino empezó a hacerse dificultoso para la guagua, la carretera mal asfaltada devino una ancha cinta polvorienta y pedregosa. Las gomas pisaban pedruscos enormes y minúsculos fragmentos saltaban a nuestros ojos. Sentí las manos y la boca resecas, como apergaminadas por la fiebre, por una pegajosidad deliciosa, un estado asqueroso de mi cuerpo que me alejaba de mí misma, de mi yo anterior. Sudaba cual un estibador de los muelles, y la peste, un apetitoso e incomparable mal olor exhalado por mi piel, me colmó de gozo.

El trayecto duró horas y horas que a mí me parecieron años de años. Hoy, incluso, es un viaje que aún no ha culminado en la memoria, un regodeo inacabable de palmeras y selva rebelde. Irma la Albina había quedado dormida, extenuada a causa de tanto llantén inútil. Estudié su físico con detenimiento. No era exactamente albina, pero sí muy blanca, casi transparente, con una piel frágil, los párpados cubiertos de venas azules, la boca rosada y entreabierta mostraba unos dientes amarillos, derretidos, de los cuales colgaba un hilo de baba que iba a parar al centro de su pecho, oscureciendo la camisa de caqui color mierda de gallina. Para colmo era tan rubia y tenía los cabellos tan delicados que su cabeza daba la impresión de una mazorca de maíz. Intuí que Irma la Albina sería una de las que no disfrutaría a plenitud la etapa de escuela al campo, más bien lo contrario, no aguantaría. Dos segundos después la atacó un estremecimiento, chilló aún arrebujada en su pesadilla:

—¡Mami, mami, no quiero ir, no quiero ir, no quiero separarme de ustedes, papi, sálvame! —La voz era de pito,

como de chicharra—. ¡Tienes que ir, no puedes dejar de ir!
—Y en esta segunda vez la voz se transformó en vozarrón masculino. Deliraba o por ella estaba hablando un muerto.

La maestra guía y jefa de la brigada número nueve, Margot Titingó, se le aproximó dando tumbos debido a los atropelladores vaivenes causados por el encontronazo de las ruedas con los frecuentes baches de la carretera. Una vez situada a la altura de nuestros asientos sacudió por los hombros a Irma la Albina. Insatisfecha con semejante comportamiento que ella consideró blandenguería, arremetió con una bofetada. Nos quedamos petrificadas. Sopesé la ira general contenida en el espesor de la atmósfera, un grosor de sentimientos entretejidos el cual daba la sensación de que podía ser cortado con un bisturí. La adolescente se despabiló con los ojos desorbitados, más pálida aún de terror, balbuceó una frase entrecortada por los jipíos de su pecho:

—¿Y quién es usted para pegarme así?

—Soy la jefa, pepilla, ve acostumbrándote a mi idea de la disciplina. A ver, ¿y ustedes qué es lo que chismosean? ¡Sigan cantando, quiero ver alegría, mucha alegría, de la buena, alegría vanguardia! ¡Arriba, partía de pastusas!

Renata la Física y Brígida la Imperfecta volvieron a palmear, primero poco a poco. Una, dos, tres palmadas. El rostro crispado de Renata la Física se tiñó de rojo del lado de los pómulos, de las sienes rígidas, observó a la maestra con odio de demente y obsesión de criminal. Sin embargo, sus labios cedieron y fueron entreabriéndose con parsimonia. Todas esperábamos anhelantes que entonara la canción primero que nadie, que nos enseñara la letra, ya que Renata la Física tenía hermanas mayores que habían pasado por la experiencia de seis años de escuelas al campo, y por suerte llegaron a la universidad y fueron ellas quienes copiaron a

97

su hermana menor todas esas ridículas canciones, himnos a la brutalidad, dignas de la ocasión, tan humillantes. Fijé de nuevo la vista en el paisaje exterior. Entrábamos por una vereda de altísimos árboles cuyos troncos me eran absolutamente nuevos. La visión de la guardarraya me calmó y el pecho recobró su respiración sosegada. El manto verde-amarillo hipnotizó mi mente, el aroma húmedo de la tierra actuó como bálsamo tranquilizante. La voz de Renata entonó la siguiente melodía, triste y estúpida a la vez, cuyo contenido no podía ser más trivial y callejero:

Era una noche de luna, de relámpago y de trueno, se paseaba un caballero, con su coche y su cochero. Iba vestido de blanco...

Sentí un escalofrío que me recorrió del cráneo al vientre y allí se empantanó, haciéndome un charco amargo y natoso. Constaté que no estaría Gloriosa Paz, mi madre, para disipar dudas y proteger mi vida. Yo sola debía aprender a defender mis derechos y, a pesar de la incertidumbre, no conseguí evitar un malestar inédito. Es decir, la duda y la soledad, pero aún no estaba preparada para denominar tales experiencias.

Ignoraba los nombres de los árboles. Ramajes, vastedad de ramajes, una danza de hojarascas; el viento cual un tenor rememorando encuentros fortuitos, amores trágicos, tronaba a diestra y siniestra. Me eran extraños los orígenes del perfume de la floresta. El deseo de acostarme sobre la maleza e impregnarme de su aroma invadió mis sentidos. Lo que me sedujo de inmediato fue la sensación de que no me hallaba en condiciones de controlar aquel espacio. Más bien lo contrario, sus múltiples vericuetos timoneaban mi deseo con un deleite nunca antes percibido. Estaba en pañales con los detalles esenciales de la vegetación. Por tanto era torpe... ¿Cómo podemos, los seres humanos, sobrevivir tanto tiempo alejados e indiferentes al misterio?

La maleta que una vez había sido árbol oía y contaba. La maleta fue el vínculo entre la ciudad y el campo. La maleta salvadora. A través de mí, maleta arborescente, nos adaptamos más rápido y mejor a los múltiples accidentes de la juventud.

El autobús escolar avanzaba por el trillo, dejando estampadas sus enormes ruedas en el fanguizal colorado. Ganaba terreno con dificultad entre las veredas laterales, dando trompicones como un burro de metal, ebrio y bruto para colmo. Las integrantes de la brigada número nueve se habían despabilado ante la perspectiva anunciada por el chofer de que faltaba poco para llegar. Renata la Física gagueaba del nerviosismo, Irma la Albina no paraba de estornudar y de soplarse los mocos con un minúsculo pañuelo de hilo con un encaje tejido alrededor, mientras sacaba la cuenta mentalmente de cuántas horas contenían los cuarenta y cinco días que debería convivir con aquel monstruo de maestra que la había maltratado. El trozo de tela no daba más de lo enchumbado que lo había puesto, debido a la alergia emotiva desatada por sorpresa. Alicia Lenguaje, ése era el mote de la adolescente de cuerpo demasiado desarrollado para su edad, canillúa y luciendo sobre la cabeza una mata de pelo enredado, «más pelo que cerebro», se burlaban los demás, «cabeza pa llevar pelo na má» —el nombre se debía a la cantidad de palabras que en menos de veinticuatro segundos soltaba su boca deformada por unos largos y botados dientes, consecuencia de una tardía mamadera de dedo—; en ocasiones podían llamarla Veinticuatro por Segundo, broma referente a la velocidad de la imagen en cine; pues Alicia Lenguaje además paliqueaba con interés de parecer más culta que el resto de sus compa-

99

ñeras; decía unos disparates apabullantes, pero nadie se enteraba, incluso ni ella misma se oía, era como un cuchicheo ambiental; y no pocas veces logró hilvanar interminables discursos coherentes, y eso hacía que los profesores se cuidaran de su presencia. En cualquier escuela resulta un peligro, a tener en consideración, un alumno que hable por los codos, pues por práctica o ejercicio llegará primero que los otros a la verdad, o se la inventará. Alicia Lenguaje sacó del bolsillo de la camisa una diminuta lima de uñas y se dio a la tarea de limarse la del dedo gordo mientras preguntaba extrañada de no ver más que sembradíos:

—¿Y esto es todo, papa y tomate? No le veo la gracia. Debieron habernos prevenido. No comparto la descabellada opinión de que seremos útiles en esta anónima empresa. —Ensalivó metódica el tronco de la oreja de Dánae.

—Estáte quieta, chica —respondió su interlocutora, quien rascándose el cuello con rabia se separó de Alicia Lenguaje, pegando aún más el pecho abombado y huesudo de paloma asmática y modelados senos separados a la ventanilla.

Dánae aspiró la brisa fresca del atardecer, y el aroma de los arbustos húmedos hizo que las aletas de su nariz vibraran como si en el interior intentara liberarse una bijirita trepadora. A lo lejos apareció un caballo trotando a toda velocidad montado por un jinete ambiguo. La adolescente aguzó la mirada, no era un hombre, parecía más bien un muchacho, era difícil divisar su cara puesto que llevaba embutido hasta las cejas un enorme sombrero de yarey, y además la rapidez con la que se desplazaba impedía detallar sus rasgos, la estela de luz opalina lo hacía semejarse más a un rayo divino que a un ser viviente. Iba vestido con indumentaria de campesino, tirando a colores oscuros;

de inmediato se perdió detrás de una de las tres casonas encaladas.

—¡Ése debe de ser el Patón! —alarmó siempre en un murmullo Alicia Lenguaje.

—¿Y quién es ese Patón? —Dánae volvió intrigada la vista a su compañera.

—Un fantasma de campamentos...

—Bah, no empieces con comemierderías.

—Oye, niña, te lo juro por Sanjuro que es verdad. Me contaron que es un espíritu relambío que toquetea a las hembras. Se cuela por la noche en los albergues y mientras las muchachas duermen, ahí aprovecha y empieza a meter mano, a pellizcar pezones y pipisigallos.

—Ni se lo digas a la Albina; mira que no va a pegar un ojo en mes y medio. —Dánae rió malévola.

—La Albina es una bitonga. Una penca de pobre y ridícula existencia. Jamás llegará a nada. —Alicia Lenguaje acomodó sus enormes tetas en el ajustador una talla menor que la apropiada—. Además, mira para allá, es una cabrona tabla de planchar, me la juego al canelo que usa rellenos, porque a veces se le marca una clase de bultos por encima de la camiseta.

—¡Pepillas, pónganse p'al negocio, que nos falta un tin al marañón! —insistió el conductor jubiloso.

Brígida la Imperfecta hizo muecas a espaldas del chofer burlándose de la guapería y rutina fuera de caja del tipo. Renata la Física, erguida en el asiento y luego colgada del tubo que atravesaba el techo de la guagua, hizo ademán de ponerse en órbita con la alegría y la bulla, esa felicidad obscena digna de los espectadores de un partido de fútbol. El resto del grupo comenzó a aplaudir expresando entusiasmo desmedido:

—¡Ya llegamos, ya llegamos, ya llegamos! —corearon enardecidas.

—¡Atiendan acá, síganme! —Y Renata la Física, apenas sin voz, a un milímetro de la afonía, entonó de nuevo aquella canción que había copiado a cada una de sus condiscípulas para que se la aprendieran de memoria.

Era una noche de luna, de relámpago y de trueno, se paseaba un caballero con su coche y su cochero, iba vestido de blanco, y en el pecho una medalla, y al doblar las cuatro esquinas le dieron tres puñaladas...

El autobús parqueó frente por frente al campamento destinado a las hembras. En un inmenso panel de zinc en donde refulgía el sol estaba inscrito el nombre del mismo con letras rojas y desiguales pintadas a brocha gorda de albañil:

LA FE.

Dánae se fijó en el fabuloso árbol que se hallaba frente a frente a las tres construcciones. Observó los bien marcados estribones, parecían hamacas o cunas esculpidas en el grueso tronco. Los ramajes trepaban bordando el cielo de hojas fulgurantes cual llamas de candelabros sagrados. Dánae se dijo que esa mata era lo más parecido a una reina, a una diosa, a toda la belleza del universo junta. A su maleta con perfume a tinta persa. Es decir, a mí, la maleta que escucha a su dueña. Y estuvo a punto de caer arrodillada ante la imagen que purificaba sus pupilas; y la recorrió erizándola un recato muy tenebroso y recóndito en su interior, el alma tal vez.

—Ésa es la ceiba, debes de haber visto una parecida en La Habana, están la del Templete y la del parque de La Fraternidad —comentó el chofer al ver el interés que había despertado en la joven. Sin embargo, ella no recordaba haber visto árbol de semejante elegancia y de incomparable majestuosidad.

El albergue de las hembras quedaba a la izquierda viniendo del lado de la carretera; a las claras se distinguía que la casona central sería el comedor y área común de actividades de todo tipo, tanto estudiantil como recreativas y políticas. El bloque de la derecha estaba destinado a los varones, quienes llegarían por la noche, bastantes horas más tarde que las muchachas. Al rato comenzaron a arribar los demás ómnibus escolares con las brigadas restantes. Los choferes y guías de brigadas se dispusieron a descargar el equipaje guardado en los maleteros de los vehículos; todo eso llevó alrededor de una hora. Entretanto, las adolescentes obedecieron la orden de no descender de las guaguas y continuaban empeñadas en sus aspaventosas reacciones de seres inexpertos, repitiendo sin cesar didácticos lemas o emprendiéndola con las canciones del último grito de la moda escuchadas en la radio, o bien iniciaban controversias de brigadas contra brigadas: *¿Qué quiere la Uno? ¡Zarandonga! ¿Pa dónde la tiramos? ¡Pa la tonga!* O si no se lanzaban autopiropos: *¿Qué tiene la Nueve? ¡Súper bomba! ¿Qué es lo que le damos? ¡Cañandonga!*

Las valijas fueron colocadas en el suelo o encima de las largas mesas del comedor y los conductores subieron a sus carros y el director del campamento, un negro tizón como un trozo de carbón, estilizado y musculoso, utilizó el silbato colgado a su cuello. Su apellido era Puga y ocupaba el puesto de profesor de Literatura; además de ser un tipo joven y simpático, llevaba los cuatro dientes delanteros de oro ruso; excelente bailador, había prometido a los alumnos que organizaría fiestas con orquestas los fines de semana, al final de la visita de los parientes, e incluso había transportado en sus baúles una casettera y sus cintas personales. Así se mostraba de afable, de igual manera podía transformarse y ser la persona más exigente y rígida con respecto a los estudios y por supuesto a la disciplina, pero era evidente que los muchachos sentían admiración, respeto y hasta un inigualable cariño por él. El típico profesor que estaba en onda con la juventud, ya que él mismo aparentaba no pasar de los treinta; para más suerte no era ningún improvisado, había terminado una carrera de matemático cibernético con un expediente exuberante de notas excelentes y, pudiendo haber obtenido una plaza más relevante y mejor remunerada, por voluntad propia había decidido brindar sus conocimientos a la enseñanza y volcarse en las humanidades. Gozaba de igual prestigio entre sus colegas, con excepción de ciertos mediocres que veían en su persona un peligro para la comunicación, por llamarlo de alguna manera, entre las autoridades y el alumnado, ya que dicho maestro defendía con todos sus ánimos las opiniones individuales de sus discípulos y en las reuniones se fajaba por conseguir las mejores condiciones de aprendizaje para ellos. Los que lo despreciaban y odiaban, entre ellos los jefes del plantel en la ciudad, le habían nombrado director de un campamento mixto de escuela al campo porque sabían que era una de las tareas más difíciles de cumplir y soñaban con que metería la pata, se embarcaría, y así podrían deshacerse de él con facilidad.

El director Puga utilizó el silbato en tres ocasiones, luego voceó divertido:

—¡Arriba, para luego es tarde! ¡Vayan acostumbrándose a que al tercer silbido hay que tirarse de los camiones y alinearse!

Los nueve grupos concernidos se apresuraron a obedecer la orden. Cada brigada estaba compuesta de veinticinco o treinta alumnas. A la alarma de ¡a formar! no hubo ninguna que no se cuadrara a lo militar delante del albergue que les correspondería a partir de ese instante, tal como les habían explicado sus respectivos guías durante el trayecto. Cada maestro encabezó el grupo que dirigía. Salvo el director, quien se plantó delante de ellos en actitud de mando. Tosió, carraspeó y se hizo un silencio sólo mancillado por el espeso bamboleo de las copas de los árboles y el canto tempranero del pájaro nocturno, un azulejo real a quien el barullo de la llegada había desestabilizado la rutina del horario.

—Atiendan acá, biyayas. —El director inició su discurso, los pómulos brillaban acentuados por el grasiento cutis y la luz azulada de la tarde—. Llegamos al campamento de La Fe, éste será nuestro hogar durante el próximo mes y medio. En este mismo sitio donde ahora hemos formado haremos cada mañana los matutinos, ya saben que *El de pie* será dado a las cinco de la madrugada...

Se escuchó un murmullo general de desaprobación. Irma la Albina sufrió el primer vahído, estaba cayéndose de debilidad, hasta por los tímpanos le corría el sudor y se autodespreció por ser la única en sentirse agotada y hambrienta. Brígida la Imperfecta la odió por débil, por fingirse la más fina que nadie, y se las arregló para pegarle un moco baboso en el pelo sin que la concernida se diera cuenta.

—¿Cuál es el asombro? No me vengan con que acaban de desayunarse con la noticia. Y hablando de desayuno, mejor dicho de horarios, cada día deberemos dejar listas nuestras camas, asearnos y vestirnos en mínimos minutos, alrededor de media hora; es poco tiempo contando la reducida cantidad de fregaderos y letrinas, apenas doce para las hembras y doce para los varones. A las seis menos cuarto comenzaremos a formar delante del campamento preparados con los jarros en las manos, cosa de terminar nuestra charla matutina a las seis en punto. De ahí al desayuno, durará una hora. Es lo mínimo sabiendo que sólo nos ayudarán tres tías o compañeras que se ocuparán de servir la leche o el cereal y el pan. A las siete y diez nos montamos en los camiones para partir hacia el lote o lugar de trabajo que nos han designado. Algunos lotes se hallan próximos al campamento, por lo tanto podremos desplazarnos en la guaguita de san Fernando... —El profesor esperó que respondieran a coro.

—¡Un ratico a pie y otro caminando!

—¡Eeeeso, así responden mis pepillonas vanguardias! Lógicamente que las brigadas rotarán por los lotes. El objetivo es que a todos nos toque parejo. A veces andaremos a unos kilómetros de aquí y otras a unos metros. Trabajaremos en un poco de todo, pero el mayor esfuerzo lo dedicaremos al tabaco, recogida, deshoje, desflore, secado y cosido en mancuernas. Es muy delicado, no se preocupen, recibirán la explicación de los jefes de lotes y de los ingenieros agrónomos. En cuanto a la papa, al tomate, la col, el desyerbe o el aparcado es más fácil y sólo requiere entusiasmo y disciplina. En el tabaco habrá que poner, además de cariño, mucha neurona. ¿Entendido?

—¡Sssíi!

Irma la Albina no pudo disimular su rechazo a la bullanguería y se llevó las yemas de los dedos índices a las orejas tapiándose los oídos.

Dánae quedaba detrás de Brígida la Imperfecta, quien venía después de la Albina en la fila. Dánae no tuvo que sacar demasiado la cabeza para ver la camisa de Irma adherida a la espalda, las marcas de sudor conformaban dibujos estrambóticos, dando la idea de un cuadro abstracto. Irma

106

la Albina hizo ademán de desmayarse, Dánae se adelantó a Brígida y sostuvo a la otra por los sobacos. Irma la Albina volteó el rostro pálido hacia ella agradecida con una mueca que pretendía ser sonrisa. Los ojos fulguraban afiebrados cual dos bolas transparentes de jugar al quimbe y cuarta. Puga continuó con su charla:

—Bueno, los varones llegarán tarde hoy...

—¡Cómo siempre, profe! —soltó una voz fañosa de fingida gripe desde lo último de una de las filas. Hubo risotadas y exclamaciones hembristas, como aquella de *nosotras somos las barbarísimas*. El director también sonrió, limpiándose sonoramente los dientes y las muelas con la punta de la lengua.

—*Profe* no, pro-fe-sor, ¿entendido?... No quería echarle leña al fuego, pero debo aclarar que no es culpa de ellos. Tenemos serios problemas con el transporte y las mismas guaguas que las trajeron a ustedes viraron a buscarlos. A su regreso aplaudiremos a los compañeros choferes que se han portado de maravilla doblando el turno. Los invitaremos a que nos acompañen a cenar, por lo cual la ración será más reducida. Espero que sepan comprender. ¿De acuerdo?

Comentarios de aprobación inundaron el descampado.

—En fin, abreviando, este mismo mitin relámpago deberé repetirlo esta noche a los varones, y ya voy adelantando con ustedes, y así dispondrán de más tiempo para maquillarse y estrenar las lentejuelas... —de nuevo hubo carcajadas—. El horario exacto de trabajo empieza a las ocho de la mañana, sin excusa ni pretexto, hasta las doce en punto. De doce y media a dos menos cuarto tocará el turno del almuerzo y habrá una siesta de diez minutos. A las dos y media reanudaremos las labores en el puesto de trabajo, hasta las cinco y media. De seis a siete y treinta será

107

el baño. A las ocho vendrá la comida, hasta las diez. Entre diez y cuarto y once se apagan las luces del campamento y a descansar. Como ven es un horario sumamente apretado, hay que cumplirlo al pie de la letra. Aquel o aquella que desobedezca a la maestra guía o a la jefa o jefe (en el caso de los masculinos) de brigada nos obligará a ponerle reportes. Tres sanciones implicará limpiar letrinas; más de tres y dependiendo de la gravedad de la indisciplina costará la prohibición de fiestas o de la visita dominical de los padres. Mañana a la hora del receso elegiremos a aquellos que reúnan los requisitos exigidos para ser jefes de brigada. ¡Ah, sí, olvidé que durante las dos sesiones de trabajo en el campo dispondremos de diez minutos de receso!

Terminó y hubo aplausos mezclados con exclamaciones de diversa índole, más hipócritas a favor que sinceras en contra. El viaje había sido largo y los estómagos exigían alimentos. El director autorizó a romper filas e ir a buscar el equipaje de cada cual. Se armó un tropelaje en el comedor y los maestros intentaron poner orden demasiado tarde. Dánae fue una de las primeras en pescar su maleta de palo pintada de marrón en medio del tumulto de otras maletas:

La maleta que oye y que cuenta, imbuida aún por el tiempo y la velocidad de la ciudad, sin embargo notablemente menos estresada ahí en el campo. Esa maleta que un día fue árbol.

Una vez que la apartó a un lado se dispuso a ayudar a la Albina, quien medio ciega a causa del llanto y los goterones de sudor que corrían de la raíz del pelo a la cara tropezaba con cuanto bulto se parapetaba entre ella y el ansia de recuperar su equipaje, cayéndose encima de las otras, quienes se aprovechaban para jugar a los empellones con su cuerpo blancuzco y resbaloso. A Dánae le dio lástima y pidió, caballero, un poco de compasión para la pobre Irma que se siente mal, señores, casi se me derrumba hace un rato en plena reunión de bienvenida. Las demás obedecieron a Dánae, más ocupadas en encontrar sus valijas que en renunciar a fastidiar a la supuesta enferma.

—Irma, descríbeme tu maleta, anda, a ver si doy con ella —suplicó Dánae.

—No puedo, no me acuerdo cómo es... Mira, mira, me parece que es aquélla, la pintada de azul...

—¿Escribiste tu nombre? Casi todas son azules.

—Claro que sí, creo que se lo puse... No, no es ésa... —respondió más segura cuando vio que Pancha Pata de Plancha se apoderaba de la que ella había indicado como suya—. Puede que, a ver, a ver... no, tampoco es... bueno, no te preocupes por mí, anda vete, ya tú resolviste...

—Mira, Cabeza de Mazorca, mejor esperamos; la última maleta que nadie recoja será la tuya. Es más sencillo, vamos, descansa, te ves más endeble que cáscara de cebolla.

Y así fue, cuando no quedó más que una valija veteada del azul más aburrido del planeta, pintada con desgano, desvencijada por los trastazos recibidos al ser tirada de un lado a otro, entonces Irma pudo identificarla. Así y todo, tuvo que raspar en una esquina para cerciorarse de que su nombre continuaba impreso en unas casi ilegibles letras amarillentas. Dánae, malhumorada, agitó a la Albina insistiendo en que debían apurarse, había preguntado a su atolondrada compañera más de mil veces si, por fin, aquel equipaje le pertenecía, antes de que quedara solitario y sin dueño. La otra siempre respondía con una negativa, muy segura de sí, no era para nada ésa, nada que ver, la mía es más intensa, o tal vez menos azul, quizás no tan clara. Para terminar con que era aquella maleta y no otra. Un desastre la pobre Irma, tan demacrada, tan lela, tan poca cosa. Se incorporaron a las filas, Dánae arrastrando su equipaje y el de la semiinválida amiga. De ahí las jóvenes acudieron por orden de brigadas al albergue número uno del campamento.

En la nave hacía un frío húmedo con olor a saco podrido y a polvo acumulado de mucho tiempo. El piso estaba sin pulir y las pisadas se trababan en los empegostes rocosos de cemento echado a lo como-quiera, al tuntún. El sitio algunos años antes había sido una granja para presidiarios que cumplían trabajo forzado. En las paredes quedaban antiguas huellas de mensajes amorosos, corazones engarzados con flechas: *Loly, no me corones. Si me pegas los tarros, me hago el harakiri.* Más adelante se podía leer: *Mi vida no tiene sentido sin ti, no sé por qué te maté.* Luego, con sangre: *Adry, escribo tu nombre con el corazón chorreándome en las manos.* Para en seguida firmar: *El eterno fugitivo.* Todo esto y más frases publicitarias de la marginalidad estudiaron las recién llegadas. Lo que peor impresión causó fueron las literas, que debían ser utilizadas; construidas con toscos troncos cortados de las ramas de los árboles, venían a ser cuatro palos enhiestos y cuatro atravesados horizontalmente, dos encima y dos debajo; entre ambos habían estirado unos fragmentos rectangulares de tela de yute dura, porosa y raída a modo de bastidores que de tanto ser usados formaban una especie de bolsón, es decir, a la persona que se acostara arriba el cuerpo le caía encima de la que durmiera debajo, y la de abajo su espalda y nalgas rozaban el piso. No tenían la pinta de ser cómodas en lo más mínimo; la mugre concentrada se hacía evidente en cuanto se rasguñaba la madera de los troncos, o se colocaba el más mínimo objeto ligero encima, entonces la polvareda ascendía en nubes rojizas a un estado estacionario.

Las maestras-guías ocuparon las literas del centro del albergue, con el objetivo de mantener mejor controladas las dos puertas de entrada y de salida, sin embargo, construyeron con lonas muy tupidas algo así como una casa de campaña que las apartaba del resto de las discípulas. Los maestros habitarían el recinto de los varones, estaba claro. A la brigada nueve le tocó hacia el final de la nave, muy próxima a la puerta de salida que daba a las letrinas y las duchas. Dánae se las ingenió para dormir junto al portón, y tuvo la buena suerte de que la cabecera de su cama diera a un ventanal. Es necesario aclarar que la arquitectura de los albergues respondía a viejos caserones de tabaco, es decir, el lugar antes destinado al tendido, cosido y secado de la hoja de la preciada y envidiada planta. Irma la Albina quiso caer junto a Dánae, entonces se armó una pequeña disputa entre ella y Renata la Física. Por fin, la primera se contentó con acomodar sus cosas debajo de Dánae, quien por supuesto escogió la ventajosa parte de arriba. Al lado se hallaron Renata encima, y Alicia Lenguaje junto a la Albina; a ellas no les tocó ventana. Pero no lo sintieron, más bien preferían no tener demasiado contacto con el exterior por temor a las ratas.

A los pies de las literas habían colocado unas colchonetas medio destripadas, manchadas de viejas comidas, eyaculaciones de anteriores décadas, inmemoriales diarreas y, por lo visto de abundantes menstruaciones; así imaginaron por no querer aceptar la probabilidad de los crímenes cometidos. Las jóvenes desenrollaron aquellas asquerosidades de guata; no sin remilgos extendieron sobre ellas sus pulcras sábanas perfumadas con lejía, jabón amarillo de lavar y sol de azotea. El problema mayor resultaba las maletas, no había espacio para ellas. Renata la Física, experta por carácter transitivo de sus hermanas mayores, sugirió a las que durmieran arriba empotrarlas a los pies, entre cada estaca, y las que lo hicieran debajo de las literas serían colocadas en el piso, así de sencillo. Cada cual acomodó lo suyo como pudo, entre peleas, risas, juegos de manos y jalones de pelo, en broma o en serio. Dánae fue una de las primeras en terminar de ordenar su espacio; de un brinco subió a la litera y se sumergió dentro de ella como si se zambullera en un estanque podrido. Al instante comprendió que tapándose de pies a cabeza con la frazada podría dar la impresión de que su cama estaba perfectamente tendida y que ella se hallaba ausente. Pensó que había solucionado un buen escondite, sobre todo para lograr una pequeña intimidad. Como de costumbre, ya se había puesto a tejer un secreto. Dánae quedó inmóvil largos minutos, embelesada con el ruido de su propia respiración; habría conseguido dormir si debajo Irma la Albina no anduviera revolcando tanto tareco, escandalizando con el traqueteo de jarros, latas de leche condensada hechas fanguito, objetos que se le caían de las manos, maldiciones masculladas con espasmos irascibles. También Renata la Física estaba puesta para su lío, había encendido una radio portátil de modelo tan sofisticado que invitaba al robo, y rodaba el botón de una emisora a la siguiente sin decidirse en firme por una. Después de pasear de una punta a otra del dial alrededor de un centenar de veces se decidió por un programa de música campesina; comenzó a burlarse de aquellas guajiradas de Coralia y Ramón Veloz, según ella predilección de su abuelo en los mediodías de tediosos domingos. Alicia Lenguaje, asunto raro, hacía rato no emitía frase, ni siquiera sílaba alguna, enfrascada en remendar la costura del trasero de su pantalón, la cual se había desgarrado al pasar junto a una cerca de púas y quedar enganchada en ella cuando, desaforada, intentaba colarse primero que nadie en el albergue. Ocupaba su boca en silbar la melodía de la canción tema de una película francesa, prohibida para menores. Brígida la

Imperfecta acomodó sus jolongos distante de sus amigas, y ya se la divisaba a lo lejos ripiándose con una grandullona jarretúa, discutiendo por una lata de leche evaporada que la otra, en una distracción suya, había aprovechado para manigüetearle. Más allá, Migdalia Pestañas Postizas y Carmucha Casa de Socorro se fajaban por un par de chancletas que acababan de desaparecer delante de las narices de la propietaria, es decir, de Migdalia, quien acusaba a la segunda de habérselas fachado con la única intención de joder, joder y joder. La otra protestaba alegando que lo último que ella robaría en su vida sería unas chancletas apestosas a cicote dieciochesco, para colmo como diez números mayor que su pie.

Al rato, Dánae sintió un calor espeluznante debajo de la colcha, supo que anochecía por la coral de grillos, el chapoteo de las jicoteas en los charcos y porque desde afuera llegó el sonido ronco de los motores de los autobuses escolares y el alardoso griterío entusiasta de los varones.

—¡Ahí aterrizaron los machos! —avisó Pancha Pata de Plancha con cierto deseo reprimido de igualarse a ellos.

—Ya era hora. A ver si nos dan de jamar rápido, tengo el ombligo pegado al espinazo. —Irma la Albina se quejó terminando la frase con un extenso suspiro resentido.

Dánae destapó su rostro. En el techo, una rata del tamaño de un gato observaba el jaleo de las nuevas visitantes; al sentirse a su vez observada, corrió en dirección de un hueco entre las vigas del techo y por allí huyó. La muchacha echó de un golpe la frazada a un lado y de un salto se tiró al suelo. Iba a gritar: ¡Hay ratas, ratas, aquí hay ratas! Pero optó por el silencio cuando se topó con la cara angustiada de Irma la Albina, interrogante y aterrorizada, adivinando que algo fuera de lo normal, es decir, tremendo, había ahuyentado a su amiga.

—¿Qué fue lo que viste, esta niña, qué te sucede?

—Nada, tú, nada del otro mundo. No seas pencona.

—Si no quieres matarme del corazón, haz el bendito favor de bajarte de la litera con más cuidado; oye, chica, parecía como si el diablo te hubiera empujado.

El director dio a las brigadas masculinas las informaciones pertinentes; éstos recogieron sus valijas y se acomodaron en sus respectivas literas igual que horas antes lo habían hecho ellas. Puga se paró a la entrada del albergue femenino, evitando curiosear al interior, cosa de que sus ojos no tropezaran con el espectáculo de alguna fémina en paños menores. Sus dientes de oro ruso destellaron dando luz verde a Margot Titingó para que ella ordenara a las hembras de formar filas delante del albergue número uno. Margot Titingó agitó:

—¡Atención, pastusas, arriba, majúas, agilen! ¡Un minuto más y se quedan sin comer, un minuto más y pongo reportes en general! ¡A jactar!

Escandalizó la flamante maestra, obsesionada por el pequeño poder que le había otorgado el azar de la vida, una auténtica deformadora de personalidades, vulgar ninguneadora de espíritus, la guillotina de la inspiración en la adolescencia, la cortaalas, la frustrada y a su vez frustratalentos, avergonzada de su pasado pobre, hastiada de su miserable presente, y eternamente desconfiada del futuro exento de promesas dignas.

Detrás de ella saltó Mara, la profesora de química, una mujer de extremidades cortas y torso largo, fondillo bajo y cintura endeble, a punto de partirse en dos, sumamente delgada y etérea; para colmo era cabezona, con el pelo engrifado y quemado a causa de una fracasada permanente; los ojos verdes explotados fuera de las cuencas delataban un grave padecimiento de tiroides, la piel de la cara alargada daba la impresión de haber sido untada con mostaza y pimienta, y lucía tal prognatismo que cuando hablaba la quijada casi se tragaba a la nariz. Se roía las uñas; de dedos le quedaban unos muñones que ella gustaba poner a tamborilear sobre el escritorio mientras atacaba a los estudiantes con sus indescifrables exámenes orales, al ritmo de *a la cutaraba, tibiri tabara, tibi lacutaraba, cutabara, tabara...* Durante cierto tiempo, la mayoría de la gente, lo mismo del estudiantado que del claustro de profesores, regó que era solterona, otros aseguraron que había quedado viuda dos veces; en realidad se había casado con cinco tipazos de hombres, no a un tiempo, claro está. Harta de los rumores decidió llevar a la escuela los cinco álbumes de fotos de cada una de las bodas. ¿Cómo se las arreglaba aquel defecto andante para engrampar a tamañas bellezas? Los cinco poseían los siguientes rasgos en común: altos, trigueños, ojos azules, bocas sensuales, musculitos por aquí y por allá, velludos en las partes necesarias, y a juzgar por las sonrisas parecían simpáticos y enamorados de ella, ¡de semejante bicho! Además, Mara la Federica aclaró que nunca admitió que la abandonaran, ella se adelantaba y planteaba los divorcios. ¿Si se había embarazado? Por supuesto. En la última ocasión, su quinto marido, hasta la fecha, la había preñado cuando todavía ella trabajaba en la escuela anterior, siete años atrás. Se enorgullecía de tener jimaguas varones del primer matrimonio, una hembra del segundo, un varón del tercero, el cuarto le había asegurado ser estéril; sin embargo de éste salieron unas siamesas pegadas por la frente, es decir, anudadas por la cabeza, un problema que estaba intentando solucionar mediante delicada cirugía ya que una deseaba ser bailarina y la otra azafata de aviones. Al quinto marido, pobre desgraciado, le parió una oreja. Sí, a la hora del parto de su sexo salió una oreja de cincuenta y dos centímetros de largo y de cuatro quilos de peso, con dos piernas y dos bra-

115

zos. Nada más. Ni unos ojitos para mirarla mejor, ni una boquita aunque fuera jorobada para sonreírle a su mami, ni un culito para dar pau, pau, cuando se portara mal. ¿Cómo iba a portarse mal una oreja? Para colmo, ella quiso susurrar las primeras palabras de ternura al fenómeno, y el neonatólogo, muy circunspecto, indicó lo siguiente: *Señora, siento decirle que deberá gritarle, es sorda.* Por esta razón, el carácter de Mara la Federica devino amargado y receloso. Buena madre sí que era. Abnegada a tal punto que durante las etapas de escuela al campo, cuando debía separarse de sus hijos y cumplir con la disciplina, confinaba a su madre al cuidado de las siamesas Amor y Deseo, por haber sido engendradas precisamente con cariño y sexo loco, y de la Oreja, bautizada como Fina. Los hijos restantes, los jimaguas Rótulo y Reto, Usnavy y Estalin, quedaban al cuidado de los padres respectivos. Ella sufría, pues había pedido que se le permitiera al menos asistir acompañada de sus minusválidos. Petición denegada debido al impedimento físico de los sujetos. Ella aceptó sin chistar, pero con el alma desgarrada, frase de mariquitas tapiñados, politiqueros y seudocultos. Los fines de semana, Mara la Tísica, así también le decían, pedía pase y se marchaba a la ciudad para ocuparse con sumo esmero de la prole.

La Federica se juntó con ímpetu al palmoteo de Margot Titingó.

—¡Vamos, apúrense, que la chaúcha se hiela!

Las muchachas, pese a que no soportaban su agrio carácter, se apiadaban de ella debido a tantas desgracias juntas y revueltas, y obedecieron apresuradas. Luego siguieron otras dos profesoras, las de inglés y biología, con historias personales bastante banales, y de reacciones indignas de imitar por su extravagante pasividad a la hora de animar o corregir conductas indebidas.

—Lento, que vamos rápido —ironizó la *teacher* (los alumnos la llamaban la Tícher). Ya tenía bastante con ser profesora de inglés en un país donde dicha lengua era considerada el idioma del enemigo.

Dánae repiqueteaba con la cuchara en el fondo del jarro de aluminio, imitando por inercia a sus compañeras. Renata la Física no pudo cantar, a esas alturas la afonía estrangulaba sus cuerdas vocales. Alicia Lenguaje entretenía su mente en moldear la escultura de su próximo discurso; Migdalia Pestañas Postizas y Carmucha Casa de Socorro aún discutían, ya no por las chancletas perdidas, las cuales habían aparecido hacía rato en la propia maleta de Migdalia. El tema de la nueva disputa versaba en turnarse los arreglos de las camas. Cosa de cada una poder dormir un poco más un día sí y otro no. Empezaría Migdalia tendiendo las dos camas, al día siguiente descansaría y entonces Carmucha la sustituiría en tales menesteres, mientras Migdalia ganaba unos pocos minutos de sueño, así lo había decidido la segunda.

—¿Y por qué tengo yo que ser la primera? —reprochó Migdalia, la de pestañas pintadas de maybelline azul.

—¿No fue a ti a la que se le ocurrió la idea? ¡Tú delante! —Carmucha protestó dejándola con la palabra en la boca.

—Por eso mismo, yo puse a trabajar el coco, ¡te toca o no hay negocio! —machacó en el tímpano de su amiga mientras le pellizcó la nuca.

Y así continuó el estira y encoge, hasta que desembocaron en la frescura pasmante de la noche.

La oscuridad expelía el perfume de flores o frutas cuyos nombres aún Dánae ignoraba. Allá, y más allá, y todavía más allá, vibraban sombras de matorrales danzarines, o más bien enredados en pugilateos con el viento. Abrió la boca y aspiró con fuerza la humedad de la brisa, bajó el escalón de

117

cemento y su pie se zambulló en el mullido fango. Entonces buscó su lugar en la fila, después de Irma la Albina, ella era la penúltima, Enma se colocó a sus espaldas. Enma la Amenaza. Dánae, sin embargo, se llevaba bien con ella. Enma, contrario a Alicia Lenguaje, era muy huraña, nunca tenía ganas de hablar con nadie, mucho menos por las mañanas. Enma se pasaba la vida retorciendo ojos, todo el mundo le caía mal, todas eran unas mediocres, ella lo que quería era que la dejaran sola (en eso era gemela con Brígida la Imperfecta), ella necesitaba dormir, vivía para dormir. Por momentos se despertaba y se sumaba a la alegría general, a los cantos, a la recholata, para volver a apagarse y caer en un mutismo que podía durar dos o tres días. Aunque a Dánae nunca dejó de responderle, con ella conversaba, poco, pero de hablar hablaba, eso sí, de amarguras y tedios. Enma llegó a la fila arrastrando un viejo abrigo de cuero que había pertenecido a su padre vasco en la época en que estuvo en el servicio militar en África. El Mascón, así llamaba Enma la Amenaza a su abrigo despellejado, porque estaba tan deteriorado que a ella le daba la impresión de ponerse encima un tabaco mascado y remascado por un fumador empedernido. Aquella noche no hacía especialmente frío para enfundarse en semejante abrigo, pero Enma la Amenaza debía protegerse del *mal de ojos,* de la envidia, de la mezquindad de la gentuza, de la brujería, y el Mascón constituía una suerte de escudo o de coraza, el símbolo de la defensa. Además, los botones eran de azabache.

—Dánae, mira, mira para el cielo, qué cantidad de estrellas revueltas, el cielo es una tortilla estelar —susurró Enma, puesto que el Mascón de seguro no hablaba.

Varios minutos antes, el director Puga había iniciado una nueva retahíla de palabras de agradecimiento a los choferes de las guaguas, quienes, esforzándose, doblaron el turno para poder cumplir con la llegada del resto de los estudiantes. Reclamó aplausos y hubo palmadas robóticas. Invitó a los choferes a cenar en el comedor de los estudiantes. A los reyes del volante no se les vislumbró gran entusiasmo en los rostros, era obvio que esperaban una recompensa metálica, puesto que la merecían. Cuanto y más que ya la cocinera les había ido con el chisme de que por ser la primera noche el menú sería arroz blanco con chícharo y dulce de frutabomba, y para de contar. Sin olvidar el refresco, aquella bebida con sabor a medicina, a Bicomplex, para ser exactos. Líquido de freno, ¡qué casualidad más casual! Un refresco que tenga tanto que ver con choferes. Era casi un homenaje. Los borrachos no beben esa porquería, pero cuando hay sed el agua de churre soluciona. Puga se convirtió en aquella máquina parlante; dijo algo sobre la importancia de los símbolos y de izar la bandera. Enma la Amenaza y Dánae apenas escuchaban, extasiadas las pupilas en la inmensidad de fondo negro azulado con puntos rutilantes encima de sus cabezas, los pies encharcados de lodo y hormigas, las llaves colgadas del cuello, enfriándoles los entresenos inexplorados aún por manos erizadas de lujuria. La luna llena iluminaba el triple que los bombillos del techo del campamento. La luna del campo, más redonda y cercana que la de la ciudad. Los grillos aumentaron su concierto y las ranas añadieron su telúrica partitura. Dánae adivinó que se trataba de ranas, pues nunca antes había escuchado aquellos eructos melodiosos.

—Ésas son ranas, y sapos toros —secreteó Enma sin dejar de estudiar los laberintos estelares.

—¿Se puede saber qué se les perdió a esas dos alumnas en la estratosfera?

Puga el Director interrumpió la fascinación extraterrestre. Las adolescentes sólo se dieron por aludidas cuando un

119

eco de risotadas barrió estrepitosamente con la fija tonalidad de la voz del maestro y con el coro griego de ranas, sapos toros y grillos. El hombre constató que su regaño había
surtido efecto viendo cómo ambas estudiantes fijaban insis-
tentes sus pupilas sorprendidas en su presencia. Fingiendo
que lo miraban cuando en realidad un manto de luceros
les bañaba las retinas.

Después de un tiempo se acostumbraron a observar al
Director sin escucharlo. Enma la Amenaza dio una patada
en el talón derecho de Dánae, para en seguida prevenirla
entre dientes:

—En la séptima fila de los varones, el cuarto de atrás
para *alante*, está puesto para ti.

Dánae contestó con un Ángela Pérez, de anjá, pues el
Director no le quitaba la vista de encima.

—Es Andrés Jeta de Bache... Lo conozco, es del aula de
mi hermano —especificó la Amenaza.

El tal Andrés Jeta de Bache la vacilaba con ganas de co-
mérsela viva cual emparedado de chiquita aliñada al ajo,
cebolla, laurel, una rodaja de pepino encurtido, salsa de
ketchup y mostaza. El tal Andrés tenía la cara llena de granos con pus amarillo a punto de explotar. El tal Andrés, así
de primera y pata, no le gustó a Dánae. Hacía pesas, ni dudarlo, a juzgar por los músculos de los brazos y el cuello
más ancho que la cintura. Sería uno de esos trogloditas,
muy cultos en materia de Charles Atlas y azoteas, probable
que bailara suave, y hasta se mandara recio entre las piernas. Pero ella buscaba otra motivación bien distinta, verbo,
poesía, diferencia. Reviró los ojos, no quería cuento con tipos comunes, los conocía de memoria. Mucho manoseo
pero ni un milímetro de intelecto, ni un tincito de romanti-
cismo, ni la más sutil delicadeza. ¿Para qué quería ella un
bruto meloso, un pulpo insensible? Enma la Amenaza le

dio un empujón incitándola a que avanzara en la cola del comedor. El discurso había terminado y las brigadas comenzaron a desfilar en orden, alternando una hilera de hembras y otra de varones. El tal Andrés no le quitó un ojo de encima, sus miradas se cruzaron y él sonrió con socarronería. Para colmo alardeaba de duro, además de atlético se las daba de machandango jeboso. Para eso haría constructivo, para reafirmar su ego con ayuda de tendones, clavícula y sopa de arterias. No, sopa no. Los guapos no beben sopa.

Antes de entrar en el comedor debieron atravesar un océano de lodo, dentro de los zapatos borboteaban kilos de fango caliente. Los dedos se pegaban y Dánae sintió una especie de tela porosa entre ellos. Sus pies se asemejaban a ancas de patos. El comedor estaba improvisado en el interior de otra casona de tabaco, a lo largo se podían ver dos hileras de seis mesas gigantescas con base de encofrado y encima mármoles grises sin pulir. Al fondo habían colocado un mostrador y tres ollas y detrás se hallaban tres ancianas campesinas sirviendo en las bandejas. Aún faltaba para que tocara el turno a la muchacha y desde el final de la cola pudo divisar torres de bandejas de aluminio apiladas; dentro de un cubo también de aluminio, pero prieto de suciedad, se hallaban los cubiertos. Las bandejas estaban todas abolladas por el mucho uso y resbalaban de las manos debido a la grasa acumulada, y las cucharas, tenedores y cuchillos jorobados y sin esmalte, costrosos a más no aguantar. En una olla gigantesca humeaba el arroz, engrudo grisáceo empegotado con el que se podía enmasillar paredes, para colmo cundido de gorgojos. En otra cacerola humeaba el potaje de chícharos sin condimento. Uno de los profesores llamó a las señoras que servían de *tías* con falsa ternura. La tía del arroz sonó una espumadera del tal cereal en el compartimento mediano del lado izquierdo de la bandeja, cayó sonando como la plasta de una vaca resbalando a un abismo; la tía del chícharo vertió un cucharón de puré verdoso en el redondel central. La tercera servía un mejunje rojizo, el cual ella llamó dulce de frutabomba. Papaya batida. Cada cual debía introducir su mano en un saco húmedo de yute en donde aguardaba el pan. El agua era de la pila, bomba (y sin fruta), con sabor a caño musgoso. La información regada por radiobemba había sido falsa de que darían mermelada de guayaba y refresco de líquido de freno. El comedor abarrotado recordaba a una película de presidiarios, pensó Dánae. Le tocó sentarse entre Irma la Albina y Enma la Amenaza, quien como ya se sabe no era muda, sino que padecía de largos períodos de mutismo. Frente a ellas se acomodaron Salomé la Sátrapa, Pancha Pata de Plancha y Venus Podredumbre. Salomé la Sátrapa era una envidiosa y calculadora de ampanga, soñaba con casarse con un famoso cualquiera y vivir divina en una mansión con criados, perdón, con *compañeros que trabajaban en la casa,* viajar y a su vez hacerse célebre ella también, costara lo que costara, así tuviera que escribir pésimos poemas y peores tratados de peletería, porque además lo de ella eran los zapatos, aparte de que se lucía de osada autodenominándose escritora de inspiración. Pancha Pata de Plancha era tronco de buena gente, pero soez, una mulata de espaldas anchas, teñida de rubio pollo con jabón Batey, agua oxigenada y días enteros en las ramas de una yagruma, en espera de que el sol le resecara aquel mejunje prodigioso en la cabeza. Si se entretenía demasiado corría el riesgo de que sus pasas devinieran plateadas como el reverso de la hoja de dicho árbol. Tenía los pies más grandes de la escuela y del mundo y usaba talco Micocilén para contrarrestar los terribles efluvios a queso mohoso de Abadía de sus cicotes. Venus Podredumbre se hizo famosa por sus caldos, en referencia a sus peos hirvientes y apestosos a perenne mala digestión; a causa de su estreñimiento siempre tenía un mojón en la puntica que le provocaba unos caldos discretos, de apaga vela, pero con una fetidez insoportable. El ombligo de Venus, así se nombra una planta medicinal célebre porque relaja las inflamaciones, los lamparones, desaparece los sabañones y elimina los ardores de estómago; las hojas y la raíz desmoronan la piedra, no filosofal, sino la de los riñones, se orina entonces a chorro bendito, también se recomienda para procrear varones. Algún día el ano de Venus se haría famoso, pero por contaminación ambiental.

Aturdía el ruido de las trescientas y pico de cucharas chocando en el metal de las bandejas más las conversaciones y risotadas. Los profesores fueron los últimos en sentarse a devorar sancocho y lo hicieron apiñados en la esquina de la última mesa que había quedado libre. Por más que Puga, con un trozo de pan en la mano y la boca ocupada con un bocado de arroz mezclado con puré de chícharos, hiciera ademán de mandar a callar, nadie hizo el menor caso. Irma la Albina terminó antes que nadie y lustró el plato con la última migaja que había ahorrado para el final, asomó su rostro en el centro y se alegró al contemplar sus cachetes rojos debido al resplandor de la carretera y al encuentro bienhechor de la cháucha con sus tripas.

—No aparten los gorgojos del arroz, vienen contemplados como proteína en el plan dietético... Oye, Dánae, no se me escapó que ya tienes pretendiente —dijo Salomé la Sátrapa burlándose y lamiendo la cuchara—. Vi cómo Andy Cara de Bache te devoraba con la mirada.

Ella aprovechó para alisarse las dos capas de pelo sobre las sienes.

—Me es antiflogitínico. —Significaba que le daba igual, exactamente lo mismo chicha que limoná.

—Chica, no te me hagas la carne con papas, mira que tú no estás tan fácil de careta como para ponerte a escoger —insistió la Sátrapa.

Irma la Albina olfateó bronca en el horizonte y se levantó sigilosa pretendiendo que iba a fregar su bandeja. Pancha Pata de Plancha también se disipó en dirección al reenganche, caso de que dieran la posibilidad de una segunda vuelta. Enma la Amenaza rumiaba un trozo de hueso roñoso descarnado que le había robado a su vecina, puestos los ojos y el pensamiento en un hueco anodino en el más allá, haciéndose la sueca, la del cerquillo coposo. Dánae no quiso contestar la provocación. Hay días en que es mejor que los mangos se caigan por su propio peso. Fijó las pupilas en una hilera de cucarachones de mata de coco que desfilaba muy organizada por la mesa, como si con ellos no fuera. Por fin, una de las chiquitas dio el grito de alarma:

—¡No, no es el postre que viene arrastrándose solo, no son casquitos de guayaba ni ríos de frutabomba! ¡Son cucarachas kingkones! ¡Pa su madre!

La mesa quedó desierta en un santiamén. Los varones acudieron botas en mano para aplastar y destripar a los animales. Traquetearon las corazas bajo las pesadas suelas de goma. A los pocos minutos hicieron pulpa de cucarachones de mata de coco.

En el campamento todo estaba diseñado por filas. Fila de literas, fila para comer, fila de bandejas, fila de pilas o grifos para fregar las bandejas. Los vertederos también estaban en fila, construidos con cemento, fila de cubetas empotradas en una pared al aire libre. Otra fila de bombillos apenas iluminaba. A falta de detergente debieron lavar con agua, restregar duro con las uñas para disolver la grasa de los fondos de aluminio. En los tragantes tupidos se formaron charcos de nata amarillenta. Aquella o aquel que

124

entregara la bandeja con restos adheridos recibiría un reporte, advirtió Margot Titingó. Las tías bruñían los calderos con cenizas de carbón. Una vez que Dánae colocó la bandeja en la torre, corrió a buscar el cepillo de dientes. Entró en puntas de pie, para evitar enfangar el piso del albergue. Volvió a los fregaderos, puesto que no existían los lavabos, a asearse la boca, regresó por la parte trasera, con el objetivo de meter los pies debajo de la ducha y de quitarse los trozos de tierra compacta incrustados en las suelas e incluso dentro, en los calcañales, en el arco de los pies y entre los dedos. Caminó descalza, haciendo equilibrio sobre un muro de ladrillos que dividía el estrecho trillo de ladrillos del lodazal.

Eligió la ropa de trabajo revolviendo dentro de la maleta. Metió la nariz y la invadió el perfume delicado a papiro, a poesía persa. Yo la embrujé durante unos segundos. Vestida como si estuviera lista para desyerbar tomates o recoger papas se hundió en la colchoneta; cerrando de inmediato los párpados, fingió que dormía. Oyó la llegada apresurada de las demás compañeras, tan danaides como ella. Los comentarios de lo poco y malo que era y que estaba el jamisquín, o de, caballero, ¿nadie quiere salir a muelear un rato con los machos? ¡Vamos a cantar para afuera, señores, no sean muertas! Mañana no habrá dios que me levante. ¡Ay, tú, niña, cómo extraño mi cama! Yo no, no extraño nada, absolutamente nada, ¿no ves que aquí podré hacer lo que me sale de mis santos ovarios? ¿Puedes prestarme pasta de dientes? Dejé mi tubo encima del televisor, en mi casa. Ya empezó la pedigüeñería, con lo mal que me cae prestar lo mío. No sé si bañarme hoy o mañana. Pues, anda a lavarte las patas y los sobacos y ahí donde tú sabes, mira que con ese tufo a bacalao y ese tierrero no te vas a acostar cerca de mí. ¿Quién fue la graciosa que me escondió la radio? Oi-

125

gan, si aquí hay cucarachas del tamaño de un tigre, las ratas serán elefantes. ¡Cállate, no seas mala onda! Me está queriendo doler una muela. Y a mí me está queriendo dar asma. Estoy repuntá. Agilen para la enfermería. El enfermero no ha llegado, dicen que viene mañana. ¿Es enfermero o enfermera? Es hombre, y se comenta que está buenísimo, un chico mamey, como para enfermarse cada cinco minutos. Oí cómo la Tícher de inglés se afilaba los dientes diciéndoselo a Mara, la Federica. ¿Vieron lo remala que se ha puesto la Química? Más flaca y mal encabá hay que mandarla a hacer. Mejor le ponemos Mara la Tísica. ¡JA, JA, JA, JA! Eso está bueno. Chssst, nos va a coger en el brinco. Estuve averiguando y dicen que el pueblo está cerca, nada más cruzar el campo de tabaco que tenemos aquí detrás, ¿cuándo nos escapamos? Es demasiado pronto. Hay que ponerse de acuerdo con algunos varones de confianza. ¡Con Andy Cara de Bache y el Fañoso! Andrés ya está puesto para Dánae. ¡No jodas, tú! Y hablando de Dánae Bemba de Pato, ¿dónde se metió? Debe de andar por ahí, en el guasabeo. No, se equivocan, está aquí, debajo de la colcha, zurnando. Respondió serena Irma la Albina. Enma la Amenaza meditaba también arrepochada en la hondonada de la litera. Renata la Física copiaba nuevos versos en su álbum de poesía, lo que ella definía como el Autógrafo. Alicia Lenguaje explicaba sin ser escuchada las razones por las cuales en la vida había que comportarse de manera honesta, sencilla, humilde. Las razones son las siguientes, decía, no merece la pena ser tomada en cuenta, no hay que empeñarse en ser señalada con el dedo, no hay que lucirse más que los demás. Siendo sencilla pasas inadvertida, por lo tanto ganas que te quieran, logras tus propósitos sin escandalizar a los otros, sin despertar envidia. Creerse que una es mejor, de mayor calidad, altera los nervios, además de que no permite que te concentres en tus ilusiones y ambiciones individuales, pierdes energía en la competencia. Las cosas se deben hacer con honestidad, sin pretensiones, a la larga ganas contigo misma. Porque la meta eres tú misma. Si consigues la humildad, tu sistema nervioso quedará entonces inmune, nada podrá dañarlo. No se debe paliquear tanto, yo misma cotorreo demasiado, debo aprender a callar, a ser modesta. Y continuó con esa verborrea en desajuste con el momento mientras tendía y destendía su cama en un intento infructuoso de que la sábana quedara absolutamente lisa. Disminuyó la algarabía cuando un número considerable de adolescentes decidió salir al exterior, a sentarse debajo de los árboles o en el comedor a recholatear con los varones, o a entretenerse con la televisión. Esa noche tocaba el programa «Historia del cine», en el canal Cubavisión, y las muchachas se morían por disfrutar del comentarista, al cual le habían colgado el nombrete de Colirio, porque era un tipo superfácil de belleza, suavito de *face*, refrescaba la vista, también le llamaban Tropicola, la Pausa que Refresca o Arrebato Antillano. Aquella noche, Arrebato Antillano comentaría la tercera película de un ciclo dedicado al Oeste. Por supuesto, a nadie le importaba ni un comino el Oeste, ni John Huston, ni cabeza de malanga. Incluso bajaban el audio del televisor y se dedicaban a gozar de los gestos varoniles y vanidosos del presentador, quien, sabiéndose saboreado, no apartaba la mirada fingidamente distraída del monitor; entonces se arreglaba un calcetín, cosa de que las telespectadoras pudieran apreciar que iban a juego con el color de la camisa. Total, por gusto, en la época los televisores eran en blanco y negro. O se acicalaba las motas encima de las orejas, ajustándoselas, para en seguida acariciarse las fosas nasales esgrimiendo un gesto delicado con las yemas de los dedos índice y pulgar. Para cambiar de canal habría que vérselas con los varones; ellos, a pesar de que sí preferían a los pistoleros, también enloquecían con un juego de pelota entre Industriales y Henequeneros. En el canal Telerrebelde tocaría béisbol. De seguro, esa noche habría bronca por los canales.

La ventana que daba a la cabecera de Dánae estaba abierta, ella extendió los brazos encima de su cabeza y las manos hicieron contacto con la frescura nocturna. Sonrió porque se creyó en un cuento gótico y esperó a que sus manos se abrieran en espera de que sobre ellas cayera rocío de estrellas. Presintió la proximidad de una palma real despeinada, presintió la cercanía de un misterio dulzón. Y en ese juego de atrapar lo inaccesible quedó embelesada y luego, al rato, profundamente dormida, acunada por un punto guajiro.

> *Tierra libre, me gusta como cubano*
> *y campesino por cierto.*
> *Patria libre, me gusta como cubano,*
> *y campesino por cierto.*
> *El surco recién abierto,*
> *aprovechando el verano.*
> *Tierra libre, me gusta ver a mi hermano*
> *de campesinos modales.*
> *Vida mía, derribando yerbazales*
> *como en una dura guerra,*
> *para arrancarle a la tierra*
> *sus riquezas naturales.*

Yo, la maleta arborescente, quien hasta este punto escuchó y contó, conecté en aquel momento con los laberintos de su mente. Logré expresar mi asombro melancólico a través del sueño y de la revelación de Dánae.

Y ella soñó contigo, todavía no sabía quién eras, pero soñó con tu silueta sin cara. Sólo contornos. No eras tú, Andrés, todavía ella no te conocía lo suficiente. Aún no sabía que te convertirías en su primer novio, ni que te amaría sin pensar con seriedad en el amor, ni que se casarían y nacerían dos hijas. Soñó contigo, con ese *contigo* que no llegabas a ser tú. Si no un *tú* innombrable, un *tú* que yo estaba a punto de inventar cuando apareció el *tú* tuyo, el de Andrés. Soñó con unas manos que no eran tuyas y tomaban las suyas, eran muy finas, sumamente delicadas en su regodeo. Aunque firmes, trataban de halarla hacia la espesa madrugada, aferradas en arrancarla de la litera, fogosas como la marea en agosto. Dánae no estaba desnuda, sin embargo de súbito sintió frío y la carne se le puso de gallina. Pero las manos la recalentaron. Es el Patón, se dijo luchando por despertar. Es el fantasma del Patón que había ido a toquetearla. Pero no eran manos de hombre, ni mucho menos las gélidas manos de los espíritus burlones. Eran manos cálidas, ya lo dije, y con los dedos índices empezaron a hacer cosquillas en los huecos de las suyas, ella sabía que de esa manera los varones invitaban a las hembras a hacer cuchicuchi, allí donde las líneas legibles del destino dibujan una M, una M de madre, una M de muerte. Una M de tantos y tantos sucesos trascendentales cuya caligrafía se inicia con emes.

Por más que se debatió no logró romper el sueño. El dueño o dueña, pues sospechaba que podía tratarse de una mujer, o de un niño o niña, por la excesiva tibieza de aquellas manos, murmuró: *Pronto sabrás quién soy.* ¿Vienes a matarme? Soñó o pensó la pregunta. Escuchó risas, mejor dicho, fueron risas entrecortadas, como una cascada de esquirlas de cristal, entrechocando entre ellas, provenientes de un jarrón explotado, enquistándose en sus ojos. Dentro del sueño yo me encontraba muy estúpida. Una vieja maleta tonta que observaba. Dánae ya no se llamaba Dánae, llevaba el nombre de una planta, el cual se escabulló de la memoria en cuanto volvimos a la vigilia. En el sueño, si mal no recuerdo, detestaba ser yo y ella se repudiaba a sí misma. O era yo misma y ella regalándonos. ¿Quiénes quieren ser nosotras? ¡Vengan, cojan, ustedes, intercepten nuestro yo! Y pitchié ese yo absurdo a ver quiénes se despingaban por atraparlo.

Tengo la certeza de que aquella sensación de intenso placer de unas manos protegiendo, amasando las suyas duró bastante, y sin embargo el sueño culminó rápido. Despertó con el rostro congelado, apenas podía entreabrir las pestañas pegadas con un no sé qué asqueroso, como menta medicinal. Las cabronzonas del albergue habían apretado un tubo de pasta dental entero sobre su cara, dibujando una suerte de merengue cuidadosamente batido y montado; las risotadas ante su confusión confirmaron la maldad perpetrada. Además habían amarrado sus piernas a los palos laterales de la litera: cuando quiso incorporarse cayó de cabeza y quedó colgada con el cráneo apuntando al suelo. Arreció la chacota. Entre Enma la Amenaza e Irma la Albina ayudaron a que Dánae se irguiera de nuevo en la litera, luego desanudaron la soga que estrangulaba sus extremidades. Irma corrió al baño a mojar la punta de una toalla para limpiar su rostro. Las carcajadas no paraban de aguijonear el eco. Irma la Albina acudió urgente y limpió la piel como si ella fuera una enfermera y Dánae una sobreviviente de la segunda guerra mundial.

Entonces reparó en sus manos embarradas, las olió, las lamió, aquello era miel. Nada de sueños. Alguien real había embadurnado las manos de Dánae con miel. Estirada, empinó el cuello hasta descolgar la cabeza fuera de la ventana; no vio a nadie, sin embargo escuchó el trotar de un caballo.

Enma la Amenaza azoró a las bromistas apuntándolas con un cubo lleno de meados. Las demás corrieron a reunirse con los varones para contar su última proeza.

—¡Le echamos pasta a Dánae Bemba de Pato! ¡Y ni chistó! ¡Es una pasmada, una pastusa, una monga!

—*Si quieres aprender el himno del tibor, papampamram paran pampaparampam... Cuando vayas a cagar no te limpies con papel porque el papel contiene letras y el culo aprende a leer* —entonó Brígida la Imperfecta.

Irma la Albina insistió en que Dánae volviera a acostarse, que ella velaría por las chicas, las bellas durmientes, que total no tenía ni gota de sueño. Dánae padecía de insomnio.

—Me da miedo dormir —dijo— porque soy sonámbula y me aterra caminar por los aleros sin saber, podría caerme y fracturarme la columna vertebral, podría morirme o, en el peor de los casos, quedar inválida.

Anunció que iría a la letrina.

—No, no vayas, mira, orina en el cubo, está para eso, no te aconsejo salir de noche a la parte de atrás del campamento, está más oscuro que una boca de lobo.

—Bah, no pasará nada.

Una boca de lobo estaría más iluminada que aquello. A tientas entró en los baños. Con la punta del pie derecho fue abriéndose un trecho; por fin palpó una de las cortinas de polietileno, atravesó el dintel estrellado. Espernancada, se agachó adivinando el hoyo en la tierra, pujó un chorro vergonzoso, contenido, por fin vació la vejiga y el amplio líquido sonó cual serpiente desenroscándose a la inversa. Abajo escuchó un removerse de cuerpos frágiles pero veloces; en el fondo, una estera de gusanos esperaban impacientes cual pichones hambrientos a que el ano se abriera y que de él explotara una lluvia de mojones o cagarrutas, lo que para ellos constituían manjares de lujo y para Dánae simples excrementos. Haciendo malabarismo y todavía reguindada de la cortina, saltó del hueco al trillo de ladrillos. En el palo del cual se sostenía la cortina, una decena de siluetas de sapos toros inmóviles respiraban, o roncaban, con frenesí de agazapados.

No regresó al albergue, dio la vuelta por un lateral y se presentó en la parte frontal del mismo. Sentados en un banco de madera, próximo a la ceiba pletórica de curujeyes, estaban Renata la Física, Pancha Pata de Plancha, Alicia Lenguaje, Salomé la Sátrapa, Venus Podredumbre, el tal Andy Cara de Bache, Fermín el Fañoso, Casimiro el Momia, Mario el Tierno, Luis el Vicioso, Tin el Monina, Noel el Estorbo, Joaquín Manos Torpes, quien se le encimaba a Venus Podredumbre en actitud de fingida lascivia:

—Anda, Flor de Peo, dame un chance y vámonos a apretar a los matorrales, no seas Gilbertona, mi cusubesito.

—Echa pa allá, tú, deja eso que tú no eres fosforera que derrite mi cinturón de castidad plástico. Para darse un mate conmigo hay que tener mendó. —De un puntapié en el tobillo lo apartó de ella.

La ceiba reinaba en su enormidad, como observada en ángulo ancho, el tronco grueso y estriado, rozaduras de los siglos, las innumerables muestras de cariño y devoción. Si le das tres vueltas a la ceiba sin dejar de acariciarla puedes pedir tres deseos. Pero no debes descuidar a la ceiba, riégala con quilos prietos, ofréndale gallinas cebadas con maíz tierno, una cinta roja amarrándole las patas, plátanos ennegrecidos. La ceiba te protege, quiérela tú a ella. La ceiba te mima. Tú eres hija de la ceiba. Iroko bendito.

Pancha Pata de Plancha, más conocida por el Capitán Tormenta debido a sus inevitables amaneramientos masculinos, fue quien se percató de la presencia de Dánae.

—Aquí hace su entrada el *cake* de menta, o de pasta mental, ji, ji, ji.

Y todos menos el tal Andrés se pusieron a corear la canción: *Pastilla de menta, pastilla de menta...* El tal Andy Cara de Bache sonrió perverso y hasta sus granos fueron explotando uno a uno, plif, plaf, plif, plaf. Salomé la Sátrapa sacó un cigarro del corpiño y trató de encenderlo, pero Alicia Lenguaje se lo impidió de un manotazo, que si estaba loca, ¿no veía que el Puga andaba de recorrido, vigilando cualquier fuera de tiempo? ¡No seas Fuera de Caja, chica! Protestó y en seguida hizo un ademán de acercarse, como de venir a amigarse con el pastel de pasta dental, con Dánae. Se detuvo, más tiesa que un maniquí de Flogar, al constatar que era ella quien avanzaba airada hacia ellos. Echó una ojeada al comedor, otros grupos conversaban desinteresados del programa televisivo, y los demás hipnotizados ante las imágenes saltarinas de la película de vez en cuando pescaban un cabezazo. Sentados en un quicio formado de pedruscos a la entrada del albergue de los varones se hallaban unos cuantos tarados jugando a aguantar la respiración más tiempo.

—¿Quién fue la graciosa? —preguntó en tono aparentemente amable, más bien compasivo.

—¿Quién fue de qué? —inquirió Joaquín Manos Torpes haciéndose el chivo loco.

—No hablé contigo, baboso. ¿Quién apretó un tubo entero de Perla en mi cara? —Y señaló a las muchachas, recorriéndolas una por una con la punta del dedo índice.

—Eeeeh, ésta como que se manda mal... Como que quiere y no coge —ripostó Joaquín Manos a la Deriva, pero Alicia Lenguaje interrumpió su pedantería.

—¿Lo de la broma? Te lo juro por lo más sagrado, mi amiguita, ninguna de nosotras fuimos, ¿eh, Renata, verdad que no tenemos nada que ver con lo del tubo exprimido?

133

—Renata la Física se tapó la boca sin complejos reprimiendo la risotada, evidenciando la culpabilidad colectiva.

Luis el Vicioso recogió una piedra del suelo y la lanzó a la penumbra de los surcos. Tin el Monina mordisqueaba una brizna de yerba, saboreando su jugo agrio. Noel el Estorbo argüía el plan de hacerse muy, pero que muy famoso, cosa de que Salomé la Sátrapa se metiera con él. Aunque sus sueños lo llevaron a imaginar que algún día se casaría con una francesa adinerada que lo condujera a las escaleras de la Ópera de París y lo convirtiera en tenor envidiado por Plácido Domingo, José Carreras y Pavarotti, o quizás en el primer divo patinador sobre hielo. Tal era su envidia que la mayor aspiración de su vida consistía en conseguir algún día ser envidiado por multitudes. Aunque nunca había escuchado ni la más mínima aria de una ópera, ni siquiera había leído una línea de ningún libro que tratase el tema, pues encontraba esa pérdida de tiempo con la lectura una chealdad fuera de onda, Noel el Estorbo se autodefinía como un genio del bel canto. Era ronco, para colmo, tampoco el don lo acompañaba.

—Disculpa, fue menda, yo tuve la idea. —Pancha Pata de Plancha tendió a Dánae su regordeta mano en posición del guaposo que hace las paces con su peor enemigo.

Mario el Tierno removía la cabeza de un lado a otro como diciendo, pero, caballero, todavía con esas niñerías, comportándose así, sin fundamento, no puedo creerlo, qué va, el que con niñas se acuesta amanece meado.

—Está bien, no hay lío, me deben una. Y les aseguro que la venganza no será melaza de guarapo. —Dio la espalda y se largó esmerada en un cierto caminado de alardosa, haciendo creer que era una salá que no comía miedo ni se dejaba impresionar con tanta facilidad.

El tal Andy Cara de Bache corrió detrás de ella, antes de

igualarse en velocidad tomó por sorpresa su muñeca, apretándole ligeramente el pulso, deseando entablar, a mi juicio, una demasiado pronta complicidad.

—Párate ahí, bicha, quiero bajarte cariño...

Antes de que te vayas, quiero hablar contigo, quiero preguntarte por todas esas cosas que hubo entre tú y yo. Yo sé que la luna dejó de ser luna... que sólo el recuerdo de cosas pasadas queda entre los dos... Y a pesar de todo, quiero hablar contigo, para que me digas si sientes la misma soledad que yo... Enma la Amenaza fue la que se lanzó a cantar, surgiendo de la espesura. A todos nos extrañó que ella, la silenciosa por excelencia, se pusiera a canturrear de ese modo. Por supuesto que los demás corearon buscando romper la atmósfera dramática creada por el tal Andrés. Él no se inmutó con la burla, pero ansioso pisaba sus talones; ella continuó el rumbo fingiendo no hacer el menor caso a la tontería del joven, jugándole cabeza cuando trataba de aproximar su aliento al oído, hasta que los demás se aburrieron y los dejaron por incorregibles. A punto de entrar en el albergue se interpuso entre la puerta y Dánae. De sus granos fluía pus, unas gotas coaguladas en los vórtices de aquellos cráteres minúsculos. Por intuición, Dánae advirtió que si ella lo dejaba plantado se convertiría en el foco de humillación de los días venideros. La piedad hace milagros, por piedad lo atendió, por piedad Dánae hizo un mohín gracioso con sus labios, ademán que le brindó confianza. Por piedad fingió. Por piedad han comenzado ciertas grandes aventuras amorosas. Y aceptó en lugar de rechazar su atrevimiento.

—Oye, mata esto rápido, mira que no soporto las declaraciones...

—Si de matar y salar se trata, pues, concédeme un mate a lo cortico na má...

Fue a imprimírselo en la mejilla, pero sintió asco de sus

barros; entonces hizo efímero blanco en sus labios. Pronunció un asustado hasta mañana con cara de estúpida sorpresa. Nunca Dánae se atrevió a preguntarle si aquella noche durmió como un bendito imbécil. Al llegar a la litera la muchacha presintió que Irma la Albina escondía presurosa un raro tesoro debajo de la almohada. Unos bultos diminutos y tibios del tamaño de dedales. Dedales de carne rosada. Palpitantes y resbalosos.

No tuvo tiempo de testimoniar nada más, en seguida cayó redonda como un tronco. Ambas soñamos con mariposas. Yo, la maleta que escuchaba y ella, la adolescente que se creía en un cuento gótico. Mariposas con mejillas arrugadas, mariposas envejecidas. Mariposas con rostros de abuelas grasientas y tiznadas con carbón de fogón. Mariposas de alas translúcidas y pestañeos purulentos. La Greta cubana menopáusica descendiendo de un húmedo ramaje, vibrátil. Alas nocturnas batiendo y libando apoyadas en minúsculos bastones. Larvas caníbales de color rojo y verde azul intensos. Los chipojos se dieron banquete equilibrándose en el columpio de los abrojos. Un rey de alas gigantescas amarillas y negras revoloteó de pecho en pecho, como ambicionando condecorar a huérfanas moribundas. Soñar con mariposas acarrea mala suerte, soñar con mariposas atrae a la pelona. Sacó sus manos a través de la ventana en espera de que se reprodujera el hechizo. Atrajo hacia ella el paño de la noche. Esperó emocionada, con el latido agazapado en las amígdalas, nada sucedió. Los sueños comenzaron a trastocarse. Irma veía ciempiés por todas partes dispuestos a chuparle las venas del cuello. Enma pronosticaba asesinatos y huracanes, bebía sangre de chiva de una jícara. A la cabecera de Dánae, cientos de güijes desnudos se lamían entre ellos los ombligos con sabor a guayaba madura. Los güijes lucían aspecto de indios, luego supo que eran espíritus de aborígenes, ánimas del campo y de la historia. Duendes inofensivos de aguas dulces.

—Almas en... pena y condena. —Alicia Lenguaje se quejó a mitad de la pesadilla.

El cráneo de la adolescente comenzó a erizarse con la frialdad nocturna. Guayos, maracas y tambores iniciaron su chiquichín, chacachán, cumbaquín, quin, quin, cumbacán, chiquichín, chacachán, cumbaquín, quin, quin, cumbacán... *Era una noche de luna, de relámpago y de trueno, se paseaba un caballero, con su coche y su cochero. Iba vestido de blanco y en el pecho una medalla, y al doblar las cuatro esquinas le dieron tres puñaladas. Abre la puerta, querida, que vengo herido en el alma, sólo me queda tu calma, y te dejo embarazada...* El guaguancó inundó la vastedad del paisaje, dilatándolo. Sombras como frutas adheridas al espejismo. Naturaleza muerta cubana. El jinete ambiguo desensilló el caballo de idéntico color que la luna, una especie de blanco metálico, luminoso, a unos pasos de la puerta del bohío. No era un joven, pero tampoco a ojo de buen cubero se podía afirmar que se trataba de una muchacha vestida de varón. Siguió cantando y su voz asexual poseía el timbre de un gemido animal, o algo muy parecido al acompasado alarido de un violín paganiniano.

Esto sucedía a medio kilómetro, detrás del campamento, escondido en un claro se hallaba un batey, el pequeño caserío daba la impresión de haber caído de otro planeta, tal era su pobreza que nadie se hubiera atrevido imaginar que un sitio así existiría por aquellos campos, más digno del siglo pasado, emergido y estancado en la guerra. El batey reunía una veintena de bajareques, mitad construidos con tablas de jatia, y techos de yagua o de tejas desiguales moldeadas en los muslos de sus habitantes, como en la época de los esclavos. No había luz eléctrica, se alumbraban con unos masacotes colocados sobre platos de barro a los que sus habitantes llamaban lámparas de cera, es decir, velas fabricadas de forma artesanal. El jinete puso la montura en el palo del portal, amarró al caballo, lo besó debajo del ojo anaranjado, casi de fuego. Pasó su delgada y sin embargo recia y callosa mano por la crin sudorosa. El jinete divisó una llama azulada que se aproximaba a la puerta desde el fondo del bohío.

—Tierra Fortuna Munda, Tierra, ¿eres tú?... ¿Dónde demonios te habías metido, criatura?... Su padre anda buscándola hace siglos por el monte. —Las palabras dichas en soplidos entrecortados apagaron la vela en múltiples ocasiones, la cual volvía a llamear detrás de cada pausa o intento de identificación. El tratamiento iba del tú al usted sin hacer diferencias—. Conteste, ¿eres tú? Va a matarme de un colapso esta maldita jiribilla rebencúa...

El jinete esquivó un cocotazo, y un segundo manotazo que le rozó el lomo de la espalda. Fue directo hacia la colombina y sin quitarse la ropa se tiró en el colchón de yaguas todavía verdes.

Dánae sintió una honda atracción por aquel personaje, que no era el tal Andrés Cara Jodida, que tampoco era ella enmascarada dentro de mi sueño de maleta angosta. Ya que no se trataba de mi sueño, puesto que aquellas turbulencias oníricas no me pertenecían, confundidos sueños y pesadillas de todas aquellas hijas de la suerte en aquel campamento tenebroso.

La mujer que sostenía la palmatoria de barro se agachó junto al camastro, puso su mano en la frente escondida detrás del marabuzal formado por greñas ardientes.

—Ya ha cogido otra insolación... Hasta que el bruto de

tu padre no le encaje un machetazo en el maldito corazón a ese caballo no vas a parar. ¿Quiere la princesa comer? Boniato hervido con mojo de puerco, anda, yo se lo caliento, ¿quiere o no? ¡Conteste, Tierra Fortuna Munda, vejiga malcriá! —Los *tús* y los *usted* volvieron a intercambiarse en la jerga de la mujer.

—Mamitica, déjeme dormir, ya. Papaíto va a llegar, lo sentí detrás de mí, ¡con esa bestia derrengá no pudo alcanzarme! Acuéstese, mamitica, el hambre déjela usted para mañana.

La cara de la mujer recordaba la forma de un mango bizcochuelo, una cabeza chirriquitica en un cuerpo desparramado hacia los laterales. Las hebras del cerquillo abiertas en mechones entre rubiancos y canosos encima de la frente daban la impresión de techo de guano. La piel de las manos y de los antebrazos cubierta de ojos de pescados, orzuelos en sus cuatro ojos, pues lucía dos ojos de más en los hoyuelos de las mejillas, por lo cual cada vez que sonreía pestañeaba y lagrimeaba. El jinete se llamaba Tierra Fortuna Munda, y habló con desgano terco, reprochando tantas atenciones por gusto, por nada; a aquella hora, ni a ninguna, soportaba los acaramelamientos. Su madre había dicho *vejiga*, debido a la conjugación en femenino constaté que Tierra Fortuna Munda era hembra, una ninfa mataperra y marimacho o una bandolera cualquiera; a juzgar por su comportamiento era más o menos contemporánea con Dánae. En cuanto a carácter no se parecían.

¡A la fiesta de los caramelos no pueden ir los bombones, no pueden ir los bombones, no pueden ir los bombones!

En la distancia escandalizaban las tumbadoras, los albergados cantaban a voz en cuello. ¿Dánae había soñado o había vivido? Se hallaba en esa edad en que sueño y aventura son confundidos con frecuencia.

PAISAJE IMANTADO CON CEIBA

No puedo negar que no sólo los muchachos interrumpidos en su primer sueño fuera del hogar brincaron de pánico encima de los precarios camastros, si es que aquellos garabatos de hierro y palo se podían denominar camastros, yo también, pese a ser una ceiba, me di un susto tremendo cuando oí el vozarrón de aquel ser humano, luminoso a veces, oscuro otras, el que se hacía nombrar director Puga para aquí y director Puga para allá. El negro charolado. Apenas había dormido por culpa de las cosquillas que hizo la lechuza intranquila durante toda la bendita noche con sus uñas en mis ramas. Además, no sé qué se traían las jutías congas, normalmente tan dormilonas, nerviosas por la presencia de tanta gente junta en sus predios, que bajaron y subieron por mi tronco trayendo y llevando alimentos, escondiendo presas en cada ranura de mi esqueleto.

Unos cuantos muertos también inquietos, antepasados disgustados por tanto jaleo; la emprendieron con una rebambaramba sin igual, discutiendo por esto o por lo otro o por lo de más allá, entre ellos el venerado san Cristóbal y el sabio y naturalista vueltabajero Tranquilino Sandalio de Noda y Martínez; hasta Sanfán Kon, la deidad china, se retorció con los pelos de punta, sin contar los santos de mis diversas religiones, africanos y católicos, que se pusieron a chillar de desafuero. El único que se comportó como un caballero, como lo que siempre fue, muy apaciguado, fue el espíritu translúcido de Andrés Facundo Cristo de los Dolores Petit, célebre kimbisa o hechicero abakuá, jabao elegante de grandes ojos color miel y facciones finas, quien tenía el poder supremo de apagar y encender el sol a su antojo, convertía el agua en leche y adivinaba con los ojos virados en blanco. Andaba vestido como acostumbraba, moda impuesta por él entre los restantes miembros de la secta durante más de la segunda mitad del siglo diecinueve, levita negra, pantalón blanco, sandalias de cuero y bastón. Todo un *lord* abakuá. Andrés Petit fue quien me presentó cientos de años más tarde a mi buena e insustituible amiga Lydia Cabrera; ella, lo primero que hizo fue susurrar a mi oído: *En lucumí: Iggi Olorun. En congo: madre Nganga. Musina Nsambia. Ceiba, tú eres mi madre, dame sombra.*

¡Ah, estuvo esta noche el alma no menos científica de Felipe Poey recitando otros versos que me pusieron al parir, como dice el dicho!

Descansa ya: recinto acomodado
de fresca sombra lleno
el tronco de esta ceiba nos presenta:
desde allí podrás ver entretenida
los pájaros volando
y el ternero en la hierba retozando.

Pude conciliar el sueño hacia la madrugada, tuve pesadillas, porque quiero señalar que los árboles también sufrimos de horrorosos desequilibrios nerviosos. Pero el escándalo producido por el despertar de los muchachos obligó a que olvidara el contenido de mi pésimo dormir.

142

—¡La naaaave, de pieeee! —voceó Puga el Director Charolado en la puerta del albergue de los varones.

Vestido con un mono deportivo, luego se dirigió a la entrada del de las hembras y dio idéntico aviso de alarma, como si hubiera que despertarse a toda costa, como si el mundo se fuera a acabar y hubiera que salir corriendo a refugiarse en una guarida celestial. Me había salido un tremendo morboso del alba ese directorcito charolado.

—Ahhhh. Ni que fuéramos astronautas —bostezó y comentó con desprecio Enma la Amenaza.

—¡Un reporte a la burlona atrevida! —alarmó Mara la Federica—. Y creo que fuiste tú, Renata.

—No, maestra, no la coja conmigo, no fui yo, pero tampoco voy a chivatear a quien lo dijo.

Mara la Tísica se dio por vencida y se dispuso a acotejar su entorno, y a pensar con ternura en sus hijos fenómenos.

Las luces fueron encendidas y la algarabía inició un rezo más que una canción, *así son las mañanitas que cantaba el rey David, para las muchachas bonitas.* Desde mi puesto podía controlar cada movimiento. Las ceibas somos ubicuas, pese a que nuestras raíces se hallan enterradas muy profundas, aferradas a lo más recóndito de la tierra, podemos trasladarnos con los sentidos, mientras más años tenemos más se agudizan, al igual que el margen de crecimiento de nuestras ramas y pezuñas es infinito. Las ceibas somos muy caminadoras, y hasta voladoras. Conozco a una ceiba, concuña mía por cierto, cuyas raíces se expandieron tanto que fueron a parar a China, y por allá emergió de improviso. Los chinos no podían dar crédito a sus ojos ante aquel tronco más sólido que murallas y revoluciones.

Aún era noche cerrada, serían las cinco de la mañana y la neblina reinaba cuando los albergues cobraron vida, hacía frío porque en el campo está clavado que las madruga-

143

das sean congeladas, no hay opción. Entre bostezos mal educados, gimoteos y quejiqueras, las sábanas de las literas fueron estiradas por las chiquillas en un dos por tres. Aquellos que no se habían acostado con la ropa de trabajo se dispusieron a vestirse de agricultores, y al rato ya se había formado larga cola delante de las letrinas. Los niños arreglaron las camas a su antojo, tipo a lo para salir del paso. Por haber presenciado conversaciones ocurridas la noche anterior a pocos metros de mis pies, digo, de mis raíces, había aprendido varios nombres. Además de que, como especifiqué con anterioridad, poseo ciertas facilidades para poner a funcionar la mecánica de poderes ocultos con respecto a mis desplazamientos, ya sean por aire o por tierra, pues también oigo y veo absolutamente todo a kilómetros de distancia.

A la luz de un farol, Dánae corroboró que antes había orinado encima de un océano de gusanos amarillentos casi del gordo de su dedo meñique, empotrados en tierra revuelta con caca decimonónica. El meado caía y las lombrices amenazaban con ascender en maratón por las paredes cochambrosas de las letrinas, no se sabía si huyendo de la catarata o por el contrario sedientas y eufóricas de que lloviera aquel líquido nauseabundo y caliente encima de ellas, cual una cuerda líquida a la cual asirse. Irma la Albina hizo varias arcadas, no estaba segura de que tendría el coraje de desayunar después de esta escatológica visión. Alicia Lenguaje aconsejó que lo mejor sería no dirigir la mirada al hueco, deberían hacer sus necesidades con los ojos en abstracción permanente y la nariz apretada; la fetidez se volvería insoportable a medida que transcurrieran las semanas debido a que no existía manera de higienizar los baños, dadas las características de los simples juracos, como ordinarios laberintos de topos que habían excavado a pala limpia

144

en la movediza tierra. Una infantería de moscardones aterrizó en las nalgas esparrancadas. Peor ocurrió con los varones: las moscas se parqueaban en los pitos arrugados y contraídos a causa del frío, impidiendo la concentración para obtener la micción. Para una ceiba todo esto constituye un espectáculo muy extravagante, pues desde hace siglos soy testigo de innumerables personajes que han pasado por este sitio. Descontando los habitantes naturales de la región, en los últimos años: presidiarios, religiosos, intelectuales y artistas, médicos, abogados, entre otros grupos de deprimidos, suicidas, asesinos, inocentes, una comparsa de etcéteras. En esta ocasión me sorprendió la juventud de esta gente, casi párvulos de cerebro, y por tanto muy inmaduros con respecto a la naturaleza, Por ejemplo, pasó cierto tiempo para que supieran quién yo era. A excepción de Dánae, que ya había sentido una vasta curiosidad por mí y a quien el chofer había musitado mi nombre, al inicio ni se interesaron en conocer mi identidad.

Salvo la inconfundible palma real, a sus impresiones yo era un árbol más, mayestático por vejez y con una cierta solemnidad comparado con el resto, cuya tupida y refrescante arboleda les servía de cobijo en sus ratos de ocio, los cuales fui testigo de que no les sobraban. Yo, simplemente, era un árbol custodiado por un banco, bastante mal construido para colmo, con dura y vulgar madera de jiquí. Pasados unos días, una de las tías del comedor explicó a los estudiantes que debían ser respetuosos conmigo, que tuvieran cuidado con dañarme, nada de grabarme corazones con cuchillos porque yo experimentaba idéntico dolor y sangraba semejante a los humanos. Que incluso yo cumplía votos si se portaban de manera decente conmigo y me ofrendaban dieciséis huevos salcochados sobre una cruz de manteca de cacao, untados en bálsamo tranquilo y aceite de almendra, quilos viejos; que yo podía dar respuesta a sus peticiones, *asegún cuentan los viejos,* explicó con sus faltas de ortografía oral. Y los libros, añadí con el pensamiento.

Continuó, que si estaba bendita, que si yo era la Virgen María, lo más grande y sagrado de este mundo, que si simbolizaba el amor y el poder santísimo, que ni los huracanes podían tumbarme, que los rayos no se atrevían a fulminar mi poder. Agregó que debían referirse a mí por los nombres con que los guajiros me habían bautizado, Niña Linda o Fortuna Mundo. Debo apuntar con toda modestia que la trabajadora no exageró, había acertado probablemente sin haberle dado yo todavía una prueba de mi misterio. Hay personas que de veras se merecen la máxima consideración por su misión amorosa en el planeta. Yo hice lo que siempre hago, escuché y observé con la discreción que me caracteriza.

Debo confesar que no faltó mucho tiempo para que los nuevos visitantes ganaran mi aprecio, y más adelante mi inmenso cariño. A fin de cuentas soy una Mamá Fumbe muy sentimental, un Iggi Olorun, árbol de dios. Esta vez jeremiquié, luego lloré litros, no un llanto provocado por la maldad que tanto se me achaca sin fundamento, más bien por la bondad, y de honda emoción. Soy muy sensible a las muestras de ternura, aunque si me tratan mal puedo castigar, y sin contemplaciones.

Aquella madrugada se caracterizó por la desorganización absoluta. Los maestros apurando y agitando con órdenes estrictas y amenazas de reportes que impedirían participar en las tan ansiadas y esperadas actividades recreativas. Los adolescentes surgían medio desnudos de las letrinas, con los jarros y los cepillos bordados con una pasta endurecida de la noche anterior, pues Renata la Física había recibido el consejo de sus hermanas mayores, experimentadas

146

en dicha empresa, de preparar con anticipación la mayor cantidad de acciones posibles, y una de ellas era la de dejar el cepillo listo con el dentífrico, tapado con un nailon para que las ratas no se sintieran atraídas por el olor. Se formaron tumultos alterados alrededor de los fregaderos que hacían las veces de lavabos, asearon sus bocas con tal apresuramiento que se dirigieron a formar con ruletas espumosas, muy cómicas, bordeando los labios mal enjuagados. El corre-corre que se armó fue tremendo, algunos varones abrochaban mal sus portañuelas o sencillamente se olvidaban de hacerlo, lo cual daba pie para bonches interminables; en los casos de las niñas se trataba de las camisas cojas, mal abotonadas. Las botas o los tenis altos se hundían con inexperiencia de equilibristas recién estrenados en el fango rociado por la llovizna del alba.

Por fin aclaró, ellos asombrados admiraban la belleza entre azul y anaranjada del cielo, yo hasta me reí de aquella ingenuidad. Pero hube de contenerme porque las ceibas solemos asustar con nuestras estruendosas carcajadas. Lo que para mí resultaba un acontecer cotidiano, para ellos tomaba una importancia desmesurada, tal parecía que estuvieran frente a un cuadro de un pintor muy célebre en uno de esos museos europeos en donde, según se cuenta, hasta nosotras, las ceibas, estamos expuestas como temas esenciales de paisajes de otros siglos. Es cierto que antes nos pintaba mucha gente, hoy en día muy pocos se interesan en inmortalizarnos. Aunque no puedo decir que en épocas pasadas fuera mejor que ahora, no puedo olvidar cuántas tocayas y otros árboles de diferente familia fueron talados criminalmente para luego ser deportados en troncos moribundos hacia lejanos territorios, hacia la Europa misma, con la finalidad de construir quién sabe si esos museos que antes constituyeron palacios y que en la actualidad guardan reproducciones pictóricas de nuestra existencia real. Tumbar una ceiba es un delito sin absolución. Quien derribe una ceiba estará devastando la semilla del misterio. El castigo llegará tarde o temprano. Más temprano que tarde.

Una vez formados en hileras bien rectas, el Director Charolado se desbandó en una perorata sumamente tediosa para todos sobre obligaciones y deberes, inclusive para él, para mí, y supongo que para el resto de la naturaleza, pues constaté con mis propios millones de ojos el aburrimiento en los decaídos ramajes vecinos, y en la desaforada huida de chipojos, majases, sinsontes, colibríes, jutías, el pobre manatí en extinción, abejas, mariposas, cucarachones y ratas, el sijú platanero, entre los numerosos habitantes del monte. Al concluir semejante verborrea vespertina impartió la orden de acudir en forma organizada, por brigadas. Comenzarían por la uno, al día siguiente por la dos, y así, asunto de rodar los turnos, y que a cada brigada le tocara en un momento determinado ser la beneficiada con la temperatura de las comidas. Ya que los últimos comensales no se salvarían, recibirían invariablemente los alimentos desabridos, en mal estado culpa del tiempo y del calor excesivo que agriaba hasta el ambiente.

La leche requemada, para colmo aguada y apestosa a carbón ahumado, y los panes renegridos duros y con hilachas de saco de yute cocidos con la masa de la harina, no gozaron de la aprobación general. Claro que al paso de los días los paladares se fueron habituando, y cuando el hambre picó fuerte no quedó más remedio que aceptar sin chistar aquello que al principio les pareció un vomitivo mejunje, comida de gorriones y de presidiarios, pan y agua, y que más tarde sería reclamado cual manjar celestial. Los varones, esta vez, cogieron la delantera a las chicas en asumir la costumbre como delicia del apetito. Después de haber fregado los instrumentos del desayuno acudieron a la formación para recibir los diversos trabajos que cada brigada debía realizar. Algunos se marcharían en camiones a los viveros, o vegas de tabaco; allí los campesinos les brindarían el precioso legado de su sabiduría con respecto a las etapas por las que hay que atravesar para que esta planta llegue a los labios de empedernidos fumadores. Por lo que se veía, las brigadas fueron seleccionadas al azar, pues en apariencia nadie poseía conocimientos sobre cómo debían desyerbar, desflorar, deshojar y deshijar dicha mata. Tampoco ninguno antes había cosido hojas en cujes ni tenía remota idea de cómo se empinaba el gajo seco hacia el techo de una casona para colgarlo de travesaño a travesaño, dejándolo suspendido a orear, espantando así la humedad y el posible moho azul, ni sospechaban de qué forma debían colocar las hojas secas para el posterior transporte a las fábricas. La brigada número siete de los varones, a la cual pertenecía Andy Cara de Bache, fue una de las elegidas para estrenarse en el veguerío.

Dánae rezó para sus adentros de que no mandaran a su brigada al mismo sitio. Y tuvo suerte, o Dios la oyó; yo le transmití el recado, pues los miembros de la brigada nueve, muchachitas con tendencia a la indisciplina, debieron montarse a una carreta desvencijada, halada por un viejo tractor, que las condujo hasta una fabulosa llanura, por su inmensidad, sembrada con campos de tomates, más allá con surcos de papas, luego remolachas, coles. En medio del campo había una turbina que llevaba el agua a los regadíos y que al mismo tiempo extraía el líquido de una de las variadas corrientes de un río muy poco conocido, y sin embargo importante: el Cuyaguateje. Las muchachas se ayudaron unas a otras para subir a la carreta, impulsándose por los fondillos remendados. Se veían preciosas, enérgi-

149

cas, unas llevaban pañuelos a las cabezas de colores muy escandolosos, otras preferían las gorras, el pelo estirado, recogido en moños o en trenzas, por miedo a que el sol estropeara sus brillantes cabelleras habaneras. Los varones tiraban besos en dirección de ellas, les gritaban pesadeces o piropos, ingeniaban juegos absurdos o competencias ligadas con la labor agrícola o con los tejemanejes enamoradizos; estos últimos guiños se hacían por medio de frases dichas en doble sentido, cosa de que los profesores no entendieran ni pío de la esencia de sus propósitos. Ellas ripostaban de forma más abrupta, advirtiéndoles que no les dejarían pasar ni una confiancita, ni un fuera de base, ni una frescura. Admito que su lenguaje relambío y novedoso me asombraba al tiempo que me divertía.

Los vehículos partieron cada uno en su dirección; me llamó la atención una conversación bastante inusual basada en uno de los sueños, durante la noche pasada, de la muchacha que se llamaba Dánae. Cuando la carreta de la brigada número nueve echó a andar hundiéndose con dificultad en el terreno enlodado, al punto de que tal parecía que iría a volcarse de un momento a otro provocando un griterío que erizó las plumas grises de la lechuza, la jefa de la brigada, Margot Titingó, mandó a callar y decidió dar una información que, según señaló, sería de gran utilidad para todos. Explicó que justo detrás del campamento, a medio kilómetro, vivía un colectivo formado por miembros bastante extraños, que daba la puñetera casualidad de que uno de los cabecillas de familia sería el guajiro encargado del lote del campo al que irían a trabajar, que se trataba de *gua-ji-ros*, especificó subrayando escrupulosa la palabra con los ojos saltones y chirriando el sustantivo entre los dientes.

—Es decir —carraspeó—, personas aparentemente sencillas, amables pero jamás de fiar.

150

A quienes no se debía cuquear; luego corrigió por molestar, ya que cuquear se decía referente a los monos. Por razones de seguridad, lo más conveniente sería no visitarlos ni entablar relaciones con ellos. Se comentaba que eran gente intocable, ella desconfiaba pues todo apuntaba a que por su bajo nivel cultural andaban en creencias raras y practicando ritos maléficos, e inclusive se apareaban entre ellos.

—Disculpe, maestra, pero ¿*aparear* no se dice para los animales? —indagó más segura que dudosa Alicia Lenguaje.

—Bueno, sí, ¿y qué? Odio que me contradigan en público, podías haber rectificado en privado, mal educada. Además, ésos, según lo que ha llegado a mis oídos, se comportan peor que las bestias.

Dánae había quedado meditativa; de súbito cometió el error de hablar en alta voz, pero como para sí misma:

—No tiene razón, no son precisamente varias familias, es una sola, viven aterrados, apartados de los demás habitantes porque les han metido miedo, los han amenazado con la extinción.

En la mente esclarecida de la muchacha pude leer y descifrar su sueño, o su aventura, la presencia del jinete sigiloso entrando a altas horas en el batey, perseguido por el padre, recibido por la madre con una vela por toda iluminación. Surgió el rostro entre pícaro y entristecido de Tierra. Mi amada y protegida Tierra Fortuna Munda. Mi ahijada y amiga.

Por suerte, la mujer gorda de brazos de boxeador no gozaba de poderes y por lo tanto para nada poseía las mismas visiones que yo, y apenas prestó atención, más bien pensó que la joven se mofaba de ella.

—Deja los misterios para el parque, Dánae, no pienso aguantarte ni una gracia, mira que te puede costar un burujón de reportes. —La rueda delantera de la carreta tropezó con un pedruscón y la guía cayó de nalgas en un estrépito de masas fofas.

La carcajada se escuchó general hasta que la aludida castigó el exceso de burla con un reporte igualitario. Entonces, Dánae volvió en sí, palmeada en la espalda por Renata la Física, quien invitaba a todas al ineludible canturreo. La carreta se vació, las estudiantes, guindadas de los troncos y de la soga que impedían de manera endeble que ninguna de ellas fuera a parar al abismo, posaron sus ojos sobre la apabullante llanura de acuerdo a su dimensión, a su extensa e interminable belleza verdecida. En los innumerables matices de la esperanza.

Era una noche de luna, de relámpago y de trueno, se paseaba un caballero, con su coche y su cochero. Iba vestido de blanco y en el pecho una medalla, y al doblar las cuatro esquinas, le dieron tres puñaladas. Abre la puerta, querida, que vengo herido en el alma, sólo me queda tu calma y te dejo embarazada. Y si acaso nace hembra que sea mujer de Santa Clara, y si nace varón que sea chulo igual que yo. Yo quiero, cuando me muera, que me entierren en La Habana, y me pongan una medalla, aquí ha muerto un desgraciado. No ha muerto por cobardía, ni dolor en un costado, sólo ha sido apuñalado por la mano de un amigo. Madre, yo no tengo amigo, madre, mi amigo me apuñaló. Ay, madre, ya no tengo amigo, ay, madre, mi amigo me la quitó. Mi amigo me chantajeó, mi amigo me traicionó. Ay, mami, no llores, guarda tus lágrimas. Ay, mami, que no llores y ponte ajustadores.

El guaguancó terminó en una aturullante recholata, y las risas enlazaron con otra canción de idéntico corte popular, y luego con una tercera menos melodiosa, hasta que la prometida eternidad del paisaje las fue inundando, enmudeciéndolas, obligándolas a enfrentarse con el hechizo de un conocimiento inédito.

Yo volé hasta la cabecera de la cama de mi ahijada. Tierra Fortuna Munda se había curado, ya no sufría síntomas de fiebre; sin embargo seguía acostada y sin ánimos de moverse, los ojos prendidos en el amanecer que se filtraba a través del marco de la desvencijada ventana. Tierra no ignoraba que su padre hacía rato se había marchado al campo; sospechaba que la madre andaría echándole sancocho a los puercos y que sus hermanos correteaban armados de tirapiedras, descabezando sinsontes o jubos o majases de Santamaría. Se dijo que después de desayunar fuerte, ahora sí le picaba el hambre, se largaría al monte con su caballo *Risueño* a trepar árboles, a maromear un rato y luego a bañarse en el río.

Tierra Fortuna Munda se llamaba de ese modo porque cuando a su madre se le presentaron los aguijonazos del parto estaba ella misma ayudando a parir a la cochina *María Antonieta*, quedándose con la puerca hasta que expulsó el último lechoncito, aguantando los retortijones, las piernas mojadas a causa de la fuente rota. Al comprobar que el animal estaba fuera de peligro se decidió a abandonarla para ir a avisar a su esposo de que ella también estaba de obra. Gritó:

—¡Bejerano, alabao, chico, busca a la comadrona!

El monte devolvió el eco turbulento de su voz. Pese a que Bejerano se hallaba bastante distante del caserío, emprendió loca carrera, nadó ríos y lagunas, escaló y descendió lomas y mogotes, y por fin llegó al bohío de Salustiana Rubio, decía ella que descendiente de la patriota Isabel Rubio. Me consta que no mentía. Pero halló a Salustiana ocupada en un parto de trillizos.

—No puedo ahora, Bejerano, la verdad que Santa es una antojá, venir a parir al mismo tiempo que Estelvina, ¿ella no pudo apretar los muslos?

153

Las manos tintas en sangre emergieron del agujero carnoso, agitadas en el aire mostrando desesperación, volvieron a intrincarse en el túnel enrojecido. La parturienta no cesaba de gemir, sus alaridos se transformaron asemejándose a mugidos. Bejerano creyó ver en el descompuesto rostro los rasgos de una yegua.

El hombre no perdió un segundo más y de nuevo echó a correr en dirección a su casa. Santa a duras penas había conseguido llegar a mi tronco; en él apoyó sus espaldas bufando, la boca reseca. Entonces tuvo la naturalidad de agacharse sobre la tierra, yo aparté mis raíces, abrí una cuna mullida con lo mejor y más suave de mis entrañas. De un pujo largo y constante nació aquella chiquita. Su cráneo dio contra el pedregal colorado, no le pasó nada alarmante aunque se le levantó un chichón puntiagudo. Tenía la cabeza más dura que un quiebrahacha. En seguida se puso a mamar de mi savia, aaah, su boquita chupando en mi corteza. Con la placenta me hice un collar porque yo soy una ceiba muy coqueta. Santa, aliviada, sonrió y, arrastrándola por un pie, la atrajo hacia ella, hacia su pezón. Pero, sin falsa modestia, quien primero amamantó a la recién nacida fui yo.

—Voy a ponerte Tierra, sí, niñita linda, te llamarás Tierra Fortuna Munda, en agradecimiento a esa mata reina, y rogaré a la ceiba que sea tu madrina.

En eso llegó Bejerano a punto del desplome, contempló el espectáculo enmudecido por las lágrimas y con las comisuras espumeándole, luego recogió hojas de mis ramas, con las cuales frotó el cuerpo de la recién nacida. Bejerano quedó encantado con el nombre que había elegido su mujer. Y también aprobó con sumo respeto la decisión suya de pedir que la criatura fuera mi ahijada. Acepté de inmediato, porque como ya comenté soy una ceiba muy sentimental, y nadie puede negar que aquel pedazo de pellejo con vida sería la ofrenda más tierna y dulce que podían dedicarme.

Santa comprobó que la niña contaba seis dedos en cada mano y en cada pie; sin embargo descubrió una característica novedosa, lucía seis pezones, tres en cada costado del torso, un auténtico mamífero. La pareja sabía que estos detalles no podían faltar; según los brujos del monte, la familia estaba bendita para algunos y maldita para otros desde sus ancestros. En una de las versiones, todos ellos descendían de los indios guanahacabibes, último reducto de las tribus aborígenes guanahatabeyes, guanatabibes o guanatabeyes. Para poder sobrevivir a la matanza de que fueron víctimas los indios, dos hermanos de ambos sexos se escondieron en lo alto de mis ramas; aquí se hicieron adultos, aquí procrearon, y por lo tanto salvaron algo de ese anterior preámbulo al descubrimiento pobremente conocido en la historia de la isla. En una segunda versión se contaba que uno de sus antepasados había sido condenado al ostracismo, castigo que se afirmaba bien merecido por una falta cuyo contenido de hecho habíamos olvidado, pues se remontaba a varios siglos atrás. En su encierro no pudo evitar enamorarse de su hermana. Tuvieron hijos, cantidad de hijos, éstos eran los antepasados de los padres de Tierra.

Por lo tanto, de cualquier manera, Santa y Bejerano eran hijos de hermanos, a su vez hijos de sus abuelos hermanos, también hijos de sus tatarabuelos hermanos. Ellos mismos, Bejerano y Santa, eran hermanos. Pertenecían a una extensa familia consanguínea, con lo cual sus vástagos estaban destinados a nacer fenómenos. El hijo mayor había venido al mundo dotado con veinticuatro dedos, tres ojos y dos ombligos; se llamaba Chivirico Vista Alegre. Luego nació Silvina Reina Sabiduría, con igual cantidad de dedos, sin orejas, sólo dos hoyos a los lados de la cabeza; la tercera fue Tierra Fortuna Munda. A ella, además de las seis tetas y los seis dedos en cada mano y cada pie, del ombligo le destilaba un líquido con olor y con sabor a mermelada de guayaba. Los hermanos posteriores, todos machos, compilaban innumerables estigmas mágicos: Felipón de la Caridad lucía una cola de mono, un fambeco rojo similar al de los chimpancés, y era sordomudo; a Carlos Quinto le nacía un brazo del centro del pecho; Quijote Panza poseía una quijada en forma de pico de pelícano, y Fernando Liviano caminaba con tres piernas, aunque la del medio no era exactamente una pierna.

Médicos, sociólogos, políticos, expertos en parapsicología, en fenomenología (más del cuerpo que del espíritu) visitaron y hasta persiguieron a la familia, acosándolos, instándolos a aislarse y a no relacionarse con personas ajenas a ellos. Ellos nunca cedieron y tampoco huyeron, resistieron como pudieron; los dejaron por testaurdos, porque se corría el riesgo de que la situación de esta insignificante comunidad llegara a oídos de otra comunidad más importante, la internacional; entonces se volvería demasiado significante y no quedaría otro remedio que el exterminio en masa, el genocidio.

Analizada la situación con estricto cuidado, las autoridades arribaron a la conclusión de que aquellos aberrados, no de Averroes sino sexuales, según sus opiniones, no hacían daño a nadie por el momento, más bien podía avizorarse e inclusive estudiar la posibilidad de transformarlos en un futuro no muy lejano en atracción circense o turística. Por supuesto que algún provecho planeaban extraer de aquellos locos miserables. Así pensaron extasiados ante la presencia de unas cuantas chozas medio derruidas con las puertas cerradas a cal y canto. Daba igual, las tierras no les pertenecían, los habían expropiado. Que los viejos continuaran trabajando; al contrario, eso no perjudicaría a nadie, salvo a los propios viejos, haciéndose la idea de que eran todavía dueños de alguna ridícula parcela sin importancia. Bien podían dejarlos tranquilos, que se pudrieran en su saoco, en su porquería irrelevante.

—¡Mierda de monstruos incestuosos! —exclamaron los Responsables de la zona antes de marcharse despreciativos y embalsamados en odio.

Desde chiquita, Tierra Fortuna Munda se comunicó conmigo, al inicio transmitiéndome sus cortos pensamientos, luego sirviéndose de graciosos gorjeos. Respondía yo atenta y explícita a cada demanda, porque nunca me ha agradado dejar a los niños con la palabra en la boca, y menos con dudas en la mente. Tierra me quiere y yo la quiero, para ella soy un miembro más de la familia. Tan acostumbrada estaba a los fenómenos que no le extrañaba que una ceiba viviera entre ellos. Un día preguntó que si también ella en un futuro debería enamorarse de uno de sus hermanos. Aclaré que no sería obligatorio, pero a la pobre criatura la inundaba el pánico, sentía terror de empatarse con una persona ajena que no entendiera sus sentimientos, que no comprendiera la manera en que ellos se desenvolvían fuera de la sociedad. Tierra tenía claro que para los extraños, sus abuelos, padres, hermanos, tíos y primos eran los raros, y temía no encontrar tampoco quien se enamorara de ella, pues ya observó que los seres humanos normales sólo tienen veinte dedos, dos tetas, o tetillas en el caso de los hombres, y a ninguno le fluye del ombligo mermelada de fruta. Y son más verracos y más tercos que ella y toda su tribu junta.

Las legañas endurecidas le picaron en los ojos; con cuidado fue sacándoselas y se entretuvo en ligarlas con los mocos también adheridos a las paredes de las fosas nasales, haciendo bolitas del Doctor Roig y lanzándolas fuera de la ventana. Fue hasta el fogón, embarró un dedo en la ceniza del carbón y, tomando una lata con agua, se dirigió al patio a asearse la boca. El sol paliducho aún se levantaba a la par que ella, pero la neblina estaba baja. Maldijo el frío, le disgustaba sentir frío en la espalda. Luego de restregar sus dientes con el dedo índice volvió a buscar un segundo jarro de agua para la cara. En eso Santa pasó junto a su hija limpiándose las manos en el delantal de hule.

—Venga a desayunar, su padre se fue antes de aclarear, anda por el lote de la laguna, está que echa chispas con usté, m'ija. Hoy Chivirico Vista Alegre empezó a trabajar con él. ¡Ave María, tchst, cómo me gustaría que asistieran a la escuela! —Suspiró refriendo otro huevo en saliva.

Tierra ya se había servido leche cruda en un pozuelo de barro, cogió un pedazo de pan blanco de casabe y lo embarró en la sartén de hierro con manteca de puerco. La boca llena y aún masticando, se llevó la vasija a los labios, tragó el espeso y tibio líquido y después comentó retando arisca con el rabo del ojo a su madre, quien atizaba el fuego de la cocina.

—Mamitica, pero mire que usté es encaprichá, ¿pa qué la escuela? ¿No ve que se burlan de nosotros, no ve que no aprendemos na?... Ahora que me acuerdo, tengo que hablar con papaíto, ayer estuve por el pueblo, me metí en el bar El Trancazo, el de Maximino. Con el sombrero y lo sucia que estaba no me reconocieron; oí que los jefes quieren quitarnos los animales y botarnos, dicen que estamos afincaos demasiado cerca del campamento ese de estudiantes... que somos peligrosos y un mal ejemplo para ellos.

Santa le sirvió café en una jícara.

—¿Los becarios, dices? —Santa cogió un plumero hecho con hilachas de soga y comenzó a desempolvar los desencolados muebles, una mesa antigua de majagua, gastada y tambaleante—. Hace falta que tu tío Efigenio vuelva a encolar la mesa, parece un cachumbambé.

—No son becarios, vienen como los anteriores, por cuarenta y cinco días, son alumnos de la capital y los traen para que trabajen el campo.

—Yo no sé, apenas nos dieron tiempo de conocer a los que vinieron antes, en seguida los mudaron, y menos mal que no nos largaron a nosotros.

—Lo que soy yo no me voy a mover de aquí, pa que lo vaya usté sabiendo, mamitica.

—No se preocupe, m'ija, los Responsables se llenan la boca amenazando pero nunca cumplen, nunca cumplen.

—¿Y si un día cumplen?

—Ésas son cosas que resolveremos los grandes, los chiquitos no tienen por qué meterse, así que usté a callar. Punto en boca, que en boca cosida no entran guasasas.

El piso de la casa era de idéntica mala calidad de cemento que el del campamento, las paredes de madera se desmoronaban como galletas zocatas de humedad y descascaramiento. Tierra observó el techo y se dijo que había que ir pensando en secar yaguas para restaurarlo, a través de ciertos puntos se veía el cielo, ojalá que no lloviera. El mobiliario iba acorde con la pobreza de quienes habitaban la casa: en la sala-comedor se hallaba la mesa que mencioné, alrededor cuatro taburetes de madera de majagua también y tapizados con piel de chivo, una comadrita a punto de desbaratarse, un sillón tejido con henequén. Un espejo redondo con marco que hacía quinientos años fue dorado, cagado de moscas y con el azogue nublado, reinaba en una de las paredes. Tierra se observó con desgano, se dijo que sin duda alguna era la persona más fea del mundo. Trató de peinar sus greñas tiesas; tenía el pelo recio, ondulado y abundante, como el de los indios, pero se dio por vencida. Olió debajo de sus sobacos, apestaba; de hoy no podía pasar, tendría que sumergirse en la laguna o en el río, bañadera gigante de la familia al no poseer los recursos para construir duchas y servicios. Contaban entre cincuenta y sesenta personas, no más.

En el cuarto de los padres había una cama con un bastidor a punto de cantar el manisero y un colchón con casi todos los fuelles zafados, un armario pintado de azul con dos lunas rajadas. En el cuarto de ella y de sus hermanos se enmohecían los camastros, con colchonetas de yagua también, de las hembras y las hamacas de lona de los varones; el resto del mobiliario estaba constituido por cajones de madera enviados por Acopio, destinados a envasar tomates, que ellos habían separado para guardar sus pocas ropas. Tierra buscó alguna vestimenta limpia en el cajón que guardaba sus pertenencias; todo se hallaba sucio.

—¡Mamitica, ¿y usté qué ha hecho que no tengo prenda limpia?!

La mujer respondió desde el portal con la voz fingiendo disgusto:

—¡Alabao! ¿Cómo que qué yo he hecho? No se pase de atrevía, yo he trabajao como una mula, y ya usté está bien tarajallúa y puede ponerse a lavar sus prendas de vestir en el río, que mucho que va a tirarse de cabeza pa gozar la papeleta.

La mujer observó el resto de los bohíos de sus padres, tíos, hermanos y sobrinos. No, de seguro no se atreverían a expulsarlos de allí. Además, los Responsables les tenían su poco de respeto a lo que llamaban la Comunidad de Retrasados. Tierra encontró una muda de ropa pulcra en el cajón de su hermano Felipón de la Caridad, la escondió en una bolsa de polietileno, en donde se sembraba el café, y se la echó al hombro. Pasó por delante de Santa y se dirigió a ensillar y a desamarrar a *Risueño*, el caballo rojizo.

—¿Ya va usté de nuevo a andar de marimacha, espernancá en esa maldita bestia?...

Las demás puertas de covachas vecinas fueron abriéndose, los chiquillos inundaron el paisaje como bólidos, corriendo a jugar en las afueras del batey.

—¿Qué se cuenta, mi prima? —saludó Santa a Cornelia, hija de una hermana de su padre, que a la vez era cuñada pues estaba arrimada con uno de sus hermanos.

La prima jibosa comentó sobre su reuma y sobre el parte de meteorología escuchado en la radio, lo indeciso que se presentaba el tiempo, no se sabía si hiciese calor normal o calor intenso. Eran las dos únicas variantes durante el día, sólo refrescaba en la noche y a la madrugada. Tierra aprovechó la confusión de saludos y la gritería de los chamacos para de un salto montarse en el caballo. Santa reaccionó:

—Tierra Fortuna Munda... —Su madre la llamaba por el nombre completo cuando deseaba imponer autoridad—. Todavía no me ha dicho dónde es que tú vas. —Resultaba cómico escuchar cómo utilizaba, en el tratamiento a un mismo sujeto, sin diferencias, igual la segunda que la tercera persona.

—Por ahí, a ver a papaíto. —La muchacha pateó el lomo de la bestia con los tobillos huesudos y ésta se puso a trotar en dirección de la salida del caserío.

—Ándese tranquila, y cuidadito con fastidiar a nadie, no quiero dipué quejiqueras de una de esas maestricas empachás.

—¡Descuide! —voceó Tierra esfumándose en la intrincada maleza, para reaparecer cabalgando a toda velocidad a campo traviesa, diminuta en la distancia, cual un duende hechizado en cuentos de bosques encantados.

Entretanto la brigada número nueve había iniciado sus labores agrícolas bajo la tutela de Bejerano y de su hijo Chivirico Vista Alegre, quienes habían tenido que presentarse solos a la maestra acompañada de sus alumnas, y a quienes ellos esperaban desde antes del alba. Las adolescentes jamás olvidarían aquel primer asomo al campo. Por fin de cara al sol y de culo a la ciudad.

Ante ellas se abrió una extensión descomunal de tierra húmeda, envuelta como en una seda blanca bordada con canutillos transparentes; era la impresión que daba la neblina tan baja y la atmósfera impregnada de gotas de rocío. Los sembrados daban la sensación de interminables verdugones verdes levantados con sablazos dorados y rutilantes de sol. Aquellos surcos no tenían fin, se perdían detrás de un lomerío incipiente, no demasiado empinado. A los tres silbidos de Margot Titingó se habían tirado de la carreta. Los guajiros estaban aguardándolas. Ellas repararon en las anomalías de ambos hombres, el padre lucía más dedos de la cuenta (olvidé señalar que Santa también poseía cuatro orejas) y Chivirico Vista Alegre ni se diga, con sus manos como racimos de plátanos, sus tres ojos en la frente y los dos ombligos que ninguna alcanzó a distinguir pues se hallaban tapados por una camisa de mezclilla azul que le daba cuatro dedos por encima de la rodilla del pantalón.

La maestra había dicho buenos días esquivando la mirada de los hombres. Ellos ya estaban acostumbrados a que los demás no desearan comprometerse con la rareza de sus ojos. Bejerano andaba escoltado de dos perros de raza pastor alemán; pese a la nobleza de aquellos hocicos calientes, las bestias imponían respeto por el tamaño y la fortaleza física. El campesino ordenó a los animales que se echaran a la sombra, entonces se ocupó de explicar cómo realizarían el trabajo, mientras Chivirico Vista Alegre ilustraba con sus manos y esfuerzo. Las jóvenes apenas escuchaban, embobecidas aún con el resplandor abierto y flotante ante ellas. Al rato retornaron a la realidad y fue cuando se escucharon risitas choteadoras y frases perversas sobre los físicos estrambóticos de los hombres.

—A éstos los hicieron con ganas, fíjense que nacieron de más.

—¡Cállense, señores, los pobres jorobados parecen buenas gentes!

Bejerano, sin embargo, continuó explicando que empezarían por desyerbar las matas de tomate de pangola, así llamó a la mala yerba (sin embargo delicia del paladar del ganado vacuno). Una vez que terminaran allá en las puntas invisibles de los surcos, donde lindaba con los platanales, deberían regresar emprendiendo la labor con los que quedaban vacíos, y de nuevo en la cabecera tomarían aquellas latas de aceite vacías, que Acopio había traído para proceder a la recogida del tomate. Que si alguna se retrasaba más de lo debido, llegada la hora de la partida, una de sus compañeras debía darle contracandela, es decir, ayudarla a terminar, yendo del final hacia ella, cosa de toparla, porque ningún surco debía quedar a medias. Sin emitir siquiera media sílaba, Chivirico Vista Alegre brincaba de un sembrado al otro, arrancando hierbas de cuajo para en seguida recorrer la fila mostrando a las jóvenes qué tipo preciso de maleza tenían que eliminar, las cuales se colocarían acostadas en los trillos, en espera de que trajeran los sacos para sacarlas del campo y por fin botarlas o darlas de comer a las vacas.

A unos pocos metros habían descargado un tanque de cincuenta y cinco galones con agua corriente como bebedero de agua potable, cubierto con una tapa redonda de madera; del borde colgaba un cucharón de servir sopa.

Migdalia Pestañas Postizas se las agenció para que la designaran aguatera o repartidora de agua, argumentando un dolor en el costado con el cual había amanecido y del que ignoraba sus orígenes. Por supuesto que era mentira, pero ella habló por señas a Carmucha Casa de Socorro dejando entender que no estaba dispuesta a enterrar sus uñas largas, pintadas de perla blanca, en aquel fanguero. Prefería corretear y cotorrear de un lado para otro calmando a los sedientos; eso le permitía quedarse bastante tiempo a la sombra y llevar y traer chismes a sus compañeras de vez en cuando. Más de en cuando que en vez.

Las estudiantes estuvieron situadas en sus respectivos puestos de trabajo, listas para desyerbar, incluida la maestra, y Bejerano inquirió si quedaba alguna duda; nadie contestó y fue Margot Titingó quien dio la orden de empezar. El cielo fulguraba de un azul intenso, la neblina se había disipado, y el paisaje absorbía la luz como si acabara de ser pintado al óleo.

Los pies se sumergieron en la tierra colorada, los torsos flexionados en dirección a las plantas estrenaban calambres novedosos, las manos revisaban ávidas alrededor de los tallos de las matas de tomates arrasando con cuanta yerba parásita encontraban. Comenzaron con sumo cuidado, queriendo descubrir el conocimiento positivo y productivo para sus vidas a cada paso dado, y por tanto trabajaban mal e iban demasiado lento. Margot Titingó se puso a dar fuete verbal:

—¡Adelante, avancen, al paso que van no llegaremos al final antes del mediodía! ¡Energía, pastusas!

Qué mal le caía a Dánae el adjetivito pastusa, la idiota de la maestra-guía utilizaba este insulto hasta para ir a la letrina, sobre todo para humillar a los demás haciéndose la culta. Las muchachas arremetieron con mayor rapidez, y por supuesto en el apuro se fueron llevando en la golilla además del bledo y de la pangola también las preciosas plantas de tomates; entonces embarajaban y las volvían a sembrar por arribita. A la media hora tenían las manos entumecidas, las cinturas baldadas, los pies engarrotados, y una hambre que aserruchaba los esófagos puesto que el aire del campo sumado al esfuerzo había azuzado los apetitos. El sol atravesaba las gruesas telas de las camisas de caquis y de las enguatadas, y en combinación con los riachuelos de sudor que corrían por los entresijos de las carnes tal parecía que ejércitos de hormigas transitaban acompasadamente picando aquí e inoculando allá. Fueron desembarazándose de las camisas y enguatadas y como no tenían dónde guardarlas se las anudaron por las mangas a las caderas. Las pieles pálidas y transparentes de la ciudad quedaron al descubierto, apenas vestidas con camisetas, blusas ligeras o simples bajichupas.

Bejerano y Chivirico encabezaban la caravana ensimismados en la labor, sin erguirse siquiera para coger un diez. Se puede decir que Bejerano era todavía un hombre de mirada interesante, de unos cincuenta años, aunque parecía mayor por las huellas del sol y la aridez del campo. Las camisetas de las jóvenes eran demasiado escotadas y los hombres no querían ni levantar las vistas para que no se armaran malentendidos. El sol comenzó a quemar implacablemente las delicadas epidermis. Por el momento, ellas sólo pensaban en lo agradable que sería llegar bronceadas al campamento para *epatar* a los varones con pieles tostadas.

El surco de Dánae quedaba junto al del hijo deforme. Junto a ella se hallaba Enma la Amenaza, quien no pudiendo soportar el abrigo de cuero, el Mascón, atado a sus caderas, había pedido permiso para dejarlo junto al tanque del

165

agua. Al lado de Enma se encontraba Irma la Albina, pero bastante retrasada; de hecho era la última. La resolana había comenzado por achicharrarle los párpados como tela de cebolla; tan roja estaba que parecía un maldito langostino en salsa mayonesa porque sudaba talco y crema Venus a mares, los ojos entrecerrados, las pestañas más rubias que nunca, los labios resecos y llenos de pellejitos muertos, los dientes derretidos y amarillos y con una baba que no permitía que se destacaran uno por uno, lo que se divisaba como dentadura era una especie de plástico uniforme, parecía postiza. Irma se incorporó y al volver a sentir una punzada a la altura de los riñones la invadió un mareo agradable, parpadeó y las gotas de sudor corrieron en goterones sobre sus cachetes. Se dijo que no podía más, se advirtió a sí misma, en un masculleo, que se largaría en ese mismo instante para el albergue, recogería los cheles y directo y sin escala a su casa, con su familia, su cama, y sombra, toda la sombra.

—¡Irma, IRMA, despierta, majasera! ¡Para de majasear! ¿No te da vergüenza, tronco de yuca? —Margot Titingó la arrancó del ensueño cual yerba mala.

Más allá, Renata la Física inventaba una forma novedosa y más cómoda de curralar; repantigada en el surco vecino, iba deslizándose arrastrando los fondillos por las lomitas de tierra.

—¡No me digas! ¡De eso nada, monada! ¿No ves que estás desbaratando mi trabajo? —protestó de malas pulgas Brígida la Imperfecta.

A su compañera no le quedó más remedio que repanchigarse en la hondonada que formaba el trillo. Muy pronto otras la imitaron para disgusto de Margot Titingó.

La profesora se disponía a escandalizar y en eso escucharon ruidos de motores, algo bastante parecido a la hélice de un helicóptero. Detenidas, llevaron sus manos a las frentes como visera; el sol buriló patas de gallina en las esquinas de los ojos, las bocas se entreabrieron y los dientes refulgieron en muecas o sonrisas tímidas. En efecto, se trataba de un helicóptero volando casi a ras de árboles. Un hombre asomado y dijo adiós con la mano enguantada. Ellas respondieron mecánicamente a su vez agitando las manos vaciadas en fango. Los perros aguardaron roñosos, hipersensibles a malos presagios. Chivirico consiguió calmarlos con frases tontas de tan cariñosas e hizo una excepción y les dio unos terrones de azúcar prieta.

El aparato dio una segunda vuelta y regresó a balancearse estacionario encima de sus cabezas, el tipo volvió a sacar medio cuerpo por la ventana, sosteniendo una caja inmensa sobre los muslos; metía la mano y lanzaba puñados de bulticos envueltos en papeles de colores. Al principio ellas no supieron cómo reaccionar. Hasta que apercibieron que del cielo llovían caramelos no se tiraron como salvajes a rapiñar; era una piñata en un cumpleaños de niños pobres. Margot Titingó no se quedó atrás en el vandalismo. Bejerano y Chivirico contemplaron alejados semejante espectáculo con los ojos estupefactos, pero no movieron ni una cutícula. Ellas salían despelusadas, enlodadas de pies a cabeza, las ropas desgarradas, las manos repletas de rompequijadas envueltos en papeles dorados, plateados y de múltiples colores. Llenaron los bolsillos con el tesoro o maná chantajista y al cabo acudieron resueltas y conversadoras a sus puestos.

—¿Quiénes son, Bejerano? —preguntó Dánae; en un arranque de vanguardismo había ganado en distancia a las demás y casi se había empatado con la pareja de campesinos, padre e hijo.

Antes de responder, el hombre alzó la mirada y estudió

167

la reacción de la maestra, también se encontraba más o menos al mismo nivel.

—Lo que quieras saber me lo preguntas a mí, ¿oká, Dánae? —señaló Margot Titingó, y Bejerano bajó la cabeza. La muchacha comprendió.

—Yo me dirigí a él, no a usted. Lo que yo quiera saber lo pregunto a quien yo tenga la certeza de que conoce lo suficiente como para responder con exactitud. Bejerano nos enseña a trabajar, no veo por qué no puedo hablarle sin intermediarios. Estoy segura de que él puede responderme la pregunta mejor que usted; hablamos la misma lengua, que sepa yo hasta ahora no he necesitado intérprete.

—Es cierto, además, esos del helicóptero no tengo la menor idea de quiénes son. Lo cual no quita que te hayas ganado un reporte por falta de respeto. —La mujer había quedado sin recursos pedagógicos, pero no pudo evitar utilizar la venganza contra la muchacha que tan a menudo se le enfrentaba—. ¿Se puede saber, compañero Bejerano, quiénes eran los sujetos del helicóptero? ¿Jefes, eh, más jefes?

—Ekelequá, los Responsables, señorita. —Bejerano no contestó directamente a la guía, sino que dirigió la mirada a Dánae, apresurada en dar las gracias en voz bien alta y con un deje de ternura, cosa de ser escuchada por las demás.

—Usted sí es educado, Beje —añadió la alumna.

Esta vez un auto blanco, salpicado de lodo y abollado en los focos y las portezuelas, entró desde la carretera hacia la misma cabecera de los sembrados; del vehículo surgieron tres hombres. El chofer quedó en el interior del Fiat. El tipo grande y corpulento vestido de militar hizo señas con la mano para que lo rodearan; las chiquillas, curiosas, corrieron a darles la bienvenida creyendo que se trataba de gente muy influyente. Sin duda, aquel grandote era el que más meaba del grupo, Cheo Cayuco. La piel sudaba como agüita de yogur, peor de blanca que ellas, y los cachetes falsamente sonrosados, como si los hubiera maquillado con colorete; el segundo era el jefe de Bejerano, es decir, jefe de los jefes de lotes, tracatán de Cheo Cayuco, y el tercero era el Ingeniero Agrónomo, por supuesto cargado de expedientes y luciendo un rictus angustiado. Los perros abandonaron el resguardo de la brisa de los ramajes y siguieron en sigilo la sombra de los visitantes, gruñendo discretos. Claro que Cheo Cayuco habló antes que nadie:

—¿A que no adivinan quién les tiró rompequijadas hace un rato desde el cielo? ¡Me la corto de que no fue Papa Dios! ¡JA, JA, JA, JA! —rió en un estruendo de payaso fracasado.

Las jóvenes no se contagiaron tan fácil, tan regalado, con la carcajada, salvo dos o tres oportunistas y la jala-leva de la maestra. Tampoco Bejerano ni Chivirico Vista Alegre; ellos ni siquiera perdieron un segundo en dejar de desyerbar.

—¡Bejerano, acérquese a saludar, viejo cabrón, guajiro lépero! —vociferó Cheo Cayuco.

Bejerano vaciló, reflexionó y se dijo que mejor era no sonsacar con bravuconerías. Entonces se acercó, tendió la mano con los ojos humildes. Chivirico Vista Alegre imitó a su padre e hizo el mismo ademán, pero el otro, observando los dedos antinaturales, rechazó estrechársela con gesto repulsivo llevándose la mano a la cabeza y rascándose, simulador el cráneo. Arrepentido de su escrupulosidad, decidió aceptar el saludo pero asqueado limpió sus dedos en la tela del uniforme.

—Tu hijo, ¿eh? Creo que ya me lo presentaste en otra ocasión.

—El mismo que viste y calza. Sí, ya se lo presenté varias veces, pero usted como que no tiene retentiva.

Entonces Cheo Cayuco se hizo el chivo loco y dirigió la mirada burlona, deseando que fuera recibida como compasiva, a las estudiantes.

—Se te olvida siempre llamarme *compañero*, Bejerano... Así que las niñas ñoñas dejan de trabajar ante cualquier desconocido que les tire caramelitos. Ah, tscht, tscht, no, no, no me salieron disciplinadas, bueno, bueno, se las perdona por tratarse de la primera vez... Díganme, ¿están cansadas? Las noto pachuchas.

—¡Ssssíí! —gritaron a coro.

—Pues tendrán que sacar energías de donde no hay, faltan nada más y nada menos que un cojonal de jornadas, sin contar la mitad de la de hoy. Pero estoy seguro de que ninguna de ustedes se rajará, ¿verdad que no?

—¡Nnnoooo! —Y se pusieron a corear—: ¡Ooooyeé, ooooyeé, bombonchíe, chíe, chíe, bombonchíe, chíe, cha, la nueve, la nueve, hurra, ra, ra, ra!

—Bien, ahora sigan en lo suyo que nosotros debemos conferenciar con Bejerano.

Cheo Cayuco pasó el brazo por encima de la espalda encorvada del campesino. Las chicas retornaron a sus labores. Los Responsables, situados a cortos metros de Dánae, evitaban ser escuchados pero el viento traía la conversación hasta los oídos de la adolescente. Quien tomó la palabra fue el Tracatán.

—Beje, compay, no puedes hacerme quedar mal, tienes que mudarte, no hay otra opción, compay, es de vida o muerte.

—¿Otra vez con lo mismo? No entiendo por qué razón me ponen a trabajar con las becarias y luego vienen con el lío de que no conviene que el batey esté cercano del campamento, de que es un mal ejemplo para ellas, pónganse de acuerdo, caray...

—No es lo mismo, Bejerano, en primera instancia está, es cierto, la cercanía del caserío a los albergues, a los padres no les agradaría ni un poquito que sus hijos estén tan próximos, corriendo el riesgo de ser influenciados por ustedes. Pero inclusive eso podríamos solucionarlo, ya lo hicimos en una ocasión mudando a los muchachos para Río Verde, pero resulta que ahora no poseemos capacidad, habría que mandarlos para otra provincia, y mira, compadre... —El Tracatán se detuvo para carraspear y escupir de medio lado un flemazo oscuro—. En segunda instancia, y lo más inminente, resulta que vamos a construir un hotel de lujo; tienen que marcharse, no pueden seguir ahí... Ah, y no son becarias, son estudiantes que vienen temporalmente al campo, igual que la vez anterior...

Cheo Cayuco interrumpió intentando disuadir con mayor agudeza:

—A ustedes se les entregará vivienda en el pueblo, en un edificio de microbrigada...

—Ni inventes ni experimentes, yo sé lo que es una cooperativa, es una cloaca; no, no y no. —El campesino se puso cerrero. Los perros pararon las orejas en alerta mientras ya mostraban los colmillos y gruñían menos discretos.

—¿Tendremos que usar la fuerza? No nos obligue... —Cheo Cayuco observó de reojo a los pastores caninos.

—Déjenlo, caballero, tiene que analizar su situación. —El Ingeniero Agrónomo intervino—. Tampoco así como así, aflojen la tuerca.

—¿Y a ti quién te dio vela en este entierro? Ponte para las remolachas y los tomates que es tu asunto. Alabao, renacuajo, mire que a los negros se les ha dado ala en este país y

171

se pasan la vida cagando las ideas de los blancos. —Cheo Cayuco palmeó el hombro del Ingeniero Agrónomo entre irónico y paluchero.

El profesional se adelantó al hombrón.

—Bueno, mira, ekobio, déjame cumplir con mi moña. —Preguntó dirigiéndose a Bejerano—: ¿La brigada le trabaja bien, las chiquitas entendieron lo del desyerbe? —El guajiro asintió con el rostro transfigurado, resplandeciente de agradecimiento porque alguien recurría a revisar su opinión de forma positiva.

—¿Cómo que *le trabaja*? Aquí nadie trabaja para él ni para nadie. Me cago en diez, no exageremos, no es más que un jefe de lote del montón... —protestó Cheo Cayuco.

El Ingeniero Agrónomo continuó sin tomar en cuenta sus palabras, descansó su mano encima del hombro del campesino en ademán amistoso.

—Óigame bien, todavía no lo tengo claro, no he recibido las últimas informaciones, pero creo que mañana no estaremos en este campo, iremos a la remolacha, tal vez nos toque la papa o el boniato, o puede que sea el tabaco.

—¿Entonces, por fin, mañana de qué brigada me ocupo yo? Porque la remolacha, la papa y el boniato me corresponden, pero el tabaco, sólo un pedazo es mío, no todo. Digo *mío* porque me lo situaron para que lo trabajara, no porque sea mío de verdad... —Sus ojos achinados a causa de los aguijonazos solares se pasearon irónicos por el rostro hipócrita de Cheo Cayuco.

—No se preocupe. Acabo de decidir que usted continuará con la brigada nueve hasta el final —anunció el Ingeniero Agrónomo.

—Vuelve a la realidad, yénica. Para programar aquí, y decidir quién irá con cual o mascual brigada estoy yo —indicó el Tracatán con tono furrumalla—, puesto que

172

soy yo el jefe de los jefes de lotes. Hasta ahora no estoy pintado en la pared.

—Y yo, como agrónomo, te respondo que a mí me conviene que sea Bejerano quien instruya a esta brigada; él tiene mayor experiencia en los alrededores, ha enseñado a los miembros del batey. Es un conocimiento que arrastra de generaciones, sabe querer la tierra, y eso es lo que me interesa, que las muchachas aprendan a cultivar, pero también a amar la tierra, porque no se puede venir obligado, no se trata de matar y salar. En un chirrín de nada podríamos destruir los sembrados... Observen, miren cómo han dejado las plantas con la gracia de tirar caramelos, un desastre. Pisotearon y explotaron los tomates. Y si esto se fastidia, el que paga las consecuencias desde el punto de vista de técnica y rentabilidad soy yo, mi hermano, allá tú con tu condena.

Se escuchó el trotar de un caballo a toda velocidad. El jinete surgió de la espesura, venía como diablo espantado, saltó por encima del capó del auto, amainó la carrera cuando entró en los surcos, pasó junto a Dánae y frenó de un tirón imponiéndose ante el círculo de hombres. El caballo rodeó con pequeños trotes al grupo. Era Tierra Fortuna Munda, greñas al viento, entrecejo fruncido, boca mordida en un gesto rabioso, los puños crispados sujetaban la correa de la bestia.

—Eso lo discutiremos más arriba, a los niveles que corresponde —prosiguió el Tracatán, inquieto por la presencia de mi ahijada y con ánimos de sellar la discusión.

—No olvides lo de la vivienda, guacho lépero. —Cheo Cayuco hundió su dedo en el pecho de Bejerano. Chivirico Vista Alegre adelantó varios pasos y lo apartó de un manotazo. Cheo Cayuco soltó otra carcajada semejante a la del inicio, al llegar, una risotada de fingido triunfo—. ¡JA, JA,

JA, JA! ¡Éste es guapo, miren, de contra el hijo es guapo, caramba!

—¡Papaíto, dígale que no, no nos iremos, tampoco van a tumbar la ceiba! ¡Tendrán que matarme! —Tierra escandalizó y el caballo relinchó irguiéndose sobre las patas traseras.

Sentí un orgullo inmenso al ver a mi ahijada salir en mi defensa, pero ya me las arreglaría yo para escarmentarles. Bejerano controlaba a los perros que ladraban a todo trapo sumamente alterados, listos para la dentellada. Cheo Cayuco observó con una mezcla de lujuria y desprecio a Tierra Fortuna Munda.

—Cállate, sonsa. Nadie tumbará la ceiba, ¿crees que somos imbéciles? Por cierto, no sabía que las perras hablaban... Dime, muñeca, se cuenta por ahí que tienes seis tetas... —Cheo Cayuco se estaba pasando con la falta de respeto.

Esta vez Chivirico Vista Alegre no pudo contener la furia y le fue encima al mastodonte. Los perros se tiraron en defensa del hermano ofendido y Bejerano los paralizó por sus enormes cabezas con los brazos atenazados, a la altura de los babeantes maxilares. A una orden precisa, los perros se sentaron pero sin perder ni pie ni pisada de lo que sucedía. Chivirico Vista Alegre se había colgado de la espalda de Cheo Cayuco y no lo soltaba. De inmediato y en pocos segundos, Bejerano dejó a los perros y acudió a inmovilizar también a su hijo de una galúa y con una especie de llave improvisada de yudoca. La boca mal cuidada escupió la única advertencia que le haría, a la cara de Cheo Cayuco:

—No busco problemas, pero que sea la última vez que insultas a un miembro de mi familia. Pídele perdón o te descuero aquí mismo como a un carnero. —El padre toda-

174

vía aguantaba con una mano a Chivirico Vista Alegre y con la otra extrajo un matavaca del cinturón de piel pelada.

—Yo tampoco quiero jodienda, pero la próxima vez que el atorrante de tu hijo se ponga en una burundanga lo llevo a los tribunales o le doy ñámpiti gorrión... Mira que aquí nadie come miedo y mi fambá es uno de los más fuertes, tremenda prenda protectora que tengo... En fin, para que estemos contentos: disculpa, Tierra. ¿Sabes que llevas muy bien tu nombre? —Las palabras emergieron a regañadientes de entre los dientes picados de Cheo Cayuco.

Luego, él y el Tracatán volvieron a carcajearse obscenos, el Ingeniero Agrónomo sonrió, sin grosería. Al rato se marcharon, sin despedirse de la profesora, quien había avanzado lo suficiente en el surco como para fingir que no había oído nada, cosa de argumentar que no serviría de testigo de ningún suceso comprometedor. Dánae, por el contrario, había quedado rezagada adrede, con la intención de participar de forma indirecta como testigo de la discusión.

El motor del auto echó a andar y las ruedas voltearon en balde, desparramando lodo a diestra y siniestra. El Tracatán y el Ingeniero Agrónomo tuvieron que descender y empujar, consiguiendo desenterrar la máquina y montaron a ella ya en marcha, como si asaltaran una diligencia y además fueran perseguidos por indios salvajes de las viejas películas americanas. Los perros, nuevamente ubicados a la sombra, se acostaron y descansaron, sus ojos legañosos pestañeando acechantes, mirando de un lado a otro.

Sin embargo, Dánae dedicó mayor atención al jinete y a su caballo que emprendieron una carrera desesperada, cuyo ruido contrarrestaba con el motor del vehículo, hacia los campos del fondo, en dirección de los platanales. La curiosidad sedujo a la muchacha y sintió deseos de perseguir al jinete, de escapar con él, de conocer más detalles sobre su vida.

Bejerano y Chivirico Vista Alegre doblaron el lomo para dedicarse de inmediato a desyerbar. Enma la Amenaza quiso tomar un reposo y aprovechó para aproximarse a su amiga Dánae Bemba de Pato limpiando dos tomates de fango endurecido con suma meticulosidad. Una vez que los dejó lustrosos mordió uno y el segundo lo ofreció a Dánae. Los tomates eran de los llamados de cocina, puntiagudos, para hacer pulpa y utilizarlos en sofritos y salsas. Estaban sabrosos, ¡tremenda exquisitez probar los tomates directos de la tierra! No existía goce del paladar comparable. Las papilas gustativas se ponían a drenar saliva ácida.

—Necesito pedir permiso para ir a hacer pipi —susurró Dánae chupando la verdura.

—No te lo dará, la Titingó está volá hoy del malhumor; además faltan quince minutos para el receso —contestó señalando el reloj de pulsera colgado por la manilla de un tirante de la camiseta.

La joven se encogió de hombros, devoró el tomate y, limpiándose las manos en el pantalón, donde quedaron adheridas las diminutas semillas amarillas, avanzó cruzando surcos en dirección a la maestra-guía.

—Seño, debo ir a hacer necesidades fisiológicas. —Bien podía haber dicho *ir a orinar* o *a hacer caca*, pero prefirió dejar en la duda el tiempo que demoraría, utilizar la fórmula de la buena educación, cosa de agilizar los trámites y ponerse en buena onda con la funcionaria.

—Aguanta, falta poco para el receso. —Margot Titingó ni se dignó a dirigirle la mirada.

—No puedo, es urgente, ya aguanté lo suficiente como para contraer un cáncer de riñón y de intestinos. Ando medio descompuesta del estómago.

176

—Vaya caramba, mira que eres antojada. Ve, y no demores. ¡Angurria es lo que padecen estas jodidas pastusas...! —Entonces la bajeó con malos ojos, despreciándola por joven, por estudiante, por valiente, mejor dicho, por echaíta palante.

Corrió, corrió hacia el telón de fondo del platanal, por donde hacía un buen rato había desaparecido mi ahijada, Tierra Fortuna Munda. Dánae iba recto en su búsqueda. Los pies se hundían en la humedad de los mazacotes de fanguizal rojo; pese a que cuidaba de pisar en la hendidura y no en los sembrados, por momentos no pudo evitar reventar tomates frescos; el jugo y los pequeños corazones bañaban y se incrustaban en sus tobillos, el calor los resecaba y adheridos en la piel empezaban a pudrirse sin compasión. Apenas podía respirar ahogada por la carrera, y de la emoción. El pecho palpitaba porque intuía que algo profundo debía de significar que el jinete se tratara de la misma persona que la adolescente llamada Tierra, y claro que resultaba demasiado misterioso, y además de misterioso, raro, desde el punto de vista realista, el hecho de que hubiera aparecido en sus sueños. Mientras corría presintió las miradas de las restantes compañeras clavadas en ella, imaginó las interrogantes que se hacían en esos instantes; estarían calculando que lo que menos ella haría en los próximos minutos sería evacuar vejiga e intestinos. Hilillos de sudor empaparon la tela de la camiseta; también le molestaba la enguatada amarrada a la cintura, pero continuó a toda velocidad hasta perderse en lo más intrincado de las hojas pegajosas y aromatizadas con olor inconfundible a fruta madura.

Al principio no experimentó miedo, pero a medida que fue internándose el platanal fue engulléndola, chupándola a su interior; al llegar a un punto las matas tan exuberantes y tupidas impedían distinguir el cielo; la humedad mezclada con la babaza que destilaban las hojas cubrían no sólo sus ropas, sino sus cabellos y el cuerpo entero. Advirtió que le costaba despegar los labios, la piel fue adquiriendo un matiz grisáceo, tales eran las manchas del plátano. A duras penas lograba avanzar, quedaba adherida a los tallos. No sabía cuánto había caminado, miró en derredor y tampoco supo de dónde venía ni hacia dónde iba, había perdido el sentido de orientación; si daba unos pasos hacia el lado, dudaba si en realidad no estaba regresando sobre sus propias huellas; si se encaminaba hacia adelante, creía que estaba desviándose y yendo transversalmente opuesta. Cometió el pasajero error de detenerse y entonces no supo más qué hacer; para colmo, allí adentro daba la impresión de que anochecía. Si no fuera porque ella estaba segura del horario matinal, hubiera jurado que pronto sería noche cerrada. El vapor exhalado por la tierra inflamaba sus pulmones. Yo, en tanto que ceiba poderosa, estaba siendo testigo de una aventura que de antemano sabía que debía suceder sin remedio, de hecho yo misma había añadido de mi propia creación. Esa niña merecía descubrir, vivir en lo adelante diferente de las otras. La otra niña, Tierra Fortuna Munda, desde que nació había sobrevivido envuelta en presentimientos. ¿El final sería trágico? Indudablemente, como todo final respetable. Tal vez no, pero la felicidad en estos casos de encuentros fortuitos es poco probable.

No sé si fue mi respiración la que contagió a Dánae del sueño dulzón o una brisa que envolvió sus párpados. Dejándose caer en el suelo, ya no valía la pena cuidar la higiene de la ropa para que durara toda la semana hasta que llegara la madre el domingo con una muda limpia. Avisó a su alarma interior de que no podía permitirse dormir; tuvo conciencia y temor de extraviarse; entonces fue irguiéndose y, con dificultad, traqueteándole las articulaciones, contempló atentamente la maleza; en lugar de encontrar sus propias huellas, puso la mano sobre el suelo y palpó innumerables trazos de diferentes calzados, herraduras y pies desnudos aplastados entre sí. Pegó la oreja en la capa que cubre el manto freático y escuchó, eso lo había leído en una novela o lo había visto en una película technicolor. Le dio confianza percibir un murmullo, una especie de abejeo, un sinfín de laberinto monástico en donde las monjas mascullaban entretejidos rezos. Tampoco nunca había visto una monja de verdad, salvo en una película donde un niño quedaba huérfano. ¿Era monja o cura, niño o niña? Daba lo mismo. Estaba dispuesta a gritar cuando escuchó muy cerca un resoplido de caballo, luego un remolino muy próximo, como un fuego devorador de la vegetación, un estruendo insólito; parecía también un animal chamuscado debatiéndose entre la vida y la muerte. Algo o alguien venía arrasando con cuanto interrumpía su trayecto.

Tierra Fortuna Munda se detuvo jadeante, aún blandiendo el machete y olfateando. Positivo, olía a persona con pánico proveniente del pueblo o de la ciudad, la gente miedosa de pueblo o ciudad transpiraba de una manera muy especial, grueso, espeso como batido, y de la grasa humana emanaba una antología de perfumes untados durante disímiles ocasiones. Ella podía percibir desde la colonia de varios días hasta los residuos de cal de las paredes, las pinturas, restos de combustible, recuerdos de varias comidas, huevos, papas fritas, pizzas, jabones... todas esas esencias diluidas en una excesiva secreción de adrenalina invadían la atmósfera mareando la pureza del sahumerio silvestre. Tierra quedó convencida, apartó con la otra mano libre del machete un gajo descomunal y no se sorprendió de la presencia de un rostro contraído a causa de la incertidumbre, de un cuerpo en absoluta rigidez e insostenible de temblores. Se observaron cuestión de segundos y mi ahijada decidió seguir de largo. Dánae, todavía en un manojo de nervios, retuvo a la muchacha por la muñeca, Tierra se zafó de un jalón.

—Mira que me perdí buscándote... Me llamo Dánae y las de mi aula me pusieron Bemba de Pato —pronunció en tono suplicante, esmerada en resultar simpática.

La chiquilla de pelambre enmarañada hizo un gesto de que siguiera detrás de ella, indicaría el camino de regreso.

—Espera, no tengo ningunas ganas de volver tan rápido... —replicó Dánae.

Las pupilas enrojecidas de Tierra Fortuna Munda delataban un llanto reciente, en las oleadas de churre que había dejado en la cara su mano al limpiar con furia el llanto y los mocos. La muchacha esquivó la vista cuando se cruzó con la de Dánae. Fue esta última quien decidió acomodarse entre los arbustos, Tierra no obedeció al punto cuando ella tiró de su mano para que la imitara. Arisca, se puso a mordisquear un gajo de aguañusongo, la yerba del río divino y de Tanze, el gran pez sagrado.

Entonces fui yo, su ceiba madrina, quien vaticinó su destino en la ternura de su corazón. Debía sentarse junto a la aparecida, ella representaba la salvación, o al menos ella le abriría las puertas de la fuga. Aunque la fuga tardía implicaría la partida definitiva hacia otro mundo. La fuga temprana, ah, entonces sería Tierra Fortuna Munda quien debería decidir. Tenía dos opciones, escapar antes o después, pero la solución inevitable sería la huida del lugar amado en la infancia, de las entrañas del origen.

Acomodadas una junta a otra, sin embargo tardaron en conversar, el silencio reinó hiriente durante largos minutos. Debido a la excitación, del ombligo de Tierra Fortuna Munda empezó a fluir jalea de guayaba. Dánae Bemba de Pato fingió no percibir nada, pero la boca se le hizo agua; ella se volvía loca por la mermelada de guayaba con quesos Nela. Acostada sobre su espalda, Tierra podía contener un poco el torrente de su ombligo; primero se formó un charco, luego un pantano, al rato una laguna. Dánae, recostada ella también, cerró los ojos, imaginó que la muchacha se había transformado en playa fructosa. Movió el codo y rozó el ajeno, el cual se retiró al instante, asustada la dueña.

—Pedí permiso para ir al baño —ambas sonrieron—; en realidad quería saber de ti, no tengo por qué meterme, pero no me gustó la manera como esa gente los trató, a ti y a tu familia... Los Responsables, ¿no?

—Los Arrastraos. Los Arrastrapanzas... Una noche pegarán candela al batey, nos matarán... no les tengo fe, ninguna confianza, son unos malnacíos...

—¿Y tu nombre?

—Tierra Fortuna Munda.

Dánae buscó la mano de Tierra, esta vez ella no la apartó, los dedos se entrelazaron y yo me ocupé de invadirlas de un goce inédito, un cosquilleo, el placer de juntarse desconocidas, proscritas de lo banal y antipático. A un milímetro de devenir niñas malditas.

—¿Dios será hombre o mujer? —preguntó Tierra Fortuna Munda con voz ronca de chamaco arisco.

—Claro que es masculino —pronunció la adolescente de la ciudad con desgano.

—¿Y tú qué sabes? ¡Tú no sabes na! Nadie lo ha visto. A mí me queda una ilusioncita de que sea mujer...

—¿...? —El silencio silbaba a pregunta. Dánae encogió los hombros y miró al lado opuesto, unas hormigas cargaban con un arsenal de pedazos de pan—. ¡Dios mujer, qué

181

ocurrencia! ¿Te imaginas a Dios menstruando y con tetas?

—Las mujeres podemos más, lo veo en mi mamitica, es más lista que papaitico... Yo entiendo todo antes que mis hermanos... Y hasta antes que papaitico...

—No voy a defraudarte, pero eso no quiere decir nada. Ya todo está organizado como para que Dios siga siendo hombre.

—¿Y por qué no desorganizarlo?

—¿Desorganizar qué? —Las manos de las muchachas sudaban emocionadas. Dánae perdía interés en su propio discurso.

—Ese todo que nos obliga a creer que Dios es hombre... Sin embargo puede que... Nadie se ha cuestionado el sexo del Espíritu Santo, ¿no será mujer?

—¿El qué? Nadie cambia el mundo, el universo, la historia, no seas boba...

Tierra Fortuna Munda reaccionó dando un manotazo a su acompañante.

—¡No vuelvas a decirme boba, yo soy normal! ¡Óyelo bien, muy normal!

Dánae advirtió que había metido la pata, sin duda la joven estaba acomplejada por sus defectos físicos.

—¡Dejé de ir a la escuela por culpa de esos malditos insultos, no se cansaban de decirme boba, retrasada mental, fenómeno! —Había virado su cuerpo contra el suelo, escondiendo el rostro entre las piedras.

—Perdóname, fue sin querer... —Agarró la cabeza de la otra y la volteó hacia ella, sembró un beso en la mejilla enfangada.

Tierra lloró, pataleó. Dánae no sabía cómo consolarla. Se puso a llorar también. Tanto sollozaron que no supieron en qué momento sus labios se juntaron como cuando dos

182

ramas separadas chocan impulsadas por el viento dos cerezas maduras, o igual que dos trocitos de frutabomba que nadando en la miel del plato se vuelven a encontrar, nostálgicos de la fruta entera. Sus cuerpos se apretaron y apenas comprendieron el pulso del deseo, sus latidos; quedaron quietas, todavía vestidas, los seis pezones erizados de la adolescente campesina semejantes a mamoncillos, pegados al pecho de Dánae, las pelvis frotándose con suavidad, los dedos de las manos entrelazados. Dánae reparó en el defecto de la otra, su piel parecía lija, de lo rugosa. Aquello era rico. ¿Debían continuar en esa posición? Una de las dos no sabía que estaba prohibido, la otra sí, pero qué importaba.

Las voces provenientes de los sembradíos despertaron a ambas del ensueño, todos buscaban a Dánae. En los chillidos de Bejerano y de Chivirico Vista Alegre se presentía la inquietud. La maestra-guía dio la orden de peinar el platanal, a lo que se negó rotundo el guajiro argumentando que podía aumentar el número de descarriadas. Dánae y Tierra sonrieron maliciosas, la sonrisa culminó en carcajadas ahogadas en los cuencos de las manos. La primera suplicó que viniera con ella, así presentaría su nueva amiga a las demás compañeras. La chica de cabellos castaños y nudosos negó. Dánae Bemba de Pato insistió:

—Anda, concho, no te dejes vencer.

—Hoy no, estoy engorrioná. La cabeza se me quiere partir de enojo.

Prometieron entonces encontrarse por la noche, al pie de la ceiba, es decir, a mis raíces, o tal vez en un sitio menos frecuentado, podía ser la casona de tabaco más próxima, el batey mismo, o en los matorrales cercanos al albergue. No disponían de suficiente tiempo para acordar una cita, así que fue mi ahijada quien se propuso recoger a la estudiante en el albergue. Por el momento la condujo unos pocos pasos antes de que pudiera mostrarse fuera del platanal. Cuando se despidieron, el halo de mi magia aún las envolvía. Tierra Fortuna Munda chupó la lluvia de rocío con la piel al sumergir su cuerpo en lo profundo de la manigua. Dánae salió al sol violento y tal parecía que su cuerpo entero absorbía los rayos del astro.

—¿Dónde te metiste, pastusa? ¡Hemos pasado un susto de muerte! —Margot Titingó se proyectaba como una flecha a manotear y a humillar, me las ingenié paralizándola haciendo que se encajaran en sus varicosas piernas cientos de guisasos—. ¡Ayayayaya!

—Anduve perdida, por suerte encontré a su hija... —señaló a Bejerano— y ella me ayudó a regresar.

—Tuvimos que hacer la reunión sin ti, votamos por Brígida la Imperfecta como jefa de brigada... —apuntó la Titingó mientras con las uñas larguísimas intentaba desencajar las espinas casi imperceptibles pero bien afiladas.

—No te perdiste nada del otro mundo, me la juego al canelo de que la pasaste superchévere del otro lado, los ojos te brillan con un no sé qué luminoso... —Enma la Amenaza adivinaba siempre.

—¡Caballero, miren, abrieron los regadíos, delen, a bañarnos! ¡Y por allá, más atrás, está la turbina, corran al chapuzón! —Renata la Física habría sabido ganarse el frente de activista de cultura y recreación, no tenía parangón para advertir a kilómetros el entretenimiento.

—¡No irán a ninguna parte, ni lo inventen! Cof, cof, cof, cof... qué tos... cof, cof, cof... qué tos me ha entrado... cof, cof, cof, creo que me tragué una cabrona espina, cof, cof, cof... —trató de impedir Margot Titingó. Salomé la Sátrapa aprovechó para darle unos cuantos buenos puñetazos vengativos en la espalda bajo pretexto de ayudarla a que destrabara sus pulmones.

Chivirico Vista Alegre emprendió carrera hasta los cabezales de surcos para llevar agua a la maestra en una lata de leche vacía. Al regreso apenas había podido contener unos sorbos; en el apresuramiento la mitad del líquido se había botado del recipiente. La maestra bebió y ni siquiera agradeció al joven.

A unos cien metros, las muchachas se bañaban debajo de los regadíos, chapoteando fango, maniobrando las pilas y jugando a dar blanco con los chorros en los cuerpos; entonces abrían las bocas alegres y tragaban aquella agua perlada que pasmaba las desenfrenadas risas. Incluso Irma la Albina, casi siempre apática, había caído en la trampa de la euforia colectiva. Las canciones llovían a la par de los chorros, luego siguieron la trayectoria del agua y, sentadas en una punta de la turbina, deslizaban sus cuerpos a lo largo del acueducto, empujadas por la fuerza del espesor líquido hasta la poceta que servía de abrevadero a los animales; allí debían detenerse agarrándose de los bordes de cemento porque se formaba un remolino peligroso por cuyo tragadero corrían el riesgo de ser expulsadas a lo hondo de un pozo comunal.

Alejada del ruido y del cumbancheo, Tierra Fortuna Munda contemplaba el espectáculo de usurpación de su naturaleza por unas cuantas locas descocadas ante el menor suceso intrascendente. En el fondo se sentía rabiosa, ella hubiera deseado ser como una de esas niñas despreocupadas de la ciudad, aunque estaba segura de que no sería capaz de vivir alejada de los campos, tampoco de su familia, ni de su caballo, ¡y de mí ni se diga!, eso me hizo sentir orgullosa...

Estaba asustada de todos esos sentimientos desconocidos, nada semejante había sentido antes, una cosquilla agradable, un escozor que la volvía vulnerable. El pecho, lo

185

que ella llamaba *la caja de los caprichos,* palpitaba ahora bullendo. Observó la silueta empequeñecida de Dánae bailoteando debajo de una improvisada ducha de gotas plateadas. Creyó que la muchacha la había olvidado a juzgar por su cambio de estado anímico; en ese momento mucho más alegre y desinteresada de todo lo que no fueran regadíos y turbina.

—Para nada —aseguré al oído de Tierra Fortuna Munda— a Dánae le encantaría que te sumaras a ellas. Ahora mismo sólo se interroga sobre el sabor que tendrá la madrugada en tu compañía.

Tierra sonrió, ladeó la cabeza, cerró con ternura los párpados, con la mejilla acarició la brisa que se colaba entre la piel de su cara y la tersura del hombro. Ése era nuestro código secreto, exquisita y dulce manera de acariciarnos. Así demostraba su afecto. El amor entre una niña y una ceiba.

La brigada número nueve terminó su jornada laboral justo a las siete de la noche; la maestra-guía no se sentía satisfecha por el resultado de la jornada, aunque corrigió que para ser el primer día no estaba mal. Mientras Bejerano sacaba la cuenta de los surcos desyerbados y de las latas de tomates recuperadas, intentando cuadrar su lista con la de Margot Titingó; las jóvenes descansaban tumbadas en el piso de la carreta. Si no fuera porque cantaban y, divertidas, movían las piernas hacia el cielo, se hubiera podido afirmar que se trataba de una de esas carretas horribles donde se amontonan cadáveres en las películas de guerra. Bejerano, por su parte, expresó su reconocimiento ante el enorme esfuerzo de las muchachas, lo cual no sirvió para que la desagradable jefa de brigada reblandeciera ni un ápice su carácter con el guajiro. Chivirico Vista Alegre había decidido marcharse junto a los perros para que éstos comieran alguna que otra piltrafa o pechuga de tomeguín.

La carreta regresó dando tumbos por la guardarraya, parecía que con el batuquear de un momento a otro escupiría el cuerpo de una de las estudiantes. Dánae fue la primera en tirarse y correr a coger turno a las duchas; por suerte la brigada llegó anticipada de las demás al albergue y los baños estaban vacíos. Parapetada delante de la cortina de polietileno negro, esperó impaciente a una segunda persona que la sustituyera. En lo que ella le cedía su turno la otra le cuidaría el puesto, pudiendo ella ir a buscar los utensilios del baño a su maleta. Renata la Física se aproximó arrastrando las típicas chinelas de palo, como si fuera a bailar la rumba de la chancleta, chan, chan, chachán, chan, chan, chachán.

—Métete tú en lo que busco el jabón y la toalla —dijo Dánae abriéndole paso y dirigiéndose apresurada a su litera. Cada persona tenía el derecho a cinco minutos de ducha; mejor dicho, de chorro.

Un grupo bastante grande se iba aglomerando en el corredor de cemento que daba a las letrinas. A su regreso encontró a Renata la Física dispuesta a abandonar el lugar, los cabellos mojados, pulcra, sin los quilos de tierra colorada que había absorbido su cuerpo. Cuando vio a Dánae no pudo evitar la incomodidad:

—Oye, Bemba de Pato, no pude guardarte el turno, tú sabes lo imperfecta que es Pancha Pata de Plancha, llegó formando moña, que si ella era el uno en cualquier cola, que nadie podía meterle el pie. Nada, que me bajó tremendo velocípedo y tuve que dejar que se colara.

—¿Y toda esta gente? —Dánae señaló para el enorme tumulto que esperaba detrás de Pancha Pata de Plancha—. ¿No hicieron nada, no protestaron? ¿Están de adorno?

187

Renata la Física se encogió de hombros.

—Tienen pánico de la monstrua. Adversidad, mi amiga, adversidad.

Dánae ganó la cabecera a empujones, haló con tanta brusquedad la cortina de hule que la arrancó con cuje y todo.

—¡Eeeeh! ¿Y a ti qué te dio, esta niña? ¿Qué me miras, tú eres torta o nunca habías visto a la Victoria de Samotracia con cabeza?

La bachata fue general ante las palabras irónicas y de fingida sorpresa de la jabá decolorada con jabón de lavar y agua oxigenada y días enteros achicharrándose de sol en las ramas de una yagruma, quien continuó restregándose los sobacos, sin pudor alguno de enseñar un pubis demasiado triangular estirado hacia los lados, cubierto por una mata de pelo rojiza, encima una doble barriga marcada por una raya roja que iba desde el ombligo hasta el nacimiento del sexo, como cicatriz de cesárea sin haber tenido hijos. Los senos colgaban en dos bolsas rematadas por los pezones redondos e inmensos. Del interior del baño salió un olor insoportable, mezcla de cicote con pendejos meados, con cebingo de verijas y totinga y culo embarrado de vómito seco.

—¡Te has quedado lela, acaba de cerrar ahí, anda, y no comas más de lo que pica el pollo!

Recogió la cortina del suelo y, atravesando el cuje en lo alto, la tendió entre las dos columnas de cemento.

— ¡Ah, bueno, yoooo creíia, así se hace, a mí se me respeta! ¡Ni na ni na! —alardeó Pancha Pata de Plancha ante el gesto sumiso de Dánae.

Fuera del baño se paró delante de ella, revirándole los ojos y quemándole con el dragón del aliento a leche cortada:

—¿Te pasa o te sucede?

188

—¿A mí? Ninguna de las dos cosas, nada, nada... —Y entró a refrescarse cohibida por la burla general.

En menos de lo que canta un gallo terminó de restregar y enjuagar su cuerpo tembloroso de frío y de vergüenza. Lo que más deseaba era la noche cerrada. Alrededor de las diez, cuando dieran la orden de dormir, su nueva amiga vendría a buscarla. Trató de negociar un puesto privilegiado en el comedor; esa segunda noche la comida estuvo peor: arroz con jalapa de boniato. Devoró aquel mejunje, raspó la bandeja con un trozo de pan viejo. Salió disparada a fregar el pedazo cuadrado de aluminio torcido, luego corrió al albergue a por el cepillo, regresó y lavó sus dientes con esmero, detestaba el sabor y la sensación de boronilla que dejaba el pan mohoso y la mermelada de guayaba entre las encías.

Andrés Cara de Bache, el Andy, se interpuso entre la puerta del albergue y ella.

—Luces como que arrebatada, pepillona, ¿adónde es el fetecún?

—No fastidies, estoy muerta, voy a dormir. —De un manotazo tumbó el brazo que hacía barrera.

—Si te arrepientes de soñar con los angelitos, aquí tienes a un diablo loco por ti.

Dentro del albergue sorprendió a Irma la Albina jugando con unos guayabitos rosados, recién nacidos, revolcados encima de la almohada.

—¡Qué puercá!

—No, Dánae, míralos qué indefensos; sabes, yo con lo escrupulosa que soy y les cogí lástima, no puedo botarlos de mi colchoneta, ¿no son un sueño? Además están sanos y limpios. ¿Eh, no son un sueño? Responde, chica.

—Más bien una pesadilla, sobre todo cuando crezcan y se conviertan en tremendas ratas de alcantarillado.

—Aquí no existe eso...

—¿Quée?

—El alcantarillado, Dánae, olvidas que estamos en el campo, aquí hay ratas de tierra, no hacen daño a nadie, son inofensivas...

—Allá tú, pero lo que soy yo, no deseo volver a ver esa cochinada cerca de mi cama, así que soluciona el asunto sin que yo me entere, ahrgg, hasta tengo arcadas, berg. La que tiene guayabitos en el tejado eres tú, loca de remate.

Irma la Albina disimuló a los animales dentro de las copas del ajustador, vestida con la bata de dormir de gasa bordada a la manera de los wuipiles nicaragüenses quedó frita con la boca abierta. A las diez en punto apagaron las luces del campamento.

Dánae batalló contra el sueño, pero éste andaba a punto de vencerla cuando creyó escuchar tres golpes de nudillos en el ventanal que daba a la cabecera de la litera. Sigilosa, para no despertar a las demás, fue aproximándose, estiró el brazo, abrió, no había nadie. La noche rosada, aún prendida del aletargado sol, se coló en sus pupilas con desparpajo, hermosa como ninguna anterior, de hecho era la segunda vez que ella reparaba en la existencia veraz de la noche. Una noche con luna y sol a la vez. Pisadas crujientes sobre las maletas de madera hicieron que las bellas y laboriosas durmientes removieran los cuerpos. Dánae extendió el brazo derecho hacia la oscuridad interior del corredor central del albergue, palpó la cara de Tierra Fortuna Munda.

—Salgamos por tu ventana, rápido —instigó mi ahijada.

Dos sombras emergieron del vaho leteico y, apresuradas, ganaron la humedad del trillo internándose en los altos sembrados de tabaco que bordeaban los alrededores del campamento.

—Espera, Tierra, párate ahí, qué dolor de barriga, no puedo aguantar... —Dánae anduvo unos pasos partida del sufrimiento—. Es el boniato, no me asentó.

Tuvo tiempo de bajarse los pantalones, pero no el blúmer; el arroz con jalea de boniato le habían descompuesto del estómago.

—Ya me enfermé, no puedo, ahí viene, diarreas, vas a tener que ir sin mí, debo regresar, lavarme, cambiarme...

—¿Manchaste el pantalón?

—No.

—Pues bota el blúmer, aséate en la letrina, te espero sin moverme de aquí, ¡corre que pa luego es tarde!

Hizo caso, eso tenía Tierra, contagiaba de ganas de aventurar y de obedecer a sus iniciativas. Dánae se sacó el pantalón cuidando de no embarrarlo. Emburujó el blúmer con la caca y lo lanzó a la inmensidad de las constelaciones. La divirtió aquel bulto conteniendo sus excrementos lanzado como un cañonazo, un proyectil de heces fecales a los luceros. Sonrió. Solamente sonrió porque no podía soltar una carcajada, podría ser descubierta, y era de lo que realmente sintió ganas. De correr por los matorrales, reír, vociferar que era libre con el culo al aire, por fin se había fugado de todo y de todos. Y que correr con el fondillo cagado y ventilado por la frescura cercana del río debía ser una de las aspiraciones máximas de todo ser humano. Aunque no somos seres humanos sino seres cubanos, hizo esa salvedad. Entró a las letrinas, tomó una lata y echó bastante agua en sus nalgas, los gusanos hambrientos se pusieron en guardia. En el vertedero se eternizaba el charco de líquido antipiojos, natoso y podrido. Todas las cabezas habían tenido que pasar aquella tarde por el lavado médico para evitar un contagio general.

—Apestas a carroña, nos bañaremos en la laguna, ¿quieres? —Dánae asintió—. Después nos robamos a *Risueño*, es mi caballo, y mi papaitico no deja que lo monte a estas horas. Te enseñaré las lomas, los mogotes, el manatí... ¡Conocerás al único manatí sobreviviente! Si te atreves te llevo hasta el pueblo, y nos metemos en el bar El Trancazo, el de Maximino. Tendrás que encasquetarte el sombrero de mi hermano Chivirico Vista Alegre, cosa de que no reconozcan a la mujer que hay en ti... Es bar de borrachines e hijos de putas.

Dánae estaba encantada y perseguía a la chiquilla con los ojos admirados y fijos en su espalda, en aquella cabeza desgreñada que a cada cierto tiempo se volteaba hacia ella y le regalaba una sonrisa tan blanca que parecía la estela láctea del lucero que guiaba a los tres reyes magos en los dibujos de libros viejos guardados por su madre en los armarios endebles del pequeño apartamento de la ciudad, en el cual vivían. Su casa fue en ese instante un pensamiento como un relámpago; al punto quiso borrarlo.

Refrescaron sus cuerpos desnudos en la laguna rebosante de guajacones, guajaibas y gusarapos. Dánae tuvo miedo al principio de la oscuridad de las aguas, de sumergir su pie en aquella negrura, pero el chapuzón de Tierra le inspiró confianza. Escudriñó el cuerpo de la otra, el pudor de la penumbra conspiraba contra su curiosidad. Tierra era muy delgada, pero de complexión fuerte y, en efecto, divisó la silueta de tres pares de senos en su pecho, igual que el de una ternera.

La maleza fue invadida por pequeños relámpagos verdes, cocuyos y grillos, el majá de Santamaría más lujurioso que nunca apareció enroscado en un tronco. De la enramada surgió una turba de extraños enanos frágiles, una especie de espectros de ojos vivarachos; de los ombligos les supuraba jugo de guayaba, tenían la cabeza puntiaguda, en forma de techo de guano, como los de los bohíos.

—¡Dale, ven a bailar con los güijes! —Dánae se resistió y Tierra fue a buscarla halándola de la mano—. Son muy fiesteros.

—¡Pero son espíritus!

—¡Claro! ¿Y tú qué querías, que fueran peloteros o macheteros de vanguardia?

—¡Estamos encueras!

—Ellos también. Lo que sucede es que tienen el sexo guardado en un bolsillo de la mente.

Los güijes cantaron y ellas bailaron moviendo la cintura, agachándose hacia abajo y meneándose hacia arriba, hacia abajo y hacia arriba, en forma de cuchilla de batidora. El perfume mezclado de la guayaba y la guanábana aterrizó en el campo. Apareció el manatí, nadando a flor de agua, la piel lisa y luminosa. Pasó junto a Tierra y ella acarició con ternura al elegante cetáceo. Entonces rieron alto, y cantaron ellas también aquella melodía de Guillermo Portabales...

En el palmar del bajío,
yo tengo un bohío cubierto de flores,
para la linda trigueña,
que con mi alma sueña,
si sueña de amores...

Los güijes dijeron adiós esparciendo una lluvia de gotas luminosas, las cuales se convirtieron en miel cuando rozaron el suelo gelatinoso. Dánae y Tierra agradecieron aquella acogida con gestos y frases efusivas. Entonces se vistieron y partieron en busca de *Risueño*, el caballo que Bejerano había regalado a su hija.

El caserío dormía. Avanzaron sigilosas, y mientras Dánae vigilaba el menor movimiento, Tierra ensilló su caballo y murmurando palabras mimosas en la oreja de la bestia logró desamarrarlo y en silencio sacarlo del batey. El animal había comprendido que debía comportarse con discreción. A unos doscientos metros, la adolescente asaltó el lomo y tendió la mano a su acompañante para que la imitara.

—Estás loca, nunca he montado ni un burro.

—Con más razón, es hora de probar. —Y de un tirón la encajó a horcajadas detrás de ella, encima de la crin hirviente—. Abrázame, pégate a mi espalda, y no te sueltes ni así te digan que ganaste al mejor toro cebú del rodeo.

Cabalgaron a pasos cortos durante una distancia considerable, a fin de alejarse del batey y no hacer el más mínimo ruido. En el bar del pueblo, El Trancazo, entraron disfrazadas de varones, con los sombreros alones encasquetados hasta las cejas.

—Dos rones —pidió Tierra al ajado barman con la voz ronca y la mano puesta en la faja del machete.

El resto de los presentes se encontraban tan borrachos que apenas repararon en el raro comportamiento de aquellos dos jóvenes, uno que se disparaba de un trago la bebida y otro que tosía atorado con un simple buche. Tierra esperó que su acompañante terminara la Guayabita del Pinar. Salieron sin despedirse, caminando a lo guaposo, pero sin exagerar para lograr ser creíbles.

Cuando consiguieron perderse lo suficiente y abordaron la llanura inmensa, Tierra azuzó a *Risueño* y el caballo se desmelenó en loca carrera. Dánae saltaba a casi medio metro de las ancas, pero desembarazada del temor fue invadida por el placer del peligro. No pensaba en el campamento, ni en sus compañeras dormidas, ni en los maestros, ni en su madre, ni en nada que no fuera esa chiquilla arrestada y su veloz alazán. Lo único importante era el vaivén tan estrepitoso que estaba ocurriéndole en ese instante.

194

Trotaron luego con menos salvajismo y tuvo la impresión de que llevaban horas y kilómetros, o años, en aquella maromería, cuando de repente surgió ante sus ojos una hilera enorme de aparentes dinosaurios.

—No te asustes, machita, son los mogotes, ése es el Valle de Viñales —pronunció extasiada Tierra—. Debes venir de día; de noche se pierde el colorido, las infinitas tonalidades del verde.

Dánae sospechaba que estaba presenciando un espectáculo inusual, que aquello no se repetiría, que estaba siendo testigo excepcional de un momento único en uno de los paisajes más estremecedores del universo, y no hallaba el modo de expresar sus emociones. Prefirió guardar silencio.

—¡Di algo!

—No puedo, no sabría decir nada...

Regresaron calladas, a galope empedernido, y amainaron la rapidez cuando ya se hallaban próximas al campamento; decidieron descansar en el interior de una casona de tabaco. Dánae sintió el ardor de la fatiga. Desmadejadas cada una dentro de dos enormes canastas de recogedoras de hojas de tabaco, comenzaron a repasar sus cortas vidas mientras Dánae removía con el dedo índice un charquito de mermelada de fruta en el ombligo de Tierra. No hubo mucho que contar. Dánae se mudó a la canasta de su amiga y al poco rato quedaron dormidas, ovilladas, una sobre el vientre de la otra.

—¡Apúrate, las cinco menos veinte, carajo, apúrate! —avisó Tierra.

Dánae apenas entreabrió los ojos, bostezó y estiró los brazos sin el menor síntoma de inquietud, creía que despertaba en su casa, había soñado que todo aquello, tan hermoso e indescriptible, estaba sucediéndole en un sueño y que en realidad despertaría en el cuarto donde dormía con su madre.

—¡Ño, hay que correr, a las cinco dan el de pie en el campamento!

—¡Ya lo sé!...

—¿Y tú, cómo carajo puedes saber la hora y los minutos exactos si no tienes reloj? —preguntó azorada y jadeante mientras corrían a campo traviesa.

Tierra Fortuna Munda no tuvo tiempo de contestar. Apartó con las manos unos desflecados arbustos y señaló con gesto cómplice a Dánae la ventana que daba justo a la cabecera de su litera. Dánae cruzó la guardarraya a toda velocidad y de un salto desapareció en el interior del albergue.

Tirada encima de la colchoneta, sin quitarse las botas, intentó respirar guardando el ritmo para aliviar los ahogos de la taquicardia. Desde el techo, una rata gigantesca observaba sus movimientos. Evitó que sus pupilas tropezaran con aquellos ojillos amarillentos y maliciosos aplastando su rostro con la almohada. Las chicharras dejaron de chillar, la aurora entibió la brisa.

Querido primer novio:

Hemos llegado a la ciudad y quiero decirte que ya extraño la experiencia tan hermosa e inigualable que he vivido contigo en el campo. A pesar del horrible accidente, de la muerte de... no quiero escribir sobre eso, aún no puedo ni hablar de ello. Detesto mencionar la muerte.

Pues sí, desde que salimos del campamento, hoy a las cinco de la madrugada, no he dejado de pensar ni un instante en ti y en mí. Sé que me costará mucho readaptarme a la ciudad, de nuevo vivir con Gloriosa Paz, mi madre, y la vulgaridad cayendo de plano sobre los recuerdos. ¡Otra vez la escuela! ¡Las aulas, qué horror!

Hice casi todo el viaje con la cabeza fuera de la ventanilla, respirando el aire sano, ese olor indescriptible de la mañana cerca del río. La sabana verde y brillante de rocío. En cuanto entramos en la ciudad me entró un gorrión del tamaño del Capitolio.

¿Volveremos a vernos?

Descendimos en la entrada de la escuela, los camiones habían devuelto las maletas al plantel y allí tuvimos que ir a recogerlas. Yo fui por inercia, pues mi valija con efluvios a papiro y poesía persa te la había dejado. Tuve la sensación de que había olvidado caminar sobre el asfalto, sentía mis pies demasiado ligeros, y la calle parecía una nube. Gloriosa Paz, mi madre, esperaba como cualquier otra madre, pero ya te habrás dado cuenta de que ella es una aspaventosa del cariño. Me dan vergüenza sus papelazos. No me peleó por lo de la maleta, dijo que se enorgullecía de que yo no fuera egoísta, y que todo tiene remedio menos la muerte. Entonces lloró. No soporto que Gloriosa Paz llore a moco tendido. No estaban los padres de... (no menciono su nombre por superstición) y eso me puso muy triste. Tampoco su equipaje, porque también me tomé el atrevimiento de regalártelo.

Andy Cara de Bache me cayó detrás, como siempre, rindiendo. No ignoras que para conocimiento público él es algo así como mi *novio*, el segundo, para embarajar el tiro, y que la gente no descubra nuestra relación secreta. Te juro que es tal como lo digo. El primero en mi corazón eres tú. El segundo, Andy Cara de Bache, es una trampa deliciosa para desviar la atención. Supongo que no sentirás celos. Siempre te advertí que no deseaba ocultarte estas aventuras, el tal Andy Cara de Bache es un muchacho de moda,

197

muy en onda, de buenos sentimientos, y baila un casino mortal, simpaticón; eso sí, de familia un poco chea, fuera de caja, pero ejemplar en cuanto a integridad social. Tú y yo somos una pareja distinta, compleja, debemos guardar secreto porque somos un secreto. Nada más.

Sabes que puedes venir a mi casa cuando lo desees. No puede pasar más tiempo sin que conozcas La Habana, sólo para que confirmes que no hay nada más bello que el Valle de Viñales. Y te arrepientas de haber venido a visitarme, como estoy arrepintiéndome yo ahora de haber vuelto al infierno; debí quedarme contigo. Pero en cuanto seamos mayores de edad y nos gobernemos y yo me mantenga económicamente podremos cambiar esta situación.

Novio querido, sé cuánto estarás sufriendo debido a los abusos de los Responsables, yo también, por ti, por mí, por los tuyos, por todos los problemas que hemos tenido que afrontar, ¡y que esa gente siga campeando por sus respetos es lo que no me explico! Aunque me tranquiliza el presentimiento de que nada les ocurrirá a ustedes, la justicia a la larga siempre vence. Convenceré a mi madre de ir a verte. ¡Tú ven pronto! Un camión de besos. Tu novia.

Transcurrieron varios años y entretanto recibí algunas cartas dirigidas a Tierra Fortuna Munda, mi ahijada, y a su hermano Chivirico Vista Alegre. El cartero pasaba, observaba mi tronco sangrando por las estrías, las cicatrices de los machetazos, y preguntaba a los espíritus:

—No sé por qué me invaden los presentimientos, los muertos me aconsejan que no entregue este sobre en mano, mejor lo dejo a los pies de la ceiba; si está en el camino de la destinataria encontrarla, pues la encontrará.

Y yo, por supuesto, no hice nada para que Tierra recibiera la correspondencia. No hice esfuerzo alguno porque sabía que su remitente no estaba segura si deseaba o no que ella la recibiera. Por el contrario, las epístolas a Chivirico Vista Alegre todas las di en mano, ésas sí, pese a que el cartero se desconcertaba menos a la hora de llevar el correo hasta el batey cuando se trataba de segundas personas, entre ellas, por ejemplo, la de Chivirico, pero con Tierra Fortuna Munda lo invadía la superstición, dudaba y se maldecía jurando que entregar cartas a semejante nombre no traería buena suerte o cambiaría los designios de sus hados.

Pero volviendo a lo que sucedió a la mañana siguiente de aquella escapada del campamento donde Dánae, guiada por la adolescente campesina, se inició en los misterios de la tierra, puesto que lo que sobrevino después está salpicado de tintes trágicos y no quiero desvelar nada antes del final de la historia, aunque ya para nadie será difícil suponer por dónde va la cosa, tampoco deseo regodearme en lo tétrico de la situación. A la mañana siguiente de la huida ocurrió un incidente cómico. Como de costumbre, los dos albergues fueron levantados con las habituales voces de mando, sólo que en esta ocasión el Charolado Director Puga gruñó:

—¡Campamento, atenjó, formen filas!

Los alumnos comprendieron que algo andaba mal, olía bien futete.

Una vez formadas las brigadas, el director Puga encabezó el matutino junto a los demás maestros. Margot Titingó no logró evitar que de sus colmillos colgara un moco verde y rabioso, a Mara la Tísica o la Federica parecía que la cabeza se le iría a abrir por la mitad de tanto que había fruncido el ceño. Puga carraspeó sobre el puño de su mano y en seguida cruzó los brazos a la espalda, no podía dejar tranquila la pierna ni un segundo, la rodilla alterada.

—¿Saben lo que es? —Y señaló a la fachada recién pintada de cal blanca, ahora como con unos brochazos o vetas de color marrón.

No hubo respuesta, las cabezas se movieron en señal negativa.

—Desperté en la madrugada, salí a fumar un cigarro, reparé en esa extraña decoración que había llevado a cabo el pintor. Por iniciativa propia, me dije, puesto que no me ha pedido opinión ni tampoco le di autorización para decorar de manera abstracta la fachada. Fui a buscar al albañil, no sabía ni papa del asunto. Regresé, las manchas estaban frescas, toqué, parecía mierda, olí, olía a mierda, probé, sabía a mierda. ¡Coño, es mierda, como en el cuento! Así que, el que hizo semejante barbaridad dé un paso adelante, de inmediato. Saldrá mejor parado que si por el contrario lo descubrimos por nuestros propios medios.

El Charolado Director Puga esperó la reacción del estudiantado. La inmovilidad de los cuerpos fue sacándolo aún más de sus casillas.

—¡Bien, ya que nadie tiene el suficiente coraje para responder, esperemos el resultado de nuestra encuesta! ¡No tardará! ¡Es más, miren, ahí llega, y hasta puede que con excelentes resultados a juzgar por la sonrisa de Noel el Estorbo!

Noel el Estorbo casi corría, con una mueca de felicidad de oreja a oreja, abanderado con un gajo de cuya punta colgaba un trapo indefinible.

—¡Aquí está la prueba del delito! —se jactó Noel el Estorbo.

El director Puga hizo un gesto de desprecio a aquel flacuchento envidioso:

—¡Acabe de una vez, elemento! ¿Qué fue lo que halló?

—Es un blúmer cagado, director Puga.

El campamento se vino abajo de las carcajadas.

—Deje la gracia, elemento, explíquese de una vez.

—Obedecí sus órdenes, director...

—Y que no sea así para que veas, prosiga.

—Hice requicia de los alrededores del campamento y el único cuerpo extraño que encontré fue éste, un blúmer embolsado de mierda reciente. Pensé que era una bolsita, una especie de tesoro, porque todavía estaba algo llenito con grumos. Cuando revolví el paquete auxiliándome del gajo el mosquerío salió echando y la peste destupió mi nariz, y eso que padezco de corisa crónica... El caso es que se trata de un blúmer, debe de pertenecer a una chiquita de aquí, y los excrementos son exactamente de la misma tonalidad y textura de los brochazos que aparecieron al alba incrustados en las paredes.

—Así que un sabotaje —reflexionó en alta voz Margot Titingó mientras revisaba meticulosa la pieza íntima—. ¡Ah, descubrí una pista, unas letricas! ¡Noel el Estorbo, rápido, enjuágalo, tengo la impresión de que sabremos más temprano que tarde el nombre del autor o de la autora de los hechos!

Noel el Estorbo recurvó asqueado, con la pieza medio blanqueada, pero aún colgando del gajo seco. Leyó por lo bajo el nombre bordado que aparecía junto a uno de los elásticos de las patas del blúmer, se puso lívido de asombro y gozo.

—¡Dánae Bemba de Pato! ¡Ella, la de atrás de Irma la Albina!

Desde hacía rato, Dánae se sabía descubierta, había reconocido la prenda que le pertenecía, pero se había callado en espera de algún milagro. Rezaba:

—Ayúdame, Milagrosa, ayúdame, Milagrosa...

—Venga acá, elementa, así que atentando contra la propiedad social. Dos reportes equivalentes a dos comidas de menos. Después fregará las paredes y pintará el exterior del campamento en horarios extras a su horario normal de trabajo agrícola. Prepárese para un juicio público donde se le manchará la hoja del expediente estudiantil, y con su propia mierda, ja, ja, ja, ja... A ver, mal elementa, confiese con qué intenciones atentó contra la propiedad estatal. —Margot Titingó exageraba. Mara la Tísica y el director Puga observaban asombrados las arrugas encabritadas y la espuma estancada en las comisuras labiales.

—Disculpe, tuve diarreas, no me dio tiempo de llegar a la letrina, quise desaparecer el blúmer y...

—¡Basta, basta! —La maestra-guía abofeteó a la muchacha.

—Deténte, Margot, no es para tanto... —El director Puga Charolado detuvo en el aire la mano colérica dispuesta a descargar otra tanda de galletazos.

—Yo la pondría a llenar cien pomos de hormigas, luego dibujaría un círculo en la tierra, libraría a los bichitos. Ella debería evitar que una sola de esas hormigas huyera del círculo. Si no lo consigue pues entonces la expulsaría del campamento, por supuesto, con la mancha en el expediente. Pero antes le daría ese chance, el de los insectos... —suspiró Mara la Tísica sintiéndose equilibrada.

PARRANDA MORDIENDO LOS BELFOS DEL MANATÍ

¡Al abordaje, lo tuyo es puro aguaje! ¡Al abordaje, lo mío es sin ambages!

Anda, Renata la Física, no te duermas en los laureles, no seas pendejona, vieja, ven por aquí. Es en la última ducha, sí, sí, lo encontraré, hace dos semanas que lo abrí. No jodas, nadie se enterará, a no ser que a ti se te suelte la lengua. Pasa la mano, pásala. Niña, si son dos huecazos grandísimos, claro, tuve que taparlos con baje; no, no fue nada fácil, me serví de masas de pan, boniato hervido, trocitos de yute, amasé dos bolas y les unté goma, luego las introduje... ¡Aquí están, ave María Purísima, mete el dedo, pin, pon, ya están afuera! Ahora uno para ti y otro para mí, y traje la navaja en caso de que tengamos que profundizarlos, quiero decir, excavar todavía más. Claro, no podemos apretar haciendo una pantalla de televisor porque si nos parten no hacemos el cuento, no se nos puede ir la mano. Te advierto, lo principal es tapiar la jaiba, en boca cerrada no entran moscas, cosa de que cuando ellos entren no se den cuenta de que estamos rascabuchando... Chsss, ahí entraron el Momia y Manos Torpes. Abre bien los ojos y cierra el pico. Concéntrate en ese descomunal par de trancas. Estáte tranquila que nadie más que nosotras sabemos de este cine en technicolor, techni-olor y techni-toco. ¡Ja, en vivo y en directo! Oye, mira que los hombres se demoran meando, y esa goteadera que arman, y el fuiquiti fuiquiti de la sacudida y la salpicadera. Tú verás, ahora empiezan por besarse, como cualquier pareja, nada nuevo. Yo no sabía que estos dos lucían su detalle. Es que la vida sin detallón no es vida. ¡Aguántate, chica, qué lengua! Sarazo. Zaraza, zaracita, zarazona. El tolete del Señor Mandril era más verde que un perejil. Mira cómo juegan a las espadas. ¿Ven acá, tú, corazón, no les duelen cuando se aprietan así tan duro aquello que tú sabes y los huevos peludos y sudados? A mí lo que no me gusta de los tipos es precisamente los huevos, esos bultos pellejudos que cuelgan, ahí, como dos bolsas de cuero del medievo, sin monedas de oro. A mí no, qué va, no me agradan ni los huevos ni las nalgas velludas. Aunque, pelos en el pecho sí me encantan, resulta varonil, erotiquísimo, para enroscarlos así... ¡Ay, Santísimo, ya están apareciendo las flemas en las puntas! Niña, enfoca bien, estás más ciega que una jicotea del Renacimiento. ¿Ves ahora? Habla bajito, cuidado no nos oigan. ¡Alabao, el Momia es un tragaespadas, qué barbaridad, y sin resuello! Bueno, tengo que serte sincera, yo, de manera muy espontánea, hice un comentario a un amigo mío del asunto este de los huecos... Porque eso es lo que somos al fin y al cabo, unas mirahuecos... Entonces, ¿qué te estaba diciendo yo que no era mentira? Pues sí, el asere me confesó que cada noche venía a las letrinas a matearse con unos cuantos jebitos, un número indeterminado, alrededor de cientos de ellos. Y nos pusimos de acuerdo para un intercambio amistoso entre agujeros. Me pidió que si podía invitar a una consortica mía: yo, que soy muy precavida, advertí, fíjate, voy a intentar, pero no sé si tenga suerte con mi cúmbila Renata la Física, porque ella es un tin de cortada. ¡No, cariño, qué va, ni soñarlo! ¿Con Venus Podredumbre, con Carmucha Casa de Socorro? Con ninguna de esas chanchulleras. La más atrevida es Renata la Física, y por eso estás aquí, compartiendo mi secreto. No seas boba, sé que te había dicho que sólo tú y yo estábamos al tanto de lo de los huecos, pero ¿qué importancia tiene que seamos tres en vez de dos? En fin, mi cielo, que si no te decides, si no quieres se lo propongo a Dánae Bemba de Pato, para mí que ella sí le mete en la misma costura a este asunto, porque con esa bocaza que se manda y se zumba. Se comenta que anda en trafuqueos con espíritus, con el Patón Antediluviano, el fantasma del albergue. Yo no ando en pajuaterías espiritistas. Ella, por cierto, es muy compinche de los guajiros adefesios, a uno se debe de estar echando, te lo digo yo, Salomé la Sátrapa, acuérdate de que yo me le escapé al diablo. Bueno, ¿lista? Yo te recomiendo, o colocas la boca, o el ano. Yo empiezo la tanda por la boca, luego paso a la segunda fase de máximo peligro. ¡Jamás por delante, la vagina es oro puro, sagrada! Ellos saben que debemos raspar los huecos, iniciemos la labor, arriba, como dos prisioneros que desean comunicar con el exterior, o sencilla y llanamente huir, pero nosotras no, nosotras lo que queremos es quedarnos toda una eternidad con la boca en posición. Psst, psst, ya, muchachos, idolatrías divinas. Pongan las yucas a remojar. Así, chinos. *Quimbombó que resbala pa la yuca seca, quimbombó que resbala pa la yuca seca.* Aaaay, si mi papi supiera lo bien que sobrecumplo la norma. ¡Y tú, no te quedas rezagada, Renata la Física! ¡Para el guasabeo no eres nada majasera! A la que deberíamos traer es a Irma la Albina, ¿te imaginas a esa penca con la boca o el recto metido en un hueco arrebatadita porque le revienten los tímpanos con la cabilla de plomo? No, no, no, no, mi tranca de fábrica de encofrados, no te me licues tan rapidito, ensueño de mármol. Ve más despacio, Renata la Física, excitas demasiado al mío, que es menos contenido que el tuyo. Oye, mamita, tengo un chisme de

Dánae Bemba de Pato y de Andy Cara de Bache, que si aprietan en el platanal, ¡qué cheo está eso de matearse rodeados de futuros chatinos! Sí, hija, pero yo creo que no, que ella se manosea con el Cara de Bache, pero en realidad algún trajín extraño se trae, porque también hay quien afirma que la mosca muerta está enredada con uno de los guachos. El otro día se escapó y fue a bañarse al caserío de los fenómenos, el conuco de los horrores, y comió lechón asado en hojas de guayaba, regresó a las tantas de la madrugada, ¡de lo más lijosa! Y con tremenda cara de felicidad, dándole celos a una con los chicharrones de puerco. Sí, ocurrió el domingo pasado, después que terminó la visita y la madre se marchó, ella logró escapar hacia el bajareque de los guajiros. Espera, cariño, mudemos la posición, tengo la quijada entumida. Y cambiando también de tema, no sé quién fue quien me contó que vio un manatí. Así no, a capela no, no seas come raspa, cariño. ¿No me digas que no es sensacional? Aprende conmigo, debes abrir las nalgas con los dedos, pero antes escupes en la palma de la mano, un gargajo bien grande, mira, mete pa tonga de saliva. Duele al principio. Bueno, duele en todo momento. Ya me acuerdo quién se puso a barajar lo de la bola del manatí. Fermín, el que regaba por ahí que yo estaba puestísima para su cartón, qué equivocado, mi vida. ¡Niña, ese mismo, el Fañoso, que se manda una clase de anónimos! ¡Ay, me encanta el salvajismo del campo! ¿Tú sabes lo que es afirmar así, jurar por su madre que había visto un manatí de este tamaño? ¡Ése está más tostado que un pan con mantequilla! ¿Aproxímate, tú, tesoro, los manatíes no estaban extinguidos? ¡Suábana, ya se vino! ¿Y el vecino qué, también se vació en tus intestinos? Bueno, ¿y ahora nosotras?

¡Al abordaje, lo tuyo es puro aguaje, al abordaje, lo mío es sin ambages!

Cuidado, el suelo está lleno de gusanos, de tenias, de lombrices solitarias, de golpe me entraron ganas de cagar un mojón con púas del tamaño del Capitolio, una suerte de zepelín que hinca horriblemente los pliegues del ano. Ja, ja, jo, ji, jo, ji, ja, qué cómico, decir *ano*, qué fino suena después de que nos han dado una cogida de fambeco digna de la película *La mujer inodoro*. Cuentan que se trata de un filme porno, ése no es su verdadero título, pero nadie se acuerda del original, imagínate, como trata sobre una mujer que está a tiempo completo con las patas al aire y la chocha abierta en espera de que pasen cientos de tipos y tipas haciendo con la puta cualquier cosa y echando cualquier cantidad de leche, meados, mierdas, cerillas, mocos, gargajos de compoticas, sangre podrida de menstruación, hasta cotes usados, postillas, lo más cochino que puedas imaginar, pues por esa razón la gente la llama así: *The woman lavatory*. Renata la Física, ¿me acompañas a la letrina? No me agrada dar de cuerpo sola de noche. Verdad es que la hicimos redonda, nos salió que ni en un hotel cinco estrellas. Mientras las demás idiotas se acicalan para una actividad cultural, nosotras en pleno apogeo y orgía arquitectónica. Aguántame la cortina, mi vida, asunto de no sentirme abandonada. ¡Qué peste a muerto, cojones! Voy a intentar hablar menos para que la emperrada fetidez no me entre por la boca. No te vayas, Renata la Física, las lombrices están hambrientas, revueltas en ansiedad, aquí hay mierda borboteando desde hace medio siglo. No te alejes ni un milímetro, mi amiga, observa los ojos de los gusanos, yo diría vampiritos, sus lengüitas relamiéndose. Ay, y lo resbalosos de fango que están los bordes del hueco. ¡Aaaay, un derrumbe, me caigo, me hundo, Renata la Física, no sueltes mi mano, aaaaahhh! ¡Me ahogo! Glu, glu, glu, glu, glu...

Emergí presuroso del río, pese a que la ceiba vaticinaba que nada malo sucedería. Aún faltaba para lo peor, me atacaba el dolor en el pecho, la punzada del espasmo. Chorreaba musgos, constelaciones, jaibas y polimitas que se adhirieron a mi piel al pasar junto a un pequeño cafetal. El trayecto no me pareció largo como otras veces durante la noche. La música atraía con mayor fuerza en la medida en que iba aproximándome al campamento. Apenas podía respirar. No sólo porque para un manatí resulta casi imposible respirar fuera del agua (pero yo soy un manatí hechizado y protegido por la ceiba, la palma real y los espíritus que viven en el interior de sus troncos), sino además porque la excitación de posible diversión me cortaba el aliento. Fue la noche de los ciento veintiún mil suspiros.

¡Al abordaje, lo tuyo es puro aguaje!

A estas alturas, la ceiba, la palma real, el catey, la lechuza, la jutía conga, entre varios animales de la manigua andábamos al corriente de cada una de las historias personales de los integrantes de las brigadas. Sabíamos que nada bueno se nos venía encima, pero la ceiba, nuestra madre, siempre ha sido partidaria de que uno debe dejar que la vida dicte y disponga sus enigmas, cualquier brusca intervención de nuestra parte podría empeorar la situación. Por esa razón decidimos acechar. Participar quizá, pero lo mínimo. Temíamos, sobre todo, por Tierra Fortuna Munda, la niña iluminada por los misterios del monte, pero nos dijimos que el destino no sería tan drástico con ella, y que, por supuesto, su madrina, la ceiba, haría lo impredecible para que sufriera menos que nadie.

Oí burlas a pocos metros. Carcajadas brutales. Detrás de la risa viene el llanto, pensé. La ceiba sabe que puedo ser muy pesimista y para colmo expresarlo. Es aparatoso para un cetáceo trasladarse por la tierra, mi cuerpo cada vez se asemeja más al de una chiquilla, o una enana. Poseo unas abultaciones en el pecho que bien podrían denominarse senos, aunque sin llegar a culminar en pezones, mi cola todavía no ha llegado a perfeccionar sus puntas imitando los audaces y puntiagudos pies de las bailarinas clásicas; sin embargo no corría, volaba. Tan profundo era mi deseo de observar lo que sucedería aquella noche, y quien quitaba que apagando las luces del comedor y siendo los bailadores numerosos podía inclusive confundirme entre ellos y recholatear remeneando mi anfibio esqueleto.

Del lado de las letrinas se divulgaban cuchicheos malsanos. Tengo el oído afinado; acto seguido sentí un estruendo mezclado con un griterío alarmante, entonces me desvié hacia el sitio donde una voz femenina reclamaba ayuda:

—¡Socorro, auxilio, Salomé la Sátrapa cayó en el hueco de la letrina y se está ahogando en caca, socorro!

Si no hubiera andado yo de manatí mariposón por los alrededores, Salomé la Sátrapa no hubiera podido hacer el cuento, porque con el alboroto que se traían en el comedor nadie hubiera sido capaz de escuchar los alaridos de terror de Renata la Física para que acudieran a rescatar a su amiga sumergida en el mojonal.

El hueco estaba taponado por una marea de lombrices amarillas del gordo de un dedo, confundidas con los excrementos, y en el centro pude divisar los globos provocados por la desesperación de la muchacha al intentar respirar ahogada en las heces fecales. Soy sumamente escrupuloso, y no soportaba a Salomé la Sátrapa, pero no tenía otro remedio que salvarla, y como soy un manatí muy especial, agraciado por los dioses, puedo, además de nadar, volar, caminar y correr a gran velocidad (como he demostrado). Entré como Juan que se mata en el local de las letrinas y me topé con aquel espectáculo horrendo y maloliente. Renata la Física trataba de rescatar a su compañera con una vara de tender la ropa, hundiéndola por donde había desaparecido la Sátrapa. Entonces hice de tripas corazón y me lancé de cabeza, mi güiro golpeó el cráneo de Salomé; enroscándome en su cuerpo tiré de ella hacia la superficie. Emergimos ambos de un golpe (un manatí heroico), empanizados en diarreas rancias, lodo, gusanos y toda serie de virus y puercadas. Salomé la Sátrapa estaba casi ahogada. De un empujón la lancé dentro de una de las duchas. Renata la Física no daba crédito a sus ojos con mi presencia, sin embargo terminó por desmayarse. Abrí el grifo y el chorro dibujó un sinfín de aros descubriendo la piel arañada de la accidentada. Mi respiración boca a boca hizo que volviera en sí. Luego tuve que reanimar a la desvanecida salpicándola con agua helada. Cuando Salomé la Sátrapa abrió los ojos y sus pupilas se toparon conmigo, un manatí, por nada vuelve a hundirse en el hueco de la letrina.

—No puedo creerlo, Renata la Física, es el manatí... —musitó con los labios estirados.

—Pues sí, te salvó, yo no sola podía... —pestañeó la Física como una idiota.

Comprobé que estaba fuera de peligro, dediqué unos minutos a tomar una ducha y a acicalar mi presencia lo mejor que pude con florecillas salvajes tejidas alrededor de mi cuello y de mi cintura. Al rato escapé volando, perdiéndome en la atmósfera tibia, hacia el sitio donde repiqueteaban tambores. Flotaba la serenidad de la flauta, la cadencia de un tres, la elegancia de los violines, la voluptuosidad de las maracas y del guayo.

El comedor estaba repleto, ni un gato había quedado

en las literas. Conseguí esconderme detrás de una tina de leche hervida para espiar con mayor desenvoltura. Esa noche era la gran fiesta, con artistas invitados venidos de un campamento próximo. El director Puga, el que la ceiba llamaba el Charolado, anunció que estos artistas habían decidido de manera voluntaria y gratuita aportar sus conocimientos y su arte a los campesinos y trabajadores, voluntarios también, en las tareas agrícolas. En seguida nos informaron de que eran escritores, actores de teatro y cine, músicos y cantantes, que abandonaron la ciudad, sus cómodos hogares, sus familias, para sumarse al esfuerzo colectivo. Con gran empeño y entusiasmo estaban dispuestos a brindar lo mejor de ellos, su arte. Eso contó el director Puga, y todos creyeron, hasta yo, un manatí inmortal gracias a la magia y la amistad de una ceiba y de una palma real. Hasta yo, un manatí testigo de tantos y tantos cuentos bonitos que terminaron feos.

Aun enardecidos, las ninfas y efebos cenaban. En comparación a las veces anteriores, la cena era relativamente de lujo. Esa noche tocaba boniato hervido, harina sin lavar, por tanto bastante gris, algunas hilachas de carne enlatada. La cantidad de latas era reducida con relación al número de comensales y las cocineras debían convertirse en una suerte de Cristas para multiplicar, no panes y peces, sino tendones grasientos del Báltico. En esta ocasión había que sumar a los artistas invitados que brindarían su genialidad creativa, pero también a pegar la gorra. El camión del pan no había aparecido en todo el día, el boniato verdoso lo sustituía. Como no habían conseguido lo que los jefes llamaban refresco de cola, y los alumnos líquido de freno, inventaron entonces uno de fresa; por el color y el sabor parecía Rojo Aseptil, la medicina para la amigdalitis, o Timerosal, el antiséptico para las postillas. El postre se com-

211

ponía de dulce de tomate requemado acompañado de una jalea espesa y difícil de tragar.

La noche se tumbó fresca sobre el campo, un grupo de artistas que terminaron de cenar temprano comenzaron a improvisar con los tambores.

Madre, te escribo esta carta
pa que sepas lo triste que estoy,
en esta celda tan humilde y tan sola
donde lloran los hombres por amor.
Yo no lloro por pura cobardía,
pues un hombre no debe llorar.
Sólo lloro por ti, madre mía,
que en la casa solita has de estar.
En un instante de aquella mañana,
a mi casa borracho yo llegué,
vi a mi padre abusando de mi madre
y un puñal en el pecho le clavé...
Hijo mío, considera, que tu abuela es madre mía.
Papi, cuando tú eras grande te casaste con la mía.
Yo no tengo padre, yo no tengo madre,
yo no tengo a nadie que me quiera a mí.
Mami, no llores, guarda tus lágrimas.
Mami, no llores y ponte ajustadores.
Yo no creo en negro guapo,
ni que meta puñalá,
porque la sangre de los guapos
me la bebo a cuchará.
Migdalia, no seas mala,
préstame tu novio hasta mañana.
Pancha, no seas mala,
llévame contigo pa La Habana...
Ayer yo visité la cárcel del Sing-Sing...

Arreció la resonancia almibarada de los batás hasta quedar extenuados. Al rato uno de los sandungueros tuvo la ocurrencia de conectar al aparato de radio del campamento a las bocinas que el director Puga había prestado. La voz de trasnochador romántico de Pastor Felipe, el célebre locutor de piel canela y ojos de guarapo esmeralda, reanudó la descarga inundando los oídos de su célebre pronunciamiento meloso: *NOOOCTURNOOO*. El programa musical del cañonazo de las nueve, el más escuchado, inició su transmisión con una balada melancólica del dúo Juan y Júnior.

Dánae fue de las últimas en apertrecharse de la bandeja; se dirigió a una de las mesas de cemento estudiando escéptica la comida. Enma la Amenaza le hizo un espacio entre ella e Irma la Albina; enfrente, del otro lado de la ancha mesa, un hombre de cuarenta y pico de años raspaba la bandeja con una cuchara de aluminio, inmensa y jorobada por el cabo.

—No me gusta el boniato —dijo Dánae empujando la bandeja, y el hombre se puso en guardia; hambriento devoraba con los ojos la comida que en apariencia no iría a ser tocada.

—Sigue sin comer que vas a coger tremenda tuberculosis. —Enma la Amenaza volvió a colocar la bandeja delante de la muchacha.

—Estáte quieta, aprovecho y me embuto de comida los fines de semana, ya habrás visto lo exagerada que es mi mamá.

—Sí, por eso mismo coges las cagaleras que coges, y ni hablar de los caldos, unos peazos con peste a huevo clueco que no hay quien se los meta. Peor que Venus Podredumbre —se burló Carmucha Casa de Socorro—. Me has acabado con las reservas de kaoenterín y gotas antiespasmódicas.

—No soy la única. La madre de Venus Podredumbre también viene cargada de chaúcha.

—¿Y por qué crees que le hemos puesto el nombrete de la Podredumbre, porque defeca jazmines? —rezongó Migdalia Pestañas Postizas.

Brígida la Imperfecta conversaba animadamente en la mesa de los profesores y jefes de brigadas. A las hembras y a los artistas les había tocado cenar antes que los varones, quienes esperaban impacientes; muertos de hambre bajo el sereno comenzaron a tocar con las cucharas en los jarros. Alicia Lenguaje llevaba días en la enfermería, intoxicada con un pescado ciguato.

—¡Apúrense, señoritas, que los caballeritos se desmayan de inanición! —ordenó el director Puga, dando tres palmadas en señal de que había que atragantarse.

—¿Y eso qué quiere decir? —inquirió Dánae Bemba de Pato masticando con desgano.

—¿El qué? —respondió socrática Pancha Pata de Plancha, bajeándole con la vista y las comisuras de los labios aguadas el boniato intacto.

—La última palabrita que dijo, ¿ina... cuánto?

—I-na-ni-ción, chica, es algo así como desnutrición —respondió orgullosa Enma la Amenaza.

El cuarentaypicón escuchaba divertido, pero siempre apuntando para el boniato reseco.

—Ahora que me fijo, hace rato que no veo a Salomé la Sátrapa y a Renata la Física. Tampoco a Irma la Albina —reparó Pancha Pata de Plancha para añadir al instante —: ¿Te comes o no te comes el boniato?

Dánae negó con la cabeza, pero ya se había percatado del interés por el tubérculo de parte del hombre sentado frente a ella, y contestó a Pancha Pata de Plancha con la mirada clavada en su vecino:

—Irma la Albina amamanta a los ratones, se le tostaron las neuronas. En cuanto a la Sátrapa y la Física, a estas horas deben de estar siendo amamantadas por unas cabuyas de este tamaño... —Con las manos hizo gesto de enormes sexos masculinos.

Estallaron las risotadas, se formó el bayú, todas se lanzaron a la bandeja de Dánae para pescar el boniato. Enma la Amenaza fue quien se apoderó de la vianda, pero lo soltó de un tortazo que recibió de Pata de Plancha. Dánae lo atrapó al vuelo, de *flay*, y se mandó a correr alrededor de la extensa mesa, dio la vuelta en redondo y regresó al mismo sitio pero del lado contrario, es decir, justo donde se encontraba el hombre. Aprovechó y se acomodó a su lado, utilizándolo de parapeto entre sus perseguidoras y ella. El hombre se sintió incómodo, removió el fondillo en el duro banco de cemento. Dánae colocó el boniato en la bandeja del vecino. Hizo un gesto que ni él mismo se creyó, como de no aceptarlo.

—No, no, no, jamás de la vida...

Las muchachas se alejaron a carcajadas tronitosas. Mara la Tísica y Margot Titingó reclamaron disciplina; sin embargo regresaron a la amena conversación con dos bailarines negros y musculosos, cual dos estatuas de ébano macizo de las cabezas rapadas. Yo, como buen manatí discreto, continuaba acurrucado detrás de la tina de la leche, con los tímpanos aguzados a lo máximo y espiando por un borde del recipiente.

Dánae Bemba de Pato insistió y el hombre por fin pinchó el tubérculo con el tenedor; ella observó que apenas masticaba, tragaba con desesperación de quien piensa que le arrebatarán el bocado de la boca, por esa razón se atoró, tosió, se puso rojo como uno de los tomates azucarados del postre. Dánae brindó su jarro con guachipupa para que acabara de destrabar el bocado que se le había ido por el camino viejo. Él agradeció, se volteó hacia ella y sonrió, lo cual facilitó que la muchacha desatara su curiosidad.

—¿Usted es... cantante? —dudó la joven.

—Qué va, dramaturgo es lo que soy, o fui, ya no sé...

—Pero lo que necesitamos aquí es música, vaya, gente que sepa cantar... Para bailar y divertirnos...

—¡Ah, con mi obra se divertirán de lo lindo! ¡Es una historia de adolescentes, ya verás, algo parecidos a ustedes!...

—No nos habían dicho que vendrían actores de teatro y de cine, ¡¿al campo?! ¡Dios los ampare con Dios los favorezca!

—A nosotros tampoco, ejem, bueno, ya lo sospechábamos... sí, algo intuíamos... —ironizó el hombre—. ¿Cómo te llamas?

—Dánae, pero me dicen Dánae Bemba de Pato, por la boca grande...

—*Dánae teje el tiempo dorado por el Nilo...*

—¡Conoce el poema!

—Y al poeta.

—Mi abuela también lo conoció, pero nunca quiso presentármelo. Yo lo vi muchas veces por casualidad, alguna que otra tarde pasaba por debajo del balcón de mi casa, y me burlaba de él, de su gordura. No supe que era la misma persona hasta mucho tiempo después, cuando vi una foto. Mi abuela fue amiga de la señora que le cocinaba al poeta. Dice que no se le puede molestar. Sabe, mi abuela ya murió, de cáncer en los riñones, también de una pelota negra trabada en la garganta. Cuenta Nelly, la sirvienta, que el sabio escribe todo el día, balanceándose en un sillón de respaldar de mimbre, apoyado en una tabla que coloca de brazo a brazo del mueble. ¿Es cierto?

El hombre asintió con el rostro resplandeciente por la sorpresa de haber hallado en aquel campamento descuajeringado y decadente a una admiradora del poeta.

—Encantado —tendió la mano deseando estrechar la de ella—, mi nombre ahora es Ruperto, antes me llamaba de otra manera, pero me aburrí de mi nombre, soy yo y a la vez la reencarnación de un dramaturgo que falleció hace siglos. Mil gracias por el boniato. Estaba partido por la mitad, herido del alma y de sombras como cantaban los Zafiros, cruzado, rajado, vaya, en varias palabras. Nos vemos dentro de un rato, ahora friego la bandeja, me lavo los dientes y regreso para el espectáculo. Abur, preciosa.

Sin duda el hombre hablaba diferente a todos los hombres que ella había conocido. Rescató la bandeja, los restos habían sido devorados por sus compañeras. Siguió al desconocido hacia los fregaderos, pero él se había adelantado bastante y lo perdió de vista en la penumbra de los escasos bombillos pestañeantes. En el trayecto tropezó con Andy Cara de Bache.

—Oye, Cuacuá, Bemba de Pato, la enfermería está llenísima, allá ingresaron a Renata la Física y a Salomé la Sátrapa, medio muertas de miedo, con asma, una de ellas destila gusanos hasta por los codos, se fue de boca contra la letrina, por nada se la jaman las lombrices. Dicen que si no fuera por un manatí, el cual apareció en una onda medio misteriosa ahí, y se zambulló y la salvó, no estaría haciendo el cuento, nadie le cree mucho el chiste, pero como está la otra de testigo... Dicen además que anoche el Patón rondó de nuevo por las literas de ustedes, ¿es verdad?

Dánae Bemba de Pato se encogió de hombros y siguió con rumbo fijo hacia los fregaderos. Él no se dejó amilanar por la indiferencia demostrada.

—Fíltrale al asunto, bicha...

—Te he dicho que no me llames bicha, no te equivoques, no soy de esas que acostumbras a manosear. —Reviró los ojos detenida en seco.

—¿Por qué no nos vemos mañana en el platanal? ¿Cuándo me darás el sí? A ti te encanta comerte el pan con bistec que te regala mi mamá los domingos, entonces sí que te pones muy melosa conmigo, los demás días te metamorfoseas en un maldito erizo, coño, que ni Kafka, el de la cucaracha, te gana.

—Escucha bien lo que voy a decir, ya te advertí que me gustas, probablemente nos hagamos novios, pero no te pongas majadero ni me rindas porque eso es lo peor que puedes hacer, no soporto a las babosas, y tú te estás transformando en una, a ver quién es más kafkiano aquí...

—¿Entonces puedo abrigar esperanzas, hacerme cráneo para mañana en el platanal?

—Sí, chino, claro que sí, cómo no. La contraseña será: *Dánae teje el tiempo dorado por el Nilo*. No la olvides. —Continuó mientras pensaba divertida que podía esperar sentado, bien comodito, con cojines debajo del fambeco para evitar hemorroides.

O, quién sabía, a lo mejor ella se embullaba e iba al platanal.

—¿*Dánae*, cuánto...?

Le gustaba, era cierto que Andy Cara de Bache le gustaba, era cómico, y a ella le fascinaba que la hicieran reír, pero su corazón se partía por otra persona. Aunque dudaba, era hora de echarse un novio, de llegar a La Habana alardeando de que se había empatado con mazamba en el campo, de que había acabado con la quinta y con los mangos. Necesitaba un novio, un chiquito para apretar en los cines, darse unos besos de lengua a la salida de la escuela para hacer rabiar de envidia a sus amigas, uno que la defendiera frente a los pandilleros del parque Cristo, quienes habían comenzado por levantarle la saya al regreso de la secundaria y hacía poco le habían hincado el cuello con una navaja, nada más que por quitarle un frozzen que ella venía lamiendo con tronco de gula y de lujuria. Lamentó bastante perder el helado, la cola del frozzen daba la vuelta a la manzana de Gómez cuatro veces por lo menos, pero más lamentaba perder la vida y entregó la preciada chuchería en menos de lo que canta un gallo.

El cantar del gallo, cuánto extrañaría, una vez en la ciudad, la alborada con el cantar del gallo. ¡Oggundaddié! ¡Quiquiriquí, arroz con maíz! De la ciudad se acordaba muy poco, casi nada. Sólo los domingos cuando Gloriosa Paz, su madre, venía a visitarla, como todos los padres, la arreciaban los recuerdos de la urbe, ubicados adrede en un sitio bien remoto de su cerebro. Pero Gloriosa Paz, su madre, poseía una característica muy peculiar que la diferenciaba de los otros padres. Abordaba el campamento primero que ningún pariente. Era una madrugadora cabecidura. Antes de las cuatro de la mañana ya estaba parqueada frente al albergue, junto a la ceiba y recostada al tronco. Parecía una ave de mal agüero, una aura tiñosa con aquel *macferlán más prieto que el alma de quien los mandó a ustedes para acá*, ella misma lo decía, *parezco una cabrona aura tiñosa con este abrigo, pero a la hora que yo salgo de la casa me cago de frío, el transporte está muy malo, he tenido que hacer como seis transferencias de guaguas para llegar aquí.* Andaba acorazada como para una guerra, alrededor de diez prendas de ropa cubrían su cuerpo de friolenta viciosa. El arsenal contaba con varios reverberos, cosa de poder prestar fuego y cocina cuando otros familiares menos precavidos se los pidieran, además de las respectivas botellas de queroseno u alcohol. La espalda se le había encorvado y según ella la columna vertebral se le había puesto hecha una S, toda retorcida, por culpa de tener que cargar los dos sacos de comida y útiles que ella rapiñaba para satisfacer las necesidades de su niña y de medio campamento. Filetes de caguama que a Dánae le daban tremendo asco nada más olerlos, flautas de pan que Dánae devoraba en pocas horas, huevos hervidos que desaparecían por su boca en cantidades inusitadas, decenas de pizzas que Dánae guardaba en latas de galletas vacías, luego de haberse zampado dos o tres y de haber repartido entre los demás compañeros, contando a los profesores, con quienes la madre se compadecía profundamente pues a ellos nadie los iba a ver. También aportaba papitas fritas o chicharritas de plátano protegidas en papel de cartucho, arroz amarillo con pescado o con pollo, dependía de lo que podía robar Gervasio en el restaurante donde trabajaba, galleticas de soda, de sal y de María, pastelitos de carne rusa y de guayaba, croquetas Soyuz 15, las que se pegaban en el cielo de la boca, compradas luego de setenta y ocho horas de cola en la cafetería de la manzana de Gómez, veinte barras de gaceñiga, diez cajas de esponrús, alrededor de cincuenta queques. Africanas, peteres de chocolate, quesito crema, para estas tres golosinas se mandaba colas de nueve horas en el parque Lenin. Termos de frozzen, termos de guachipupa, el refresco del Tencén de la calle Galiano, bocaditos de pasta rosada del Tencén de Obispo, ensalada del de Monte. Termos de café. Mojones de Perico de la calle Obispo. Quince latas de leche condensada, unas hechas fanguito, es decir, cocinadas al baño de María. Otras puras. Termos de té. Sorbetes de fresa, vainilla, y limón. Termos de yogur. Panes de gloria de la panadería junto al Castillo Farnés. Aspirinas, dipironas, cotes, jabón de baño, jabón de lavar, fab, es decir, detergente, champú, la mitad de un pomo, para que no gastara demasiado, una muda de ropa de trabajo limpia y planchada. Corrían tiempos mejores, no tan mejores, pero no tan peores. ¡Ah, la eterna obsesión de la comida y de los objetos de primera necesidad! Comer y tener.

220

Alimentos y cosas. Sólo aquel que ha pasado hambre y el que ha carecido de lo esencial para vivir puede entender este fenómeno del acaparamiento, del desespero por comer que no es gula, ya que en la gula hay paladar, apetito controlado en exceso, enamoramiento con los alimentos. Sólo aquel que no ha poseído nada, que ha sobrevivido con lo mínimo, podrá comprender la agonía por tener que tampoco es la avaricia que rompe el saco, sino enfermedad. Enfermedad que va corroyendo segundo a segundo, año tras año, el sistema de inmunología, hasta transformar al ser humano, o ente cubano, en carroña inerte de cuerpo y de pensamiento. En tacho de basura.

Daba vergüenza y pena observar a esa mujer como una muñecona congelada, o un espantapájaros, a tan temprana hora de la madrugada. El campamento entero se burlaba de la madre de Dánae Bemba de Pato.

—Tu mamá está medio quimbá del coco, merodea por ahí desde hace horas, canturreando esa melodía en inglés, *may uey*. O *my way*, como se diga. ¡Vaya tarada! —Con estas palabras la despertaba Enma la Amenaza cada domingo.

No la soportaba, no podía con ella, Dánae se sentía bastante mortificada con la actitud de Gloriosa Paz, su madre. A ella le fascinaba dormir hasta el mediodía, el último día de la semana era cuando podía hacerlo, y era entonces cuando a la embarretinadora Gloriosa Paz se le antojaba madrugar. Dánae Bemba de Pato se hallaba en el momento en que los adolescentes sueñan con asesinar a los padres.

—Hija, no te pongas brava conmigo, es que si me duermo en los laureles no alcanzo guagua.

Ella no aguantaba que la fuera a visitar. No quería siquiera recordar que algún día debía regresar a la ciudad. Su madre era la evidencia de que un sitio tan horrible como la ciudad existía. Todo en ella olía a asfalto pegajoso, a salitre contaminado de humo de barcos o de fábricas, a brea de muelle, a aceite rancio, a leche cortada, a aserrín, a cagarrutas y orín de gato... ¡Qué sabía ella! Dánae no deseaba que Gloriosa Paz fuera a verla los domingos, al mismo tiempo no podía renunciar a los alimentos, a los productos que ella le proporcionaba. Durante todo el día, Gloriosa Paz, junto a otras madres, lavaban en los fregaderos la ropa sucia acumulada a lo largo de la semana. Esto era un alivio, las ininterrumpidas horas de trabajo apenas les dejaban un respiro a los adolescentes ni para dormir.

—Aquí falta un blúmer.

—Ni te ocupes, tuve que botarlo, me pusieron un reporte por tu culpa. Me cagué en los pantalones y fui descubierta por tu gracia de bordar mi nombre en cada prenda de ropa.

—Si no lo hubiera hecho ya te habrían despojado de todo.

Hacía un sol anaranjado, los campos estaban coloreados de un dorado sepia, y la madre no paraba de paliquear. Las familias se reunían aisladas unas de las otras, cosa de no compartir los alimentos. Allá, junto a un Dodge del 54, los padres de Andy Cara de Bache jactaban pan con lechón y cebolla. El padre había trocado el lechón a unos guajiros por jabones Batey. A pocos metros, la madre y la hermana pequeña de Irma la Albina se empinaban sendos jarros de batido de mamey. Enma la Amenaza peleaba por una mala jugada que el hermano menor había cometido en un dominó compartido con sus tíos. De los altavoces comenzaron a emanar toda suerte de idiomas dichos al revés.

Gloriosa Paz, la madre de Dánae, parecía una locomotora a todo pitar preguntando idioteces y quejándose, que si la veía demasiado flaca; era cierto; había adelgazado veinte libras en pocos días; que si el sol había resecado su piel nacarada llenándola de estrías iguales a las de la corteza de la ceiba; que traía un cepillo de lavar para restregarle las uñas, que las plantas de los pies se podían comparar con suelas de cuero, de una callosidad amarillenta; que el pelo chamuscado daba grima de horquetillas... Pero lo que más la inquietaba era esa mirada vaga, e incluso esquiva, el perenne cansancio en el rostro, las ojeras entre malvas y verdosas.

Los altavoces continuaban arengando en checo a la inversa.

—¿No quieres regresar? Puedo conseguir un certificado con un médico amigo mío. A Mario el Tierno se lo llevó el padre de esa manera, y a otra niña de Río Verde también...

—¿Y no te enteraste además de que Mario el Tierno tuvo que admitir el bochorno más grande de su vida? Le gritaron de todo, maricón, rajado, y le llenaron la cama de sapos toros, le partieron la cabeza a pedradas, y es muy probable que lo boten de la escuela. En caso de que no puedan expulsarlo pierde el derecho a la universidad. Aunque sea, que lo es, un filtro en todo, primer expediente...

—La vida es más importante que eso que me estás contando, es imprescindible que cada minuto de tu existencia te sientas honesta contigo misma. ¿Es verdad que uno de este campamento se envolvió el brazo en una toalla mojada y él mismo se lo fracturó contra un hierro sólo para poder salir de pase, y que otro se sacó una muela sana? No deseo eso para ti.

—Estoy en perfecto estado, mamá, no te metas en lo que no te importa. —La hija se levantó de la raíz del árbol donde estaba sentada y dejó a la mujer en su soliloquio. Hizo lo que hacía cada domingo luego de almorzar, ir a dormir la siesta—. Avísame cuando te vayas. Estoy en el albergue. No puedo contigo.

—Niña, cómo te has puesto de cascarrabias.

Ahora las bocinas habían trastocado el checo por el húngaro, siempre de atrás hacia adelante.

Había cambiado, ella lo sentía, la duda no dejaba de mortificarla. ¿De qué lado estaban los buenos, de qué lado los malos? ¿Su madre era mala o eran los profesores? ¿Los Responsables o los guajiros? ¿A quién correspondía la verdad? Optó por dejarse llevar, por actuar con intuición. Tierra Fortuna Munda era su amiga, con ella había aprendido la belleza de los árboles. Comprendía que los adultos mentían, unos más que otros. Ella no. Tierra era sincera. Prefirió comportarse de acuerdo a como lo hacían los demás con respecto a su persona.

Las bocinas parloteaban en el abecedario de Cirilo y Metodio, de fin a principio.

Regresó al comedor con un peso extraño en los pies que no era el mazacote de fango, una lentitud fuera de lo común. El espectáculo había comenzado, la obra de teatro. Se colocó al final, sentada en el suelo junto a los demás artistas invitados que esperaban su turno para entretener a los estudiantes.

LALO: *¿Otra vez el miedo? En el mundo, esto métetelo en esa cabeza de chorlito que tienes, si quieres vivir tendrás que hacer muchas cosas, y entre ellas olvidar que existe el miedo.*
CUCA: *¡Como si eso fuera tan fácil! Una cosa es decir y otra vivir.*

No se escuchaba ni la melodía de los ramajes mecidos por la brisa, las ranas habían renunciado al croar incesante, los pájaros posados en el alero del techo de zinc observaban intrigados todo movimiento. La noche y la naturaleza se habían transformado en un escenario gigante, cada partícula de ellas correspondía a esa escenografía específica y parecía que las respiraciones formaban parte del texto de la obra. Todos ansiábamos el desenlace de aquellos adolescentes que habían asesinado a sus padres, porque de eso se trataba. Dánae buscó con la mirada al dramaturgo, el hombre al que ella había cedido su boniato. No lo halló.

Anunciaron el entreacto. Recorrió con la vista los sitios en penumbra del comedor; así fue como descubrió mi presencia, un manatí entripado en sudor, medio escondido detrás de una tina de leche. Restregó sus párpados para cerciorarse de que no soñaba. Le hice un gesto de simpatía para que comprendiera que el hombre se encontraba afuera, fumando y contemplando las estrellas. Y para que creyera en mi existencia. A gatas salió al exterior, se irguió y alcanzó al escritor.

¡Alabao, creo que vi al manatí! Oh, estoy viendo visiones. ¿Y usted? Debe de estar aburrido de su obra.

—No, pero me da miedo. Acabo de recibir la noticia de que ha fallecido un gran amigo, un hombre extraordinario, y no puedo hacer nada, estoy preso y no lo estoy. Dicen que mi lugar es éste y no otro... No digas nada, no te sientas obligada a comentar nada. ¡Ah, la ilusión del manatí!

—Conozco la muerte, mi abuela murió hace poco.

—Tengo cuarenta y cinco años, y empiezo a sentir que la vida es esto... —Claqueó su dedo gordo con el índice—. Ya miro a los ancianos con otros ojos. Pronto seré viejo.

—No se ponga así, a todos nos gusta mucho lo que escribe. Esa obra... ¿Vio cuán atentos estábamos? Nunca he visto a este campamento tan disciplinado. ¡Y ese silencio abrumador! ¿No se siente impresionado?

—Halagado, sí, más bien choqueado... Sería agradable

que no te olvidaras de mí. Resulta lindo dejar una huella en alguien, y que ese alguien lo recuerde a uno con un poco de cariño y de admiración. Cuando llegues a la edad que tengo hoy seré bastante mayor, si es que estoy todavía montado en este carro.

—Lo estará, usted es de los eternos. Y ahora voy echando, empieza el segundo acto... ¡Eh, a lo mejor soy yo quien no llega a su edad! Es la vida, ¿no?

Bemba de Pato regresó a su puesto, no sin antes escudriñar entre las sombras de los matorrales aledaños. Tierra Fortuna Munda la había convidado una vez más a las cabalgatas de madrugada. El autor teatral se paseó por el exterior, junto a los laterales del comedor, entró de manera subrepticia por la puerta de la cocina. Tumbado en el piso, a mi lado, estiró un brazo y su mano rozó mi piel de manatí insaciable.

—Tengo sed —susurró también—, deja que beba en tus labios.

Inclinado encima de él, mi boca sació la avidez de su mordida.

CUCA (Como un policía):   *¿Mataste a alguien?*

BEBA (Como otro policía):   *Entonces ¿por qué hay tanta sangre?*

CUCA (Como un policía):   *¿Vives con tus padres?*

BEBA (Como otro policía):   *¿Tienes algún hermano o hermana? Contesta.*

CUCA (Como un policía):   *Te los llevaste en la golilla, ¿verdad? Responde, que te conviene.*

LALO (Muy vagamente):   *No sé.*

Al culminar la obra nadie chistó, rompieron los aplausos tímidamente de parte de los artistas, luego siguieron los

jóvenes, los profesores apenas podían expresar sus pertur-
bados sentimientos, los rostros rígidos, el ambiente tenso.
Un bailarín folclórico tuvo la idea de reiniciar la fiesta con
los timbales, las maracas, las guitarras, los bongoses, los
violines. Lenta y sobria, la música invadió el recinto; sin
embargo quedó apresada en él. Las respiraciones habían
formado un halo, una especie de neblina o cortina que
impedía que las melodías se expandieran a la inmensidad
de la sabana. Los ritmos se multiplicaron y se amplificaron
los sonidos. Empezó el guateque. Más que una danza colectiva fue como un estado de trance, como si quisieran desembarazarse de la angustia de la reflexión, de ese estado
enigmático en que los había sumido *La noche de los asesinos*.

Dánae Bemba de Pato bailó casino con Andy Cara de
Bache. Al rato se cansó de aquella fiesta sin sentido, ¿qué
festejaban? Celebraban el aburrimiento.

El dramaturgo se había esfumado, de los actores tampoco quedaba rastro. Apoyada en la puerta de la entrada, divisó una turbonera de humo y en seguida altas llamaradas en
dirección del batey.

—¡Fuego, fuego! —alarmó hacia el interior del comedor. Nadie la escuchó salvo yo, en ese instante sólo un manatí tembloroso, unido a ella por la ansiedad.

Nos miramos, sabiendo que ninguno de los presentes
reaccionaría con rapidez. A pocos les interesaría el accidente. Y si fuera el caso contrario, no estarían autorizados
para reaccionar a favor. Echamos a correr. En el momento
que arribamos, los campesinos, socorridos por los güijes,
intentaban aplacar las llamas. Dánae buscaba a Tierra Fortuna Munda en el despelote general. La ceiba y la palma
real soplaron con tal fuerza que el río creció desbordándo-
se y sus aguas enchumbaron y lavaron el caserío, extin-
guiendo el más ínfimo carbón hirviente. Oí comentar a

Bejerano, acompañado de otro miembro de su familia, cuando se disponía a buscar yaguas para reconstruir los bohíos:

—Se trata de una advertencia, los sorprendí con las antorchas en las manos. Por suerte esperaron a que nos reuniéramos en casa de Yolandina para comer. Quemaron todo lo demás. Sí, no cabe duda, es un aviso. Fueron ellos, los Responsables, los cogí en el brinco, cruzando el lote de remolacha con las candeladas chispeantes, como el alma de Satanás. ¡Tierra, Tierra Fortuna Munda! ¿Dónde se habrá metido esa criatura? Mira que perderse cuando más se la necesita, caray.

Yo soy el punto cubano
que en la manigua vivía,
cuando el mambí se batía
con el machete en la mano,
con el machete en la mano...

No sé de dónde viene ese maldito ruido, no sé adónde voy yo, ni siquiera sé de dónde vengo. ¡Que se calle, que cese esa música! ¿No ven que quemaron los conucos? ¿Nadie se quiere enterar que ésos quieren acabar con nosotros, los adefesios? Si se me cruza en el camino ese Cheo Cayuco le arranco la cabeza de un tajo. ¡Sí, señor, me lo llevo en una afeitada! ¡Asesino, cará, eso es lo que es, un asesino! ¡Apártense, matojos, así, que arraso con este campo entero, me cacho en diez! ¡Que se calle de una vez esa música endemoniá! ¡Que no quiero oírte, canto del diablo, ni oír nada! ¡Ay, si yo lo que ansío es morirme! ¿Por qué nací así? ¿Por qué tengo que aguantarles que me digan perra, que se burlen? ¿Por qué no me pusieron un nombre como otro cualquiera? ¿Por qué tuvieron que bautizarme con este de

Tierra Fortuna Munda? ¿Por qué soy yo esta yo, este aire, este cielo, esta agua, este fuego, esta tierra, esta luna, este sol? Si aconteciera una guerra, sería mejor.

Campana, Campana, Campana sube la loma,
si no fuera por Campana en Cuba no hubiera loma.

Tierra, Tierra, ¿dónde estás? Soy yo, Dánae, tu amiga, ten confianza, andaba buscándote. Muchacha, todo el caserío se pregunta dónde te has metido. Tu padre necesita de ti, debemos ayudarlo a tumbar yaguas para los techos de los bohíos, yo no me iré hasta que ustedes no vuelvan a tener casa. Madera, hace falta madera para las paredes. Un socio de tu padre, el que vive en el pueblo, se comprometió a traerles unos cuantos sacos de cemento. Lo que sucede conviene, como dice el dicho, ahora podrán fabricar viviendas más sólidas, de mayor calidad. La mampostería es más resistente. ¡Espérate ahí, no sigas tumbando matas con esa furia! La rabia no lleva a ninguna parte. Haz caso, Tierra. Tu nombre es distinto, y por eso es bonito, ya se acostumbrarán. Y si no, que se joden de ignorancia. ¿No ves cómo a mí no me resultó raro? ¿Quién canta? ¿Quién es Campana?

Yo tengo una mala maña
que a mí mismo me da pena,
que yo me acuesto en mi cama
y amanezco en cama ajena.

¿Campana? Nadie sabe, suponemos que sea una vaca. Aquí a las vacas les endilgan nombres extrañísimos. Ya ves, no sólo a los animales, a las personas también. Si es que somos consideradas personas. ¿Lo somos? ¿Por qué nos queman los bohíos? Nos tratan como a bestias. Sé que no somos normales, pero tenemos el derecho de vivir, ¿no? No, Dánae, yo no puedo vivir así. No me gustaría abandonar el lugar donde nací. No porque me obliguen. No obligada. Si lo hago, debería ser por decisión propia. Antes de que estos parajes fueran poblados constituíamos una familia feliz. Mis amigos eran la ceiba, el manatí, la palma real, la jutía conga, los gorriones, la calandria, la fermina, el colibrí, las mariposas, el chicherekú, la manigua en su totalidad. El monte, en resumen. Ay, se me aguijona este dolor tan fuerte en el pecho, que me acalambra, que me ciega, que no comprendo...

Campana, Campana, Campana sube la loma,
si no fuera por Campana en Cuba no hubiera loma.
Las campanas dicen dan, las mujeres dicen den,
me quedo con las campanas, caramba,
porque dan sin que les den.

¿Quién canta? Es una voz muy triste, se me pone la carne de gallina. Y sin embargo, el ritmo es divertido. Pero el dueño de esa voz tan desgarrada debe de estar pasando por un momento terrible. Tierra, ¿por qué no vienes conmigo para la ciudad, por qué no embullas también a Chivirico Vista Alegre, a tus demás parientes, a toda la tropa? Es cierto que son numerosos. Yo no tendría dónde meterlos, es que vivo muy estrecho con mi madre. Pero podría hablar con algunos conocidos, Gervasio estaría de acuerdo, es de muy buenos sentimientos, trabaja de camarero. Podrían ustedes repartirse en casas de gente muy amable y decente. Luego ya veríamos con la policía. Es cierto que la ciudad está sucia, desmejorada, la ciudad es una prisión de asfalto y basura, pero, si te pones a ver, la isla entera es una celda, el mar vendría a ser las rejas, por cada costa. No te pongas tan alterada, Tierra, deja de dar vueltas y vueltas, guarda el machete, si sigues dando machetazos a diestra y a siniestra vas a acabar hiriéndome o hiriéndote. Todo se arreglará, cálmate. Pareces un tigre enjaulado con una boa enfrente.

Campana, Campana, Campana sube la loma,
si no fuera por campana en Cuba no hubiera loma.
Vaya, ahí na má, eh.

¡No me calmo nada, coño, no me tranquilizo porque no me sale de las verijas! ¿No ves que quieren arrebatarnos lo que nos pertenece, el alma de la manigua? ¿No ves que nos quieren meter miedo? Serían capaces de quemarnos vivos con tal de que dejáramos el batey. Tú también estás de parte de ellos, ¿no? ¡Tú también, claro! ¡Señoritinga engreída de la ciudad! ¡Tú aquí estás sólo por mes y medio, a ti nada de esto te rompe las entrañas, lo que sucede acá te interesa menos que un bledo! ¡Para ti yo soy un fenómeno! Mis padres, mis hermanos no son más que estrambóticos anormales! ¿Crees que no me he visto en un espejo, con estas seis tetas, los dedos de las manos jorobetcados? ¿Crees que soy una ignorante por gusto? ¡Eso es lo que ustedes se piensan, que soy una ignorante! ¡Óyelo bien, para que te enteres, quizá sepa más que tú! ¡He ido muy poco a la escuela, pero todo lo que sé me lo enseñaron la ceiba, el manatí, la palma real, los güijes! ¡Ni te me acerques, no te atrevas a tocarme porque te descuero en un santiamén! ¡Tú eres como ellos, de la misma calaña, criminales! ¿Qué se creen, que podrán avasallarme como se avasalla a los caracoles, frotándolos y bajeándolos para dominarlos mejor? *Cucha canto. To nosotro brincó la mar salá, y to nosotro son uno,* así me dijo por boca de la palma real el alma inquieta de un esclavo, no soy quién para traicionarlo. ¡No nos van a divi-

231

dir, no, señor! ¡Divide y vencerás, es el lema de Cheo Cayuco! ¡Que se vaya a freír tusa!

Campana, Campana, Campana sube la loma,
si no fuera por campana en Cuba no hubiera loma.

¿Cómo una canción tan alegre puede ser interpretada de manera tan agónica? Ven, Tierra, acércate, soy tu amiga. Soy tu hermana. Puedes creerme, ¿no te lo he demostrado lo suficiente, no he arriesgado a que me expulsen de la escuela escapándome contigo para el monte? Eres la única persona que realmente quiero, la única que me ha dado lo que no tiene. No puedo dejarte, no puedo verte así. Lo más importante, debes saberlo, para mí eres, realmente lo eres. Déjate abrazar, te amo. Déjame besarte. Bésame. Acostémonos, el cielo está como una toalla húmeda, mira, qué rico, el rocío de la yerba. Sabes, lo que más me gusta es dormir escondida entre los surcos de tabaco, bajo el mosquitero, mientras los demás trabajan. Contemplar el cielo a través de la gasa que protege las plantas y escuchar las paticas de los insectos caminar muy cerca de mi oreja, sentir el cosquilleo de las hormigas cuando se suben a mi cuerpo, el calor y el sol que cocinan mi piel. Tener la certidumbre de que todo esto después me estará prohibido en la ciudad me da un gorrión de la talla del universo.

Del espeso caimital sobre las ramas preciosas,
las pintadas mariposas, las pintadas mariposas
buscan la luz matinal.

¿Dónde está Dánae? ¿La han visto? Hace un rato bailamos juntos, pero ya saben el mal genio que se zumba, nada más porque me le pegué un poco, así, pelvis contra pelvis, me metió un janazo que me dejó loco. Brígida la

Imperfecta la vio conversando con el escritor de la obra, allá afuera, sí, sí, sí, con el marginal, o el que dicen que es marginal, de eso no sé mucho. Se veían muy sentimentales, ambos bajo las estrellas, qué ridiculez. Nada, la perdí de vista desde hace rato. ¿Que salió corriendo acompañada de un manatí? Eso cuenta Irma la Albina, más trafucá del coco hay que mandarla a fabricar, ahora le ha dado por criar ratones. No, si cuando yo lo digo. ¡Así que hasta Salomé la Sátrapa y Renata la Física vieron al intrépido manatí! Aquí todo el mundo está poniéndose de ingreso. Asere, ¿dónde está la Bemba de Pato, se fue en zurna? Na, ecobio, quería pedirle perdón, no era mi intención jamonearla. Si uno está a tiempo de recapacitar, ¿por qué no hacerlo? Voy a aprender a nadar y a guardar la ropa, en este comedor hace un calor del coño de su madre. A lo mejor anda por allá afuera, en el guasabeo y la muela poética. Ella es medio romanticona y le encanta esa onda de la soledad, y de la noche, y la majomía de la madrugada. Hablando de madrugadas, ya casi está amaneciendo. ¿Estas gentes se olvidaron del trabajo? Nos caeremos de sueño en los surcos. Lo que soy yo, no disparo un chícharo, estoy molido. ¡Eeeeeh, mírala qué linda viene, mírala qué linda va, la cogí en un fuera de base, así que fugada del campamento! Allá se aproxima Dánae Bemba de Pato. ¿Y ese humo negro subiendo al cielo? ¿Y por qué anda en semejante facha, tiznada de la cabeza a los pies? ¡Oye, mi hembra, ven acá! ¿Dónde te metiste? ¿Estás fingiéndote la apurada, dónde es el fuego? Si te pones farruca te chivateo, andabas pirá, ¿no?

Del mar en el litoral, entre mangles tembladores,
a los primeros albores lucen las rocas brillantes,
y sus pétalos fragantes empiezan a abrir las flores.

¿Que dónde es el fuego, o que dónde fue? Ustedes son unos inconscientes, unos estúpidos. El batey ardiendo, las vidas de esas pobres gentes corriendo peligro, y ustedes en la fiestanga, en la bobería, dejándose comer el coco por todas las imbecilidades que les cuentan los energúmenos de los profesores. Para que te enteres, Cheo Cayuco y sus secuaces prendieron candela al caserío, por suerte esperaron a que la familia se reuniera en una sola casa a cenar, en el bajareque de Yolandina. Pero ¿te imaginas si uno de ellos, o uno de los niños, se hubiera quedado durmiendo? Sólo les dio tiempo a salir corriendo despetroncados, perdieron todas sus pertenencias, allí los dejé reconstruyendo las casas. Y toda esa maricóná porque quieren construir un hotel de lujo. Espero no se te desate la lengua, que tú te la pisas, confío en que sepas callarte. Me siento mal, muy débil, tengo fiebre, me siento muy mal. Abrázame, Andy Cara de Bache, abrázame. Protégeme, ay, protégeme.

> *Yo sin amargas congojas, sin pesar que me atormente,*
> *yo sin amargas congojas, sin pesar que me atormente,*
> *veo asomar por el oriente las nubes blancas y rojas,*
> *rampán, rampampán, las nubes blancas y rojas.*

Pese al presagio de mal tiempo anunciado por el parte de meteorología, los profesores decidieron que los alumnos debían asistir al campo. A mí apenas me había dado tiempo de zambullirme en el río para aliviar las resequedades de mi delicada piel de manatí. A las brigadas nueve y diecisiete las enviaron a recoger papas. Andy Cara de Bache estaba feliz de trabajar cerca de su novia. Sí, ella le había dado el *sí*, dicho y hecho que de acuerdo. Por piedad, en un acto muy teatral casi se lo había exigido. Ya podían ser considerados pareja formal. Aunque era cierto que lo había aceptado en medio de un ataque de llanto aquella misma mañana, cuando la descubrió regresando del incendio del batey. Estaba muy nerviosa, pronunció una cantidad de disparates fuera de guara, rogó que la apretujara contra su pecho, él encantado. Abrazó el torso, las costillas traquearon. Ella continuaba llorando a todo pecho, con unos gemidos profundos que lo asustaban. Lo único que a él se le ocurrió fue preguntar:

—¿Por fin qué, sí o sí? ¿Empatados?

—Sí, sí, coño, sí, síi... —Ella echó a correr en dirección a los fregaderos, allí metió la cabeza debajo de la pila, mojó sus cabellos debajo del chorro, hasta que presintió en el cráneo como miles de agujas encajadas.

Llamaron a formar, dieron el parte de meteorología, probable rabo de nube o tornado en perspectiva de formarse por aquellos lares, próximo, muy cerca del pueblo de La Fe. El director Puga sabía que había cometido un error al extender la bachata hasta el alba, que una de las maestras, la que más lo despreciaba, Margot Titingó, redactaría un informe, denunciaría su conducta impropia, por demasiado mano liviana con los estudiantes. Su deber era dar contracandela, de la recholata al trabajo, empezando por él mismo, lo principal era contraatacar con el ejemplo. Del guateque al desayuno, del café con leche ahumado al matutino, del matutino al campo. Así se rajen el cielo y la tierra, no había que coger lucha con lo que decía meteorología, nunca daban pie con bola, cuando pronosticaban lluvia por el contrario hacía un sol que rajaba las piedras, cuando aseguraban que haría *sol bueno y mar de espuma,* fallo seguro, caían raíles de punta y el mar se desbordaba arrasando con barrios y ciudades.

A media mañana, Dánae cumplió con la cita que había prometido a Andy Cara de Bache en el platanal. Él llevaba rato esperando, ella no perdió tiempo, luego de murmurar la contraseña: *Dánae teje el tiempo dorado por el Nilo,* él respondió erguido en medio de un claro del platanal. Ella no podía, no tenía tiempo que perder, si debía suceder, que sucediera. Le gustaba, ese muchacho le caía simpático, pese a su constante pegajosería. Se quitó la ropa presurosa, fue y lo besó. Mientras él volvía a besarla eyaculó en su muslo, ni siquiera penetró en su vagina imperturbable y reseca. Ella reclamó un noviazgo, sin saber de qué hablaba, sin sentido, pero lo hizo para que él no se sintiera rechazado, por decir cualquier cosa, porque le daba vergüenza confesar que no había experimentado ninguna emoción con el beso, o tal vez sí, no estaba segura. Puede que se estuviese exigiendo más de lo previsto. Ya lo sabía, no disponía de tiempo para reflexionar en lo que acababa de hacer. El himen le molestaba. Regresó corriendo al surco pretextando que la maestra se vengaría de su falta y la castigaría con una decena de reportes prohibiéndole por culpa de él una buena cantidad de comidas.

Andy Cara de Bache se sentía alegre, había conseguido a la novia, el objeto de su capricho desde que había aterrizado en aquel nauseabundo campamento; y sin necesidad de un esfuerzo descomunal; tampoco estaba decidido a reemplazarla por otra a corto plazo, el asunto iba en serio. Echaba dos o tres papas en el saco de su compañero de surco y el doble de ojeadas a la muchacha ubicada a unos ciento cincuenta metros de distancia. Su amigo hizo señas, eran los más rezagados de la brigada. Los guajiros pararon de trabajar, auguraron accidentes; temerosos alarmaron que debían irse, olían el mal tiempo en el ambiente, lo que vendría sería violento. Yo adiviné de antemano que Obón Tanze, el espíritu del pescado sagrado, se disponía a emerger en una perla negra de agua y a liberar su ira. En eso apare-

236

ció el automóvil de los Responsables, nadie estaba autorizado a detenerse, palante y palante. ¡Qué se han creído, partía de vagos! Los guajiros se plantaron, podía haber pérdidas en vidas sin precedente; añadieron, con los semblantes rígidos. Cheo Cayuco, empecinado y colérico, manoteó en el aire, de ahí nadie podía retirarse, había que sobrecumplir la meta, y sanseacabó el relajo. Por otra parte, ¿qué hacía la hija de Bejerano guataqueando y aparcando junto a una alumna? ¿No les había quedado claro que ningún miembro de aquella familia podía mezclarse con los estudiantes? Eso se llamaba privilegios, y ahí nadie podía gozar de ningún tipo de prebendas. No era justo con las otras jóvenes. ¡Fuera en el acto del surco de Dánae Bemba de Pato, reporte número veintidós para la beneficiada! Tierra Fortuna Munda debía marcharse. Basta de sentimentalismos baratos con esta gente, ¿acabarán de entender o no? ¿No les bastó lo de anoche? Bejerano observó fijo a su hija, ella limpió sus manos en los muslos gastados del pantalón, obedeció a su padre y se alejó en dirección al batey.

Oigo el rumor de las hojas y el ruido de la cascada,
en torno de mi morada oigo el viento que suspira.
Y canto al son de mi lira la vuelta de la alborada,
rampán, rampampán, la vuelta de la alborada.

Lo advertí cuando llegué a ese sitio miserable, ocurriría un accidente, aún estábamos en el autobús. Dánae Bemba de Pato no quiso escucharme cuando expresé mi desaliento, yo me limaba las uñas y ella miraba extasiada a través de la ventanilla. ¿Esto es todo, papa y tomate, no le veo la gracia? Yo sabía que se pondría feo. Nadie quiso creerme cuando sopesé la atmósfera, en esos campamentos pululaban los fantasmas; el Patón, por ejemplo. *El trato ha sido in-*

decoroso. Indecoroso, lo repito, y dejo constancia para la historia en este diario del que no me he separado nunca, desde que lo inicié, a la edad de once años. Pero yo hablo y hablo, por eso me apodaron Alicia Lenguaje, y mis palabras se las lleva el viento. Ese viento que por poco nos lleva a todas juntas debido a la terquedad de los Responsables.

Habíamos terminado de almorzar, qué digo almorzar. Aquella porquería no fue almuerzo, ni siquiera tuvimos el derecho de recurvar al albergue. El director Puga vociferó amenazador, ¡como la fiesta de la noche anterior había durado hasta el amanecer no podíamos darnos el lujo de regresar al comedor! Comeríamos en el campo, durante un mínimo receso de quince minutos, luego seguiríamos pegadas, de cara al sol. ¿Sol? Dudé. El cielo estaba más negro que el destino de Irma la Albina. Hacía un bochorno insoportable y la atmósfera apestaba, como si todo lo podrido del planeta se hubiera revuelto a nuestro alrededor. El camión de la jama llegó retrasado, pero llegó. Temíamos lo peor, que una vez más nos hubieran olvidado. Todo lo resolvían con la excusa del olvido. Teníamos las tripas rellenas de tajadas de olvido. Pan con tomate, sal, jalea de boniato. Iban a conseguir que odiara de por vida el tomate y el boniato.

La barahúnda empezó cuando llevábamos el quinto surco del día por la mitad. De súbito, el cielo se puso todavía más prieto a espaldas nuestras. Sucedió muy rápido, al principio fue un remolino gris en lontananza, que se aproximaba a una velocidad indescriptible. Las nubes dibujaron el número siete en lo alto y llovieron piedras celestes. Eran brillantes, de color pardo o hueso, mi tía solía llamarlas piedras de rayo, decía que los aborígenes habían pulimentado aquellos seborucos hasta convertirlos en hachas de guerreros. Oímos un estruendo ensordecedor, como si el cielo se abriera y estuviera chupándose la tierra con una pajilla. Los tímpanos estallaron, comenzaron a sangrarme los oídos. Armamos un griterío terrorífico, y nos mandamos a correr huyendo de aquel gigante monstruoso que nos perseguía. Caíamos mil veces, nos incorporábamos con dificultad, el viento nos absorbía, batuqueaba nuestros cuerpos. En un momento miré detrás de mí y vi cómo una masa carmelita cubría la inmensidad, desde el cielo hasta abajo, atrapados en el núcleo central giraban volátiles bohíos, personas, autos, caballos, casonas de tabaco. Lo último que vi fue a Dánae Bemba de Pato y a Enma la Amenaza cual dos papalotes en picada sobre mi cabeza para en seguida ser engullidas por la manga de aire. Centelleó a lo lejos, en dirección de las palmas reales. Fui desprendida del suelo por la tolvanera, propulsada como un cohete, sin dirección fija. Perdí el conocimiento cuando un peso enorme cayó sobre mí, aplastándome.

De milagro no hubo desgracias peores en aquel accidente natural, a pesar de que la inmensa mayoría quedamos enterradas en el fango. De una parte, las brigadas de socorro fueron ágiles y hábiles, el lodo no era lo suficiente espeso, más bien licuado, y un gran número de personas pudieron liberarse por sus propias fuerzas. Emergimos con algunas heridas, ninguna de gravedad, pero no faltaron miembros fracturados, piernas rotas, cráneos ensangrentados. La baja fue considerable. De sesenta y cinco personas que nos encontrábamos aquel día por la zona que pasó la tromba, treinta y siete fueron enviadas a sus casas. Yo, que siempre había deseado enfermar y hasta había fingido en varias ocasiones una alergia pasándome toda clase de matojos pica-pica y asquerosidades por la piel, recé esta vez agradeciendo haber conseguido solamente algunos rasguños sin gravedad. La enfermería y los enfermeros no daban abasto; pasado el susto, luego de dos días de merecido descanso, los que nos quedamos regresamos a las labores agrícolas. El siguiente fin de semana nuestros parientes no mostraban el mismo entusiasmo que al inicio, la desconfianza acaparaba sus rostros. Varios alumnos decidieron rajarse, entre ellos Brígida la Imperfecta, Salomé la Sátrapa, Noel el Estorbo, el Manos Torpes. Irma la Albina también renunció, pero no fue apoyada por su papá. Irma la Albina tuvo que quedarse obligada. No por mucho tiempo. Dánae Bemba de Pato fue la que más sufrió su ausencia, eran muy amigas. También lo fue mía, nunca desatendió ninguno de mis discursos, incoherentes al inicio para algunos, hasta para mí misma; pero al cabo del tiempo ella comprobó que, por suerte o por adversidad, sin siquiera darme cuenta, mis peroratas vaticinaban el futuro. Dánae Bemba de Pato creyó en mí. Es por eso que en momentos como éstos debo seguir a su lado, debo apoyarla ahora que todos la repudian. ¡Qué rápido nos convertimos en adultas!

Contemplo el azul del cielo, admiro el verdor del monte,
oigo el trino del sinsonte y el rumor del arroyuelo.
La tunibamba, la bambao, la voz clarita la traigo yo, síi.

Querido primer novio:

Aunque he enviado varias cartas y de ninguna he recibido respuesta, he decidido continuar escribiéndote. Sin saber por qué lo hago, sigo empecinada en no perder el contacto, ¿qué sentido tiene, si ni siquiera poseo la certeza de si recibes la correspondencia, o si te has mudado? Puede que el caso sea peor, de que no desees recibir noticias mías.

Mi vida ha cambiado en comparación a cuando nos conocimos, han transcurrido los meses y ya hace año y medio que estuve en el campamento de La Fe. No te he olvidado, aunque jamás he vuelto a tener noticias tuyas. Mi madre, Gloriosa Paz, renunció a viajar hacia aquellas latitudes. No se le puede ni mencionar la laguna, donde se perdió un domingo tratando de encontrar un vehículo que la devolviera a la ciudad. Dice que guarda pésimos recuerdos, es cierto que nada fue fácil, tampoco yo puedo afirmar que lo pasé de maravilla. Y ahora, si saco cuentas, creo que fue una ilusión pensar que podría vivir allí para siempre. Como no creo que tú pudieras habituarte a la ciudad. Dice Gloriosa Paz que cada cual en su sitio. Dudo, no estoy muy de acuerdo, pero ahora le doy un poco más la razón.

Gloriosa Paz se ha echado un marido, es albañil y mulato, ya tú podrás imaginar lo racistas que son en mi barrio, se ha convertido en el tiro al blanco de las pullas. También se comenta que el socio tiene su detalle, pajarito, dicen. Según la tradición oral ya no quedan hombres, el que no moja se empapa. A mí no me cae bien, es un caradura que cae de casualidad a horas señaladas, las del almuerzo y la comida, a pegar la gorra, a acabar con las papas fritas, el fufú de plátano o la yuca con mojo. Y luego hace como Blas, se empipa y se va.

Andy Cara de Bache y yo seguimos de enamorados bobos, mis amigas continúan siendo las mismas, aunque guardo preferencia por Enma la Amenaza y Alicia Lenguaje; pasamos de grado y no nos separaron de aula. Salvo Irma la Albina, que no estará más, su semblante de rata asustada no se me borrará de la mente. Seguro recuerdas a Enma la Amenaza y a Alicia Lenguaje; son muy condescendientes conmigo, de vez en cuando nos fajamos, pero al cabo de los días nos arreglamos. Pues dependemos mucho de nosotras, nos prestamos la ropa para poder asistir a las fiestas.

Renata la Física se casó y por la escuela no se portó jamás, trabaja de linternera en el cine América.

Este año tampoco nos salvaremos del campo. Habían corrido la bola de que suspenderían el trabajo de los jóvenes en las labores agrícolas, los campesinos se quejaban de que en lugar de ser útiles por el contrario dábamos pérdidas, fastidiábamos las cosechas con nuestra inexperiencia y poco amor a la tierra. En lo primero estoy de acuerdo, pero no en lo segundo. Yo aprendí a querer a la tierra. Respeto y amo el monte, y eso te lo debo a ti.

No creo que valga la pena volver a escribirte, pero espero algún día recibir aunque sea una postal tuya. Estoy en exámenes y tengo el tiempo contado. Ojalá nos toque regresar a La Fe, se rumora que nos mandarán a Vivero, cerca de San Juan y Martínez, sospecho que, aunque bastante lejos (lo he buscado en el mapa), no exista inconveniente para que nos veamos.

Pienso en los amaneceres contigo, a veces voy caminando por una calle y me parece escuchar aquella voz tristona repitiéndose en la lejanía de las lomas. Me detengo, cierro los ojos y puedo imaginar al arriero, hasta aspirar el perfume de la alborada. Alborada es una hermosa palabra que no usamos en la ciudad.

Con el más ardiente anhelo vuelvo al sol una mirada,
y en mi rústica trovada digo al compás de mi lira,
dichoso el que en Cuba admira la vuelta de la alborada.

FOGOSIDAD DE LA PALMA, CONTROVERSIA Y ZAPATEO

—

Después del remolino de viento y de lluvia tuvimos que afrontar días de intenso temporal. Los albergues, las casonas de tabaco y los campos se cundieron de plagas de mosquitos gigantescos, cucarachas y ratones bubónicos. No por esa tragedia natural dejamos de trabajar como bestias; así nos trataban los profesores y los Responsables, como a animales salvajes. Pasábamos la mayor parte del tiempo ensopados de agua, la ropa se nos secaba prácticamente encima del cuerpo, apenas nos alimentábamos. El menú no pasaba de arroz gris de lo sucio que estaba y mermelada de tomate o boniatillo. Debido al temporal, los camiones de abastecimiento brillaban por su ausencia, ése era el pretexto, siempre había una excusa. Por consecuencia me deprimí. Estuve una semana y media sin hablar con nadie, sin emitir sonido, al menos despierta. Dánae Bemba de Pato era la única que podía comprender mi estado de ánimo. Ella y yo siempre hemos sido una. Ella, solidarizada con mi depresión cuando me veía recostada a la palma rodeada de plátanos untados en manteca de cacao y envueltos en una cinta roja, se aproximaba sigilosa; al rato, tirada encima del Mascón, mi abrigo despellejado de cuero, osaba preguntar con aquella vocecita tímida, entre apesadumbrada y respetuosa:

243

—Enma la Amenaza, ¿qué te sucede, estás bien? Puedo invitarte a casa de mis amigos, los guachos, son buenas personas, no creas lo que dicen de ellos. Son gente divina. Podrás bañarte en una laguna de ensueño, desconocida, escondida detrás del caserío, y comer chicharrones de puerco envueltos en hojas de guayaba... Enma la Amenaza, me jode verte así, tan callada, con los párpados más caídos que nunca.

Eso de *los párpados más caídos que nunca* daba gracia, tenía que pellizcarme para no claudicar y estallar en un ataque hilarante. Es cierto que tengo los párpados caídos, y que mis estados depresivos acentúan este defecto. Dánae Bemba de Pato no paraba de afirmar y de jurar que una actriz americana lucía el mismo tipo de ojos, lo cual constituía su patente de atractivo. Dánae Bemba de Pato siempre fue una amiga. Lástima que el marido haya persistido en acabar con ella, humillándola, empeñado en rebajarla a menos que un garbanzo. Debo ir a verla, sin falta. Ah, ya tengo asma de nuevo, herencia de los baños en los regadíos.

A causa de los aguaceros corría el riesgo de que el tabaco se pudriera, el moho azul había comenzado a hacer estragos. Nos mudaron de lote, aunque siempre asistidas por Bejerano y su hijo Chivirico Vista Alegre. Nos situaron en los mosquiteros de tabaco rubio, ordenaron deshijar y deshojar. A pocos días fuimos trasladadas a las casonas, debíamos coser las hojas más bellas a los cujes. Poníamos los cujes encima de los hombros, grampábamos hasta lo alto de los techos y allí los colocábamos atravesados para facilitar el secado. Dánae Bemba de Pato adoraba ese trabajo, era una experta en montar como una rana con el cuje bandeado, a punto de partirse en dos por el peso de las hojas de tabaco; la piel agrietada cubría su huesuda espalda; subía descalza de tronco en tronco.

En una ocasión hice caso a la Bemba de Pato y nos escapamos por separado al batey. Allí nos habíamos dado cita, descubrí a una comunidad de gente muy amable, pero con el rictus del sufrimiento en las arrugas que redondeaban sus ojos. Comimos hasta por los codos, por nada nos morimos de una embolia; también bebimos litros de ron. Nos emborrachamos, Bejerano y Santa tuvieron que zambullirnos en la laguna, cosa de quitarnos la pea antes de regresar al albergue. Conocí más en profundidad a Chivirico Vista Alegre y a sus sensuales primos; a la legua se veía que el muchacho se moría de ganas por meterle mano a Dánae Bemba de Pato. Su hermana Tierra Fortuna Munda no podía disimular los celos. Dánae Bemba de Pato era tratada como una reina; lo merecía; ella había sido entre nosotros, los bitongos de la ciudad, la única que se había atrevido a cruzar la frontera, a desbordar los límites, y había logrado mezclarse con ellos, entregándoles su amistad. Por lo que pude comprender, la Bemba de Pato anhelaba que aquellos seres creyeran en su admiración, aunque, por lo que observé, una cierta desazón en sus gestos, sentía además una atracción desmesurada por la muchacha de cabellos enmarañados y sabia mirada. Tierra Fortuna Munda era la privilegiada en el cerco exclusivo de su amor. Con Chivirico Vista Alegre jugueteaba (la maestra Margot Titingó hubiera dicho que lo cuqueaba), lo cual no dejaba esclarecido si el joven le rompía el coco o no, o sea, si le agradaba. Confieso que al principio sentí repulsión por los defectos físicos de los miembros de la numerosa familia, poco a poco fui hallando atractivos en Chivirico Vista Alegre y en sus primos. Medio que me enamoré de él. Durante un tiempo considerable, después del regreso a la ciudad y la incorporación a los estudios, quedé meses con el moroco hecho agua, fascinada por aquel extraño joven de cabellos encaracolados y maltratados por el sol, por sus tres pupilas verdes (tenía tres ojos), por los labios carnosos, por las manos repletas de dedos, por los dos ombligos, uno justo debajo del otro. Nunca me franqueé con Dánae Bemba de Pato contándole mi inesperado metimiento con el hermano de Tierra Fortuna Munda. Pensé que podía interferir en su relación con él. Sospechaba que mi amiga también estaba enganchada con el guajirón.

¡Cómo han pasado años y asuntos por estas efímeras vidas! A los quince me creía inmortal, no podía calcular la duración de la juventud. ¿Qué será de aquella gente? A mis hijos también les tocó el mal chiste de las escuelas al campo, estuvieron muy cerca de La Fe; por más que indagué sobre la familia del batey nada pude averiguar.

—¡Ah, compañera, ellos se mudaron, nadie sabe adónde, se cuenta por ahí que murieron! Sí, señora, usted sabe, ejem, la familia falleció en montón pila burujón puñao, no quedaron ni las sombras. Eran gente buena, pero bastante problemática, sabe.

Sólo obtuve noticias del despreciable Cheo Cayuco: se había casado con una tipa medio marimacha, así me aseguraron los mismos borrachines de mi época en el bar del pueblo, El Trancazo. Sí, señora, una mujeranga cascarrabias que le parió cinco hijos y ninguno sobrevivió a sucesivas epidemias. No me extrañó, después del temporal los males empezaron a revolverse, la muerte rondó y hasta cuajó también en una de nosotras.

El accidente sucedió el día después en que descubrí que la palma real hablaba igual que una persona. Yo me hallaba tirada junto al árbol, cavilando en que los cuarenta y cinco días de escuela al campo parecían un siglo, pero al menos había dado linga como una desaforada, cosa que no hubiera podido ocurrir bajo la tutela familiar. Como quien no

246

quiere la cosa, fui a robarle a la palma una de las cintas rojas que amarraba un racimo de plátanos mustios y pintados de creyón labial; sabía yo que aquello era brujería, pero lo mismo me daba chicha que limoná, había perdido la hebilla con la que recogía mi pelo en un moño para aliviar el calor y aquel trozo de trapo punzó podía ser una solución momentánea. Robé el pedazo de faya, al instante escuché:

—No toques eso, atrevida.

De un sobresalto me puse en guardia, averiguando en derredor.

—No busques, descarada, soy el güije de la palma real, soy yo quien te regaña.

Dirigí la vista hacia lo alto y los penachos ondularon mecidos por la brisa en una melodía extraña. Del tronco brotó un brazo empuñando una espada y estuve a punto del desmayo. Reculé enloquecida varios metros sin dejar de mirar al árbol.

—No temas, no te haré daño si tú no me lo haces a mí; devuelve lo que me pertenece.

Del tronco surgió un hombre aindiado, musculoso, semidesnudo, apenas cubierto por un taparrabo de tela tosca teñida de colorado. Agallú Solá, el padre de Changó, el dios del trueno.

Entregué el trozo de cinta colocándola en donde mismo la había tomado, anudé el racimo de plátanos podridos con ella y me dije *patas pa qué te quiero*. Eché a correr como un bólido hacia el campamento. Salvo Dánae Bemba de Pato, nadie quiso creer lo que había sucedido.

—Enma la Amenaza está más tostá que un chícharo —vociferó Pancha Pata de Plancha, quien a esas alturas ya se había transformado en una especie de jefa alternativa y machorra medio clandestina.

Refugiada en la litera de Dánae Bemba de Pato observé

a Irma la Albina. Amamantaba unos ratones bastante rollizos. Los guayabitos huérfanos, así los llamaba ella con cariño, pasaron a ser unos roedores incoloros, con la piel cristalina a través de la cual se transparentaban las venas azuladas.

—¡Qué asco, Irma la Albina! ¿Por qué no dejas que vivan por su cuenta? Ya no necesitan de ti ni de nadie para alimentarse. Es peligroso, te contagiarán una enfermedad...

—No seas idiota, Enma la Amenaza, ¿no ves que sustituyo a su madre?

Mientras más sus pechos eran succionados más sonrosada se iba volviendo la piel de la muchacha. Silueteada por una aureola divina, semejante al redondel carmesí en la boca de una tuberculosa. Cuando los animalejos terminaban de mamar iban en fila india a dormir debajo de la colchoneta, puesto que ya la almohada no los cubría lo suficiente. Al instante, Irma la Albina recuperaba su tonalidad original, aunque más pálida y más débil que nunca.

Ésa fue la última vez que hablé con ella. Aquella tarde, Dánae Bemba de Pato hizo señas para que la dejara por incorregible, como que no tenía remedio; entendí que no valía la pena aconsejarla.

—Para mí que se cree una rata blanca de laboratorio —añadió, y nos burlamos por lo bajo tapándonos con disimulo las bocas.

En la noche hubo fiesta de nuevo, pero no trajeron a ningún artista, pusieron la grabadora del director Puga y bailamos con los varones. Andy Cara de Bache seguía fastidiando a Dánae Bemba de Pato, y pude percatarme de que entonces eran menos enemigos. Aunque en cuanto apareció Tierra Fortuna Munda, mi amiga se escabulló con ella al monte. La fiesta duró lo previsto, de acuerdo con las exigencias y el reglamento del campamento. Nos acostamos más temprano que la vez precedente. Dánae Bemba de Pato regresó cinco minutos antes de que dieran la orden de despertar.

Mara la Química anunció con voz de gallina con moquillo que el día sería nublado. Como dueña del aparato de radio estaba al tanto de cuanta vulgaridad cotidiana sucedería o acontecería, el instituto de meteorología pronosticaba atmósfera cargada, muy gris, y posibles ventoleras y aguaceros por la zona en que nos hallábamos. Tirité nada más recibir noticias tan poco entusiastas y menos halagüeñas. Otra vez me atacaron los dolores en los huesos causados por la humedad. Desde entonces padezco de artritis aguda y de asma crónica. Me despabilé del sufrimiento al enervante grito de Margot Titingó:

—¡Brigada nueve a la carreta! ¡Arriba, a coser tabaco, pastusas, partía de bollos resecos!

Pobre mujer acomplejada, pensé.

Me fascinaba el cosido del tabaco, guardo como trofeo de adolescencia aquella aguja inmensa con el ojo oxidado por donde debía caber el grosor de un cordel de pita. Estaba hecha una experta en atravesar mazos de hojas y colocarlas encima del cuje. Dánae Bemba de Pato y yo éramos las mejores, aunque en cuestión de trepar ella se llevaba el galardón de campeona. En el futuro, yo, al igual que mi amiga, extrañaría el campo. Subimos a la carreta. Un gallo cantaba y otro respondía a lo lejos. Mara la Tísica encendió la radio en un programa de música campesina. Justo Vega y Adolfo Alfonso se fajaban bromeando en una controversia. En la época detestaba el punto guajiro y todo lo que sonaba a folclórico; con el tiempo me he vuelto una fanática de aquellas voces y del tres dando quehacer con su rinquinquín, rinquinquín, rinquinquinriquín, rinqui, rinqui, rinquinquín.

Justo, yo quiero saber
si estás dispuesto a cantar,
dispuesto a polemizar
y a no dejarte vencer.
Yo quiero verte ascender
como el aire que se empina,
y si éste se determina
ya verán cómo lo agarro,
lo malo es que este cacharro
se quede sin gasolina.

La neblina espesaba el ambiente. La carreta echó a andar por el fango humeante, dando tumbos y dibujando arabescos, las ruedas chocaban con pedruscos y los ovarios se nos crispaban en las amígdalas. El paisaje resplandecía más que nunca, describiendo pasiones, como si los sentimientos hubieran sido bordados por la mano de un ángel puntilloso sobre la luz opalina. Los altos penachos de las palmas reales ondeaban similares a cabelleras, en un vaivén fantasmagórico. Le tocaba la ofensiva a Justo Vega:

Podemos polemizar
sin un miedo sin un susto,
podemos polemizar
sin un miedo sin un susto,
para complacer el gusto
de la masa popular.
Podemos desarrollar
con la voz y con la idea
un debate, una pelea,
golpe a golpe y palo a palo,
pero sin un chiste malo
sin una palabra fea.

250

Las tablas del piso de la carreta se asemejaban a las teclas de un piano en un frenético jazz. Busqué el frágil sol naciente, sentía frío y puse mi cara en dirección a los reflejos. Al instante sentí salpicaduras de barro en la piel, pregunté que qué sucedía sin querer cambiar de posición.

—Una rueda hundida en el fango hasta la mitad —contestó Sandra la Sátrapa.

¿Qué íbamos a hacer? No podíamos quedarnos con los brazos cruzados ¿Descendemos y empujamos? ¿No es así que los personajes de las películas solucionan este tipo de problemas?

—No será necesario —restañó los dientes la maestra-guía—, cuidadito con armar relajo tan temprano.

> Como tienes en la idea
> una concepción macabra,
> para ti cualquier palabra
> es una palabra fea.
> A ti sólo te recrea
> lo justo y lo comedido,
> y yo pienso entristecido
> al ver a este veterano
> si no es el casto susano
> no hay nada más parecido.

Los colibríes, chambergos, trupiales y chirriadores comenzaron a revolotear, a cantar y a picotear el aire. Sí, no dudo que fueron zunzunes y sinsontes, cuanto pájaro el monte podía reunir. La extraña música que se extendió por la sabana acompañando a la de la radio no cesaba en su controversia. Batieron alas, miles de alas, tantas que se escuchó como un zapateo, como una cantidad indescifrable de zapatos que taconeaba en el tablado de un guateque prendido en la manigua. La carreta no avanzaba y mientras más intentaba el guajiro halar con el tractor más se hundía la rueda en el pantano.

Canta con la voz abierta
como tú quieras cantar,
canta con la voz abierta
como tú quieras cantar,
nuestro deber es lograr
que el público se divierta.
Canta sin temor, despierta
la musa de la alegría,
para que el público ría
con verdadero placer,
pero no trates de hacer
los chistes a costa mía.

Teníamos las manos aferradas a los troncos para impedir el batuquear o la caída. Mis manos ampolladas sudaban resbalosas en la madera bruta. Dánae Bemba de Pato reía, Pancha Pata de Plancha saltaba y reía, Sandra la Sátrapa reía; Renata la Física reía y tarareaba la melodía de la radio; me percaté de que todas reían como imbéciles. Detrás de la risa viene el llanto, pensé. Eran risas feas, desesperadas, estúpidas, risas irresponsables. Yo me hartaba con frecuencia de las risotadas, no soportaba tanta jocosidad sin motivo, por gusto, porque no existía ningún motivo para divertirse, más bien para alarmarse. Irma la Albina se hallaba de espaldas a mí, a nosotras, situada en una de las esquinas delanteras del vehículo. No supe si ella también reía o no. No dio tiempo.

Yo nunca he sido chistoso
pero hay una realidad,
y es que a mí tu seriedad

me pone un poco nervioso.
Aquí hay que ser guapachoso
y adaptarse a cualquier meta,
demuestra que eres poeta
con una inteligencia clara,
pero sin poner la cara
de hígado a la vinagreta.

En eso llegaron varios guajiros con palas, empezaron a palear lodo mientras el chofer continuaba forzando el motor y tirando y tirando hacia adelante en un empeño ronco. Los hombres detuvieron la tarea y recomendaron que bajáramos. Margot Titingó aceptó refunfuñando. La rueda emergió y la carreta se salvó de la tembladera. Montamos de nuevo y echamos a andar. En la lejanía daba la sensación de que las palmas reales avanzaban a toda carrera a donde nos hallábamos, a un encuentro peligroso con nuestras cabezas.

Ríe si quieres reír,
goza si quieres gozar,
ríe si quieres reír,
goza si quieres gozar,
pero sin menoscabar
mi manera de sentir.
Sin miedo puedes lucir
tu lenguaje favorito,
pero no quieras, maldito,
hacerme con tus respuestas
el muñeco de la fiesta,
porque no te lo permito.

La carreta avanzó un poco más ligera, pero siempre con las dificultades del camino empantanado; para colmo, el chichín de la llovizna fina arreció convirtiéndose en aguacero cerrado. Habíamos perdido tiempo y otras brigadas nos llevaban la delantera en el trabajo. Mara la Federica protestó acobardada contra un culpable abstracto, no seríamos vanguardias debido a aquel imprevisto de la naturaleza. Divisé a lo lejos a un grupo de muchachos recogiendo remolachas en sacos de yute. Pasamos por delante de un campo de papas. Papas, tomate, remolacha, tabaco, creí que iría a volverme energúmena censando con la vista tantas legumbres repetidas. En las noches no podía evitar las pesadillas con tubérculos enormes, o con ratas hambrientas que mordisqueaban mis senos. La neblina se había dispersado, escampó y ahora el sol achicharraba; nos anudamos las enguatadas a las caderas.

> *No es que yo te quiera hacer*
> *el muñeco de la fiesta,*
> *tú mismo con tu protesta*
> *te estás echando a perder.*
> *Y aunque tú me quieras ver*
> *víctima de tu desprecio,*
> *y aunque me juzgues de necio*
> *si yo le arranco el bigote*
> *para hacer un papalote*
> *este güin no tiene precio.*

Fue tan sorpresivo. Cuando parecía que andábamos viento en popa, hasta los baches se hicieron livianos; de repente el tractor cayó en un segundo lodazal. Al principio fue un hundimiento imperceptible, el conductor intentó arrancar el motor, el pantano chupó la parte delantera tragándose la cabina con timonel y todo. De manera que la carreta quedó encajada en la tierra en forma vertical y noso-

254

tras catapultadas por los aires en un parpadeo. Oí alaridos:

—¡Una carreta volcada, corran, se volcó la carreta de las estudiantes, auxilio! ¡Se mueren las de la capital!

Caí incrustada de cabeza en una loma de plasta de mierda de vacas usada como plaguicida.

Tratas de ser ocurrente,
festivo, irónico y ducho,
tratas de ser ocurrente,
festivo, irónico y ducho,
porque a ti te gusta mucho
todo lo que no es decente.
Busca la luz del presente
que a todos nos ilumina,
porque con esa rutina,
esa guasa, y esa cosa,
estás negando la hermosa
superación campesina.

Nos morimos; ahora sí que guindamos el piojo y la liendra, pensé. Entreabrí los ojos. Dánae Bemba de Pato resoplando lodo sacudía mis hombros; comprobó que yo estaba viva y desapareció de mi radio visual. Alcé con cuidado la cabeza. Dánae Bemba de Pato junto a Venus Podredumbre, Migdalia Pestañas Postizas y Carmucha Casa de Socorro reanimaban a las demás. Noté que las palmas reales estaban cada vez más próximas, más y más, como si hubieran sido sembradas en mis córneas.

No puedo negar la hermosa
superación campesina,
que a toda Cuba ilumina
en su marcha victoriosa.

Por tu forma caprichosa
me pintas como no soy,
y más que seguro estoy
que lo haces para engañar,
procurando desvirtuar
los palos que yo te doy.

Se armó el despelote natural provocado por un accidente de semejante envergadura. Los campesinos, maestros y alumnos de brigadas vecinas acudieron a socorrernos. Los del caserío aportaron alcohol, agua oxigenada, mercurocromo, vendajes, algodones, en fin, donaron hasta la última reserva de sus botiquines. Tierra Fortuna Munda se dirigió a todo galope hasta el pueblo, regresó desconcertada, ninguno de los Responsables mostraba inquietud en lo más mínimo. La muchacha contó que preguntaron en la más absoluta calma si el número de muertos era realmente importante:

—No sabemos todavía —contestó abrumada, olvidando al chofer enterrado en la tembladera.

—Entonces no alardees y ándate a mamársela al caballo sifilítico ese que anda contigo, ¿no ves que estamos reunidos en asamblea de balance?

Cuando te expresas así,
insolente renacuajo,
cuando te expresas así,
insolente renacuajo,
es cuando te miro bajo,
muy por debajo de mí.
Pretendes negar aquí
mi capacidad humana,
cuando tú eres, tarambana,

ante la presencia mía,
por cobarde una jutía
y por miedoso una rana.

La ambulancia apareció con retraso, teníamos la certeza de que dos personas habían fallecido. El conductor de la carreta e Irma la Albina. No la vi sonreír por última vez. Supongo que fue catapultada en seguida que el tractor se hundió con el pobre hombre. Irma la Albina fue a parar debajo de la rueda izquierda y delantera de la carreta. Irma la Albina muerta. Dánae Bemba de Pato anunció el fallecimiento, lela y temblorosa. De súbito pude incorporar mi cuerpo, nada me dolía, corrí hacia donde se apelotonaban los curiosos. Irma la Albina muerta. Sólo vi sus piernas blanquísimas, casi transparentes, las venas verdiazules inflamadas. De la cintura para arriba estaba encajada en el suelo. La rueda cortó en dos su cuerpo. Irma la Albina murió en el acto. Picada a la mitad. Dos muñones cual dos rosas pisoteadas por un par de patines.

Dánae Bemba de Pato y Tierra Fortuna Munda se abrazaron. Tierra tenía el rostro reseco, rígido, la rabia endurecía sus mandíbulas. Dánae refrescaba con su llanto la espalda curtida de la campesina. Los maestros pedían enloquecidos un transporte, algo que se mueva, caballero, que esto nos va a costar carísimo, un veinte de mayo es lo que nos va a caer encima. Pobre niña, pobre. Ay, qué desgracia, no tiene nombre de Dios.

Tierra Fortuna Munda brincó sobre el lomo de *Risueño*, varios guachos regresaron a los bohíos en busca de sus alazanes. De los troncos de las palmas reales enraizadas en las pupilas de cada una de nosotras fluían ríos rojizos, cual leche de parturienta. Entonces acudió la ambulancia, con esfuerzo común conseguimos poner horizontal la carreta. El resto fue demasiado aturullante. Un siniestro atolladero. Arterias, lodo, terror pánico, los persistentes calambres de desesperanza y parálisis. Yo quería echar el tiempo atrás. Como si la vida fuese un tren y se pudiera vacilar entre el vagón delantero y el trasero.

> *Compárame a la jutía*
> *y compárame a la rana,*
> *porque a mí no me amilana*
> *en nada esa tontería.*
> *Lo terrorífico sería,*
> *mi querido compañero,*
> *es que en un tono ligero*
> *cualquiera sin meditar*
> *me quisiera comparar*
> *a este esqueleto rumbero.*

Se corrió la bola, los padres abandonaron lo que estaban haciendo y salieron a las calles a lo como quiera; algunos en paños menores, refajos, sayuelas, calzoncillos marca Taca, de pata larga, los matapasiones; o simplemente desnudos. En la radio daban la noticia del accidente, pero no especificaban los nombres de los fallecidos. Mi madre, Carmelina Tagore, fue sorprendida en el trabajo. En la tienda del bulevar de San Rafael, estaba despachándole a una clienta el ajustador del año y de buenas a primeras escuchó la información. Saltó por encima del mostrador y corrió, corrió, corrió... Hasta la terminal de ómnibus no paró. No había guaguas, quedaba un auto, un Anchar de alquiler, pero ya estaba completo. Rogó, se arrodilló con las manos piadosas, explicó, recontraexplicó; no tuvo opción, de un piñazo le enganchó a un tipo la mandíbula en la silla turca y de un jalón lo empotró en el contén de la acera. De contra, no permitió que la máquina se detuviera, directo hasta llegar a La Fe. Los pasajeros vociferaban y manoteaban espantados. Ella, justiciera, en medio de aquel gallinero repartía janazos a diestra y siniestra. La portezuela se abrió y mi madre, Carmelina Tagore, cayó hincada de rodillas en la tierra colorada. El auto huyó de ella hacia la vereda. Carmelina Tagore era mucha Carmelina Tagore; poseía uno de los cuerpos más suculentos de La Habana. Era una apasionada del ballet clásico y del teatro, en cierta ocasión logró colarse en una ópera italiana, cantada por italianos, y dedicada a los representantes de las embajadas. Iba entrando en una de las filas de asientos minuciosamente reservados cuando el guardia de la sala la detuvo:

—Compañera, esto es exclusivo para el Cuerpo Diplomático.

A lo que ella respondió con el fotingo y las tetas empinados, las cejas renegridas, la boca palpitante de rojo carmesí:

—Querido, lo del diplomático te lo debo porque cuerpo me sobra.

Y metiendo cañona vio y se deleitó con la ópera.

Esa falta de respeto
una vez más ha probado,
esa falta de respeto
una vez más ha probado,
que eres un mal educado,
un bruto, un analfabeto.

Construimos la barricada con un largo silencio, un silencio de una semana. Nadie se fue porque debíamos quedarnos, no teníamos otra opción. Los profesores mintieron diciéndonos que había esperanzas de que Irma la

Albina se salvaría. Sabíamos que no. Como no viniera el doctor Frankenstein y la cosiera con alambre de púas. Vimos cómo sacaron una parte de su cuerpo envuelta en un coágulo descomunal y luego otra embalsamada en fango. En el futuro debimos fingir como si nada hubiera pasado; el domingo siguiente hubo acto cultural, un encuentro con varones y hembras de un campamento cercano. Sin embargo se hizo un extenso silencio, un silencio que duró un segundo y todo lo que hemos durado nosotros en esta vida. Después los días transcurrieron lentos, vacíos, Dánae Bemba de Pato se emborrachaba con Guayabita del Pinar y se fugaba con los guajiros del batey. Me confesó en un ataque de ebriedad que estaba enamorada de varias personas a un tiempo, que no podía elegir porque a cada una de ellas las amaba por igual y a la vez diferente. Hicimos un hondo silencio, pero la controversia de la radio de Mara la Química jamás pudo ser apagada.

Hay que ver que a este sujeto
siempre la ira lo ciega,
mas cuando el momento llega
a pesar de su recato,
el viejo se pone sato,
lo que pasa es que lo niega.

Una tarde descubrimos centenares de ratas trepando a los troncos de las palmas reales. Las noches fueron invadidas de murmullos lastimeros. Luego, por fin, los Responsables nos visitaron. Registraron y encontraron la colchoneta de Irma la Albina cundida de guayabitos recién nacidos, muy similares con respecto a la transparencia de la finada. El lema del matutino fue modificado: *Y si la muerte nos sorprende en la contienda, bienvenida sea.* Yo no quería morir, *no quiero morir,*

260

insistí dirigiéndome a Alicia Lenguaje, quien me miró tiritando. *Nadie quiere morir*, respondió castañeteando los dientes. *Nadie se va a morir, menos ahora, que esta mujer...* Pero Irma la Albina estaba muerta. Ella, que no me caía muy bien que digamos, no pienso ser hipócrita, era demasiado lenta de neuronas y cochina para colmo, amamantaba ratones. La conocí escrupulosa, excesivamente higiénica; de sopetón se transformó. Era un bofe, pero tampoco tenía por qué morir joven, despachurrada bajo la rueda de una carreta. Nos engañaron, los profesores mintieron, anunciaron que Irma la Albina se restablecía día a día, minuto a minuto. Y aquella falsa noticia terminó por ser un consuelo.

Eso es mentira, mentira,
hipócrita deslenguado.

Palma, ven acá. Voy, contestó. Avanzó unos cuantos pasos y dos brazos rudos se extendieron hacia mí. Enlazadas duramos varios siglos. Yo, al igual que Dánae Bemba de Pato, poseía una amistad secreta.

Mira, muchacha, toma mis ojos, observa el mundo con mis pupilas. Yo me apoderé de ellos. Vi el monte, vi desde lo alto el monte sagrado. Entonces fue cuando descubrí una manada de avestruces al trote, güijes volando encima de ellos, Irma la Albina a horcajadas del plumaje de una de las aves. Lucía más translúcida que nunca, sonreía, sí, pero todavía con temor de no saber qué hacer con aquellas riendas invisibles.

Para no verte agitado
toma jarabe de güira.

Alicia Lenguaje no paró de cuchichear hasta el día de la partida. Yo me parape té en el silencio, aquel profundo silencio afilado como un matavaca. Dánae Bemba de Pato se refugió en el amor, en su primer amor. O en sus primeras y disímiles confusiones. Las demás también intentaron enamorarse, o empatarse al menos; al fin y al cabo el objetivo oculto de las estudiantes en las escuelas al campo era iniciarse en el amor, o en el sexo, o ambas cosas. Yo nunca lo tuve muy claro; desde el punto de vista físico me gustaban varios machitos del albergue contiguo al mío, reconozco que era demasiado exigente en cuanto a espiritualidad. Cuadrar la caja con Chivirico Vista Alegre constituiría un error. Entonces, lejos del error, me advertí.

Cállate la boca,
mira...

Es cierto que atormenta esa controversia, no se detiene nunca, es inmortal, similar a lo falso de la inmortalidad. Aunque las voces hipnotizan y el contenido no está mal. Soy una palma real muy caprichosa, cualquiera que desee sacar provecho de mí que me invite a un guateque, a un zapateo, sin embargo no aguanto demasiado la letanía del son montuno, o ese chiquichín, chiquichán de música de caballitos de algunos puntos guajiros. Aprecio el enjambre de melodías, *Gavilán, pío, pío, gavilán, tao, tao...* pero sin que llegue a extenuar con sus repeticiones. Interrogué a Enma la Amenaza sobre su vida en la capital y si ya no se asustaba con mi perorata de mata histérica. Negó con la cabeza. Te enseñaré a bailar un zapateo, la invité en un frenesí, y puse en movimiento mis raíces. Armé semejante tinglado para conseguir una sonrisa en sus carnosos labios; desde hacía varios días sus ojos se aguaban con frecuencia y cálidos lagrimones bañaban sus mejillas. Te presentaré a cazadores de caimanes, o de cocodrilos; beberás aguardiente de mis entrañas, comerás ajonjolí calentado en mi jícara, la de las adivinanzas. Aguanillé bongó. Anda, mi majúa, recuéstate a mi cogollo, bebe la wámbana, agua lustral, y cuéntale tus penas al jubo que enroscado a mi cintura desea envolverte de placer. Vamos a gozar con los retumbos y rebumbios, mira que el tambor hermana y hace olvidar, no te amoingues. Dale a pescar biajacas, para ofrendarlas al Estandarte de la Potencia. Aaaah, esta chiquita está picá conmigo. Enma la Amenaza abrazó mi tronco. Aaaah, esta chiquita me adora. *Ponme la mano aquí, Macorina, ponme la mano aquí...* Y yo a ella. Tu compañera fugitiva habita ahora en el monte, la has visto, una muerta en estampida. No temas, yo la protejo. Aguanillé bongó. Cusubesita mía, chinita cariñosa. No te desprendas de mí.

> *Déjate de ser gruñón,*
> *poeta mariposón...*

¿Por qué no regresaste a la ciudad?

Solavaya, santíguate cada vez que te cruces con un chichekú. No es por nada y es por todo. La muerte estuvo cerca de ti, te rozó, ahora vendrá una época duradera, largo tiempo de sabiduría en el que te harás vieja y sobria. Cuando necesites de mí, sólo tienes que buscar la palma más próxima y enterrar en sus raíces tu anhelo. Yo escucharé y adivinaré en mi güija tus añoranzas más recónditas. Extraño las voces de aquel mediodía, la controversia era divertida, los cantantes se insultaban, se burlaban entre sí, inventaban murumacas. Como comprenderás, resulta difícil que el amor de mis sueños me saque a bailar. ¿Quién entendería a una palma? ¿Quién se atrevería a invitarme a echar un pasillazo? Cuentan que el poeta afirmó que las palmas son novias que esperan. ¿Esperar qué, a quién? Es una mentira fabulosa. Una trampa para hacernos creer las dueñas de la aventura.

¿Por qué no regresaste a la capital? El campo marca muy hondo, deja más cicatrices que añoranzas.

> *No me vuelvas a ofender*
> *porque te voy a romper*
> *la boca de un pescozón.*

La palma se incendió sola, fue un hermoso espectáculo. Mientras el fuego consumía al árbol escuché una melodía que hipnotizaba, *la conga de Jaruco, ahí viene arrollando...* Yo estaba extasiada observando cómo se quemaba el tronco, el penacho, hasta que reaccioné ante la presencia de Dánae Bemba de Pato y de Tierra Fortuna Munda. *El Alacrán cortando caña, son cosas de mi país, mi hermano...* Entre ellas, los güijes y yo, por poco vaciamos la laguna tratando de aplacar el fuego. De las cenizas y del mocho que apenas había quedado fue resucitando un dios vestido de punzó, un andrógino danzarín que mientras meneaba su cuerpo iba reconstruyendo al árbol por partes. Después la palma real estaba más espléndida que nunca. Como si las cenizas y las caricias de aquel dios fueran afeites que la embellecieron de repente.

En el centro del albergue de las niñas, la casa de campaña que Margot Titingó había ordenado colocar para conseguir·una cierta privacidad estaba a punto de caerse por la impetuosidad de los movimientos que en el interior se producían. En lo que las brigadas sembraban, recogían, aparcaban, guataqueaban, deshijaban, deshojaban, desfloraban, cosían, secaban, desyerbaban, es decir, se rompían la columna vertebral trabajando, la profesora se había distanciado del terreno con el pretexto de que debía repasar la situación de los enfermos. Dijo enfermos y no enfermas.

Los cuatro supuestos enfermos se hallaban en acecho en el comedor, vigilando a su presa; el campamento se hallaba desolado. Ella primero pasó por la enfermería y comprobó lo que deseaba, que el enfermero andaba por el policlínico del pueblo apertrechándose de medicamentos. Se extrañó de que en el albergue de los varones nadie aclamara su presencia, entonces decidió tirarse en la litera unos quince minutos; así fue como se dirigió al albergue de las hembras. Para no ensuciar la colchoneta se liberó del pantalón y de la estrecha camisa enfangados. En blúmer y ajustadores se hizo la dormida con los brazos recostados detrás de la cabeza. No fue de manera subrepticia que Fermín el Fañoso, Casimiro el Momia, Luis el Vicioso y Tin el Monina entraron en la cabaña improvisada, actuaron como si estuvieran acostumbrados. Fermín el Fañoso se prendió a mamar las tetas, Casimiro el Momia fue más directo, abrió las piernas y coló la pirinola en el hueco negro y maloliente a camarones vomitados, Luis el Vicioso encarranchado encima de la cabeza de la maestra-guía introdujo su yuca venosa y descomunal en la boca aparentemente inerte, Tin el Monina esperaba manipulando su mendó para luego sodomizar a la fingida muerta. En ningún momento Margot Titingó protestó, ni siquiera pestañeó, aunque bastante se movía de la cintura hacia abajo. Por el placer apreciado en los rostros de ellos, aquel suceso no tenía nada de infrecuente. Y como justificación podía calificarse, según Margot Titingó, la maestra-guía, de sofisticada terapia de grupo auxiliada por la ciencia de la necrofilia. Los cuatro jinetes de la Poca Elixir.

Querido primer novio:

Debo darte una noticia no muy agradable, en fin, supongo que no lo sea, aunque también para ti la vida debe de haber cambiado. Me casé con Andy Cara de Bache, aquel pesado que me rendía, no me lo perdonarás, pero creo que de verdad lo quiero. Y él jura que soy lo que más le priva, que se muere por mí. Somos muy jóvenes, no es nada nuevo, estoy harta de oír la eterna cantaleta acusándonos de que hemos cometido el error más grande de nuestras vidas, el de acudir al matrimonio siendo apenas unos inexpertos en la materia. En verdad decidimos casarnos porque no teníamos dónde vernos, y Gloriosa Paz, mi madre, decidió que hiciéramos lo que teníamos que hacer dentro de la casa, y no en una posada recochina o recostados a un muro cochambroso. Ah, antes de que lo olvide, he estado embarazada y Gloriosa Paz, mi madre, se puso como una fiera, pero lo perdí, el bebé digo, aborté, fue violento, mucho reguero de sangre apelotonada, un espanto. Es raro, me sentía de muy buen humor, con un hambre devoradora. Una madrugada desperté con un líquido caliente y viscoso entre los muslos, aborté con tres meses y medio de gestación. Mala disposición del útero o algo así, en retroverso. Gloriosa Paz es la que está al corriente. Creo que pronto saldré preñada de nuevo, me encanta el estado en que una se pone, rechonchona y soñolienta.

¿Qué tal anda el batey, y nuestros espíritus del monte, la ceiba, el río, las lagunas, y el caballo *Risueño*? Casi he perdido las esperanzas de recibir respuestas tuyas a mis cartas, pero sigo escribiendo, aunque no tengo la certeza de poseer la dirección correcta. Como te he contado con anterioridad, nos enviaron a dos escuelas al campo en años consecutivos a Pinar del Río, pero en regiones sumamente lejanas de La Fe, no hubo manera de escaparme e ir en tu búsqueda. ¿Habrás olvidado a tu novia que en cierto sentido te ha sido fiel? Muy dentro de mí presiento que aún soy importante para ti. Extraño tu alegría; también tus momentos de ira, cuando más chance me dabas de protegerte, te veías tan quebrantable. Leí en el periódico que varias familias de La Fe habían accedido a mudarse a los barrios nuevos de las cooperativas, era una nota muy escueta y poco convincente. ¿Es cierto, será el caso de ustedes?

Andy Cara de Bache es un pedazo de carne con ojos, de lo bueno, aunque monta unas perretas de ampaga, es muy desconfiado y celoso. Te juro, lo peor es que me aburro y no sabría decir por qué. Me hace reír, pero hay misterios que no consigue captar, no es un cómplice. No, nunca como tú lo fuiste.

La ciudad es de una mortandad y el campo conserva en mi memoria una enorme seducción. Para ti resultaría más fácil borrarme de tu recuerdo, con tantas aventuras que suceden allá. No niego que pensar en eso me aguijonea el celo, pero mira quién habla. Gloriosa Paz entra ahora gritando y no me permite concentrarme en la carta, se queja de que la botaron del trabajo, ah, no, que la mandaron a cuidar baños en El Potín de Línea, que el administrador la tiene cogida con ella. Sólo porque vio una rata enorme en la cocina y lo comentó con un cliente. Lo cual está terminantemente prohibido. Las ratas nos invaden.

Un día iremos a rescatarte, digo en plural porque será con él, con Andy Cara de Bache. ¿Te acuerdas que yo le llamaba además el Bofe, por lo impertinente que se ponía? Ha cambiado, está más gracioso, como señalé antes. Si tarda el momento de ir a verte tal vez sea ya con los hijos, porque pienso parir un montón. Aunque deseo hacer hembras, así no tendré que preocuparme con el servicio militar obligatorio ni con las guerras; bueno, están las escuelas al campo, ¡qué dolor de cabeza para los padres!

Por cierto, de mi parte nada fue fructífero con respecto a eso, tanto esfuerzo en vano. No alcancé carrera, yo aspiraba a estudiar geografía, pero no la obtuve, dada mi participación en las escuelas al campo, dadas las buenas notas, dada la disciplina. No era combativa. Estaba cantado. Los beneficiados fueron los privilegiados habituales. Le advertí a Gloriosa Paz que no voy a resentirme por esa situación. Estudiaré en un tecnológico o me haré bibliotecaria, con lo que me gusta a mí leer. Cualquier cosa que me mate el tedio.

Ojalá siga cobijada en un rinconcito de tu corazón. Tuya siempre. No firmo la carta para no buscarnos líos.

Observadas desde el coposo penacho, las fiestas eran aburridas. Más me agradaban las jornadas de trabajo. En eso estábamos de acuerdo el manatí y yo. La ceiba no, la ceiba siempre fue algo majasera. Me acusaba de abusadora. *Tú, palma real, eres injusta estimulando el trabajo excesivo a que se encuentran sometidos estos adolescentes.* ¿Qué quería? Yo deliro trabajando, ella deliraba majaseando. No es tan así, tan cierto. La ceiba trabaja, pero es menos diestra en los asuntos guerreros. La de la guerra y el relámpago soy yo. Yo soy la del sacrificio, pero cuando doy, doy, y sin pedir nada a cambio. Entregué un burujón de ternura a Enma la Amenaza, sin albergar la certidumbre de si ella me amase o no, sin saber si me respetaría o por el contrario acabaría tomándome por una mata parlanchina. Debo aclarar que no me defraudó. Me amó como a nadie. La juventud es sólo amor, luego todo cambia. La vejez es esto, inmovilidad sabia, conciencia de que he perdido el miedo. Hace bastante tiempo escuché a una niña de cinco años confesar a su madre:

—La vida es más importante que la muerte porque es más difícil vivir. Morir es fácil.

—¿Y de dónde has sacado tú esa tontería?

Ella señaló con el dedo índice a la sien, de ahí adentro, de la cabeza. Esa cálida cabecita nueva. Al rato la niña volvió a la carga y reclamó una explicación sobre el amor, y entonces fue la madre quien balbució una frase frívola no exenta de cierta melancolía con pretensiones poéticas:

—El amor es vivir en una constante nebulosa.

La niña me recordaba a Tierra Fortuna Munda, ahijada de la ceiba, aunque también mi protegida. Tendrás que ser muy fuerte, vaticiné un mediodía a la madrina. *Yo sé que Tierra sufrirá, ¿cómo crees que puedo ignorarlo?*, comentó con dolor y arrepentida de haber tomado tan a pecho el nacmiento de una niña al pie de sus raíces. *Entretanto*, recalcó, *que goce estos fragmentos incoherentes de vida lo mejor que pueda, que no perciba lo que vendrá.* A veces ni siquiera nosotras, las matas sagradas, podemos desviar los designios desafortunados del destino. Tierra era como un cometa con el rumbo demasiado dibujado, delineado por una mano apretada sobre un lápiz. Cuando Dánae acariciaba el cuerpo de Tierra Fortuna Munda las zonas erógenas se hinchaban sonrosadas y pulidas de humedad, las sienes latían y de sus poros brotaban chispas de oro que alumbraban las constelaciones.

—Bésame aquí —pedía, abriéndose el sexo perfumado con gladiolos, adelfas y tulipanes salvajes.

El día anterior a la partida definitiva de La Fe, el director Puga decidió que fuera feriado, los estudiantes podían hacer lo que les viniera en gana, pero precisó que debían recoger todo en las maletas y dejar los albergues ordenados y limpios. En una palabra, mejor que como lo habían encontrado. Dánae Bemba de Pato observaba la maleta de Irma la Albina; en la locura del accidente los padres de la

269

fallecida la habían olvidado. Y ahora, ¿qué haría ella con la maleta de su compañera? No podía dejarla tirada. Suspiró y volvió a la suya, abrió la tapa y el aroma a poesía persa invadió el ambiente. Colocó unas cuantas prendas de ropa en el interior, dobladas con sumo cuidado, quedó pensativa unos minutos. Cerró la maleta con llave, salió por el ventanal a escondidas, atravesó la guardarraya como un frenesí y no se detuvo hasta llegàr al caserío.

—¡Santa, Santa, soy yo, Bejerano, soy yo, Dánae Bemba de Pato! ¡Abran, vengo a despedirme de ustedes! ¡Tierra, Tierra! ¿Estás ahí?

Santa acudió con los cabellos desgreñados, como de costumbre, pero con la cara amarillenta, demacrada:

—Pasa, m'ija, no hemos dormido nada, Tierra está volá en fiebre, llorando to la maldita noche, ahí tirá como un estropajo. Le envolví los pies en cartuchos y polvo de café, le pegué en el pecho también un papel de cartucho con manteca de cacao, y nada, no mejora. Chivirico Vista Alegre está también muy compungío, y to esa melancolía porque ustedes se van mañana. Bejerano anda cortando yerbas, amor seco pa la disentería y evitar los buches de sangre provocados por los males amorosos, anamú por si acaso hay que abortar algún fenómeno, bejuco uví, pa desatar la vejiga, el amansa guapo pa los amarres, el ateje hermoso pa aliviar cicatrices, el caimito blanco pa dar poder a los talismanes, la celosa cimarrona pa gargarismos, helecho de río que dará clarividencia, mangle pa purificar la sangre, es un afrodisíaco...

La muchacha dejó a la mujer plantada en la puerta enumerando matojos y sus correspondientes poderes curativos y mágicos. Cruzó la sala y echó a un lado la cortina que la separaba del cuarto. Vio a Tierra Fortuna Munda desmadejada en el camastro construido con yaguas secas, los ojos inmensos fijos en un pedazo de cielo encuadrado por la ventana deforme. Arrodillada sobre ella, Dánae besó sus labios, pegó su cuerpo al de Tierra sacándole la calentura.

—Si no estuvieras enferma te pediría que me llevaras a los mogotes de Viñales ahora mismo, de día, no quiero irme sin verlos a la luz.

—No tengo nada, sólo pasión de ánimo porque tú te vas, no quiero que te vayas. No te vayas.

Dánae atrajo la cabeza de cabellos engrifados, besó el cráneo piojoso, metió la mano por debajo de la camisa y acarició los pechos de ternera.

—¿Qué hacen esas dos con tanto silencio? —alarmó Santa desde el portal—. Raíz de vetiber pa fricciones, palo cachimba pa que no venga la turbonada de nuevo, rompe zaragüey pa los despojos... ¿Niña mala, qué haces en la puerta, disfrazá como una facinerosa, con esa temperatura que has padecío? ¿Niñas remalas, respóndanme, adónde carajo van en esa facha? ¡Tierra Fortuna Munda, deja que Bejerano se entere de que has robao al caballo, con lo débil que luces!

Dánae ayudó a Tierra a ensillar a *Risueño*, luego puso un pie en el estribo y montó ella, luego alzó a Tierra, quien se colocó a horcajadas en las ancas de la bestia.

—¿Y tú vas a dejar que esta chiquita de la ciudad se haga calcomanía contra una siguaraya y de paso tú también? ¡Qué barbaridad! —Pero Santa vio que a su hija se le iluminaba el rostro en una sonrisa y no se preocupó más.

Cabalgaron durante horas. Dánae llevaba las riendas todo el tiempo dirigida por Tierra pegada a su espalda. El olor de ella impregnaba su piel, la respiración entibiaba su nuca, el hueso de la pelvis rozaba sus nalgas.

—¿Ves aquellos burujones verdes que parecen dinosaurios dormidos envueltos en la neblina? Ésos son los mogotes, es el Valle de Viñales... —anunció Tierra con la voz debilitada.

271

—No hay nada igual, no he visto nada igual, ¡Tierra, Tierra, cómo me gustaría vivir para siempre ahí, perderme contigo en el paisaje!

—De lejos es una maravilla. Vivir no se puede. Contémplalo, es sólo para regodearse y saborearlo con la mirada.

Bajaron de *Risueño*, lo dejaron pastando yerba fresca, ellas se tiraron encima de una loma a inventar el porvenir.

—No nos veremos nunca más —pronunció Tierra Fortuna Munda en un suspiro.

—Si tú no puedes ir, vendré yo.

—¿Me escribirás?

—Como una novia a su novio.

Y se rieron jugando a rodar loma abajo. Un gajo descomunal se interpuso entre el cuerpo de Tierra y la furnia rocosa. Dánae cayó encima de ella. Tierra arrancó una brizna cercana y mordisqueándola confesó una vez más avergonzada:

—Apenas he ido a la escuela, sabes que detesto el colegio, pero sé escribir, aprendí garabatillos con mi primo Santoral al Dorso, no tengo buena ortografía pero entenderás...

—Hasta con el eco del cuerno de un olifante, china linda, bastarán incluso señales de humo... Toma, te dejo la llave de mi maleta, heredas la maleta persa con todo adentro, no la necesito, puedes guardar también las pertenencias de Irma la Albina, ella las necesita menos, pobre Albina.

Se despojó del collar de falso lapislázuli donde colgaba la llave y lo anudó alrededor del cuello de Tierra Fortuna Munda:

—Consérvalo como un talismán, no lo pierdas.

Querido primer novio:
Sólo una pequeña nota después de tantas cartas extra-

viadas en el olvido y sucesos acaecidos en mi vida. Estoy sentada en un banco del paseo del Prado, he traído a mis niñas a jugar. Sí, tengo dos hijas, Ibis y Francis, ahora cuentan una ocho y la segunda seis años. Estuve trabajando en una biblioteca de barrio, me trasladaron en buenos términos, pero en realidad de lo que se trató fue de una expulsión. Mi presencia no convenía debido a los libros que recomendaba a los clientes, la mayoría estudiantes. En la actualidad, hace apenas dos semanas y media, trabajo en la oficina del palacio de los Matrimonios, el mismo que queda enfrente del paseo del Prado, donde me encuentro ahora. Soy oficinista. Copio a máquina los certificados matrimoniales. La gente se casa para acaparar panes, cervezas, planchas, sábanas, almohadas... Hay quienes se casan, se divorcian y se vuelven a casar sólo para comprar doble en la tienda especial de recién casados, y todo este embrollo en menos de un mes.

A mi marido, Andrés, lo dejaron cesante, parece que resolverá trabajo en una microbrigada, en la construcción de uno de esos edificios horripilantes que compiten con jaulas de pollos. Como ves, la situación no está fácil, soy yo quien está manteniendo la casa, la jubilación de mis suegros más parece asunto de burla, no da ni para que dos personas vivan una quincena. Mi madre anda peor de dinero. En las noches me dedico a pintar uñas. Me he hecho manicura de manera autodidacta, no hay que hacer un doctorado para acabar haciendo esa sencillez. Esto nos permite respirar y aflojarnos la soga del cuello... Temo que Andy se vuelva loco, ayer me pegó, nunca lo había hecho.

No debiera contarte mis miserias, ni siquiera tengo idea de adónde enviarte este papel, ni puedo saber si aún existes, vacilo ante la duda... Estoy muy cansada de esperar lo que no entiendo. Debo dejarte, aunque esta tarde es a ti a quien más necesito. Hoy hace sol y fresco, la brisa salada viene del norte, ayer estuvo lloviendo todo el maldito día...

CHICHEREKÚ MANDINGA Y EL AMULETO

La señora que se había acomodado junto a ella, la que montó en la estación anterior, era simpática, no paraba de hacer chistes picantes de ancianos que deseaban morir haciendo sexo. Sería bastante mayor que Dánae, una cincuentaypicona. Aunque rubia natural de pelo ondulado, todavía no había tenido que recurrir a los tintes pues no le habían salido canas; de ojos color pardo y la piel manchada de güito, los dos dientes principales de arriba cariados con un hueco negro y desagradable, pero la dueña de esos dientes repugnantes era muy agradable. Contó a Dánae que había nacido en La Fe, y hacía ya muchos años que vivía en la capital, casada con un ingeniero agrónomo. Viajaba con cierta periodicidad a su pueblo natal, el tiempo que le permitían las vacaciones laborales y días extras que ella se cogía con peritajes falsificados por sobornados médicos, para poder ver a su familia, una abuela nonagenaria y lúcida, la madre aún joven y arteriosclerótica, los hermanos prolíficos la cundían de sobrinos.

—Mi padre falleció de cáncer en la próstata el año pasado, fue terrible debido a la larga duración del padecimiento.

Dánae la observó con detenimiento, dudosa. Ahora veía claro su objetivo, iría a encontrar a Tierra Fortuna Munda. ¿Sería ella? Pero no tenía la más mínima idea de

275

cómo luciría Tierra Fortuna Munda de adulta, y aunque la señora sólo contaba cinco dedos en cada mano, bien podía haber acudido a la cirugía estética. ¿Sería o no sería ella? Preguntó el nombre fingiendo que lo hacía sólo por buenos modales. Decepción. La mujer contestó que se llamaba Rapsodia Imblú. Bien podía haberse cambiado el nombre.

—¿Y su padre? —preguntó inquieta.

—Ah, ése, un tarambana, ya le dije que murió de cáncer de próstata el año pasado, fue horrible, estaba divorciado de mi madre, pero vino a morir a casa cuando el médico lo desahució.

—No, no, el nombre de su padre, eso me lo acaba de contar.

—Esperanzo, se llamaba Esperanzo, que en gloria esté, y que Dios lo tenga donde lo tenga que tener... Es un nombre raro; más raro es el que le puso a mi tercer hermano, figúrese, Lenin de los Santos. ¿No es eso ganas de fastidiarle la existencia a un inocente? Yo, fíjese, salí ganando, al menos mi nombre recuerda al célebre vals. De niña no paraba de vagabundear por estos parajes... —Indicó con la mano que sostenía el abanico de guano los matorrales que desfilaban con toda rapidez—. Era una pervertida de pequeña, andaba al garete, los raíles del tren eran mi mundo. ¿Sabe que todavía son de madera? Nunca han cambiando los raíles, bueno, y el tren, ya lo ve, tampoco. Yo jugaba a saltar con un pie puesto a cada lado de la línea, sobre los raíles, esparrancada iba brincando y al mismo tiempo cantando los nombres de los tipos de árboles con los que habían fabricado cada tramo, majagua, cedro, caoba haitiana, jatia, guácima, ceibón, nogal, sauce llorón, siguaraya, hicaquillo, ciprés, pino macho, pino hembra, corojo, palma manaca, roble de yugo, almácigo, sabicú, jiquí, nogal, y así iba como una desatrapá, hasta que las vibraciones de la locomotora quemaban mis calcañales... De milagro un tren no me hizo picadillo de butifarra, ah, las cosas que una hace de chiquita...

—Yo estuve por aquí muy joven, en esa edad en la que también una reniega de la familia, entre la adolescencia y la primera juventud, sucedió durante una escuela al campo...

—¡Así que conoce esto por acá!... No es lo mismo nacer que visitar, por supuesto. Se ve a la legua que usted no es de por aquí, con toda claridad dejó amigos...

—Sí, conservo muy vivo el recuerdo de una amiga de aquella época, pero nunca más la vi, después regresé a Pinar del Río en otras escuelas al campo, cada año, sin embargo nunca a zonas tan intrincadas como La Fe... Ella se llamaba, o se llama, Tierra Fortuna Munda, pertenecía a un batey estigmatizado por los Responsables, alejado del pueblo. Bueno, usted debe de estar al tanto, se trata de esa familia numerosa con la cual los parapsicólogos y todo tipo de investigadores científicos hicieron estudios, experimentaron con ellos, en fin... Vivían en concubinato hermanos con hermanos, primos con primos, no sé si se enteró alguna vez, eran...

Rapsodia Imblú no la dejó terminar, tomándole la mano con cierta mueca trágica le dio una pista, en seguida soltó un largo suspiro:

—... Anormales, perdón, adefesios con la mente muy avanzada, con un grado de inteligencia superior, se rumoraba que torcían tenedores con la vista, que las palmas de las manos les sangraban o destilaban aceite, o que de sus ombligos fluía un sinfín de jugos frutales... Los conocí, murieron todos, envenenados a causa de un fertilizante. No me mires así, con esa cara de carnera degollada. Ella no, fue la única sobreviviente. Se casó con un hijo de mala entraña al que odiaba con todas sus fuerzas, Cheo Cayuco, un oportunista con demasiado poder y maldad...

—Sé de quién habla.

—Un loco peligroso. Tuvieron cinco hijos, murieron todos a causa de varias epidemias. Ella se enroló en aquella guerra horrible en África, quería morir, siempre quiso morir, supongo que debido a sus complejos, era medio marimacha. Nada, que no la mataron. A su regreso, él se había mudado a La Habana con una puta de rango, de esas que le han dado la vuelta al planeta y siempre vuelven a carenar aquí, porque ¿en qué otro sitio le harán el caso que aquí se les hace? Cheo Cayuco fue ascendido de puesto. Tierra se salvó. Ella, pues, nadie sabe dónde fue que se operó, pero un buen día nos dimos cuenta de que también se había desembarazado de los sobrantes del cuerpo, ya no lucía seis dedos en las manos sino cinco, como todo el mundo, dos senos como cualquier mujer, aunque cuentan que del ombligo le sigue supurando jalea de guayaba, qué asco.

—¿Dónde vive?

—¿Dónde va a ser? En el monte.

—Pero el monte es infinito.

La otra echó la cabeza hacia atrás para liberar su nuca de la espesa cabellera empapada en sudor.

—Eso sí, deberás caminar como una condenada si deseas encontrarla, y prepara la garganta, porque el grito vale poco en la manigua. Pídele ayuda al Chicherekú; ese Mandinga con tipito de búho es tan furrumalla que se prestaría para cualquier enredo. Podrías contratarlo para que la llame a grito pelado, si consigues enseñarle a hablar, ja, ja, ja, ji, ji, ji, qué cosa. Ay, caramba, el Chicherekú Mandinga lleva milenios intentando aprender a hablar, es el espíritu de negro más bruto que haya parido madre.

278

El tren frenó en la antigua estación, se suponía que muy poco había cambiado desde hacía un siglo. La mujer se dispuso a bajar y Dánae se despidió de ella; cuando puso los pies en el andén sintió un escalofrío, ¿adónde ir? ¿Por qué no continuaba en el vagón hasta el final del trayecto, y regresaba hasta el inicio del viaje, y luego de nuevo vuelta hacia atrás, y así ad infinitum? No deseaba apearse, pero ya lo había hecho, y el tren sólo esperaría cinco minutos. Ya está, sin remedio, la locomotora echó a andar, una humareda negra invadió la estación y los rostros más expuestos se maquillaron de hollín. Tendría que caminar hacia el pueblo, se dijo imaginando el dolor de las llagas en los pies. Sólo habían descendido Rapsodia Imblú, el tipo del gallo que había desvirgado en pleno viaje a la joven de las rodillas purulentas, un viejo con un saco al hombro y ella. Rapsodia Imblú avanzaba muy rápido y ya se había alejado demasiado. El tipo del gallo no le dio confianza. Decidió abordar al anciano:

—Si mal no recuerdo, el pueblo está lejos de aquí.

—A dos horas, ni un minuto más ni uno menos, voy en ese rumbo, si le conviene.

Dánae entendió que la convidaba a seguirlo. Rapsodia Imblú se perdió por una vereda, con toda certeza rumbo al bohío de sus familiares. El tipo del gallo se internó en un trillo regado con sombra dorada. A las dos horas exactas ella y el viejo llegaron al pueblo. Fueron directo al bar, grajientos y con las gargantas empolvadas. Dánae creyó reconocer al barman de su época.

—No, se equivoca, soy su hijo. Y aquel borracho es el hijo del Necio, otro borrachín con quien probablemente usted se topó por aquellos años, y aquel de más allá es el hijo del Ladilloso, otro curda de cuando mi padre mandaba, y eso fue hace mucho, cuando la rana tenía pelo. Cada cual heredó lo que le tocaba. Y al que Dios se lo dio que san Pedro se lo bendiga. ¿Ron o agua bomba?

—Agua bomba; aunque caliente, siempre será agua.

—Pa abajo todos los santos ayudan... —El hijo del Necio salió de su ensimismamiento y pronunció esa frase incomprensible.

—¿Cómo puedo localizar a Tierra Fortuna Munda? —inquirió Dánae.

—Ay, caray, hace un carajal que fui tremendo socio de su hermano Chivirico Vista Alegre; guindó el piojo por desoírme: no te comas esa col, Chivirico, mira que esta gentuza es peor que el rencor de una víbora, legisla, oye, que han regado un plaguicida que es puro ácido sulfúrico... Yo se lo advertí, aaaaah, qué sueño maldito, carajo... —Fue todo lo que soltó el Ladilloso entre bostezo y bostezo.

—Lleva veinte años roncando en esa mesa, de una pea a otra... —aclaró el barman, y añadió—: En el monte puede hallar a Tierra Fortuna Munda, cerca del campamento llamado La Fe, allá por...

—Conozco la dirección de memoria, desde aquí puedo llegar sola. —Dánae agradeció al anciano que se empinaba su cuarto trago de ron por haberla guiado desde la miserable terminal hasta el bar, luego partió rumbo a la laguna.

Antes pasó por la peluquería del pueblo, pidió que le lavaran y le cortaran el pelo por encima de los hombros, preguntó dónde podría asearse. La de menos edad viró los ojos en blanco dando la necesidad de Dánae como imposible de complacer. La de más experiencia murmuró con amabilidad:

—Por acá todavía no existen hoteles. Puede utilizar la ducha nuestra, si no tiene inconveniente. Está detrás de las letrinas. No tengo jabón, pero yo misma fabriqué una especie de gel con una mezcla de la flor del ylang-ylang y de sándalo, muy oloroso y refrescante, añadí árnica y mentol.

Aceptó, debajo del chorro entibiado por el sol que calentaba el tanque de fibrocemento sintió como si la piel se le desprendiera por tiras. ¿Cuánto tiempo hacía que no tomaba un baño? Por lo menos no así, como en este instante, tan consciente de cada una de las partes de su cuerpo. La peluquera tuvo la atención de ponerle un frasco de la espuma para el aseo en la mochila. Fue invitada a café, servido en un jarro abollado pero limpio. Además le brindaron torrejas chorreando miel. Comentó que era una casualidad, hacía años que se moría por comerse una torreja enchumbada en miel. Preguntaron si tenía familiares en el pueblo. Respondió que no, sólo una amiga, pero decidió dar un nombre falso; por supuesto nadie conocía a esa persona y se miraron extrañados. Al salir de la peluquería estaba como nueva de paquete, como envuelta en celofán. Luego caminó y caminó sin descanso, resbalando en los pedregales; el sol picaba tan fuerte que a los pocos minutos ya se había puesto pegajosa y maloliente.

Con los años, la geografía había variado considerablemente, la naturaleza desafiaba más perversa y endurecida. Anduvo tres días extraviada, bañándose en las turbinas y los regadíos, comiendo tomate, naranjas y guayabas. Dormía en las desvencijadas casonas de tabaco, como en los viejos tiempos, con la certeza de que su presencia atraería a la de Tierra Fortuna Munda. Fue difícil hallar el campamento; lo habían derrumbado, en su lugar descubrió una valla avisando que allí se construiría un hotel de lujo, pero, según informaciones de Rapsodia Imblú, la acompañante del tren, llevaban décadas en ese cuento del tío Tata, para nunca acabar, pues el terreno era demasiado movedizo e inseguro. Entonces recordó a la ceiba, recorrió el paisaje con la mirada; no la halló. Deambuló por los alrededores, y un descomunal precipicio la hizo sospechar que había sido arrancada de raíz. Tampoco percibió palmas reales cercanas. Más tarde se enteraría de que dobladas sobre su propia tristeza se marchitaban de desolación, con los penachos ocultos en la revoltura de la maleza, desde la tarde en que los habitantes del caserío fallecieron envenenados.

La cuarta alborada remontó muy blanca, siempre neblinosa y engalanada de rocío; el polen empegostaba las pupilas. Parada en la puerta de la casona de tabaco, Dánae había casi renunciado a cualquier esperanza de tropezarse con Tierra. Pensó que se daría un último chapuzón en la laguna y retornaría al andén, a esperar el tren, otro tren. O el mismo, pero en otro viaje.

Jugueteó toda la mañana en la orilla lanzando piedras de rayo a un blanco imaginario. Aguardó a que el sol se izara en el horizonte y entibiara el agua. Encuera corrió por los alrededores. Resistió comiendo yambuco o ñame crudo. ¡Qué sensación correr desnuda sin que nadie, absolutamente nadie, estuviera observándola, ella sola, tan sola por fin! Entró arrebatada de alegría en la laguna, hasta que no dio pie y nadó hacia el centro, allí sumergió la cabeza, aguantó la respiración lo más que pudo. ¡Yalodde, madre de los ríos, ayúdame a encontrar a Tierra! ¡Milagrosa entrañable!

Chicherekú Mandinga en el fondo está la muerte, el manatí y yo, ven, húndete más, un poco más. El manatí con su cuerpo de niña abusada. Toitico lo malo y lo bueno revuelto, la niña accidentada, Irma la Albina, Santa, Bejerano, Chivirico Vista Alegre, el familión entero, los güijes durmiendo el día y gozando la noche. Toitico, mujeranga, Chicherekú Mandinga, aguanta la respiración, que tus pulmones se llenen de agua dulce, de musgo, de raíces, de peces, ranas y jaibas arrastradas por el mar, caracoles furtivos, guajacones, biajacas. Es mucho para un cartucho. Chicherekú Mandinga, toitico lo malo y toitico lo bueno revuelto en el mijmitico mejunje.

De una radio distante emergió la voz de Luis Carbonell, el Acuarelista de la poesía antillana, intérprete de: *¡Oh, Fuló, oh Fuló, esa negra Fuló, esa negra Fuló!*:

> *Juana Pérez espiritista,*
> *Juana Pérez espiritual,*
> *Juana cura a los enfermos*
> *con agua del manantial.*

Un calambre punzó agudo en el espinazo, otro retortijón contrajo sus piernas, quedó medio inmovilizada, pero aún mantuvo la fuerza de los brazos, haló hacia arriba, otra dimensión, hacia arriba, más hacia la superficie. Sacó la cabeza amoratada coronada de algas y guajacones, apenas conseguía divisar las sombras, los ojos enchumbados en lodo. Lo mejor era sosegarse, ponerse más tranquilita que estáte quieta, abandonarse, flotar, abollarse hasta que los calambres pasaran. Uy, el agua trinaba de gélida. En lo más hondo del fondo había tropezado al manatí:

—Monta —silabeó—, eres todavía joven, no te embales, mira que de las heroínas suicidas no se ha escrito nada.

Recuperó energías y nadó. En la orilla recogió la ropa y se vistió mojada, y se internó en el monte.

—¡Tierra, Tierra Fortuna Munda! —voceó como una demente, rió de aquella ocurrencia de buscar donde existían mínimas probabilidades de encontrar a nadie. La manigua fue engullendo su cuerpo, extravió su silueta. Pero alguna fe le quedaba de que ella reaparecería.

Restregó los ojos con el dorso de la mano ante la visión, semejante a la Virgen de la Milagrosa, en un claro ardiente.

Ella estaba sentada de espaldas, peinada, diría que correctamente vestida. Coronada de rayos y con una serpiente enredadada a sus pies. Era ella.

—¡Tierra!

Volteó la cabeza, su cara tosca, el entrecejo fruncido, ida en el ensueño. Dánae avanzó con pasos inseguros, levitando.

—Soy yo, aquella muchacha, Dánae Bemba de Pato, ¿te acuerdas de mí?

—Claro, hace días que espío tus movimientos. Entonces ¿para qué viniste?

—Aquí estoy, no soy un espíritu. Vine para amarte.

—Concho, casi lo eres... Apenas has cambiado, quizá menos flaca. ¿Y quieres que te crea?

—Estoy vieja, tú sí estás igualita. Te escribí.

—¿Ah, sí? Nunca recibí tus cartas.

—Te lo juro. Te juro que te amo.

—No jures en vano, siéntate, toma. —Ofreció una jícara con ron.

—No bebo, bueno, pero ahora sí. —Los brazos de Dánae vibraban como las alas de un pitirre.

Tierra la estudió de reojo:

—¿Ya te contaron? Envenenaron a mi familia con un plaguicida del cual todos ignoran su procedencia, en vista de que no pudieron expulsarnos de aquí. Fue Cheo Cayuco el que planeó el crimen. Esperó a que mi viejo sembrara un lote de coles y lo regó con esa porquería. Devoraron coles como unos desaforados, menos yo. Terrible, no murieron en el acto, ¡no, qué va! Quedaron paralizados como vegetales hervidos durante varios meses, los niños, los ancianos, las mujeres, todos. Entonces cargaron con ellos para una especie de hospital secreto donde se hacen estudios del cerebro, les injertaron tajadas de hipófisis de bebés fallecidos

284

al nacer. En una palabra, aprovecharon para experimentar, murieron de a puñado. No quedó claro en qué condiciones. A mí me becaron obligada. Cheo Cayuco se comprometió a visitarme los fines de semana, la única manera de salir de allí era casándome con él. Me casé con la persona que más odiaba, sólo para obtener mi libertad. Sufrí pesadillas muy violentas, cada noche tuve que escuchar sus delirios regodeándose en el exterminio del batey. Luego me golpeaba y me violaba. Las noches parecían interminables, qué espanto. Tuve cinco hijos con él, murieron de epidemias cuyos orígenes ningún médico pudo identificar. Al cabo de dos años, un grupo de militares vino reclamando carne de cañón para una guerra, di el paso al frente. Escapé. Como ves, estoy sana y salva; no tan sana, fui herida de gravedad. Conseguí un traslado de urgencia a un hospital de no sé qué país, allí me curaron y cuando desperté de la anestesia habían estirpado las partes de mi cuerpo que siempre sobraron. Al regreso supe que Cheo Cayuco vivía con una piruja en la capital, una puta de lujo, ya que gozaba de un ascenso como responsable de no sé qué área de un ministerio importante. Un alivio, mejor noticia no podía caer. Desde entonces asumo mi soledad, construí un bohío en una zona inaccesible. Creen que estoy loca, que soy una indigente o una especie de ánima en pena en extinción.

—Más o menos estaba enterada de lo que acabas de contar... ¿Tumbaron la ceiba?

Ella sonrió con malicia.

—No, la ceiba está muy cerca de mí, como siempre. Nos protegemos mutuamente.

—¿Por qué no vienes conmigo a la ciudad?

Tierra negó con la cabeza sin mucha convicción.

—¿Y tú, qué fue de tu vida?

—En las cartas te contaba, yo también me casé, con alguien a quien conociste, Andy Cara de Bache, aquel que me rendía veinticuatro por segundo, el de la escuela al campo, bah, no lo recuerdas. Tuvimos dos niñas, bueno, ya son adolescentes. Acabo de abandonar todo aquello por venir a buscarte. No, no, no pienses mal... Lo quiero, pero estoy harta de caer en lo mismo. Asistir a la oficina, lustrar el piso, cocinar frijoles, buscar a las niñas en el colegio, esperar a que él regrese de la microbrigada para conversar de que si los ladrillos están en falta, de que si el cemento brilla por su ausencia, de que si el estado de construcción del edificio está estancado. Me harté de vivir como si fuera un pedazo de carne con ojos. Quisiera volver a sentir deseos de que él me vea bonita, de acicalarme para su presencia. Hemos tenido serios problemas, nada para arrebatarse, comparado con lo tuyo es agua común, pero discutimos sin parar, nos golpeamos, acabaremos matándonos. No puedo decir que no lo quiero. Pero no soporto el estado de mutismo al que me doblega. Supuse que si te encontraba y te proponía que viviéramos juntas... Estoy segura de que Gloriosa Paz aceptaría que le hagamos compañía en su apartamento; es pequeño, pero donde caben dos caben tres.

—¿Y tus hijas?

—No preguntes por ellas ahora; estarían durante la semana con nosotras y el fin de semana con el padre. Donde caben tres caben cinco... Es irracional, perdona... Esto debo consultarlo antes con los interesados, mi propuesta es irracional...

—Es curioso, has llegado en un momento clave, tú estás harta de tu vida y yo de la mía... ¿Y si te arrepientes y luego deseas dejarme como una papa caliente y volver con él?

—Es un riesgo.

—Sí, es peligroso, espero que al menos podrías pagarme el tren de vuelta, ¿no? —Rió seductora echándose hacia atrás; la espesa cabellera ondeó y mostró un cuello fino y elegante, color tabaco machacado.

Dánae notó que aún llevaba colgado el collar de falso lapizlázuli con la llave.

—Nuestro amuleto... —Alargó la mano y acarició la llave mohosa.

—Nunca me he desprendido de él.

Tierra atrajo a Dánae, besó sus ojos, su boca recorrió de los párpados a las mejillas, al cuello, subió por la barbilla a los labios. Introdujo la lengua, Dánae también abandonó su lengua. Desabrochó su blusa y los senos coparon las manos de Tierra. Dánae acarició dos costuras verticales en la piel del vientre de la mujer con la frente estrellada, semejante al manjuarí, allí donde habían estado los pechos de más, llegó a los pezones erizados, pellizcó, mordisqueó. Bajó hasta el ombligo, donde el charco de jalea de guayaba formaba un minúsculo espejo líquido, saboreó lamiendo en el azogue azucarado. La fragancia de las adelfas y los gladiolos destupió sus fosas nasales. Chupó la corola, el monte de Venus se transformó en una tentación roja y abierta, rozagante de semillas negras, destilando jugo de papaya fresca. Así, amándose, pasaron varias semanas. Apenas sin hablar, mirándose, acariciándose.

Ella se reguindó de su brazo buscando protección en cuanto salieron de la barahúnda de la terminal de trenes, escondida detrás del cuerpo de Dánae. Desconfiaba de la ciudad, aunque la brisa salitrosa, perfumada a brea, proveniente de los Elevados y de la Aduana refrescó su rostro brindándole un placer ignoto. Por fin se habían librado del escándalo permanente de los pasajeros en los vagones, de la concentración multitudinaria en la estación. Ella provenía del silencio, detestaba la bulla de las guerras y de las ciudades. De las primeras había experimentado bastante, debido a su participación en numerosas batallas, de las segundas repelía con torpeza una enorme cantidad de detalles. El manejo del dinero, por ejemplo; no entendía ni pío de los billetes grandes. ¿Cómo subir a un ómnibus y pagar? Pedir permiso o auxilio sonaba a ridículo. Dánae daba palmaditas cariñosas en su mano. Caminaron enlazadas por la calle Egido hacia el parque de la Fraternidad. Dánae le advirtió que cuando estuviera más o menos cerca del centro de la ciudad debía descolgarse del brazo, para no dar pie a que la gente fomentara calumnias. Dos mujeres exhibiendo sus relaciones íntimas no sería bien visto. Este comentario no cayó bien a Tierra. ¿No iban a vivir juntas? Al fin y al cabo darían de qué chismear. Sus venas bulleron de intenso calor, buscó con la mirada los ramajes, una arboleda refrescante, apenas divisó una mísera copa a la altura de lo que Dánae explicó que era un edificio destinado a bailes españoles, la sociedad Rosalía de Castro. Presintió una sombra rara detrás, no era el manatí, ni una jutía, ni un jubo, ni un sapo toro, ni un puerco espín, ni un rinoceronte, ni un toro; voltearon las cabezas se dieron cuenta de que el tipo rebuznaba, bufaba, salivaba, espumeaba:

—¡Mamis, qué culos más ricos, están como para atrabancarlas ahora mismo en un zaguán y chupármelos hasta el huesito de la alegría!

Tierra sólo había escuchado tamaña grosería en labios de Cheo Cayuco. Entonces se apretujó más a Dánae.

—¡Anda, chica, con el cráneo que a mí me hacen las bomberas! —insistió el bestia.

Tierra se zafó de su amiga, Dánae insistió en tomar su mano en señal de que le daba lo mismo pito que flauta lo que pensara aquel oligofrénico. El tipo tumbó a la derecha por la calle Muralla. Ellas subieron a la izquierda buscando el parque de la Fraternidad.

No pudo evitar una exclamación de asombro al descubrir la ceiba prisionera de una verja de hierro. Evocó a su madrina en un rezo, la ceiba que ayudó en su nacimiento. La despedida con el árbol sagrado había sido breve y emocionante, igual sucedió con la palma, con el manatí, con el chichereкú, la jicotea, el zunzún y los güijes del monte. Dánae sonrió y le mostró el Capitolio.

—Cuentan que antes, cuando los guajiros venían a La Habana, lo primero que hacían era tirarse una foto con el Capitolio detrás.

Tierra se encogió de hombros, no entendía para nada de aquel banal interés. El Capitolio le resultó feísimo, con aquellas palmas reales matungonas como haciendo guardia de honor. Nada, un paisaje estúpido, prefirió callar para no herir la sensibilidad de su anfitriona. Estudió a Dánae de reojo, era una mujer atractiva, aunque la mirada se le había puesto melancólica, debería teñirse el pelo todavía lleno de horquetillas pese al corte reciente, tal vez le asentaría maquillarse las ojeras. En el trayecto había reparado en que casi la mayoría de las mujeres delineaban sus párpados, untaban creyones labiales, sombreaban sus mejillas con colorete. A ella personalmente le gustaba Dánae tal y como era, al natural, pero entendió que el marido no anduviera muy embullado con semejante pajuata desencajada. Mientras observaba su boca, la redondez de los hombros, las puntas de las pestañas, en fin, la mortalidad de su amiga, comprobó que no había dejado de amarla. A ella le daba lo mismo, linda o fea, el enamoramiento es así de caprichoso. No es menos cierto que si algo había aprendido en la guerra era que cuando una mujer desea que un hombre cumpla sus órdenes antes de emitir sonido, debe maquillarse. ¡Si no lo sabría ella que había llegado a capitana!

Sentadas en un banco de piedra disfrutaron de la caída de la noche más temprano que de costumbre. Las guaguas no daban señales de existencia y el resto de los frustrados pasajeros decidieron emprender a pie el rumbo hacia sus destinos inmediatos. Quedaron solas en la oscuridad, fue Dánae quien se atrevió a descansar la cabeza sobre los muslos de Tierra.

—Parece mentira que estemos juntas después de tantos años dando tumbos cada una por su lado.

Tierra dobló su cuerpo sobre ella y la besó, en los ojos, en los labios hinchados y frágiles, en las llagas causadas por el sol. Transcurrió un montón de horas; no hubo detalle de sus vidas que no fueran contando con extremo cuidado... detenidas en pequeñas boberías reían como turulatas.

—¿Viene o no viene por fin tu guagua? —preguntó Tierra, encandilada de ternura.

Dánae, ensimismada, tardó en hablar:

—Sabes, tengo dudas, tal vez deba llevarte directamente a casa de Gloriosa Paz, mi madre... No, no. Creo que será mejor que vengas conmigo y así hablaremos con Andrés y con las niñas. Ellas te conocerán de una vez.

Terminó la última frase y sus rostros fueron iluminados por los faros de un viejo Dodge del 54, que doblaba la esquina en dirección al paseo del Prado. Era un Anchar, es decir, de alquiler. Para el chofer no fue difícil adivinar que ambas mujeres esperaban cualquier medio de transporte y se felicitó por haber desviado la ruta. Desde el exterior se veía con toda claridad que adentro no cabía ni un mosquito, pero el hombre frenó e insistió. Dánae entró empujando con todas sus fuerzas a una señora gruesa quien llevaba a una niña no menos mofletuda cargada en las piernas. Al lado iba un viejo vendedor de golosinas también con un niño encima, hijo de la pulposa mujer. Luego, junto a la ventanilla, un abogado, llevaba la insignia bordada en el bolsillo; vestido de guayabera mexicana encendía un tabaco. El asiento delantero tampoco daba ni para un alpiste. Una joven de moño extravagante y luciendo un largo vestido de tul rosado estaba acomodada en las piernas del novio trajeado de blanco; acababan de casarse en el palacio de los Matrimonios. Entre ellos y el chofer refunfuñaba la suegra.

—¡Alabao, ave María purísima, a mí me da un terepe con tanta sofoquiña! Mire, chofer, aquí no cabe ni un gusarapo, ni un paramecio. Basta ya con la compañera que acaba de montar, la otra no, que se quede, no, señor.

Los demás se sumaron a las protestas del cachalote. Entonces Dánae renunció, si Tierra no era aceptada, ella menos.

—No seas bruta, hagamos un negocio, te prometo que si vienes conmigo y pagas doble, pongo un cohete en el tubo de escape, ¡es un decir! Pero puedo echarme todos los recorridos en un dos por tres, más tarde regresaremos ambos a buscar a tu amiguita... Un asunto de ganancias...

—¡Qué dice, no puedo dejarla sola! ¿No vendría igual si le pago doble y lo esperamos aquí?

—No seas ingenua, no me obligues a acaballarte. ¿Y si me encuentro con otro pasajero que desembolsilla el triple? ¿Quién se traga el cuento de que volvería? Aprovéchame que hoy me siento honesto, cuchunga, mira que no es frecuente en mí. Tu amiga no se va a aburrir, ¿verdad, bulunga?

Dánae y Tierra se miraron. Tierra parpadeó en señal de aprobación.

—Te espero, si lo hice durante años, ¿cómo no voy a aguantar un par de horas?

La mano de Dánae se deslizó de la de ella. La mano tibia de Dánae. La mano única e inolvidable de Dánae, cual guante abrigando recuerdos. Un portazo y el Dodge del 54 arrancó en una proeza del renqueante motor. Dánae se viró y divisó a través del cristal trasero la silueta de Tierra emborronada detrás de la fina llovizna; parada delante de la ceiba parecía como si las raíces del árbol nacieran en su cabeza. Dánae dio la dirección de Gloriosa Paz.

El Dodge del 54 atravesó calles y más calles, las ventanillas se empañaron con el humo y la polvareda mezclados con la humedad. La obesa no paraba de masticar chambelonas y melcochas compradas durante el trayecto al viejo que le hacía el favor de cargar al niño. A poco rato de haber iniciado el viaje, Dánae había reparado en que se trataba de la misma celulítica, de los mismos hijos y del mismo viejo con quienes había intercambiado palabras en la estación de trenes en el momento de su partida hacia La Fe. A los demás pasajeros jamás los había visto. En un semáforo vio cruzar a los mismos hombres cargando el mismo espejo, quienes se interpusieron entre ella y el framboyán cuando hacía cinco semanas se había fugado del hogar. En esta ocasión el espejo estaba enmarcado en dorado, y sobre la madera enlacada presumía posado un zunzún fulgurante. El zunzún, cuentan, es el dueño de los talismanes y de los amantes afortunados.

De súbito salió del ensueño en el cual había vivido sumergida desde que había hallado a Tierra a orillas de la laguna. Debía solucionar el problema lo más rápido posible, sintió deseos enormes de estrechar a sus hijas, de mimarlas. No podía continuar sin antes conversar con Andrés. *Hoy no*, reflexionó, *hoy imposible, pero al menos ver unos segundos a las niñas, me muero por besarlas.* Interrogó al conductor sobre el trayecto. Qué casualidad, pasarían justo por la esquina de su casa. Sería cuestión de detenerse un momento, sobornar de nuevo al chofer para que aceptara esperar, subir como un relámpago, estrechar sus cuerpecitos contra su pecho. Explicarles que esta vez no se quedaría, lo sentía de todo corazón, pero volvería dentro de unas horas para aclarar la situación, con intención de llevárselas. Vivirían con la abuela, con ella, y con una amiga a quien quería con la vida. Por veinte pesos el chofer accedió a sus ruegos, aunque insistió en que no podía prometer que se eternizaría esperando a que ella bajara del edificio para continuar rumbo a la casa de Gloriosa Paz.

La *iyaguoná*, la novia del santo, la dama vestida de blanco, con turbante bordado de hilos plateados, reapareció. Era la misma persona, o espíritu, que le había cedido el asiento a su lado en la terminal de trenes con tal de conversar un rato con ella. El auto se detuvo en un semáforo y ella cruzó la calle portando en su regazo un mazo de girasoles gigantes. Avanzaba como en ralentí, volteó su rostro en cámara lenta hacia Dánae en el interior de la máquina, sus ojos brillaron de una extraña paz. Un manto amarillo cubría sus hombros y ceñía su cintura una franja tejida de azul. Notó que llevaba la llave de la maleta colgada al cuello, el amuleto que Tierra Fortuna Munda había conservado con celo durante tanto tiempo.

Bastaron unos segundos para captar el mensaje. Bastó que sus pupilas se reconocieran en las de la *iyawó*. Hija, uté ta marcá por el peligro. Hija, uté se me cuida la vista. Hija, no discuta por na'. Hija, que el filo del cuchillo anda sato, vuelto loco dando vuelta y más vuelta alrededor de su cuello. Hija, ofrézcale unos violines a Oshún y enséñele idioma al negrito revencúo, al Chicherekú Mandinga, el principito, fantasma con piel de chivo. Mocombo Forifá Arikuá fue a buscar su caña al monte y se encontró con una niña malcriá, majadera, una Muchángana, la que va a la guerra. Aaaaaah, pero esa chiquita es la hija directa de la ceiba, la parió ella a través de vulva de mujer, concebida por obra y gracia. Aaaaah, esa muchachita es la elegida para ponerle a la ceiba las velas rituales. Tierra Fortuna Munda, ése es su nombre, deberá derramar la sangre del chivo, ceremonia prohibida a las mujeres, pero ella es distinta, a ella la coronaron los santos, y por su gusto sonarán las tinajas. Ella posee el cetro cargao, ah, monina, ah, hermano, ah, los ocobios transformados en diablitos. Hija, uté sostenga la mocuba o jicarita, beba la sangre del gallo, reviva a la albahaca en agua bendita, fricciónese de la cabeza a los pies y repita: *Fragayando yin, Fragayando yin...*

Esto no es cosa de mujeres, o hasta hace poco no lo fue, pero dicen que María Teresa Vera fue la primera mujer que cantó en abakuá, eso cuenta la gente... Llora, hija, mientras tú bailas llora, que el llanto y el baile son signos de vida. Por eso este pueblo baila mientras llora. Ay, cariñito, mi corazón en muletas, pero mi cintura bien suelta.

Un Embácara, el juez que castiga, se apiadará de uté y de los suyos. Uté, m'ija, tiene en sus manos la salvación de la Tierra, no vacile en batallar por ella. Salud al sol, salud a la luna, salud a las constelaciones y salud a los planetas, salud al universo. Salud y salud, luz y progreso, y tome buches de aguardiente y riegue el tronco de la madre, la ceiba, que ella se lo pide. Rece la oración para purificar el ambiente.

Gracias, Madre, por este espacio sagrado de pensamiento. Madre, ilumine, oriente y proteja a los que aquí entren. Gracias, Madrina, por tu seguridad y protección. Aquellos que vengan con malos sentimientos no atravesarán este umbral purificado. Madrina, lava sus mentes y atráenos a nuestros amigos más queridos. Gracias, Madre, por la paz.

Chicherekú Mandinga, abre la puerta, carabalí. M'iiiiijita. Bulunga, caray.

Dánae se estremeció.

—¡Ave María, te montó la gitana! Santígüense —bromeó el chofer del taxi mientras observaba a través del espejo retrovisor el retorcimiento de cabeza de la mujer.

A Dánae se le dobló el cuello hacia atrás, y expuso su garganta a la luz. Cerró los ojos en trance, el sudor trenzó riachuelos almibarados de sus sienes a la barbilla y de ahí al escote.

No vuelvas a tu casa, ¿tú eres boba? Avisó el Chicherekú Mandinga, quien había aprendido a hablar sólo porque Dánae lo había deseado muy fuerte. Hay cosas que pasan que no deben pasar. Tú estás loca. No es el momento de volver a tu casa. Tu hombre es capaz de cometer cualquier barbaridad. No vuelvas, niña hermosa. Te lo digo yo, especialista en almas negras como el carbón. No es malo, él no es malo, pero está despechado, y un hombre despechado es lo más imprevisible que existe.

Soy la luz opaca de la ciudad, y voy a contar lo que pudo haber sido de aquellas dos mujeres. Lo que pudo suceder que no sucedió con ellas, pero que ha sucedido en tantas otras ocasiones con numerosas afiebradas que desafiaron los patrones de conducta erigidos por la sociedad.

Pudo haber sucedido que Dánae llegara a su casa, anhelante de ver a su familia, deseosa de disolver los problemas con el marido, mientras Tierra quedaba anclada en una nube...

Tú sabes cómo fue, Cisne, tú, que me conoces, que eres

mi socio desde hace un retongonal de tiempo, sabes perfectamente que yo la quería, compadre, la adoraba como no he adorado a nadie más en esta puñetera vida, ahora, asere, ella se lo buscó, ella lo escogió así, hay jebas que no tienen solución, yo se lo dije, quédate, no te vayas, tú sabes cómo fue, no sé decirte cómo fue, no puedo explicarte qué pasó, pero de ella me enamoré, fueron sus ojos o su boca, nada que, tú te acuerdas que yo te llamé por teléfono desesperado, hecho mierda, el día que le jodiste el dedo gordo del pie al Molleja, jalé por el bejuco y pedí auxilio, dame un *help*, compadre, tarde en la madrugada, consorte, tú suponías que yo no te llamaba por gusto, tú mejor que nadie sabes que yo no soy un sacalascas, te solté a bocaejarro, Dánae se ha perdido, no la encuentro por ninguna parte, y tú me respondiste, muy seguro de ti, ahorita aparece, ¿no estará coronándote en una posada?, no, mi cúmbila, ella no está en nada, esa jeba anda limpia y pura y etiquetá de las que no se corrompen, al rato tú me volviste a llamar, yo estaba dormido, y me metiste el diablo en el cuerpo, ni na ni na que sufrí como un mulo, tres semanas anduvo al abordaje, desaparecida, no es fácil, esa misma madrugada llamó, antes que tú, creo, ni me acuerdo, tengo el cerebro hecho agua, metió una muela metafísica, yo no entendí ni tranca, después a cada rato telefoneaba, hablaba con las niñas, pero no dejaba dirección, ni rastro, y esto aquí no es la yuma, allá la policía puede ponerse a rastrear teléfonos, aquí no, aquí los bejucos se pinchan por otras causas especialísimas, tú sabes, bróder, una jeba fugada de la casa no es fácil denunciarlo en la unidad, en seguida te conviertes en el trajín del barrio, aunque la bola se corrió como le dio la gana a Beneranda, esa descará, parecía que nos tiraba un cabo, a mí y a las niñas, y lo que andaba era en bembeteos con el vecindario, justificando a la otra, pues, ya te digo, a ti

296

sí nadie puede venir a hacerte un cuento, porque tú sí estás al tanto de lo que ocurrió, llegó ella, después de tres semanas gozando la papeleta, se asoma a la puerta, yo la tenía abierta de par en par por culpa del calor que se estaba zumbando, oye, y que ni una gota de aire corría, mi ambia, pues asoma la cabeza, la muy hijoeputa, dice hola, como si na', las niñas salieron del cuarto como unas desaforás, mamá, mamá, llorando, qué espectáculo, monina, figúrate, los viejos ya habían regresado de Cincinnati, válgame eso, porque tuve que apretarme los cojones delante de ellos y hacerme el duro y no llorar por las noches, na', Puro, ella vuelve, ahorita entra por esa puerta de rodillas pidiéndome perdón, la Vieja no contestaba, la Vieja nunca dio su opinión, oye, que ni un sí ni un no a favor o en contra de su nuera, tú sabes, Cisne, que le he sido fiel a mi jeba, a punto estuve de corrérmele con la Belinda, aquella que me perseguía, estaba buena con cojones, además tenía familia en la Comunidad que la surtía de ropa, se vestía mortal, así y todo nunca arañé a mi jeba ni con la espina de una rosa, *never*, mi bróder, virgen para ella, fui virgen para esa cabrona, y jamás, que se sepa y se comente, jamás le pegué un tarro, y yo soy hombre, jurado, abakuá, no me como a mentiras a nadic, ni meto muela pa impresionar, pues yo estaba como si nada, medio desmayado ya del asunto, dándome sillón, rin, ran, rin, ran, y ella mete el güiro en cuadro, como una mosca muerta, hola, y las niñas en su aparataje de la lloradera, normal, son niñas, adolescentes, digo, ella las apachurra, desperdicia con ellas esas lágrimas de cocodrilo, arman su drama, porque mamá también, hasta papá echó su lagrimita sata, mis viejos, asere, que acababan de llegar del monstruo y cómo lo extrañaban, y habían venido de lo más *cooles*, sin coger lucha que la vida es mucha, se me enfermaron, a mi Pura se le embaló la presión por las nubes, al Viejo le dio un principio de isquemia, por culpa de la guaricandilla mala, por nada me la dejan en la uña y permutan pal reparto Bocarriba, compadre, de la Yunái directo a la pelona, no es fácil, entonces, acto seguido me espeta así a bocaejarro, no tengo tiempo, Andrés, tengo que irme a buscar a no sé quién al parque de la Fraternidad, y a mí qué, respondí, las niñas se apendejaron, presintieron gaznatón volador en el ambiente, mañana te cuento, continuó ella, te lo ruego, Andrés, no empecemos, comportémonos como gente civilizada, decirme eso a mí, Cisne, asere, tú sabes cómo la esperé, no, más civilizado que yo había que mandarlo a hacer, yo no merecía tanta manipulación, porque ella me manipuló, me hundió el cuchillo y me lo revolvió adentro, por la espalda, picadillo de pulmón, y yo la quería, que no te quepa la menor duda, fue la única, es y será la única, una eternidad con ella, pensando en ella, una fijación de ingreso, oye, que puso las manos así, en la cintura, si no te calmas me voy, Andrés, deja de vociferar, estoy harta, harta, ¿no te acuerdas, cúmbila?, en eso llegaste tú, justo en el momento en que la cogí por el moño y casi le reviento el cráneo dándole contra el marco de la ventana, no, y se puso dichosa, no voló por los aires, la señorita Dánae entrando en el baile, que la saque, que la saque, salga usted que la quiero ver bailar, saltar, brincar por los buenos aires, no salió disparada por la ventana porque las niñas me aguantaron, y porque tú entraste a escena cuando ya ni se le veía la foto de identidad de tanta sangre, no me acuerdo muy en específico, pero dicen que fue ahí cuando le hice saltar el ojo con el destornillador de reparar la máquina de coser, el que ella guardaba en una gaveta de la Singer, y ve tú a saber por qué suerte del destino esa noche andaba por ahí, regado, el destornillador, ella no hacía más que gritar Tierra, Tierra, auxilio, como una condenada, auxilio, Tierra, te amo, sí, maricón, nunca te quise, me equivoqué, siempre amé a Tierra, ¿a quién?, interrogaba yo empingaísimo, y más la masacraba, ni tú ni nadie pudieron quitármela de las garras, entonces te mentí, sin que me vieras enterré yo mismo el cuchillo en el costado, mira, mira, lo que me hizo esta puta, Cisne, está loca, maldita bruja, llama a tu primo el loquero, rápido, porque nos va a matar a todos, ahí fue donde ella cometió el error de su vida, sí, continúo, con una mano tapaba el hueco sanguinolento en la cara y con la otra palpaba encima de los muebles buscando algo, el ojo, por fin lo halló en una ranura del sofá, tuvo el buen sentido de guardarlo en un bolsillo, la muy fiera, sí, los voy a hacer picadillo a todos, a ti te voy a degollar, sí, tráiganme las cabezas de mis hijas en una bandeja, y a estos viejos los voy a freír en su propia grasa, fue cuando le dio el terepe, tú trataste de contenerla, nada, hasta que le bajaste el puño, la noqueaste, kao, fuera del ring, fuera de combate, te tiraste al teléfono, yo te dejé hacer, estás en tu casa, dije, sabía, yo sabía, aló, compañero, por favor, ¿es Mazorra?, mire, póngame con el Tracatán, el hijo del alcalde de Pinar del Río, sí, el doctor, sí, dígale que es su primo, qué es lo que hay, primo, qué bolón, te molesto, porque, perdona, sí, tengo un casito, un fenómeno, la mujer de un socio de la pincha, se volvió quendi, compadre, tostá como un cacahuete, el tipo hasta la dejó tuerta, esto es un mar de coágulos, urgente, una ambulancia, la tipa se piró del hogar, abandonó trabajo, hijas, marido, suegros, todo parece indicar que no por un hombre, sino por una mujer, una tal Piedra, o Hiedra, algo por el estilo, un desastre, una desgracia, oye, cuando yo te lo aseguro, de lo más vergonzoso para mi compay que es una persona decente, haz algo rápido, muévete fácil, cuento contigo, no, ahora está en zurna, anestesiada, porque yo le pasé la mano, y tú conoces mi puño, lo pesado que es, tiene para algunas horas, y si se despierta le acaricio el mentón de nuevo, si ya le falta un ojo, que le falten los dientes no es nada, eso dijiste, Cisne, viejo, mordías el auricular del teléfono, metiste pa quiniento con tu primo, las niñas se morían de pánico, Ibis sobre todo, ella es la que más se traumatizó, Francis siempre fue de mi bando, por suerte la ambulancia llegó antes que la patrulla, cuando la fiana se plantó en el gao inventé que ya aquello andaba en manos de los loqueros, que se trataba de un caso patológico, que ya estábamos acostumbrados a sus ataques, pero que esta vez se había extremado, Cisne, tú sabes que yo la quise como a nadie, como a ninguna... no la estrangulé de milagro... hacerme eso a mí, yo que viví para ponerla cómoda, y me he metío poniendo ladrillos como un bestia, chacataplón, chacataplón, chacataplón, chacataplón, no, chico, eso no se le hace a los hombres... una sinvergüenza es lo que es, cuando la conocí era una muertaehambre, en las escuelas al campo se jamaba los bisteses que mi Pura me llevaba, pero se las daba de marquesa, era de las que usaba mondadientes para aparentar que comía, oye, que no la pasé por la maquinita de moler carne de milagro...

Me identifico una vez más, salud ecobios, soy la luz celosa de la ciudad. Los hechos pudieron ocurrir de la siguiente manera, puesto que ya a otras mujeres les había sucedido. Soy el Chicherekú Mandinga disfrazado de luz celosa de ciudad.

Dánae pudo estar sentada junto a una ventana mugrienta, y pudo llevar puesta una bata blanca con mangas demasiado largas, con vistas a servir para anudarle los brazos a la espalda en momentos de crisis o de espasmos. Dánae hubiera podido contemplar el mismo paisaje desde hacía doce años, una ceiba amarillenta, una palma real enrojecida, una guardarraya polvorienta, hombres y mujeres paseándose sin rumbo por un terreno baldío, un antiguo jardín reseco; todavía hubiera amasijado en el recuerdo el perfume de las adelfas, de los gladiolos, y de los jazmines; quedaban las estatuas medio derruidas simbolizando las diferentes estaciones, primavera, otoño, invierno, verano.

Dánae registraba en la memoria sin orden cronológico, fija la mirada en el vacío.

Una tarde la Enfermera Simpática pudo haber susurrado a su oído que una persona pedía verla. No, no se trataba de una visita de afuera, era un paciente de la otra ala del hospital que la había reconocido. Un señor muy anciano a quien le resultaba imposible desplazarse si no era en sillón de ruedas.

—Siempre me lo señala, pero me pidió que no le revelara su nombre, desea comprobar si usted no lo olvidó como prometió hacerlo en cierta ocasión.

Es probable que Dánae hubiera sido conducida al salón de los de edad más avanzada. Él se hallaría en una esquina, acurrucado en un sillón de ruedas, las manos temblorosas, muy consumido, un pellejito miserable. Dánae se apretaría las sienes. Se pondría a llorar porque mientras rememoraba volvió a enterarse de que Gloriosa Paz, su madre, había fallecido de una neumonía hacía cuestión de dos años. La infancia se le detendría con la muerte de su madre. ¿Quién era ese señor, quién con tantas y tan refinadas y hermosas arrugas? ¿Conocía a alguien tan viejo?

—... *En el mundo, esto mét[e]lo en esa cabeza de chorlito que tienes, si quieres vivir tendrás que hacer muchas cosas y entre ellas olvidar que existe el miedo.* —El anciano dibujaría una mueca irónica que ambicionaría ser sonrisa al citar trémulo estas frases.

—¡Ruperto! —exclamaría Dánae y la Enfermera Simpática decidiría dejarlos solos—. ¿Usted también por acá? Hombre, esto sí que es una sorpresa. Hace años fui bibliotecaria, encontré todos sus libros publicados en ediciones extranjeras, le he leído, lo menos que esperaba era tropezármelo, ¡y aquí, menos que menos!

—Ya ves lo poquito que es el mundo, hija. Pues de aquel campo en donde nos conocimos me trajeron acá, nunca he podido huir. Hasta hace sólo dos meses me mantuvieron incomunicado. Ya ves, para ciertos personajes no soy más que un demente, para otros un genio, así va la historia. Al principio escribía a escondidas, sacaba los manuscritos como podía, con amigos, un auténtico martirio. Ahora se hacen de la vista gorda, claro, tengo menos cosas comprometedoras que contar. ¿Y tú, en qué fallaste como para te enloquecieran?

—Fue una equivocación, estoy aquí por equivocación, se lo juro. Me casé con quien no debía, parí dos veces, no me arrepiento, creo que lo amé, todavía lo quiero. El cariño es así de extraño, una puede seguir amando a su verdugo. Luego me di cuenta de que mi verdadero amor fue una mujer, me enamoré de una mujer igual que yo, una mujer, ¿puede creerlo? Una se enreda, yo misma me lo oculté, no me atrevía a asumirlo...

—Ah, eso me faltó advertirte aquella noche. Lo del problema de ser mujer. Siempre que una mujer transgrede, paf, el poder se descontrola. Provoca un desequilibrio. Una mujer hace algo grande y en seguida pondrán a un hombre por encima de ella para intentar apagar el esplendor de su obra. Y si para colmo se equivoca, la decapitarán. A ti, por lo pronto, te han arrancado un ojo, es mala broma, pero como comprenderás no debemos perder el tiempo con rodeos. Fue él, supongo.

—Sí, en efecto, fue él, mi marido.

—¿Es de cristal o es el tuyo?

—Es mi ojo, lo recogí a tiempo, pero, claro, perdió movilidad, está sólo puesto...

—¿Tuviste que fingir muchos orgasmos?

—No. Bueno, unos cuantos. Bastantes.

Dánae quiso cambiar de tema de conversación haciendo referencia a aquel encuentro pasado en el campamento de La Fe.

—Y usted, ¡vaya cómo ha vivido!

—Tenías razón, soy de los eternos, si a esto le llamas vivir, he durado demasiado, y yo que siempre tuve la sensación de que moriría al día siguiente, aaah, es un fastidio esto de aguantar a ser tan viejo... Hoy me consuela constatar algo que me dijo un amigo francés en cierta ocasión, la muerte no es nada, es solamente el más grande de los cansancios, el último de los cansancios... Aaaah...

Bostezaría, la boca como un túnel asustaría a Dánae. La boca abierta semejante a aquella maleta de escuela al campo cuando ella la abría y del interior, de la madera, exhalaba un perfume a poesía persa. El anciano se convertiría de repente en una maleta, aquella maleta arborescente, sus piernas y brazos serían las raíces florecidas, el vientre sustituiría el interior de la valija, y ese perfume tan insistente a papiro persa penetraría los laberintos de la memoria... En lo que Ruperto, o la maleta, se repanchigaría a dormir, o a morir, ella echaría a correr. Correría por los fríos y sucios pasillos, los enfermeros detrás. No podrían alcanzarla, pues cuando se empecinaba con esas carreras nadie lograba atajarla, un auténtico venado. Por fin la acorralarían en la cabecera de uno de los corredores, golpearían su cabeza con un tubo de goma negra, amarrarían sus brazos a la espalda. Darían la orden de conducir a la enferma al salón de los electrochoques. Dos corrientazos diarios no darían resultado, sería evidente, tendrían que aumentar la dosis.

Era una noche de luna, de relámpago y de trueno, se paseaba un caballero con su coche y su cochero. Iba vestido de blanco, y en el pecho una medalla, y al doblar las cuatro esquinas le dieron tres puñaladas...

—En cierta época muy lejana conocí a una muchacha que se llamaba Renata la Física, no recuerdo su rostro ni por qué le habían puesto ese nombrete... Sí, tuve quince años... Sí, Enma la Amenaza me exprimía las espinillas negras de la nariz y del cuello, también de la espalda, y yo a ella, nos entreteníamos en eso durante largos mediodías expuestas al sol... Sí, tuve una mamá como todo el mundo... Sí, me amó con un amor muy puro y desinteresado, amor de madre... Sí, no pude decirle adiós... Sí, no dije adiós a nadie... Sí, aprieto los dientes, muerdo esa cosa dura, parece un hierro, un trozo de madera, me quiebra la dentadura, sangran mis encías... Sí, soy buena, delicada, fiel... Sí, mi mente no existe... Sí, tampoco mi cuerpo... Sí, yo no existo... Sí... Sí... Sí... *Chicherekú Mandinga, Chicherekú Mandinga...* Sí, Agugú, y el espíritu travieso de un negrito recién nacido, sietemesino, muñeco de jiquí, gana tu alma y defiéndeme, tu corazón batiendo alas, del tamaño de una tatagua...

LUZ CELOSA DE CIUDAD

A continuación esto es también lo que pudo haber sucedido. La luz celosa de la ciudad inundaría a Ibis, que iría camino de su trabajo; la joven mujer habría dejado a sus hijos en el círculo infantil, sabiendo que ese día su madre cumpliría cuarenta y siete años. Once de julio, siempre le habían gustado esos números, el once y el siete.

En la charada santera el once es Angayú y el siete Yemayá. En la charada cubana el once es fosforera y el siete excremento. En la charada americana el once es taller y el siete es medias. En la charada china el once es gallo y el siete caracol. En la charada boricua el once es dinero y el siete es pájaro. En la charada tejana el once es caballo y el siete es cochino. En la charada india el once es lluvia y el siete es sueño. En la charada azteca el once es fábrica y el siete es mariachis.

Decidiría olvidar las múltiples significaciones del once y del siete en las variadas charadas e iría a comprar un dulce de regalo a su madre, a ella le fascinaban los de abundante merengue. Caminaría desde el tencén de Galiano, cerrado por reparación, hasta el tencén de la calle Monte. El empleado demacrado pediría disculpas, aquel día tampoco recibirían ingredientes para hacer repostería. Más lo sentiría ella que perdería el tiempo y energías, y debería zapatear un autobús en la parada del parque de la Fraternidad. Haría ese trayecto en balde, sólo para conseguir un disgusto.

En la esquina estarían vendiendo macetas con helechos sembrados, podrá darse el caso de que una planta haría ilusión a su madre. Compraría el helecho, olería la humedad de la planta mientras avanzara y observaría esa fuente delante de ella, la fuente de la India, así se llama el monumento que representa a una mujer sentada en una especie de trono, abrigada con una túnica de mármol, en su mano izquierda sostiene la cornucopia rebosante de piñas, mameyes, plátanos, guanábanas, chirimoyas, mangos, papayas, o son sólo flores y guijarros; custodiada también por cuatro delfines, o elegantes toninas. En la época de su niñez gustaba de comparar a su madre con esa mujer de rostro sensual aun en su prisión marmórea.

Su madre cumpliría cuarenta y siete años, y estaría loca, ingresada en Mazorra.

Su hermana andaría dándole la vuelta al mundo como azafata.

Su padre se habría casado en segundas nupcias con esa chiquita pedante y ñoña, compañera de escuela de su hermana Francis, la Marilú, hija de Sandra, la bibliotecaria bizca, a la que cuando estudiaba con su madre la llamaban la Sátrapa. Sin duda, Marilú le habría dado dos varones a su padre, los cuales tendrían casi la misma edad que los críos de Ibis. Andrés, su padre, se habría mudado al edificio nuevo que por fin acabaría de construir junto a sus compañeros. Un mazacote de fibrocemento espantoso, un bloque infecto de microbrigada. De la que se salvarían su madre, su hermana y ella; pensar que él estuvo fabricando ese monstruo de concreto desde antes que ella naciera. Hubiera cabido la posibilidad de vivir allá, cuando aquello su

306

mamá aún se encontraba saludable. Luego la familia reventaría, se haría trizas.

Ibis iría pensando en que debería conseguir un ramo de adelfas, o de gladiolos, su madre pasaría horas oliéndolas; la última vez se había zampado el ramo de flores. Masticaría por puñados un mazo de veinte, con gajos de adorno y todo. Ibis sacaría de la cartera una galleta con crema de vainilla entre las tapas, pretendería llevársela a la boca cuando repararía en una mendiga con los ojos fijos en el trayecto de la golosina al paladar.

La pordiosera estaría sentada en el muro bajo de piedra, justo de espaldas a la ceiba, parecería que las raíces del árbol nacían de su cabeza, asentadas en su cráneo. La mujer se movería de manera brusca, sin embargo Ibis diría que con un cierto salvajismo distinguido, sería evidente que podría morir de hambre. Dos jóvenes pasarían y la apedrearían, vocearían burlones:

—¡Quendi, arrebatá! ¿Qué, dejaste de dar palique con la mata?

Ibis se dirigiría a ella y extendería el paquete de galletas. Ella lo tomaría aparentando calma, embarajando el desasosiego por comer, sin dejar de observarla con detenimiento. Sería a esas alturas una mujer canosa, más envejecida de lo que realmente debería estar; detrás de las arrugas y de la cochambre se podría definir una belleza todavía en estado puro, inigualable a otra belleza urbana, que la diferenciaría de otras mendigas que deambulaban por la ciudad. La mujer estudiaría los rasgos de Ibis mientras roería desesperada una de las galletas:

—¡Qué parecido tan increíble!

—¿Yo? ¿Y con quién, si se puede saber? —indagaría Ibis entre curiosa y divertida.

—Bah, ¿qué importa? Ella se perdió en aquella máquina de alquiler pintada de gris perlado, la sigo esperando, soy muy constante... hace tiempo... Tal vez esté tratando de convencer a su familia... En fin, gracias, muy agradecida por la galleta.

Ibis acariciaría la enmarañada cabeza con ternura, la mujer no rechazaría el gesto cariñoso. Ibis pensaría en su madre, se diría que después de todo tuvo suerte de ingresar en el manicomio. Con tantos locos sueltos en la calle, al menos quedaría el consuelo de que estuviera cuidada y controlada. Retiraría la mano y ella entreabriría los párpados, habría cerrado los ojos en gesto de éxtasis. El ómnibus no acabaría de aparecer, Ibis comenzaría a impacientarse.

—Es natural, por acá no pasa nada, ni las sombras —comentaría la desgreñada mujer—. Mire, vendo venenos, ¿quiere comprar uno? A nadie le importan un carajo los venenos, puede que a usted le interesen.

Ibis negaría con la cabeza. Se mantendría callada alrededor de unos diez minutos, tratando de olvidar a la mendiga, pero no conseguiría contenerse por más tiempo.

—Oiga, no acostumbro a coger la guagua aquí, ¿estará desviada por casualidad?

—Nunca ha dejado de estarlo. —Reiría a toda mecha.

Un segundo grupo de adolescentes pasaría en dirección del preuniversitario burlándose de la churrupiera, también la insultarían y la apedrearían. Ella, arrodillada, se pondría a rezarle y a cantarle a la ceiba. Del tronco surgiría una jicotea, abrazadas darían volteretas al pie de la mata. No pararían de revolcarse hasta que las figuras de los muchachos empequeñecieran en la distancia.

¿Por qué no ayudaría a morir a su madre? En varias ocasiones se lo habría rogado.

—Ibis, hija, deseo morir, busca la solución, debe de haberla, un veneno que no deje huellas.

—No seas tonta, mamá, ¿cómo puedes pensar que yo aceptaría que te suicidaras?

¿Y si Ibis decidiera comprarle el veneno a esta chiflada abandonada? ¿Y por qué esta demente desearía vivir y su madre no? Quizá esa enferma que enroscaría mechas de su pelo en el dedo índice de la mano derecha y se chuparía igual que un bebé el dedo gordo de la mano izquierda todavía albergaría esperanzas de un milagro, de un resplandor que aclararía su mente. Su madre habría perdido hasta el consuelo de la posibilidad de un milagro. Una tarde, mientras merendaba cactus, preguntaría a Ibis:

—¿Yo estoy fundida, verdad? Antes conservaba la sospecha de que tal vez no lo estuviera, de que todo no era más que una pesadilla, un chiste... Ahora no tengo idea. Son como apagones, aquí, en esta masa de mierda... —diría golpeándose el cráneo.

Un Dodge del 54 pintado de gris perlado doblaría por la esquina como quien viene de la tabacalera Partagás, a la mendiga le chispearían las pupilas ilusionadas. El auto parquearía delante de Ibis, dentro estaría repleto. Alicia Lenguaje y Enma la Amenaza identificarían a la hija de Dánac Bemba de Pato.

—¡Ibis, sube, ven con nosotras, es el cumpleaños de tu madre, vamos a visitarla!

—Ya sé que es su cumpleaños, ¿cómo creen voy a olvidarlo? Estaba esperando la guagua...

—¡Ay, tesoro, hace pila y burujón, puñao de años que cambiaron la parada, oye, y que no han pegado ni un cartel para prevenir a la gente, qué fenómeno!

—¿Compras o no el veneno? —inquiriría la mendiga.

—¿Vienes o no? —apremiaría el conductor.

Empezaría a lloviznar muy fino; del chapapote de la calle emanaría un vapor nauseabundo. Ibis se despediría de la mendiga con la promesa de que pasaría en cualquier momento, quizá la próxima semana, repetiría sin demasiada convicción. Pobre loca desatendida, sin familia, Ibis pensaría que podría plantear su caso en el hospital, tal vez conseguiría un ingreso para ella. Al menos su madre estando internada no correría peligro. ¡Tamaño consuelo sabiendo cómo sufriría! Abominaría a los médicos que la atenderían, desearía matarse. Ella renunciaría a ayudarla a morir. Ibis dudaría. Tierra Fortuna Munda. Tierra Fortuna Munda. Tierra Fortuna Munda. ¿Por qué diablos Dánae repetiría esas palabras cuya relación resulta tan confusa?

Entonces, si realmente todo esto hubiera ocurrido de esta trágica manera, como ha sucedido en otras ocasiones, Dánae habría escrito una carta conmovedora:

Tierra, mi querida Tierra:

Qué vieja me siento, cada vez que te escribo o que pienso en ti, cuando pienso en nosotras, adolescentes, cabalgando encima de *Risueño* por el Valle de Viñales. No es menos cierto que estoy vieja y enferma. Muy enferma. Si me dijeran en este instante que tendría una posibilidad de encontrarte vacilaría, no desearía que me vieras así, arrugada, flaca, loca y hasta tuerta. Acabo de cumplir cuarenta y siete años, es mucho, y no es nada. Es bien poco para todo lo que yo anhelaría vivir.

La cama en la que duermo resulta demasiado calurosa, no paro de sudar, un asco, la almohada apesta a medicina, a esa especie de gel que me untan en las sienes cuando recibo los corrientazos. Vivo más tiempo enchufada a la electricidad que a la realidad, he devenido una suerte de radio-reloj despertador, o de lámpara, o de cargador de baterías. Acostada, mi único paisaje son mis dedos de los pies, moviéndose cual enanos majaderos, añorando liberarse del cuerpo; o mi mirada se posa en las ruletas de meados amarillentas, en la sábana. Aún no he logrado averiguar cuál es el objetivo o la razón por el que estoy encerrada aquí. Ah, sí, el doctor opina que debo rectificar mi conducta. Soy paranoica, esquizofrénica, agresiva, muy peligrosa. Ataqué a Andrés, mi marido, con un cuchillo o un tenedor, no recuerdo, nada grave, un rasguño en el costado. Parece que amenacé a mis hijas con decapitarlas y pasearme con sus cabezas sobre una bandeja. Debo haber enloquecido. Olvidé el más mínimo detalle.

Mi mente blanca.

Mi mente negra.

La mente incolora. Cual laguna inerte, habitada por guajacones, biajacas, chicharritas, jaibas...

No quita que él me sacó un ojo.

Soy como un cuento que me voy contando a mí misma, o que otros cuentan sin mi permiso.

El error fue no haberte dicho que te amaba desde entonces, desde que éramos adolescentes, cuando nos conocimos. Tierra. La chica mamey, así se decía cuando alguien era buena gente, fulano, o mengana, es mamey de verdad.

El mamey cuando lo cortamos en dos mitades se abre a los ojos con su masa colorada, la semilla pulida en el centro semejante a la superficie de un escritorio de caoba acabado de lustrar. Pero la masa, ay, las rebanadas del mamey, deshaciéndose en el paladar, el perfume único a carne vegetal, el sabor que pareciera que pinta en la lengua con un secreto muy dulce. Cuando pienso en la libertad se me representa en la forma y en la exquisitez del mamey. Tu piel, Tierra, poseía esa francachela porosa del mamey. Yo besaba la cáscara marrón palpitante, los labios se me resecaban en espera de tu saliva resbalosa, sedientos de jalea de guayaba en tu

311

ombligo, o de la frescura de aquel líquido vinoso entre tus muslos, o el espeso sorbo de batido de mamey en el orificio de tu vagina.

El error debió de haber sido no asumir nuestro amor desde temprano, pero yo ni siquiera sabía que te quería de esta manera, tan firme y misteriosa, tan de mujeres.

No sabía que así una también podía enamorarse. De otra. De otra mujer. Como una, igual que yo. Tan teatral en sus pasiones.

El error fue continuar con las cartas, *querido primer novio, querido primer novio,* cuestión de disimular, de que Gloriosa Paz, mi madre, no supiera, de que en la escuela no sospecharan de nuestras debilidades. Tampoco nunca me franqueé con Andrés, no fui sincera con él, no lo merecía. O tal vez sí, quizá he sido muy exigente con él. ¿Cómo pude ser tan imbécil escribiéndote de esa manera, sin hablar con claridad, sin atreverme a tomar decisiones?

Tú, claro, podías haber pensado que me burlaba o que andaba bobeando, matando el aburrimiento. En las cartas jamás dije nada que pudieras detectar, que te obligara a venir hacia mí. Sólo la frase del encabezamiento, *querido primer novio, querido primer novio,* y las despedidas banales, *te quiere, te besa, tuya,* como en un jueguito superfluo, excéntrico. Un fajo de cartas donde invariablemente contaba lo mismo, necedades. Mi vida ha sido eso, acumular, ahorrar necedades. Ah, las cartas... ¿Para qué sirvieron?

¡Qué digo! Si jamás la correspondencia llegó a tus manos. Lo supe por ti misma. Nunca te entregaron los papeles. Menos mal. Hubiera podido ser peor.

Estoy casi dormida, con ese silbido dentro del cerebro que me parte en dos mitades sucias. No debí haberte abandonado en el parque, junto a la ceiba. El árbol sembrado en tu cráneo. Creciendo como un milagro.

No sé quién eres ni por qué te escribo ni por qué pienso en ti, Tierra Fortuna Munda.

¡Ah, ya sé! Yo venía de no sé qué campo. Llegué a la casa, crucé el umbral y dije hola. Las niñas estudiaban en el cuarto. Andrés estaba repeinándose el pelo engominado, en camiseta; recostado a la ventana miraba hacia la calle, mis suegros cenaban café con leche. Tremendo calor sofocante ahogaba a todo el mundo. Repetí hola, él se volteó airado, encabronado de escuchar mi voz tan calmada por segunda vez. Ibis y Francis salieron del cuarto alborotadas, risueñas, se notaban muy alegres de verme. Mis suegros no dijeron ni mu. Ahí empezó la fajazón. Según sus injurias yo había estado alejada de la casa durante varias semanas. Según sus insultos yo andaba de descarada, recholateando, tarreándolo, humillándolo... Sentí un frío en la cara, el ojo saltó, hundí mi dedo en la cavidad, estaba caliente.

Yo venía de dejarte en el parque de la Fraternidad. Una vez más no pude decirte, Tierra, te amo. Siempre he sentido vergüenza de expresar mis sentimientos más íntimos, inclusive a la persona que se supone sea la primera en tener el derecho de conocerlos.

La cama da un calor del carajo. La Enfermera Antipática ha amarrado mis pies y mis brazos. Inyecta un líquido rosado en la vena de mi antebrazo derecho. Cree que voy a fugarme. Basta, necesito regresar a mi hogar, el de mi madre, el mío, con mis hijas y contigo, Tierra. Basta, por favor, sáquenme de esta brasa de candela que es el colchón. Cómo me aliviaría sumergiéndome en una laguna, o en una turbina. Basta, por favor, me asfixio.

Anoche me visitaron los güijes, galopamos cuesta abajo en la loma de Gívara, en Vuelta Abajo, también estuvo Irma la Albina convenciéndome para irnos a bailar un rato al guateque de Bejerano y Santa.

313

¿Y esos dos quiénes son?

Supe que mi madre falleció, lo terrible es que no me acuerdo de su cara. Sus ojos eran pardos, ¿verdad? Nunca más podré estrechar a Gloriosa Paz, ni oler su pelo, tan fuerte, un pelo grueso, perfumado con higos. ¿Con higos? Pero, ja, ja, ja, ja, si yo nunca en la vida he visto una higuera. ¿O sí? Una higuera, un framboyán, una jicotea...

Esta imagen pertenece a otra persona, no a mí, no a mí. Es una chiquilla con estampa de varón, brincotea harapienta y marimacha, correteando en la manigua, blandiendo un machete, trata de defenderse de sus perseguidores, los malos. Los Responsables. Grita *¡Fuego, fuego!* Las llamaradas devoran el cañaveral. La muchacha corre a la velocidad de una alucinación, el abusador está a punto de atraparla. Ya está, la agarró, forcejean, él golpea con todas sus fuerzas. Ella se dobla del dolor, su delgado cuerpo casi se parte por la mitad, semejante a una brizna de hierba, a un sarmiento cortado de un tajo, o a un tallo arrancado por dedos malévolos. Esta imagen no es mía. No reconozco a los personajes. Ella, la que pide auxilio, se llama Tierra. Tierra Fortuna Munda.

Detesto soñar. Los enfermos no debiéramos soñar. El sufrimiento resulta así más duradero e intenso y entonces yo no puedo manipularlo. Ay, Chacumbele, ven a rescatarme.

Duérmete, tienes que dormir. Ésa es la voz de mi hija. ¿Has traído por fin el veneno? Pero ¿qué pasa, por qué coño no me haces caso? No sientes respeto por tu madre, ¿verdad? El día en que me muera vas a ver, se te acabará la infancia. Sí, es un chantaje. El eterno chantaje.

Descansa, tienes que descansar. ¿Qué es eso, Ibis, hija querida? Un tiesto con flores. ¿Y para quién lo has traído? ¿Por qué no me has complacido con el veneno? Es tu cumpleaños. Dice ella que cumplo cuarenta y siete años. Yo sos-

314

pecho que más. Si ella lo dice, no hay que dudarlo. ¿Y estas dos que te acompañan, quiénes son? Preséntalas, no seas mal educada. Enma la Amenaza y Alicia Lenguaje, tus amigas de infancia.

Ah, sí, claro, qué delicia, cuánto agradecimiento. Déjenme sola un momento con mi hija. Salgan, se lo suplico. Necesito mirarla, observarla un poco. Antes de morir.

¿Y tu hermana? Viajando por las pirámides de Egipto. ¿Y tu padre? Con la bicha de su esposa, ya le ha parido el segundo varón. ¿Y Gloriosa Paz, mi madre? ¡Pero, mamá! ¿Cuántas veces voy a repetirte que abuela falleció hace dos años?

Tierra Fortuna Munda. Tierra Fortuna Munda.

Repito cientos de veces ese nombre.

Mamá, ¿vas a explicar, de una vez y por todas, qué relación guardan esas tres palabras?

Debo callar. Si sigo hablando me conducirán de nuevo al manicomio, me encerrarán en la celda de paredes forradas en corcho y guata. El doctor conversará con voz pausada. Una inyección, ordenará, pónganle una inyección. Los electrochoques son indispensables, sonreirá. La historia en su rueda. No, debo ser discreta. La vena del cuello late, pinchada. Usted se encuentra en buenas manos. Su hija me ha señalado que cuando se halla a solas con ella usted pronuncia la siguiente frase: Tierra Fortuna Munda. ¿Es el nombre de una persona, de un animal, de un lugar, de un sentimiento? ¿Es una visión?

Además de que yo misma no entiendo ni pitoche de esa frase. Tierra Fortuna Munda. Tampoco deseo que me cojan de atrás palante. De boba. Otra inyección, ordena el médico con su cara de guanábana podrida. Mire, doctor, Tierra Fortuna Munda es el destino, ¿entiende? Sonríe, más pastillas, seis diarias. Continúe, paciente. Avance, elemento.

El ruido ambiental se transforma en conversaciones en varios idiomas desconocidos transmitidas por altavoces, pareciera como si la gente hablara al revés...

Tengo el coco atestado de bocinas...

Era una noche de luna, de relámpago y de trueno,
se paseaba un caballero con su coche y su cochero.
Iba vestido de blanco, y en el pecho una medalla,
y al doblar las cuatro esquinas le dieron tres puñaladas.
Abre la puerta, querida, que vengo herido del alma
sólo me queda tu calma y te dejo embarazada...

Ya, ya, ve y llama a mis amigas, pídeles que regresen. Enma la Amenaza, Alicia Lenguaje, pueden entrar en este cuarto nauseabundo, acuéstense conmigo en la cama ardiente, en la alfombra de fakir, qué calor, santo cielo. Qué calor, caramba. ¿Quién se compadece y me regala un cigarro, una balita, eh? Dejamos de fumar, el vicio está muy caro, además de que tú tampoco debieras, andas delicada de salud, no ignoras lo dañino que resulta para tu mente. Si además de guayabitos en el tejado también lo llenas de humo, ¡ni para cuando! Dejen, dejen los regaños para otro día. Habrá tiempo de sobra para pelearnos. Cuéntenme algo que no sea mentira.

Ay, Dánae, querida, ¿te acuerdas cuando íbamos a las escuelas al campo y nos escapábamos al faro Roncali, en el cabo de San Antonio?

Claro que me acuerdo. Clarito, clarito.

Esto es una carta y ella nunca lo sabrá.

¿Por qué se llama tierra y no *tierro*?

¿Por qué se llama tierra y no *tierro*? ¿Por qué es redonda, semejante a dos senos cosidos, cual las dos mitades de una naranja, o a un vientre de embarazada, y en cambio nunca ha poseído tendencia fálica, ni siquiera durante la época de su formación? ¿Por qué decimos naturaleza y no *naturalezo*? ¿Por qué aquellos antiguos poetas preferían escribir *la mar* y no *el mar*? ¿Por qué la noche, la madrugada, la soledad, la ternura, la felicidad, la luz, la luna, las constelaciones, las voces, las caricias, las flores, la melancolía? ¿Por qué pareciera que las poéticas palabras se nombran en femenino? Mentira resulta poética (a propósito, *mentira* es una palabra fea en femenino, ¿o es bonita?). Existen también el cielo, el alba, el misterio, el deseo, el parto, el bien. Sin embargo, el poder y el mal son prueba de lo contrario. Aunque no debemos olvidar el querer, palabra perteneciente a la estrategia del deseo. Goza también de suficiente bondad. Bondad es muy ella, por cierto se conjuga muy en mujer. Muerte, incluso empeñándose en lucir atractiva y profunda, ¿a quién podría llegar a seducir?

A medida que reflexiono voy perdiendo edad, los nombres reaparecen para huir más tarde licuados con las sobras espumosas y malolientes de los platos. Odio fregar, es terrible, pero detesto los asuntos domésticos. No creo que valga nada eso de ser excelente ama de casa. Hago lo necesario, lo que puedo, no sé coser un botón con calidad, ni siquiera aprendí a tejer a crochet. Mejor dicho, tejo pensamientos inútiles, que no dan ni frío ni calor. Mi abuela fue niña, joven, adulta, vieja y luego murió como todo el mundo, sin pena ni gloria. Mi madre repitió el mismo ciclo. Yo voy para vieja. Todos vamos para viejos. Ni mi madre ni mi abuela fueron amas de casa de renombre universal. Sabían tejer historias, es decir contándolas destejían sus vidas.

La vejez. Antes gustaba de comportarme de manera indolente ante la vejez. Desde hace varios años, los ancianos provocan en mí igual ternura que los recién nacidos. Sólo que los segundos vienen de la muerte y la han olvidado, los primeros van hacia ella todavía sin conseguir recordarla. ¿Será así, tan sencillo? ¿De verdad vendremos de la muerte? Bah, tal vez eso decimos para consolarnos creyendo que no perdemos el tiempo, o nos preguntemos, puesto que es más una duda que una afirmación, quizá de aquel lado desconocido no sea más una duda, más bien una certeza, puede que lo tengamos casi claro, el hecho de que venimos de la vida, cuando en realidad llegamos de la nada. Si es que venimos de alguna parte. Pero la nada es nada, no puede conformar *una parte,* o un sitio. ¿Quién quita que estemos yéndonos siempre, que todo no sea más que una eterna partida a lo Novalis? Y en lugar de llegar debamos irnos. En vez de saludar, de presentarnos, tendríamos que despedirnos. Entonces diríamos sustituyendo el *usted nació tal día,* invirtiendo el sentido de la frase, *usted murió tal día.* Y quizá no provoque tristeza, sino lo contrario, nos alegremos con toda sinceridad. Y el día de la muerte constituya más que nada el nacimiento del misterio. ¿Y si el verdadero sentido de la existencia es partir eternamente hacia un nuevo misterio? He usado el adverbio *eternamente,* detesto los adverbios por el espacio físico y mental que ocupan, y la palabra eternidad me produce fiebre, aunque muy hermosa acorrala demasiado.

Pues sí, digo que los ancianos me llenan de dulzura, cuando los oigo opinar sobre algún tema ordinario, por vulgar, la guerra, por ejemplo. Guerra, otro feo sustantivo en femenino. Aquí estoy pensando y hablando cáscaras de plátano; nunca sabremos si estamos o no al borde de una guerra en este mismo segundo. Los viejos se ponen a contar sus terribles experiencias de las hecatombes, a recordar el sinnúmero de muertes, de niños huérfanos, de mutilados, de desaparecidos. De zonas inmensas de tierra aniquilada. Para siempre. ¿La tierra, en tanto que planeta, se irá o regresará de algún sitio del universo? ¿Será que a fuerza de soñar despiertos habremos imaginado su recorrido? ¿La tierra nacerá o partirá? Universo es una palabra estremecedora por su encantamiento, y sin embargo es masculina. Uno y verso. Poesía es femenina.

Pues sí, los viejos continúan dando sus versiones y consejos, yéndosenos al *muere* con su buena confianza de viejos, creyendo que los que quedamos montados en la tierra no repetiremos los errores, aquellos desastres cometidos por nuestros antepasados. ¡Pobres ancianos ingenuos! Y aquí estamos, incumpliendo la promesa, tropezando cientos de miles, de millones de veces con la misma piedra filosofal, metiendo la pata hasta la médula del mundo. Los viejos tan antiguos me dan lástima. Pensar que yo seré así, muy vieja, si tengo suerte y no perezco antes. En esta lucha como un juego de los hombres contra los hombres. Tan sencillo. Fatal.

Mi madre envejeció de un día para otro. Y ese día, el siguiente, al descubrir la ancianidad de mi madre, lloré enterrada en su seno. *Ay, madre, no mueras sin mí, espérame. Oh, espera, disfrutemos un poco más.* Y luego, a mi alrededor, todo el mundo se había puesto viejo de golpe. Hasta mi primera hija cuando acababa de nacer; me dije pero si es una viejita desdentada, engurruñada la piel, pelona, emite quejidos incoherentes idéntica a una arteriosclerótica en última fase, mi hija mamando de mi pezón adolorido, cual otro fenómeno, un misterio berreando. Mi madre también mamando del pezón de al lado. Mi seno hinchado, rojo, cubierto de una erupción, similar a la tierra cuando prepara una guerra.

Entonces sucedió que una señora, muy mayor ya, con

experiencia de varios embarazos, se percató de que mis dolores no habían acabado con el parto. Para mí era cosa nueva, para ella era nada del otro mundo. Mira, niña, sentenció, tú tienes la leche hecha grumos, tu leche no quiere brotar porque tienes una cantidad bestial y tus conductos son estrechos (imaginé que yo por dentro era como una especie de fábrica repleta de tuberías y engranajes desengrasados), y ella siguió, coges un peine, colócate debajo de la ducha, así tiesecita, de manera tal que el agua caiga sobre tus senos, y procede a peinarte las tetas en sentido inverso a tu cabeza, hacia los pies, me contarás del resultado. En seguida bajó la leche, se descongestionó la vía láctea, y mis dos tierras, perdón, mis tetas se aplacaron. La señora murmuró con una sonrisita de comadrona satisfecha, *el que no oye consejos no llega a viejo*. En el segundo parto pensé que la experiencia me ayudaría. Para nada. Todo fue diferente, dolores distintos, vómitos, espasmos, nada semejante. Ni esa otra hembra era igual que la primera, aunque sí tenía cara, piel, pies y todos los rasgos de una anciana.

¿Sabremos apreciar lo suficiente el hecho de que los viejos no tienen apuro para nada? ¿Para qué irían a tenerlo? ¿Entonces, por qué nosotros, los que aún pretendemos ser jóvenes, siempre andamos tan de prisa? Será porque estamos ansiosos por llegar a ese sitio desconocido. O al conocimiento ignorado, el cual una vez conocido ya es demasiado tarde. A ellos, a los ancianos, se los ve serenos, comportándose de manera correcta a toda hora, dan envidia. No, no es que den envidia, es que entran ganas de quererlos, arrebujarlos contra el pecho para que no se nos vayan, o para que no lleguen a ese otro lugar inesperado. ¿Habrá ese otro lugar inesperado? No hay ningún lugar alguno. Vamos navegando de vida en vida, o de muerte en muerte. Tal vez nos hemos equivocado rotundamente, tal vez se trate de que el verdadero objetivo sea equivocarnos. O hacer un viaje perpetuo. ¿En tren? Todo lo rotundo resulta superficial. Cada tarde me dedico a observar a los viejos en los parques, dando de comer a los gorriones o a las palomas; a ellos les encanta aguardar solitarios acompañados de los pájaros, de preferencia con las palomas, como si fueran a irse volando con ellas al infinito; los viejos sentados en los bancos, apoyados en bastones de otros siglos, riendo encariñados con la risa, defendiendo sus risas, como si la mueca de la muerte quisiera arrebatárselas y ellos lo intuyeran sin desdén. Intuyeran no, intuir es asunto de jóvenes. Como si supieran de antemano, tuvieran la certeza de que la muerte odia la risa. Como si toda la vida ellos hubieran sido viejos. Hay una diferencia entre los ancianos y las ancianas, ellas ríen cuando hace falta, ellos ríen por todo, como bellos tontos.

La mayor cantidad de mis noches sueño con mi abuela riéndose a carcajadas. Despierto con el corazón en un buche. En el sueño me veo llevándole a mis hijas para que las conozca. Ella está muy alicaída, igual que en aquellos días anteriores a su fallecimiento. Mi hija mayor, Ibis, es su vivo retrato, de cuando ella era una niña de ojos avispados, tan azules que da temor de que una mañana no vuelvan a abrirse. De recién nacida mi primogénita se daba un aire a cuando abuela estaba chocha, tan arrugada a punto del último suspiro. Mi hija segunda, Francis, ha tirado más para la familia del padre.

En el sueño voy a visitar a mi abuela, de súbito se pone muy alegre, porque le susurro frases amorosas que nunca antes quise decirle, por vergüenza, por falta de tiempo, por dejadez, por odiosa, por irrespetuosa. Porque pensaba que mi abuela sería eterna. Porque mi abuela era una jodedora, milagrosa para colmo, una cabrona de la vida que fastidiaba lo suficiente como para olvidar que se le amaba como a nadie.

Mi madre advirtió en su momento, tu abuela se irá para siempre y no la verás, nunca le has agradecido todo lo que ha hecho por nosotras, parece mentira que te portes como una desalmada, una coñoemadre, fue ella quien te crió, no seas mal agradecida. Mi madre no sospechaba que yo no deseaba encontrar a esa señora que se me iba haciendo extraña en la medida que perdía fuerzas y luz, dejando huellas de sangre por doquier, que apenas dormía pues agonizante le dio por clamar que vertieran jarros de agua helada encima de su cabeza, que el calor estaba decapitándola, aserruchándole poco a poco el cuello. Era injusto que sufriera de esa forma, no tuve el coraje de aceptarla en calidad de moribunda, la enfermedad de mi abuela me partía en dos los sesos, preferí enmascararme de indiferente. Niña al fin, confié en los milagros, ella debía salvarse por milagro. El milagro no permitiría que se marchara.

La tarde antes de su muerte decidí ir a verla. Estaba sentada en el sillón pintado de verde, aquel sillón que no prestaba a nadie, el mismo en el que tantas veces me había mecido de recién nacida, queriendo mimarme, instruirme y dormirme al mismo tiempo. Tenía las piernas recogidas, sufría cáncer de riñón y adoptar esa posición la aliviaba. Lo del cáncer lo supimos después, había escondido los papeles del médico y no admitía que la condujéramos al hospital. Luego de saludarme se mantuvo callada bastante rato. Después se levantó con dificultad, semejante a una niña de dos años aprendiendo a dar sus vacilantes pasos. Se dirigió a la cocina, me trajo un pan de gloria, tomándome de la mano mostró orgullosa su patiecito mojado, algunas macetas sembradas de helechos enanos, rebijíos a causa de la falta de espacio. Señaló para una jaula donde había encerrado a un conejo blanco. Fue una sorpresa tremenda cuando lo liberó de la jaula, no sé de dónde había sacado energías para cargarlo. Un rollizo conejo blanco de ojos rojos. Ella profetizó:

—Te lo regalo, hace poco lo compré en la placita de Monte y Romay, es tuyo, cuídalo, te querrá tanto como yo.

—Nos reímos de esa bobada, de que un conejo tuviera la capacidad de querer semejante a la de un humano.

Vuelvo a repetirlo: pareciera como si a los ancianos, ya hacia el final del fin, allí donde se les termina el resumen de sus aventuras, se sintieran fascinados de reírse mucho, a mandíbula batiente. Ella sin embargo daba la impresión de que había reflexionado mucho sobre la risa. Mi abuela me besó, su beso apestaba a sangre podrida, a piel raspada y enferma, tuve asco. No le devolví el beso. ¡Cuánto me he arrepentido luego de esa falta de delicadeza, de ese gesto tan soberbio de mi parte!

Mi abuela se extinguió al día siguiente, no de pasión de ánimo como ella auguraba que iría a morir, más bien de un misterio que se le reventó adentro, escupió una bola de pelo, negra. El bocio quizá, padecía de bocio. Por esa razón su beso olía a rata desollada.

Pero aquella tarde, al salir de su casa hube de regresar a la mía cruzando innumerables avenidas con el conejo a cuestas, las distancias todavía me eran ajenas. Ningún guagüero permitió que entrara en los vehículos con semejante animal tan desproporcionado. En vuelta del parque de la Fraternidad, el conejo se puso inquieto. Iba a atravesar de la acera del Capitolio hacia la calle Teniente Rey y el conejo se escabulló de entre mis brazos, saltó al pavimento, corrió desaforado, y yo detrás. Tuve tiempo de escuchar los chirridos de unas gomas contra el asfalto recién enchapotado, miré al parque Central, ya tenía el auto encima, por suerte

323

sólo fue un batacazo. Justo en el instante que mi madre cuenta que abuela comenzó a ponerse grave, bastante mala. Al día siguiente boqueó, escupió, expiró. El fin de la vida fue para ella aquella bola peluda y negra, cochambrosa, vomitada por la zona de toda la pasión, de tantos besos, la boca.

Un vendedor de la librería situada junto al Tribunal Supremo pudo cazar al animal, tuvo la gentileza de traérmelo, mientras otras personas me habían llevado a la acera de enfrente y me limpiaban del fango para comprobar que no estaba malherida. Sólo leves rasponazos. Sentí miedo del conejo, de esa masa esquiva y suave entre mis brazos; supuse que podría devenir agresivo. Para que no escapara por segunda vez aferré mis uñas a su pellejo.

El conejo estuvo encerrado en el cuarto, amarrado a una de las patas del escritorio durante un año. Al cabo de ese período se consumió de martirio, de prisión. Apagó los ojos rojos y escupió una bola velluda y negra, idéntico a mi abuela. Pero nunca había conseguido que me amara como ella, más bien en el fuego de sus pupilas siempre hubo pánico. Cerró los párpados, semejante a todos los ancianos. Su corazón dijo hasta aquí. Su corazón, que aborreció la ternura.

En aquel momento extrañé a mi abuela porque era la mía. Sin embargo, hoy extraño todo lo que muere, lo que nos abandona, lo que no se salva. ¿La tierra será así, insalvable? La vida es así. Insalvable. Salvación es palabra en femenino. Decimos *así es la vida*, y no *el vido*. O *lo vido*, el vacío. En cambio, sí olvido. Nacimiento es palabra masculina. Yo tuve una amiga, fue la única, nunca he dejado de quererla, se llamaba Tierra Fortuna Munda y no sé dónde se hallará en estos instantes en que pienso en ella con tanta intensidad, como si pensara en mí misma.

El misterio: ¿es que será Diosa en lugar de Dios? Eso me lo preguntó una mañana calurosa la amiga que no he olvidado nunca.

Todo esto lo estoy pensando para poder escapar con la menor carga de culpa posible. Una nace para huir. Pienso constantemente para darme coraje y entretener mi mente en pensamientos absurdos. Todo esto lo he analizado para *desear poder querer*, aquel verso de Fernando Pessoa que tanto leí en la escuela al campo. ¡Cuántas cavilaciones para llegar a un verso ya nacido y hasta olvidado! ¡Cuántos regodeos para decidir partir! Huir para siempre, ¿será una solución recomendable? *Siempre* suena tan terrible y a la misma vez tan obvio como *nunca* o *jamás*. No volveré atrás. Es lo que pienso ahora que huyo, no volveré a pisar este suelo, no volveré a doblegarme. Sé que he aprendido a amar por hábito todo lo que abandono. Pero no deseo que mis obligaciones se conviertan en esclavitud. Necesito que mis deberes no dejen de ser placeres, para vivir con dignidad. Si yo concentrara menos el espesor de las palabras me costaría también menos dudar sobre mi posible huida. Fuga, sin embargo es una palabra fascinante, ella escrita o mencionada así sola ya es un verso o una flor desconocida, una animala o bestia intrépida; así, miren, prueben, pronuncien: fuga. Innombrable.

Belleza y poesía son dos palabras demasiado mujeres. Amor suena a hombre, huele a feto de ternero. Milagro es andrógino. Es sustantivo en masculino, pero huele a hembra. Tiene el sabor telúrico del sexo azucarado, de una cueva con estalactitas y estalagmitas de miel endurecida. Tal vez algún día pueda releer *Dafnis y Cloe* con la misma ingenuidad que cuando fui adolescente. No sé por qué asocio ahora una frase de ese libro antiguo con aquella canción de Nino Bravo que se puso de moda durante los períodos de escuela al campo, ¡¿cómo puedo ser tan frívola?! Aquella canción que tanto tararée en la adolescencia: *Junto a la puerta del amor te hallé y logré besarte. Mis sueños son ya realidad, amor...* ¿Me falla la memoria? ¿Es que ese libro lo leí en aquella época? Mentira, lo leí mucho después, es ya la menopausia o las secuelas de los golpes en la cabeza. Nunca volveré a ser yo. Estoy congelándome en el desgarramiento que me produce evocar mi juventud. Yo te amé y sigo extrañándote, querida Tierra Fortuna Munda. Por favor, no me golpeen la cabeza.

A UN SARMIENTO FRONDOSO DE VID
TE COMPARO
—

¿Que cómo sobrevino la hecatombre justiciera? Sólo yo puedo contarlo. La Milagrosa. Aunque en mi condición de presencia mística, reanimada por la palma real y resucitada por la ceiba, estoy más viva que con la pata estirada. Si ustedes supieran, si sospecharan lo duro que es solucionar los problemas desde la inmateria. Mucha gente hubiera pedido la hoguera para Dánae y Tierra Fortuna Munda. Pero yo no. Yo no iba a permitir que nada terrible les acarreara. Ellas se salvaron, y yo ayudé para que se defendieran.

Ni Tierra quedó tan a la deriva aquella tarde en la parada del ómnibus que jamás se dignó a pasar, en el parque de la Fraternidad, ni el lobo es tan fiero como lo pintan, o como él mismo se pinta. Quiero decir que ni Andrés consiguió dejar tuerta a Dánae ni tampoco la raptaron para el hospital psiquiátrico.

Es cierto que sus inconvenientes hubo, porque Andy no iba a dejar así como así, tan fácil y regalado, y delante de sus propios ojos, que una mujer, nada más y nada menos que una mujer, le tumbara a la esposa. Doble humillación para un hombre. Él, sin duda alguna, hubiera preferido que lo abandonara por uno igual que él, y si es posible peor.

Aquella tarde, apenas anocheciendo, el taxista fue despachando a la clientela y a quien último dejó fue a Dánae, quien se apeó en la puerta del edificio. El hombre le recalcó la condición de que la esperaría diez o quince minutos como máximo, no más. Luego retornarían a buscar a su amiga al parque de la Fraternidad y de ahí harían el recorrido en dirección a la casa de Gloriosa Paz.

La mujer subió los peldaños de la escalera de dos en dos, con el corazón en la boca, las manos frías. Emocionada de volver a ver a su familia, temerosa de los reproches que le vendrían encima, culpable (y radiante) de haber vivido tres semanas de intensa felicidad, desconcertada al no tener la menor idea de cómo presentar la nueva situación, la decisión de separarse de su marido, llevarse a las niñas y marcharse con Tierra Fortuna Munda. Tuvo suerte de no tropezarse con ningún vecino porque no hubiera sabido disimular y ahí mismo habría desembuchado sus penas al primer acaecido.

Detenida frente a la puerta pensó al vuelo, ahora o nunca. No tenía tiempo de reflexionar, introdujo la llave en la cerradura. La casa estaba absolutamente en orden, como si ella no hubiera faltado. Y tanto que se había recomido el hígado imaginando que en su ausencia no sabrían arreglárselas.

Sentados a la mesa sorprendió a sus suegros frente a dos espléndidas tazas de café con leche. No se atragantaron de milagro al verla, los ojos querían saltárseles de las órbitas, sorbieron ruidosos del líquido humeante, sin saber qué decir ni cómo reaccionar. La radio estaba puesta con el volumen muy alto, como de costumbre, la televisión también; la bulla apenas le permitió advertir a las niñas jugando de manos entre ellas en el cuarto.

—Hola —solo se atrevió a pronunciar.

Andrés reconoció la voz y salió embalado del cuarto de sus padres. Lucía bastante más delgado, acababa de tomar una ducha pues sus cabellos chorreaban aún mojados y se notaba muy pulcro y entalcado, vestido con una camiseta blanca, nueva, y un pantalón piyama también nuevo, seguramente comprados en Cincinnati por los familiares de sus viejos. Ella tuvo vergüenza de su facha desaliñada por el largo viaje, pero también sintió impulso de echarse en sus brazos, de pedirle perdón, de olvidar a Tierra Fortuna Munda y de dejarlo todo como estaba, de no echar a perder este instante en que los dos todavía podían mirarse con ternura.

—¡Dánae! —Fue él quien se precipitó sobre ella, atrayéndola hacia sí, besándole los ojos, luego los labios, apasionado, llorando.

Ella respondió a sus caricias. Los suegros, convencidos de que la reconciliación sería un triunfo inmanente, saludaron muy afectuosos a la nuera y al punto decidieron ir a refugiarse en la habitación cerrando la puerta detrás de ellos.

Ibis fue quien descubrió a Dánae y a Andy enlazados.

—¡Mi hermana, mamá está aquí, es mamá que ha vuelto!

—¡Mamá, mamá, qué bueno! ¡Oh, mamita, nos sentimos tan solos sin ti! —acentuó Francis sin poder evitar un rictus de amargura.

Las niñas se engancharon a la mujer, ella arrodillada las recibió con los ojos llenos de lágrimas. Luego elevó la vista al rostro de su marido, menos inseguro que en los primeros minutos, más bien como bastante satisfecho de haber ganado una pelea de boxeo.

Al rato de los apretones y los besos, Dánae se dio cuenta de que el tiempo corría veloz, y apartó a sus hijas.

—Debo irme a buscar a una amiga que he traído conmigo, no pudo acompañarme porque no había espacio en el carro de alquiler.

El rostro de Andy mudó de la sonrisa complaciente a la seriedad de la duda. Ella comprendió que no sería fácil, pero debía adelantarse.

—Después voy directo a casa de mamá. Me mudo con Gloriosa Paz. Necesito una tregua. Por favor, Francis, Ibis, papá y yo debemos conversar dos minutos, les ruego vayan al cuarto.

—No, las niñas van a oír lo que tienes que decir. No se vayan.

—Ten consideración, Andy, no lo pongas más difícil.

Ibis y Francis hicieron ademán de escabullirse, pero el padre se interpuso entre ambas y el corredor que desembocaba en el cuarto.

—Ellas se quedan.

—Bien, yo no lo hubiera dicho de esta forma, pero si no queda más remedio, si no das otra opción... —Aguardó un arrepentimiento de su parte, él no reaccionó—. Nos divorciaremos. Voy a vivir con mamá, su apartamento es pequeño, pero no tengo otra alternativa, creo que nos arreglaremos bien allá. Ellas vendrán conmigo —señaló a las hijas—, luego tú y yo haremos lo conveniente desde el punto de vista jurídico para compartir la convivencia... —Vaciló estrujando el asa de la mochila—. Una última cosa, antes de que te enteres por personas ajenas. Amo a esa mujer que ha venido conmigo. Somos... Somos amantes.

Andy no esperaba aquello, ah, no, eso no. Entonces ordenó a sus hijas acostarse de inmediato.

—No, ahora esperen. No he terminado, tú querías que oyeran y oirán —continuó Dánae muy suave, pero con firmeza—. Mañana nos reuniremos toda la familia, si estás de acuerdo, aquí o en casa de Gloriosa Paz. Lo he decidido.

—Júrame que estás corriéndome una máquina, júrame que se trata de un chiste. No, no, no, nunca has sabido hacer chistes, te quedan malos, de muy mal gusto, no surten efecto, a nadie le dan gracia tus chistes pesados...

—No, es la pura verdad. ¿Me crees con ganas de chistear?

Andy reculó y de un puñetazo la tiró al suelo. Francis e Ibis berrearon histéricas. Indecisas entre de parte de quién ponerse, si de la vencida madre o del enardecido padre. Los abuelos salieron a apaciguar.

—Hijo, hijo, compórtate, no te desgracies. Hemos escuchado sin querer, las paredes son finas. Déjala, no merece la pena que te metas en líos por quien ya dio la última palabra...

—¡Quítense, quítense, no será ella quien meará más alto que yo en esta casa! ¡Está muy equivocada, sí, muy loca!

Dánae, recuperada, recogió su mochila de donde había caído luego de la trompada, fue a despedirse de sus hijas y él se interpuso, pero Ibis sin vacilar pasó del bando de su madre.

—Si mañana estás dispuesto y más calmado, hablaremos... Ibis, ten paciencia por lo que más quieras, quédate, debo explicarte con cuidado, no es el momento...

—Entendí todo, mamá, voy contigo.

—¡Sí, vete con ella, de tal palo tal astilla!

Andy vociferaba y arrasaba con cuanto objeto encontrara perteneciente a su mujer, una lámpara, regalo de Gloriosa Paz, una reproducción del perrito ahogándose en la arena de Goya, una de las pinturas predilectas de Dánae, una caja de música con una bailarina de porcelana, un ángel de yeso, un obeso buda, una Virgen de Regla de plástico comprada en el Rincón, la única muñeca que había poseído su mujer en la infancia, española, de pelo negro y lacio, discos de vinilo con temas pasados de moda, libros de raras ediciones, o tomos comunes, las cazuelas adquiridas de la época en que habían contraído matrimonio, recuerdos, adornos... Toda una vida al acantilado de la ira.

—¡Papá, cálmate, por favor, yo me quedo contigo, papito mío! —Francis moqueaba desesperada reguindada de la camiseta del padre.

Dánae intentaba detener al hombre, cada vez recibía un trastazo, un empellón, una escupida en pleno rostro.

—¡Evapórate, no te soporto delante de mí! ¡Eclípsate, bruja!

—¡Andrés, no puedo dejarte así! ¿No ves el daño que haces a nuestras hijas?

Prestó atención y deletreó en sus labios la última frase, callándose de golpe, fingió como si reflexionara y, acercándose a ella, pegándosele hasta respirarle en los poros, mirándola fijo en los ojos recalcó con los dientes rechinantes:

—No, Dánae, ya me dejaste, y yo fui paciente. Nadie más que tú estás jodiendo a tus hijas, has sido tú quien te largaste sin siquiera advertirnos, tú me engañaste, y te juro por la vida de esas dos criaturas que esta traición te costará muy caro. No creas que vas a salirte con la tuya.

Reparó en los pitazos provenientes de la calle, del claxon del Dodge del 54, el tiempo se había extendido lo suficiente como para impacientar al taxista. Tomó a Ibis de la mano y trató de convencer a Francis, quien corrió despavorida a guarecerse bajo la falda de la abuela. A Dánae se le acorazó como de piedra el pecho, dio la espalda, tiró la puerta, y bajaron Ibis y ella la escalera a toda velocidad. No se atrevía a enfrentar a la niña de lo culpable que se sentía.

La brisa marina refrescó sus sienes y se percató de que lo peor, o al menos lo que ella imaginaba peor que todo, había quedado atrás. Revisó su mandíbula adolorida, no había fractura, los pómulos habían comenzado a hinchársele. El taxista silbaba sin dejar de observar intrigado a través del retrovisor. Ella esperaba que Ibis la interrogara, la niña no despegaba su rostro de la ventanilla, evitando que sus gruesas lágrimas fueran descubiertas. Dánae sintió un inmenso alivio, respiró, y el pecho, *la caja de los caprichos*, como le llamaba Tierra Fortuna Munda, respondió con quejido asmático y opresivo.

La halló tal y como la dejó, sentada en el banco de mármol cagado de gorriones. La ceiba, telón de fondo, sembrada en su cabeza. Tierra Fortuna Munda sonrió ensombrecida, la presencia de aquella tercera persona que ella adivinaba una de las hijas de su amiga la acomplejaba reduciéndola al papel de intrusa.

—Me he demorado... decidimos que Ibis viniera, te presento a mi hija...

—¿Qué tal, preciosa? —Quiso besarla, pero Ibis viró el rostro y contestó con un saludo de hielo.

—Vamos, que para luego es tarde —apuró el chofer.

> *El interés y el amor*
> *fueron al campo un día*
> *y más pudo el interés*
> *que el amor que le tenía.*

Gloriosa Paz la recibió muy alarmada, refrescó los moretones de los golpes con agua boricada, hizo café, empezó a preparar un potaje de garbanzos, correteaba de un sitio a otro, acariciaba la cabeza de su nieta, comentaba del calor que hacía con Tierra Fortuna Munda, no hallaba qué inventar para no caer en el tema principal. Pudo más el amor que el interés.

—Dánae, no aguanto más, tengo que hablar porque me

atarugo, tu marido ha llamado por teléfono antes de que ustedes llegaran, lo sé todo. Sabes que soy muy abierta de espíritu y puedo entenderlo... Desde luego, tu relación, digo, tu nueva relación con ella... A quien estoy muy contenta de recibir en mi casa, después de tantos años, quién iba a decirlo, que nos visitaras... Claro, no se trata de una visita, es que a mí este problema me cae de fuácata, de sopetón, sin comerla ni beberla, no es fácil asumir esta situación a mis años, qué dirán los vecinos, mis amigas... Pero sobre todo tus hijas, no creo que hayas analizado bien las consecuencias...

Tierra Fortuna Munda bajó los párpados y rechazó la taza de café.

—Mejor me hago un cero y salgo a dar una vuelta —propuso.

—No, aguarda. —Dánae la retuvo, después se dirigió a Gloriosa Paz—. Estás queriendo insinuar que no tendremos tu apoyo, que no nos ayudarás...

—Déjame pensar, Dánae, por lo pronto pueden quedarse aquí, después ya veremos. Eres mi hija y ella es mi nieta, y si ésa ha sido tu decisión, y si ella, tu hija, te apoya, pues yo no seré menos... Estoy contigo, pero luego no digas que no te advertí, tu marido amenaza con destrozarte...

Al día siguiente, Dánae trató infructuosamente de localizar a Andrés. Su suegra respondió con frialdad argumentando que su hijo andaba haciendo gestiones muy delicadas. Tampoco permitieron que se comunicara con Francis, ella como madre no lo merecía, y que previera las consecuencias, porque en un acto relajado de parte de ellos había cometido el grave error de dejar que raptara a Ibis. Ya recuperarían a su otra nieta, aseguró en tono amenazante. Que se prepararan Dánae y su compinche, quedarían disminuidas a nada, a lo que eran, a escombros, a escoria.

—Señor juez, esta mujer es una inmoral. Abandonó el trabajo, abandonó a su familia para iniciar relaciones lésbicas con una desertora de la guerra heroica en la que todo un pueblo estuvo sumido y por la que tantos héroes ofrendaron sus vidas. Pongo pruebas a su disposición, señor juez y señores del jurado, esta mujer además es traficante de drogas. De cocaína, para ser más específicos. En su casa, con mayor exactitud en la gaveta de una máquina de coser Singer, propiedad de la acusada, su marido halló un fardo de dos quilos de cocaína pura. Hemos llevado a cabo el interrogatorio exigido. Por supuesto que la acusada niega toda relación con el alijo encontrado, reacción normal de cualquier traficante ante la evidencia real de su culpabilidad. Señor juez, señores del jurado, visto el caso y comprobados los hechos, pido pena máxima para la condenada: fusilamiento.

Qué fácil se suelta la palabra: fusilamiento.

La sala estaba abarrotada de agentes policiales. De la familia sólo se encontraban los acusadores. Andrés, sus padres, Ibis y Francis demasiado aterrorizadas como para entender la gravedad del veredicto. Cuando el fiscal dictaminó, elevó y agitó su brazo izquierdo igual al célebre personaje de una telenovela brasileira, *Roque Santeiro*, mostró su flamante reloj de pulsera Rolex. Charco de Sangre, así le decían al fiscal, debido al gran número de inocentes que había enviado al paredón, boqueó un espumarajo lascivo cuando pronunció la palabra *fusilamiento*.

—Se acusa también a la ciudadana Tierra Fortuna Munda, ¡vaya nombrecito! Por conspiración militar y deserción, complicidad en el tráfico de estupefacientes, alteración del orden público, rapto y perversión de menores. Esto último hubiera podido ocurrir si hubiéramos dejado a la hija de la primera acusada entre las manos de estas dos canallas —acotó el fiscal.

Dánae, esposada y de pie, contemplaba las losetas del piso. Tierra Fortuna Munda, también inmovilizada, no le quitaba los ojos de encima, intentando darle ánimos aunque fuera por telepatía.

El abogado defensor se había comportado de manera ridícula, balbuceando excusas, ni siquiera se había aprendido los nombres de sus clientes. A quienes se vio bien claro no le interesaban, sino que le perjudicaba defender. Argumentó que dado que los crímenes cometidos atentaban contra la seguridad mundial, él, en aquella ocasión vergonzosamente, debía asumir la defensa de quienes desde su punto de vista era imposible de absolver, calificándolas de insalvables. Por lo cual, estuvo a un paso de pedir también pena de muerte por fusilamiento. Pero se contuvo, siempre con la excusa de cumplir la misión que la patria le había encomendado, y aconsejó suavizar la sentencia: cadena perpetua.

Dánae se mordió los labios y goterones cálidos cayeron de sus lagrimales a los zapatos de goma dura. Tierra apenas parpadeó. En la sala se oyó un murmullo de aprobación general. El fiscal reemprendió la acusación:

—Pena máxima para Tierra Fortuna Munda: fusilamiento.

Entonces Ibis y Francis empezaron a llorar, habían comprendido. Del pecho les brotaron girasoles. El hondo lamento invadió la sala. En ese instante decidí hacer mi entrada. Yo, la pacífica. Yo, la Milagrosa. La novia del Santo. Hija de las Mercedes. La que purifica y aboga por la paz. Hija de Obbatalá, la magnífica. Yo, la enviada de los Orishas.

¡No más derramamiento de sangre!, ordené, y quedaron paralizados. ¡No más abusos con los inocentes! ¡Que pasen los testigos, den paso, abran paso a los testigos! ¡A los auténticos testigos, y no a los comprados! ¡Basta de traidores! ¡Ahora hablarán las víctimas!

Silencio rotundo. Yo misma, milagrosa y milagrera, me impresioné con el enmudecimiento colectivo. Esperaba una balacera, cañonazos, la guerra. Pensaba que bombardearían, pero ni fuerzas tenían ya, pataleando como estaban en su propia porquería.

El primero en testimoniar fue el tiempo de ciudad, las horas fugaces de la adolescencia, transcurrieron años por delante de nuestros ojos, y pudimos apreciar la trayectoria de la acusada nombrada Dánae, su historia personal desde su nacimiento hasta el momento en que fue destinada con carácter obligatorio a cumplir tareas agrícolas lejos de su hogar y separada de la madre durante cuarenta y cinco días cada curso escolar. Su testimonio fue muy veraz, pese a que fue narrado en verso libre, y nadie ignora que los policías son alérgicos a las alegorías, los intoxica la poesía. Sin embargo, desde que el tiempo, cuya personalidad metafísica se basaba en la cronología exhaustiva de los acontecimientos, recapacitó y acudió al ritmo rimado, un halo mágico se instaló en las mentes y quedaron hipnotizadas por la deposición de este testigo excepcional.

En segundo orden hizo acto de presencia la música de la ciudad, fue bastante trágico todo lo que contó sobre Andrés y el abandono, la desproporción de su acusación con respecto a la verdadera falta de su esposa, si es que realmente la había habido. Cumbaquín, quin, quin, cumbacán, cumbaquín, quin, quin, cumbacán, y tanto el juez como los señores jurados por poco se ponen a bailar, remenearon un tanto los hombros y removieron sus legales traseros en los asientos. La testiga, o testimonianta, en este caso, la música, convocó al orden y ubicó a cada uno en su sitio. Aún no había acabado su declaración. Probablemen-

337

te ella sería quien aportaría el dato esencial. Aquel fardo de cocaína hallado por Andrés, el confundido marido, no pertenecía a Dánae, sino a su vecina, a Matilde, quien se lo había dejado antes de que la mujer huyera de su casa en dirección al poblado de La Fe con la intención de salir limpia si consumaban un registro en su casa. Dánae no había querido delatar a su vecina. Dánae estaba asumiendo un delito que no había perpetrado porque no deseaba que fusilaran a nadie por culpa de un chivatazo de su parte, y porque le sobraba la madera de mártir.

Y hablando de madera. Una de las confesiones más hermosas fue la de la maleta arborescente, quien a su vez había encarnado en un árbol poderoso y hasta en un escritor en sucesivas reencarnaciones. Fue ella quien permitió que el enlace entre la ciudad y el campo no traumatizara demasiado a la joven, ella facilitó la adaptación de la muchacha, ella le suministró el conocimiento a través de un perfume, aquel aroma a poesía persa que siempre despertó en la joven una insólita y perenne curiosidad por la belleza de la naturaleza, por la vida, el amor, la poesía. Gracias a la maleta arborescente un amplio abanico de sensaciones se abrió ante la inteligencia de Dánae afinando su sensibilidad, brindándole un gusto y el respeto por aquel poeta que había escrito en la soledad de las cálidas noches habaneras:

Un inocente, apenas, inocente de ser inocente, despertando
*   inocente.*
Yo no sé escribir, no tengo nociones de lengua persa.
¿Y quién que no sepa el persa puede saber nada?

Muy bello, muy grande, pero los versos resonaron en la sala como un mazo de margaritas de plomo lanzado en ralentí a un corral de puercos hambrientos. Ningún miembro activo de la autoridad se conmovió. Salvo las acusadas, las niñas y los testigos de cargo. Aunque creí divisar que los ojos de Andrés comenzaban a enrojecer, y hacía lo imposible por estancar la emoción en la cavidad resbaladiza entre sus pestañas y el huevo ocular.

Sucedió lo imprevisto, de repente el suelo se agrietó y brotó la ceiba de las entrañas del mundo. Oh, Madre. Arrodíllense ante ella, Madre bendita. Por las ventanas se coló una luz opalina, nacarada; el rostro de Tierra Fortuna Munda fue iluminado de blanco, chisporrotazos eléctricos recorrieron el cuerpo de la mujer. La ceiba reinó. Reina mía, abrázame, murmuró. Ahijada bendita, reclamó a Tierra para que se aproximara a su regazo. Para ella vació su vientre y preparó un trono mullido. Tierra fue coronada de albahacas. Custodiada por jutías congas y lechuzas. El sol bajó hasta su cabeza y la luna se acomodó en su útero.

Yo te doy poderes, mi hija, resuelve este asunto. Haz que el Manatí, la Palma Real, el Chicherekú Mandinga, el Sol y la Luna, luces celosas de la ciudad y del campo, multipliquen tu fuerza y que acabes de convertirte en lo que soñamos que debieras ser: el ángel que ampara la resurrección. Recupera lo que te pertenece, el don de la verdad.

A un sarmiento frondoso de vid te comparo. Citó el verso prohibido de Sato.

Y como toda una gran señora desapareció por donde mismo vino, hundiendo sus raíces en lo más recóndito del misterio, dejando a Tierra Fortuna Munda suspendida en un letargo. Levitando en una sagrada ascensión.

De repente la sala fue filtrándose de líquido amniótico, el aceite pegajoso se diluyó luego en agua salada de océano, y el público, los jurados, el juez, el fiscal, el abogado, todos menos yo, la Milagrosa, y las acusadas, mutaron en peces nadando angustiados en el interior de una tramposa red. El oleaje fue poco a poco endulzándose hasta transparentarse en agua cursiva de río. El manatí bordeó la superficie, nadó hacia el fondo, cargó en peso a las moribundas Dánae y Tierra atrayéndolas hacia el exterior. Dánae flotó rodeada de flores blancas, lánguida Ofelia moribunda. Pero Tierra emergió y tosió acaparando suficiente oxígeno en sus pulmones. Volvió a sumergirse y nadó hasta lo más profundo, allí donde las aguas ennegrecidas avasallaron sus piernas. Prisionera en una jaula de espejos cundida de tiburones, Tierra Fortuna Munda luchó con los monstruos marinos hasta desollarlos uno a uno, el agua ensangrentada le nubló la vista. Sufrió alucinaciones. Entonces tocó el turno a Dánae de despabilarse de la quimera, de aquella muerte momentánea que le había sido endilgada por los oscuros y negativos hados. Bajó a las siniestras profundidades cumpliendo orden del manatí preceptor. Allí tomó a Tierra Fortuna Munda por los cabellos y como si desenterrara un tesoro de las algas marinas lanzó a su amada hacia las estrellas. El río fue a extinguirse por el agujero de un lucero.

Retumbaron rayos y centellas, la palma real rajó el techo, y clavada en el medio de la sala del tribunal demostró su poderío mudando en espada de oro y recobrando su vegetal forma enhiesta. Citó un nombre:

—Matilde. Acércate, confiesa.

La vecina avanzó, juró, la mano sobre la Biblia, decir la verdad y nada más que la verdad.

—Soy culpable, apenas, culpable de ser culpable, despertando culpable. Pero no soy la única culpable. Si de algo sirvo es de chivo expiatorio. Soy culpable, lo repito para que no quepa la menor duda. Dánae ignoraba el contenido del paquete. Su única culpabilidad es la de la inocencia. Ella quiso hacerme el favor, como en tantas otras ocasiones, y por motivos diferentes. Yo no actuaba sola, encima de mí hay un jefe. Su nombre es Cheo Cayuco. Desde que se inició este proceso quise declarar, pero fue él quien me lo impidió. Parece que en aras de destruir a quien en otros tiempos había sido su mujer, mejor dicho, su víctima: Tierra Fortuna Munda. Guarda él un odio reconcentrado en su corazón desde tiempos inmemoriales. Él nos manipuló a todos, inclusive a Andrés, a quien obligó a iniciar este proceso judicial contra su ex mujer.

Tierra Fortuna Munda descendió de la luna planeando igual que una gaviota. Así que él. Así que era él quien manejaba los hilos de las marionetas, repantigado en un acolchonado butacón, detrás de la cabina de cristales nevados para no ser descubierto. Él, quien había exterminado a sus familiares.

En el ombligo de la palma real reventó un cráter que trajo como consecuencia un terremoto y un ciclón a un mismo tiempo; del epicentro fueron arrojados cientos de cadáveres, que a su vez, cuando rozaban la brisa verdadera de la vida, desgarraban su piel y de ellos destilaba una masa gelatinosa que devenía güije. Los cadáveres devinieron güijes. Con sus cabezas como techos de guano, los ombligos sudando jalea de guayaba, iluminando el recinto de una fosforescencia verdosa. Uno de ellos se presentó ante Dánae:

—Soy Irma la Albina. Te estoy protegiendo, cumplo deseos de la Milagrosa. No tengas miedo.

Y partió volando a encaramarse en una yagua de la palma real.

Un grupo de güijes se parqueó junto a Tierra Fortuna Munda, daba gusto verlos tan danzarines, gozadores, jodedores, demostraban la alegría que no habían experimentado en vida.

341

—Somos tu familia. Soy Bejerano, tu padre. Ésta es tu madre, Santa. Y ahí ves a tus hermanos, aunque no puedas diferenciarnos porque vamos bajo el mismo aspecto de güijes.

Por último, Chicherekú Mandinga salió expelido al fragor de un cohete por la boca del cráter. Y allí comenzó a darle al baile el negrito sabichoso, sea imitando los movimientos estrambóticos de la cabeza de la lechuza, sea caminando como una jicotea, o arrastrándose semejante al jubo de Santamaría, escudriñando como la jutía conga, trinando ora cual un colibrí, ora como una fermina, ora como un azulejo, ora como el pájaro real, ora como el trupial, ora graznando como el gavilán colirrojo. Y cintura y más cintura, el Chicherekú Mandinga ya tiene voz, y apunta remeneándose salpicón:

—Descubierta la mentira no queda más que rodar el telón.

Las cortinas fueron corridas por diligentes güijes pachangueros. El espejo nevado estalló en cientos de millones de esquirlas. Detrás, en el asiento donde se suponía se hallaría Cheo Cayuco, frente a una pizarra electrónica imitando a un astronauta, se descomponía el cadáver de una rata gigante. Un ojo había permanecido entreabierto. Dánae reconoció en el fulgor malvado de la pupila la mirada de aquella rata que la espiaba desde los travesaños del techo en el albergue de la escuela al campo.

Yo, la Milagrosa, no pude contener la emoción, y sabiendo que el dolor había terminado con el triunfo de mis protegidas, caí desmadejada en los brazos divinos del Chicherekú Mandinga.

Se armó un revuelo de papeles en la sala cuando el tiempo testimoniante retrocedió, retomando su curso justo en la declaración de Matilde:

342

—Soy culpable, apenas, culpable de ser culpable, despertando culpable. Es mi palabra contra la de ustedes, contra la suya, Cheo Cayuco. Dánae siempre ha sido buena madre y buena esposa. No debemos acusarla, como no sea de haberse enamorado y de estimar que el amor se mantiene estacionario, sin adulteraciones. Tierra Fortuna Munda no es una traidora, como se ha querido hacer creer.

Sin embargo, a pesar que Andrés sintió un inmenso alivio, liberado de la mala conciencia de enviar a la madre de sus hijas al patíbulo, no quedó contento cuando el juez dio un martillazo en la mesa y cantó inocentes a ambas acusadas. Andrés dejó caer la vista y se dirigió a la puerta principal. Detrás le pisaban los talones sus padres, también avergonzados de haberse prestado a semejante manipulación. Ibis y Francis prefirieron unirse a su madre.

Tierra Fortuna Munda se adelantó y puso su mano en señal reconciliatoria encima del hombro de Andrés. Éste se viró hacia ella, sorprendido.

—Ven, debemos hablar.

Entonces se apartaron a la sombra de un archivo gigante. Entretanto un cono de luz celosa de ciudad elegía alegremente a los protagonistas de futuras historias.

—Andrés, yo amo a Dánae.

—¿Y qué? Yo también. Entre ella y yo nunca hubo aventura. Es lo único que podrá reprocharme. Ahora el reto es tuyo, te paso el bastón, supongo que no lo dejarás caer.

—No, Andrés, amar no es una carrera de obstáculos.

—¿Ah, no? ¡Por Dios, mira quién habla! ¿Cuántos obstáculos no interpusieron en tu camino?

—Y sin embargo vencí. El amor es un misterio que debemos mantener vivo.

—No estés tan segura. Es tan cursi lo que acabas de decir. Mira, me muero de la risa.

El polvillo dorado de la luz celosa y urbana se esparció en la brisa. En los alrededores del Tribunal Supremo la gente aclamaba a las triunfadoras. Dánae creyó distinguir un espejismo de su infancia, vio escurrirse entre las piernas de una chiquilla la silueta de un conejo de algodón pestañeando con los ojos rojizos. Tierra Fortuna Munda, rezagada, aprovechó la confusión de su amiga para adelantarse y tomarle la mano. La tibia mano de Dánae tembló entre la suya callosa. Fueron vitoreadas por heroínas, y tanto derroche de vehemencia no agradaba a las modestas amantes.

Francis e Ibis observaban admiradas a ambas mujeres. Andrés decidió alejar a sus hijas y consiguió abrirse paso entre la muchedumbre mientras les explicaba que muy pronto se reunirían en familia y conversarían en calma de lo acontecido. Gloriosa Paz todavía agradecía en una capilla ardiente al espíritu de la Milagrosa, su madre, a quien ella no había dejado de rezar trabalenguas de padrenuestros desde su fallecimiento hasta la fecha.

Tierra Fortuna Munda sintió pavor frente a tanta algarabía. Cerró los párpados y pidió un último deseo a su madrina, la ceiba. Entonces el polvillo dorado de la luz las envolvió arrullándolas en una nube espesa para conducirlas a un sitio solitario, no muy distante de allí, al borde la fuente de la India. Tierra Fortuna Munda y Dánae se besaron en los labios. Cayó un aguacero torrencial que barrió con cuanta hojarasca había.

Y pocos comprendieron la existencia del fenómeno, de cuyo origen se seguirá hablando durante muchos años. Arreció la tormenta durante varias semanas. Habrá que señalar que al día siguiente, al pie de la fuente se inauguró un espectáculo insólito. Por obra y gracia del milagro se habían erigido dos ceibas entrelazadas de espigados troncos. Cuyas raíces desde entonces veneran los fieles, quienes se dirigen en procesión para recibir la bendición eterna de la naturaleza y del amor, simbolizado este acto con tres rodeos a los árboles. Los enamorados cultivan votos de paz al tiempo, lanzando mohosas monedas al aire.

París y enero de 1999.

ÍNDICE
—